蒼穹

창궁

창궁 2

초판 1쇄 찍은 날 | 2014년 1월 21일
초판 4쇄 펴낸 날 | 2018년 5월 2일

지은이 | 소하
펴낸이 | 예경원

편집 | 유경화

펴낸곳 | 예원북스
등록번호 | 제396-2012-000132호
등록일자 | 2012. 7. 25
YRN | 제1-0053호

주소 | 경기도 고양시 일산동구 호수로 646-24 위너스21-Ⅱ 206A호 (우) 10401
전화 | 031-819-9431 팩스 | 031-817-9432
http://cafe.naver.com/yewonromance
E-mail | yewonbooks@naver.com

ISBN 979-11-5630-028-1 04810
ISBN 979-11-5630-026-7 (세트)

※ 이 도서의 국립중앙도서관 출판시도서목록(CIP)은 서지정보유통지원시스템 홈페이지(http://seoji.nl.go.kr)와 국가자료공동목록시스템(http://www.nl.go.kr/kolisnet)에서 이용하실 수 있습니다.

19세미만 구독불가

蒼穹 창궁

2

YEWONBOOKS ROMANCE STORY

소하 장편 소설

예원북스

❖目次❖

태괄은 바로 본궁으로 들어갔다. 왕의 내실이 있는 복도로 들어서자 왕의 호위대가 직접 태괄을 맞이했다.

태괄은 호위대를 앞두고 직접 마중 나온 형을 보았다. 왕이 손을 벌리자 태괄은 모두가 보는 앞에서 무릎을 꿇고 인사를 올렸다. 태무는 태괄의 어깨를 잡으며 기쁘게 말했다.

"정말 수고했다. 안으로 들어오려무나."

왕은 호위를 물리고 태괄을 내실로 데리고 들어갔다. 호화로운 융단과 보료가 깔린 사치스러운 방이었다. 왕비가 당신 마음대로 하라고 하며, 궁을 관리하는 것이 자신의 일임에도 이 방만큼은 왕에게 맡겼다. 그랬더니 왕은 자기 마음대로 매우 요사스러운 방으로 만들어놓았다. 왕비는 궁 어디든 갔으나 여기만은 오지 않는다.

태괄은 차 시중드는 시종을 가리켰다. 왕은 시종을 일으켜 내보냈다. 그렇게 단둘만 있게 되자 태괄은 당장 으르렁대며 얼굴을 들이밀었다.

"여기 오면서 할 말이 참 많았어!"

태무는 직접 차를 따르고 한 모금 마셨다.

"고맙다고?"

"내가 미쳤어!"

"왜 이러니? 너보다 나이 한참 많은 형님한테. 앉아서 숨이나 가라앉혀라, 이 발칙한 동생아. 나는 항상 너를 위해 결정하니까, 너는 그런 나에게 존경과 감사만 바치면 되는 거야. 그런데 너는 감사 인사를 너무 거칠게 하는 버릇이 있지."

"처음부터 이야기했으면 되었잖아! 형이 이상한 걸 시켜서 얼마나 복잡해졌는지 알아?"

태무가 찻잔을 든 채로 아련한 표정을 지어 보였다.

"이런이런, 동생아. 나는 등 떠민 적 없다. 나는 네 여자로 데리고 오라고 한 거지, 그렇게 숨도 쉬지 않고 덮치라고 말한 적은 없어요. 보자마자 덮친 게 누군데 나더러 큰소리야?"

"어느 놈이 벌써 와서 일러바쳤어! 누웅이야, 갈호야!"

"그 둘 말고도 보고할 사람은 널리고 널렸다. 아무나 붙잡고 술 한잔 먹이고 어르면 끝이지. 그리고…… 전장에 내보내면 잘도 이기고 오더니 아가씨 상대로는 왜 그렇게 쩔쩔맸니? 이 형이 너를 그렇게 키웠더냐. 아, 생각해 보니 가르쳐 준 적이 없긴 하구나. 미안하다. 내가 너에게 시학과 예법을 비롯하여 많은 공부를 시켰다만, 여자를 어르는 법은 가르쳐 준 적이 없어요. 어차피 마누라는 하나 이상 둘 일 없는 놈이라 그런 거다만, 그 한 번이 이리 힘들 줄이야."

"그런 말을 하는 게 아니잖아! 이게 다……."

태무가 빙그레 웃었다.

"내 탓이라고? 저런, 내 덕이다."

그리고 태괄의 가슴을 쳤다.

"다, 다, 내 덕이다. 내가 아무것도 안 했으면 너는 지금도 그 아이가 다른 남자의 아내가 될까 봐 안절부절못하며 막사 안에 처박혀 혼자서 날밤 새우고 있었을걸?"

"그럴 거면 처음부터 말했어야지!"

"각에서 그 아이를 들고 온 다음 내가 그 아이를 돌려보내라고 할까 봐 얼어 있었다고 하더니, 정말인가 보구나. 좀 더 늦게 답해 줄까 생각했다만, 시간이 없어서 말이지."

"그건 또 누가 일러바쳤어!"

"네 사방에 내 눈이 달려 있단다."

그리고 태무는 자신의 눈을 가리켰다.

"반란 일으키긴 글렀군."

"걱정 마라. 네가 반란 일으키면 당장 왕위를 던져 줄 거니까. 멋진 유폐궁 하나만 만들어주면 거기서 놀고먹으련다. 그러면 아무도 나를 복위시키려 하지 않을걸? 너 빼고는."

"와, 형님, 너를 왕 자리에 올리느라 내가 고생한 건 벌써 잊었지? 그렇게 고생했더니, 이렇게 나를 놀려?"

"이 형을 이해하렴. 자, 생각해 봐라. 그때는 너도 힘들고 외로울 때였어. 그러니 그때 감정이 그대로일 것 같지도 않고, 또 애들 얼굴이란 게 자라면서 변하잖아. 어려서 절세미녀라도 크면 아닌 경우 많지. 그러니 일단 그 아이를 네 눈으로 본 뒤에 네가 마음에 들어하면 이대로 진행시키면 되는 거고, 마음에 안 들어하면…… 어차피 너는 얼굴에 다 나오거든. 싫은 건 죽어도 못하는 놈이잖아. 하여튼 안 들어하면 데리고 온 뒤에 적당한 혼처에 시집보낼 생각이었다. 그런데 네가 보자마자…… 음, 그래서 더 생각할 필요도 없겠다 싶더라. 그렇게 급하게 덮쳤으니 놀란 여자애 달래려면 좀 걸릴 거란 생각은 들었지."

"문제가 복잡해졌다니까."

"해결했잖아."

"그건 또 누가 일러바쳤어?"

"자, 그건 그렇고……."

태무는 태괄의 가슴을 툭툭 치고는 빙긋 웃었다.

"기왕 이리된 거, 나중에 감사 인사 좀 듬뿍 하렴."

"뭐로?"

"형님 선물로 챙겨온 건 없니?"

"여환이 예단을 짜게 했더라. 별로야, 다."

"그래? 저런. 그 넓은 영지를 혼수로 가져올 여자에게 그리 굴면 안 되지, 안 돼. 그런데 너도 준비한 거 없기는 매한가지잖아."

"그러니 형이 미리 말했어야 하는 거야! 형이 아무 말도 안 해서 아무것도 준비 못했잖아!"

"그럴 줄 알고 형이 미리 준비했단다. 그건 걱정 마라. 아끼는 동생 장가보내는데 내가 허술하게 할라고. 걱정 마."

그러고 태무는 찻잔을 들어 차를 따른 뒤 태괄에게 건네주며 강

조했다.

"하나도, 하나도 걱정할 거 없다."

"대체 언제부터 준비를 한 거야?"

"꽤 오래. 내일이라도 올릴 수 있으니 걱정 마."

"내일이라도?"

태괄의 눈이 번득였다.

"이놈 보게? 정말 당장 해달라는 거냐? 이런 급한 놈. 설마 너, 그 아가씨가 혼례 전에는 절대 손 못 댄다고 하더냐?"

"아니. 손은 많이 댔는데, 그건 그거고."

"도망이라도 갈까 봐? 동생아, 아내가 된 뒤에 도망가는 여자도 많아."

"좀 닥쳐."

태괄이 노려보았다. 태무는 껄껄 웃으며 방석을 쳤다.

"자, 앉아라, 동생아. 형제의 대화를 하자꾸나. 이 형님이 그 아가씨에 대한 기대가 크다. 예쁘냐?"

"그 정보는 없었나?"

"그건 너한테 물어봐야 하는 거지. 예쁘냐?"

태괄은 얼굴을 붉혔다. 삽시간에 말문이 막히는 동생을 보며 태무가 킥킥 웃었다.

"알았다, 알았어. 무지막지 예쁜가 보구나. 그래서 하루라도 빨리 아내로 들여놓고 싶다는 게고……. 그렇게 불안하냐? 에그, 알았다. 혼례는 바로 올리고, 축하연만 좀 길게 해주마."

"축하연도 생략하면 안 되나? 내가 형 아들인 것도 아닌데, 간단해도 되잖아."

"너는 내 아들이 없는 지금 내 후계자야. 그러니 네 결혼은 왕실의 후계자가 될 아이를 만들 결혼이기도 하고. 그러니 동생아, 본식은 간단하더라도 축하연은 길게 해야 해. 너야 네 색시 데리고 방으로 들어가 해가 지나 달이 뜨나 놀아도 되지만, 다른 사람은 아니거든. 이 왕실에 다른 역사가 이루어진다는 걸 다 알아야 해. 귀찮더라도 다 하고 들어가고, 식이 끝난 다음에는 네 영지로 데려가 눌러 앉혀 거기서 부지런하게 씨 뿌리고 농사를 지어라. 전쟁 준비도 하면서."

그리고 한쪽 눈을 찡긋 하고는 은근하게 물었다.

"그런데 너, 혹시 오면서 하나도 못 만들었냐?"

"그게……."

"부지런히 노력해 어떻게든 후계자를 만들어야지. 후계자만 생기면 모든 것이 다 네 것이니까. 각도, 검은 강 유역도."

"형님도 결혼한 지 십 년이 다 되어가는데 하나도 없잖아. 나를 재촉하는 건 양심도 없는 거지."

"내가 없으니 너라도 해야지. 나도 노력 중인데 노력한다고 되는 것도 아니고. 그리고 그 때문에 내가 네 혼례를 그렇게 서두르려고 했는데 네놈이 정말로 협조를 안 해줬지!"

"싫은 건 싫은 거야. 그리고 형이야말로 이상한 망나니들만 데려다 줬잖아."

"다 멀쩡한 여자였거든? 네놈이 여자한테 맥락 없이 엉망인 걸 나더러 어쩌라고."

대화가 중심을 못 잡고 휘청대고 있었다. 이 반쯤 정신 나간 화법 때문에 숙부는 태무가 바보인 줄 알고 그리 엉성하고 성급하게 반란을 일으켰던 것이다. 그리고 그 숙부는 바로 다음 해에 수도를 제한 모든 지역에서 고립무원, 아니, 자기 침실에서조차 안전하지 못하게 되었다. 이 숙부를 지원했다가 태괄에게 박살난 살라이 장군은 숙부가 왕이 된 뒤 한 달도 안 되어 후회했다고 전해진다.

"어쨌든 이번에는 결혼할 수 있게 되었으니, 내일 정오가 지나기도 전에 네가 아내를 맞이했다고 성탑이 세상을 향해 외치게 해주마."

태괄의 얼굴이 변했다.

태무는 빙긋 웃으며 말했다.

"그러니 동생아, 얼른 달려가 네 신부에게 말해라. 그대가 내일의 주인공이 될 거라고 말이다."

태괄이 몸을 일으키자 태무는 그 덜미를 잡았다.

"그전에, 네가 처리할 일이 좀 많다. 이건 공무니까 장가가기 전에 다 처리하고 가라."

"……."

호련이 잠에서 깨었을 때는 저녁이었다.

아직 해는 저물지 않았지만 흐릿한 그림자의 방향은 이미 바뀌어 있었다. 방 안으로 저녁의 고요한 어둠이 깔리고 휘장 사이로 바람이 스며들어 날갯짓을 한다.

호련은 휘장 너머로 하늘을 보았다. 우기라지만 구름이 잠깐 걷힌 덕에 구름 구석구석 붉은 햇살이 스며들어 있었다.

"드디어 일어났네."

휘장 앞에 태괄이 앉아 있었다.

호련과 눈이 마주치자 그는 희미하게 웃었다. 검은 머리는 단정하게 뒤로 넘기고 자락이 긴 푸른 옷을 걸치고 있었다. 저리 정갈한 옷을 입은 건 처음 본다.

"언제 왔어?"

"한참 전에."

"금방 끝났네?"

"아가씨가 오래 잔 거야. 형님이 처리하라고 던져 준 일이 좀 많았어야지. 늦었다고 생각하고 달려왔더니 아가씨는 잠만 자더라."

"미안. 오늘 자서 내일 일어나도 될 만큼 졸렸어."

피곤하다는 말로도 부족하다. 몇 년간 밀린 잠을 잔 것 같았다. 그래도 아직 덜 잔 듯 피로가 몸 언저리에 남아 있다. 내일도 모레도 이렇게 잘 수 있을 것 같다.

"형님이 내일 궁으로 들어오라 하셨어."

"나도 함께 가는 거야?"

"그래."

"드디어 당신 가족을 만나네."

"당신한테 가족 보이는 내가 긴장되는군."

"내가 어떻게 보일지도 걱정되는걸."

"걱정 마. 아가씨는 완벽할 테니."

어느새 가까이 다가온 태괄이 호련의 손을 모아 잡고 그 위에 입을 맞추었다. 입술에 열기와 한숨이 섞여 있다. 호련은 부끄러워져서 손을 움츠렸다.

여기는 완전한 태괄의 공간이다. 이런 곳에 단둘이 있는 것은 처음이다.

"그리고 놀라운 일이 기다릴 거야."

"뭘까?"

"형이 말도 못하게 별난 짓도 하니까 성의껏 놀라. 형은 사람 놀라는 거 무지 좋아해."

"당신 형, 대단한 분일 것 같네."

"대단하긴 해. 여러 의미로, 가끔은 해괴한 의미로."

아마 결혼에 관한 일이 될 테지. 그리고…… 곧 이 태괄이 남편이 된다. 여환이 남편이 될 거라 생각했을 때의 두려움과는 다른 두려움이 든다. 과연, 이 남자에게 잘해줄 수 있을까? 그가 내게 만족하고 나는 그에게 만족할 수 있을까? 행복하게 오래오래 잘살 수 있을까?

신부라면 누구나 할 고민이다. 너무 평범한 고민들이라 감사하다.

"긴장하지 마. 두려워할 것도 없어. 내가 옆에 있어줄 테니. 겁나면 내 등을 떠밀고 나더러 다 알아서 하라고 해. 그럼 내가 다 해결해 줄게."

묵직한 손이 머리를 쓸어내린다. 호련은 그 손길을 느끼며 그의 가슴에 기댔다. 가슴 너머로 심장 소리가 들려온다. 따뜻하고 강하다. 머리카락 사이로 손가락이 파고들어 목을 가만히 누르고, 그의 턱이 목덜미에 다가와 나른한 숨소리를 보냈다.

"내일부터는 바빠질 거야, 아가씨."

"얼마나?"

"정신없을 거야. 차라리 포로로 끌려오는 동안이 그리워질 만큼. 그래도 끝나긴 할 테고, 사방이 비 내린 초원만큼이나 고요해지면 나는 실컷 아가씨를 품에 안을 거야.”

그리고 태괄은 고개를 들어 호련을 보았다. 타인의 눈길도 방해도 없는 곳에서 맞이하는 태괄은 호련을 긴장하게 했다.

항상 생각하는 것이지만 같이 있는 그는 너무 뜨겁다. 주변에 있는 것이 무엇이든 태워 없애 버리고 오로지 그 자신만을 놓는 것 같다. 그것이 견딜 수 없어져 호련은 살짝 시선을 돌리고 고개를 숙였다. 태괄의 웃음소리가 들리더니, 볼에 그의 입술이 닿았다. 따뜻하고 상냥한 입맞춤이라, 호련은 긴장이 풀리며 태괄의 어깨에 기댈 수 있었다.

“물어볼 게 있어, 아가씨.”

“뭐든 물어봐.”

“내가 정말 나쁜 놈이면 어쩔 뻔했어?”

“아니잖아.”

“내가 정말 형편없는 놈이었으면?”

“그런 건 생각하지 마. 당신이 아니었으면 나는 지금 이 자리에 있는 걸 택하지 않았어. 이미 오래전에 도망쳐 내 고향으로 돌아갔을 거야.”

태괄의 눈 너머로 반짝임이 보였다. 햇살을 받는 나비의 날갯짓처럼 찬란하고 눈부시다.

“그날 강에서 보고 내내 아가씨를 생각했지.”

태괄이 속삭였다.

항상 기억하고 있던 건가.

태괄의 손이 볼을 만지고 머리카락을 넘겨주고 귓불을 쓸어내렸다. 달아오르는 호련의 목덜미와 두근거리는 맥박을 느낀 듯 그 손가락이 목덜미에서 멈추었다.

"그때도, 그리고 지금도……. 나는 돌이키고 돌이키지. 당신의 눈과 목소리와 가만히 내쉬는 숨소리를…… 그 하나하나가 통증이 되는 순간을."

뭐라 해야 할까.

호련은 태괄의 손바닥 위에 손을 얹고 손가락 위에 자신의 손가락을 하나하나 얹으며 그의 눈을 보았다. 태괄의 손가락이 호련의 손가락을 파고들어 와 가만히 쥐었다. 점점 커지는 맥박이 호련 자신에게도 느껴질 지경이었다. 같은 것을 느끼는 태괄의 손이 가만히 목덜미를 눌러왔다.

"당신은 알까? 당신은 언제나 꿈같았다는 걸. 새벽이면 사라지는 꿈……. 쥘 수 없는, 닿을 수 없는…… 그런 꿈."

그리고 태괄의 눈이 호련을 바라보았다. 그 눈은 지금은 이제 막 해 저문 뒤의 숲 같은 진녹색이다.

"언제나 그리움이었지만…… 그 순간부터 진짜가 되었지. 살아 숨 쉬고 닿을 수 있는, 손을 뻗으면 만질 수도 있는, 다가가면 느낄 수 있는 진짜가. 그게 어떤 건지…… 아가씨는 모를 거야."

호련은 이번에야말로 묻고 싶다.

당신, 어린 시절에 나를 보았다는 말을 했지. 그저 그 정도 인연이었을까?

더 깊고 진한 것이 숨어 있는 것 같다. 저 눈 아래에 기억이 잠겨 있다. 저 목소리 안에 진하고 깊은 감정이 있다. 그것이 무엇인지 닿을 듯 보일 듯하지만 아직 닿지도 보이지도 않는다.

무엇일까, 그게.

"나는…… 아가씨가 그 모든 것을 알기를 바라지만, 동시에 모르기도 바라지. 그건 쓰라린 만큼 달콤한 패배니까. 굴복하고 싶으면서도 아가씨를 가지고 지배하고도 싶었지. 하고 싶은 대로 다 하라고 말하고 싶다가도 제발 내 뜻대로 해달라 조르고 싶어지지……."

태괄은 호련의 손을 부드럽게 문질렀다. 엄지손가락에 닿는 피부의 느낌이 태괄은 무척 좋았다. 살짝 긴장하며 움츠러드는 것도 좋았다. 아니, 모두 다 좋다. 그녀가 이곳에 있으면 다 좋은 거다.

호련이 이제 긴장하고 있다는 걸 태괄도 알았다. 그 갈색 눈동자가 태괄을 바라보다 떨리고, 설레듯 바라보다 잔잔해진다. 태괄은 그 콧잔등에 입 맞추고 입술 위로 입술을 가져갔다. 고요히 달아오르는 숨소리가 엉겼다.

"전쟁이 벌어졌을 때 내내 아가씨를 찾았어. 아가씨가 다칠까봐…… 행여 칼날이 스치면 어쩌나, 화살이 뚫으면 어쩌나, 말이 넘어지기라도 하면 어쩌나……. 도무지 전쟁을 할 수가 없었지. 거기서 멍청하게 말발굽만 굴려댔어. 정말 후회했지. 그냥 아가씨를 가장 먼저 낚아채 버릴걸……. 하지만 그때 아가씨는 너무 빨라서 도무지 잡을 수가 없었어. 나 같은 건 안중에도 없었지. 언제나 그러했듯."

열기와 갈망이 그의 숨소리에 맺혔다. 그러나 아직은 손바닥으로 부드럽고 따뜻한 볼을 쓸어 올리고 숨소리를 느끼며 있을 뿐이다. 온몸이 끓어올라도 아직은 아니다. 아직 그녀는 오지 않고 저 문 너머에서 가만히 서 있을 뿐.

"그런데 내 앞에는 아가씨뿐이었어."

입술 끝에 닿는 호련의 호흡이 떨렸다.

"……아가씨가 말에서 떨어졌을 때, 아무것도 보이지 않았지. 당장 아가씨를 데리고 가야 한다는 생각만 들었어. 아가씨가 손에 들어올 때까지 아무것도, 정말 아무것도 보이지 않았어. 소리도 빛도 없이…… 그저 어둠뿐. 아가씨가 내 손에 들어왔을 때, 그제야 하늘이 다시 보이고 소리가 들렸어. 그게 어떤 기분인지 아가씨는 알까……."

일순 호련의 눈썹 끝이 떨린다. 그 전율이 태괄의 손바닥 안으로 고스란히 빨려 들어온다.

"당신은 절대 모를 거야, 나의 아가씨."

태괄은 다시 싸하게 밀려드는 통증을 느꼈다. 그 따뜻한 고통이 심장에 새겨지고, 심장이 더 뜨겁고 강하게 약동하며 고통 역시 더 강해진다.

"아가씨 아버지가 그랬지. 오로지 남자만이 아가씨 앞에 설 수 있다고. 그래서 나는 강해지는 것만, 세상을 지배하는 것만 생각했지. 내 소유였던 모든 것을 되찾는 것을 생각했고……. 하지만 아가씨를 다시 보았을 때, 그 무엇도 소용없었어. 아가씨 앞에서는 강해질 수도, 지배할 수도, 소유할 수도 없으니까. 오로지 아가씨만이 그 모든 것을 다 할 수 있고…… 복종은 내 몫일 뿐."

호련이 내뿜는 뜨거운 한숨과 함께 그녀의 눈에 빛이 보인다. 경탄과 찬탄, 동감…… 그리고 기쁨.

"지금 아가씨가 얼마나 눈부시게 나를 보고 있는지 아가씨는 모를 거야. 얼마나 아름다운지, 얼마나 사랑스러운지."

참 지독한 느낌이다.

이 순간만 반복될 수 있다면 가장 고통스러운 지옥인 동시에 극락일 것이다.

"당신을 사랑해, 나의 아가씨."

태괄의 손이 호련을 쓸어내렸다.

묵직한 손을 느끼며 호련은 그 몸에 기댔다. 손이 갈 곳을 안내해 주듯. 그 손이 점점 단단해지고 열기를 머금도록. 그리고 호련도 태괄의 턱을 쓸어 올리고 머리카락 속으로 손을 밀어 넣었다. 가볍고 연약해도 태괄에게는 태산도 움직일 수 있을 정도로 강한 손이다.

태괄은 그 손에 굴복하며 호련이 이끄는 대로 고개를 숙였다. 입술이 닿고 그 입술 사이로 입이 벌어진다. 그리고 둑이 터지고 산이 쏟아지듯 태괄은 모든 이성을 놓았다. 이젠 버틸 수가 없다. 그대로 안아 파고들며 격렬하게 밀어붙였다. 온몸이 그녀를 세게 밀어 던지며 침대에 눕혔다. 당장 받아들여 달라고 온몸이 울부짖고 있었다. 그러나 너무 급작스럽고 거세 호련이 놀라 멈칫했다.

태괄은 고개를 들고 긴장한 호련을 보았다.

잠시 놀랐던 호련은 그의 팔을 쓸어내리고 그의 옷깃을 더듬어 그 끈을 풀었다. 옷이 부드럽게 흘러내리며 열렸다. 어둑한 가운데 단단한 가슴이 드러났다. 헐떡이는 목과 자신을 바라보는 눈동자를 보며, 호련은 그 목에 손을 얹고 몸을 댔다. 호련의 옷 너머에 있는 부드러운 몸이 태괄에게 밀려들었다. 우아한 허리와 섬세한 어깨가 닿아온다. 태괄은 다시 달콤한 통증이 밀려드는 것을 느꼈다. 여태의 통증과는 격이 다른 통증이었다. 화답받는다는 것에, 받아들여 준다는 그 몸짓에, 오라고 속삭이는 그 숨소리에 세상이 찬란해진다.

호련이 두 팔로 태괄의 목을 끌어안고 입술을 찾아 자신이 직접 입술을 맞추었다. 태괄은 자신이 더 팽팽해지는 것을 느끼며 그 입술에 모든 것을 맡겼다. 손은 정신없이 호련의 옷을 풀어 헤쳤다. 어서 치워 버리고 싶었다. 어느새 맨살이 손에 잡혔다. 태괄은 자기 옷도 벗어 젖혔다. 벌써 더워진 살과 살이 닿자, 태괄은 이마와 목덜미에 입 맞추며 끓어오르는 숨을 삼켰다.

"지금은 아가씨 앞에 무엇이든 바칠 수 있겠는데? 너무 감사해서."

목덜미 아래에서 작은 웃음이 터졌다.

태괄은 호련의 머리카락을 헤치고 부드러운 목덜미를 찾아내 입술을 댔다. 호련이 몸을 뒤틀었다. 살짝 벗어나려는 몸짓이었지만, 공교롭게도 허벅지가 그의 성기를 밀고 말았다. 단단한 것을 느낀 호련은 움찔했다.

"아……."

그러나 고개를 젖히고 몸을 뒤틀어도 호련은 이미 태괄 안에 갇혀 있었다. 태괄은 호련의 목덜미로 파고들며 입술로 턱과 쇄골을 애무했다. 태괄의 손에 닿는 가슴과 허리에 긴장과 흥분으로 뜨거운 열기가 맺혀갔다. 그 열기와 함께 풍겨오는 체취가 어서 가지라고, 어서 가지고 가달라 속삭인다. 살과 피가 온통 그를 향해 열려 있다. 태괄은 한숨을 내쉬며 젖가슴 사이에 얼굴을 묻었다. 턱과 볼에 부푼 젖가슴이 닿았다.

끓어오르는 숨소리를 들으며 호련은 뭔가가 아슬아슬하게 달아나려 하는 것을 느꼈다. 태괄의 손이 허리를 더듬고 엉덩이와 목덜미와 가슴을 애무할 때마다, 그 속삭임과 애걸과 함께, 보이지 않는 길을 더듬더듬 가듯 헤매며 전혀 다른 목적지를 향하는 자신을 느꼈다.

태괄이 고개를 들고 호련을 보았다. 그 눈을 보며, 짙은 갈망, 애욕, 그리고 애정을 보며 호련은 속 안의 무언가가 무너지는 것을 느꼈다.

처음부터 이랬던 것일지도 모르겠다. 처음 그를 강에서 보았을 때부터, 여기까지 이르는 내내 쏟아낼 준비만 하고 있었던 것인지도 모른다. 그녀를 만들어내던 모든 것이 무형(無形)이 되어 흩어지고, 그 무형이 그와 함께 전혀 다른 무언가가 되려 한다.

지금 이 남자를 받아들이면 그 순간부터 호련은 전혀 다른 존재가 될 것이다. 그와 엉켜 결코 떨어질 수 없게 될 것이다. 살과 피가 섞여 호련이 그의 안으로 가고 그는 호련 안으로 들어올 것이다. 삶과 생이 섞이며 영원히 같이하게 될 것이다.

그래도 당신이라면 괜찮다. 아니, 당신이라 괜찮다.

태괄이 입술을 겹쳐 왔다. 호련 역시 목을 안아 당기며 몸을 열고 두 다리로 태괄의 허벅지를 감쌌다. 태괄이 강하게 파고들어 온다.

"하……."

순간, 그 저릿할 정도로 달콤한 느낌에 태괄이 신음을 흘렸다. 뜨겁게 달아오른 그녀의 내부가 그를 빨아들이고, 허벅지가 그의 허리를 단단하게 조이며 맨 발끝이 그의 다리를 건드렸다. 태괄은 더 깊이 파고들었다.

묵직함과 함께 처음부터 몸을 덮치는 열기에 호련은 저절로 신음이 나왔다. 세상이 하얗게 들끓어오른다. 들어오는 태괄의 몸짓이 점점 빨라지고 밀치고 올라오는 그의 가슴도 젖어간다. 호련은 그가 들어올 때마다 숨이 막히도록 열락이 올라오는 것을 느끼며, 숨을 몰아쉬고 그의 목덜미에 이마를 얹었다. 몸을 움츠리고 헐떡이며, 결국 신음을 흘렸다. 태괄 역시 호련이 엉덩이와 허벅지를 밀어붙이자 끓어오르는 숨을 토해내며 속삭인다.

받아들여, 받아들여 달라고. 더 깊이, 더 뜨겁게.

속 안에서부터 포효가 끓어올랐다. 깊이 밀어 넣을 때마다 몸이 빨라져 갔다.

"호련……!"

마치 신호를 하듯 그는 허리를 세게 움직였다. 그녀가 올 때마다 더 깊이 움직이며 고함을 질렀다. 가슴 아래에서 호련은 가느다란 신음을 흘렸다. 낮으면서도 단호한 평소의 그녀의 음성과는 다른, 새소리 같은 신음이었다. 흐느끼는 소리 같기도 하고, 애원하는 소리 같기도 하다. 몸이 더 뜨거워지며 목덜미와 등이 땀에 젖어갔다.

"더…… 더 해!"

태괄이 외치며 몸을 밀어붙이자 호련의 몸에도 힘이 들어갔다. 두 팔이 목을 더 세게 끌어안았다. 젖가슴이 바짝 닿아왔다. 이마가 태괄의 목덜미로 파고들고 입술이 가슴과 쇄골에 닿았다. 등을 안은 손에는 힘이 들어갔다.

그리고…….

"……아!"

일순 등을 안은 손에 힘이 들어가고 손가락이 등을 파고들며 떨린다. 다시 작은 신음이 터진다. 뜨거운 그녀의 안이 통째로 꿈틀대며 그를 빨아들인다.

태괄은 호련의 허리를 당기며 그 가슴에 얼굴을 묻었다. 달아오른 입술로 그녀의 유두를 삼켰다. 달콤하게 솟은 유두가 입안에 들어오자 그는 세차게 빨아들였다. 호련의 손이 젖은 턱과 머리카락을 감쌌다. 그녀의 턱과 입술이 태괄의 이마에 닿았다. 떨림과 열기가 혼재하는 숨소리가 들려왔다.

"하, 읏!"

그 숨소리에 몸에 더 힘이 들어갔다. 더 짓누르고 더 쥐어짜고 더 울게 만들고 싶은 숨소리다. 태괄의 손이 호련의 등을 미끄러져 내려가 허리를 잡았다. 절규하듯 그 손에 힘을 주어 당기고 두 몸이 부딪힐 때, 저 너머로 아득한 불꽃같은 게 보였다. 그리고 태괄은 손목으로 호련의 손가락을 느꼈다. 작은 새가 파고들 듯 가만히 다가와 건드리고 파고들어 온다. 태괄은 망설이지 않고 두 손을 맞잡았다. 손가락이 엉키며 더 꽉 잡혔다. 그 손에 힘을 주며, 태괄은 호련을 향해 깊이 확 파고들었다. 동시에 머리가 하얗게 변했다. 섬광이 스치고 지나간다. 젖힌 목에서 신음이 터지며 등과 허리가 한 번에 굳었다.

"크……!"

그 짧고 큰 신음과 함께 태괄은 모든 것을 토해냈다.

눈앞의 섬광이 가시며, 열기와 함께 부옇게 흐려졌던 시야가 보였다. 오싹한 기분과 함께 등을 타고 땀이 흘러내린다.

"호련……."

속삭이며 태괄은 몸을 눕히고 호련의 턱 아래에 얼굴을 묻었다. 가슴 아래 발딱이는 숨소리가 느껴졌다. 젖은 몸이 그 안에 갇힌 채 허덕인다.

태괄은 모든 것을 토해낸 자신을 그녀의 몸 안에서 빼내었다. 호련이 그의 품 안으로 파고들어 왔다. 손은 여전히 그의 손안에 있었다. 태괄은 그 손을 들어 손등에 입을 맞추고, 그 손등을 볼에 댄 채로 거친 숨을 토해냈다.

"내…… 아가씨."

태괄은 몇 번이나 입 맞추었다. 입과 턱에 입을 맞추고 목덜미에 입 맞추고 입술을 덮으며 품에 안았다.

미친 듯이 사랑스러운 기분이 들었다. 세상을 모두 바꾸어도 괜찮을 기분이었다. 그 사랑스러운 숨소리에 얼마든지 다시 흥분할 수 있을 것 같았다. 태괄은 호련의 볼을 쓰다듬다 눈이 젖어 있는 것을 보았다.

"울었어?"

호련은 고개를 저었다.

"운 거 아니야."

태괄은 그녀의 눈가를 매만졌다.

"이 남자하고 평생 살아야 하니 억울해서 그런 건가?"

"그렇다면?"

"밤새 나아지도록 연습하지."

호련이 픽 웃고는 그의 품으로 파고들었다.

이제 정말로 그의 것이다. 이제 누구도 그녀에게 오라 할 수도 없고, 그녀도 가지 않을 것이다. 처음 그녀를 가질 때와는 비할 바가 되지 않았다. 태괄은 호련의 허리를 안아 품에 담으며 그 목덜미에 얼굴을 묻었다.

이제 영원히 그의 것인데 무엇을 아쉬워하겠는가. 내일이면 이 여자는 그의 아내가 될 테고, 그의 집에 갈 것인데. 그만을 바라보고 그에게 속삭이고 그를 향해서만 몸을 열 텐데 뭐가 걱정일까. 그의 집이 그녀의 집이며, 그의 것이 그녀의 것이다. 그리고 그녀가 그의 것이다.

눈을 뜨면 그녀가 있을 것이고, 눈을 감을 때도 그녀가 있을 것이다. 이제 모든 낮과 밤을 같이할 것이다. 이건 꿈도 염원도 아니다. 그 어떤 꿈도 범접할 수 없는 현실이다.

찬눈은 잠을 잘 수 없었다.

여기로 온 내내 단 한숨도 자지 못했다. 어린 시녀가 정성을 다해 잠자리를 마련하고 시중을 들었지만, 소녀가 일하는 걸 보는 건 찬눈에게 고문이었다. 그렇게 하는 게 아니라고, 그렇게 하는 게 아니야! 라는 말이 목구멍까지 올라오는 것을 몇 번이나 참았다. 아이가 실수할까 봐 지켜보느라 그 불한당 놈을 감시하러 갈 수도 없었다. 그 불한당 놈, 지금쯤 신났겠군, 신났겠어. 찬눈은 짜증이 치밀었다.

시녀도 자기가 모시는 부인의 불편한 심중을 온몸으로 느끼며 쪼그라들었다. 그러다 보니 실수는 더 많아지고 행동은 굼떴다. 그냥 나가 버리라고 막 외치려는 찰나, 시녀가 겁먹은 얼굴로 와서 손님의 방문을 알렸다.

"안 졸리니 들어오라 해."

그리고 뒤이어 들어온 방문자를 보고 찬눈은 뭐라 해야 할지 잠시 생각했다. 놀랐다고 해야 하나 당황하는 척을 해야 하나. 그리고 잠시 생각하는 틈에 적절한 시간은 다 지나가 버렸다. 어차피 산전수전을 너무 많이 겪어 어지간한 일에도 아, 그러려니, 하게 된 지 오래인 찬눈이다. 아들들과 손자 손녀들이 호련을 제하고 모두 죽은 뒤로 하늘이 쪼개지든 땅이 갈라지든 아무 관심도 놀라움도 없다.

그 불한당 놈이 막무가내로 손녀하고 결혼하겠다고 했을 때를 제하고는 말이다.

이 괘씸한 놈. 엎드려 기어와 청해도 들어줄까 말까 하는데, 보자마자 덤벼 덮치고는 달라고 해?

"그래, 누구시오?"

키도 덩치도 컸다. 찬눈도 상당히 큰 키라 키 큰 사람에게 위압감을 느껴본 적은 없으니, 그 정도로만 생각했다.

수염은 시커멓게 길러 다듬고, 숱 많은 머리는 까마귀처럼 검었다. 긴 청회색 옷에 짙은 푸른색 띠로 허리를 묶었다. 왼쪽 허리에는 장검이, 오른쪽 허리에는 단도가 매어져 있지만, 장신구 외의 용도로는 쓰이지 않을 것 같다. 얼굴은 명랑해 보이고 눈빛도 매우 친절하다.

찬눈은 남자를 찬찬히 살피며 말했다.

"내 집이면 차라도 대접할 테지만, 아시다시피 나도 여기 손님이라. 그냥 앉으시오."

손님과 같이 온 무사가 무척 난처해했지만, 찬눈은 앉은 채로 말했다.

"이 할망구더러 인사하라고 세웠다 앉힐 생각은 아니겠지, 젊은이?"

"그럴 생각 없으니 앉아 계시오. 그리고 나는 여기 왕이오. 폐하라 불러주시면 좋겠소만."

"그래, 폐하."

같이 온 무사는 이제 대놓고 난처해했다. 찬눈은 눈치 보는 시늉도 하지 않았다.

살랍의 왕 태무는 찬눈 앞에 앉았다. 찬눈이 보기에 어딜 뜯어보든 날렵한 맛이라고는 하나도 없는 남자였다. 나이는 서른 좀 넘었을 터인데, 수북한 수염과 능글맞은 눈을 보니 예순 먹은 영감으로 보인다.

"이 할망구 얼굴 보러 온 것은 아닌 것 같소만. 어서 말해보십시오."

"우선 이건 내 성의요."

그의 옆에 시종이 가지고 온 나무함이 놓였다. 꽃 모양으로 정교하게 깎아낸 나무를 맞춰 만든 함이 열리자 그 안에 홍옥과 녹옥으로 만든 목걸이와 귀걸이, 칠보 팔찌와 허리띠, 꽃과 새를 수놓은 붉은 비단옷이 나왔다.

"나 입으라고? 색이 좀 야하구만."

"……어르신 건 여기 다른 거요."

그리고 다른 함을 가지고 오게 했다. 그 함에는 자주색 옷과 옥팔찌가 놓여 있었다.

"이건 할망구 옷이잖아."

다행히 태무는 당신은 할망구가 맞다고 말해 상황을 복잡하게 만들지는 않았다.
"예단입니다."
"그래? 어쩌나. 폐하 동생이 우리 아씨를 말도 제대로 안 하고 끌고 오는 바람에 우리 쪽에서 마련한 건 하나도 없소. 아가씨에게 재산이 있긴 하지만, 그게 능고 손에 있어서…… 유감이지만 태괄이 다시 찾으러 가야 할 것 같군."
"그건 우리가 다 하겠소, 부인."
"지금은 신부만 달라는 게군."
"그렇지요."
찬눈은 코웃음을 쳤다.
"뭐, 사고 친 놈이 책임지는 거 아니겠소. 거기서 다 알아서 하시오. 난 두 손 놓고 잔칫상만 받을 거요."
"큰 축연을 베풀 작정이오, 부인. 그게 다 끝나는 대로 태괄은 영지로 보내 신혼을 보내게 할 생각이오. 그때 부인도 같이 가주시면 좋겠소."
"언제 혼례를 치르게 할 거요?"
"내일."
찬눈의 눈꼬리가 올라갔다.
"바쁘구만. 나도 가는 게고?"
"그렇소, 부인. 거기서 증인이 되어주시오. 나도 있을 거요. 내 아내도 물론. 각족은 어찌 혼례를 올리는지 모르겠지만, 비슷하지 않소?"
"혼례는 살랍의 방식에 따르겠으니 성혼이나 되도록 해주시오. 각족의 의례는 아씨의 영지를 찾은 뒤에 정식으로 치르도록 하지요.”

“말이 쉽게 진행되어 다행이군.”

“뭐, 어쩌겠소. 댁들이 다짜고짜 애를 끌고 온 마당에 물릴 수도 없고.”

옆에서 부하들이 헛기침을 삼켰다.

“달리 부탁할 일은 없소, 부인?”

“잘해주고, 잘살게 해주면 될 일이지. 그 외에는 바라지 않소. 고생 많이 한 아이요. 가장 용기 있는 남자라도 그 아이만큼 버티지는 못했을 테지. 그 아이는 행복해질 권리가 있어요.”

“영지도 찾게 해주겠소.”

“여환부터 치워야지. 지금 각족의 영지에 퍼질러 앉아 제 것인 양 행세하고 있을 텐데, 하루라도 빨리 몰아내고 싶군. 행여라도 그가 영지에 화풀이를 할까 걱정이오.”

“당신이 여환과의 혼례에 동의했던 것으로 알고 있는데, 부인.”

“그 아이가 살아남고 각의 후손이 살아남으려면 그 방법밖에는 없었으니까. 하지만 그게 그 아이에게 얼마나 힘든 일이었는지 알고는 있었소. 차라리 몸을 돌처럼 버리고 싶을 만큼 힘들었을 테지. 하지만 그때는 정말 선택의 여지가 없었소. 그런 마당이니 그 아이는 지나가는 불한당을 택해서라도 피하고 싶어 했지.”

“그거, 혹시 내 동생이 불한당이란 거요?”

“가마로 데리러 온 건 아니잖아.”

“……그건 동생이 좀 실례를 한 것 같소.”

태무는 옆의 부하들을 물렸다. 부하들이 물러나며 문이 닫히자 둘만 남게 되었다. 찬눈이 눈썹을 올렸다.

"왜 이러시나?"

태무가 웃었다.

"긴장하지 마시오, 부인. 우리 둘이서 할 말이 있어서 그런 거니."

"음, 무슨 비밀이 있나? 사실 태괄이 폐하의 아들인 건가?"

"내가 좀 나이가 많긴 하지만, 그놈이 아들 될 수 있을 정도로 나이가 많은 건 아니오. 그래도 동생은 지금 내 유일한 친혈육이오. 다른 동생들도 더 있었지만, 일찍 죽어버리고 남은 건 그 아이 하나뿐이지. 어머니, 아버지 대신 내가 그 아이를 키운 거나 다를 바 없었소."

그리고 찬눈의 얼굴을 보았다. 찬눈은 말을 더 하라는 듯 고개를 끄덕여 보였다.

"어느 정도 나이를 먹자 그 아이는 나를 위해 싸워주었소. 그때 나는 왕위가 당연히 굴러올 거라 생각했지. 동생이 어린 나이에 원정을 나가고 군사들을 지휘하게 되자 나는 내가 왕이 되면 동생을 돌보고 그에게 영지를 주어 지키게 하면 될 거라고만 생각했었소."

왕은 잠시 말이 없었다. 복잡하고 수치스러운 이야기가 나올 것 같다고 찬눈은 생각했다.

"그런데 어이없지. 나는 왕이 되기도 전에 동생을 희생시키게 되었소. 숙부가 왕위를 찬탈하고 내가 꼼짝없이 죽을 뻔했을 때 동생이 나서준 덕에 살았지. 어린 동생이 목숨을 걸고 나를 구한 거요. 그 후 동생이 생사불명이 되었고, 그 한 해가 내게는 참 고통스럽고 힘든 시기였소. 제발 살아만 있어 달라 말하며 몇 번이나 악몽 속에서 깨어야 했지. 그런데 동생은 돌아왔지. 살아서. 아주 때맞춰서."

태무는 찬눈을 보았다.

"그때 동생을 구해준 것이 부인의 아드님이오."

"그건…… 나는 모르는 일인데."

"그는 동생을 구해주고 치료해 준 뒤 자기 혈육까지 붙여서 보내주었소. 나에게 승기가 있던 때라면 나는 그것을 거래로 받아들였을 거요. 그러나 아니었지. 나도 죽을지 살지 모르는 상황이었는데, 숙부까지 필사적으로 동생을 찾고 있었소. 살아 있든 죽어 있든 엄청난 보상금을 줄 테니 태괄을 끌고 오라고 하며 초원의 모든 교역 도시로 전령을 보냈지. 부인의 아들은 그걸 알고도 동생을 조건 없이 보내준 거요. 능고 왕이 그 숙부를 핑계로 부인의 아들들과 손자 손녀들을 살해한 것을 나는 안타깝게 여기오."

"그건 왕의 탓이 아니지요. 다만, 그건 몰랐습니다. 아들이 그리했다는 건."

"그러니 너무 갑작스럽다고 생각하지 마시길 바라오, 부인. 항상 생각하던 바요. 부인의 아들이 베푼 것은 자비였소. 받은 자가 더없이 감사해야 하는 자비. 부인과 부인의 손녀를 구하는 것이든, 영지를 찾는 것을 돕는 것이든 그건 내가 할 도리였소. 방식이 좀 거칠었던 건 용서를 구하오."

찬눈은 손녀가 침묵한 건지 정말 모르는 건지 궁금했다. 모르는 것 같다. 알면 처음에 그랬을 리가 없으니까.

그리된 거라면 태괄 혼자 감정적으로 벌인 일이 아닌 것이니 안심이 된다. 애초에 데리고 오려고 마음먹고 데리고 온 거다. 태괄의 집안에서 환영하는 혼사다.

"그리고 부인에게도 감사를 표하오. 좋은 아드님이었소. 그가 그렇게 일찍 죽은 것에 나는 깊은 애도를 표하오."

"내가 키운 게 아니라오. 아들들을 교육시키고 키운 것은 내 모시던 마님인 타후락 부인이니 부인에게 감사해 주시오. 나는 그저 낳기만 했을 뿐, 아들들을 남자로 키우고 족장으로 만든 것은 부인이지."

찬눈이 낳아도 타후락 부인의 아들들이었다. 글과 규범을 가르치고 행실과 예의와 도리를 가르치고 족장으로 키웠다. 비록 장성하는 것을 보지 못하고 일찍 세상을 떴으나, 그래도 아들들을 그리 키운 것은 부인의 몫이자 공이라고 생각해 왔다. 아무것도 남길 수 없던 부인이 남긴 것이 바로 그것이다.

아들은 좋은 족장이었다. 십 년 넘게 실질적인 족장으로 지내며 영지는 풍요로워졌고 인심도 좋아지고 무사들도 강해졌다. 서출인 형들은 욕심만 있었지 그만큼 영지를 잘 꾸려 나갈 수는 없었다. 남편이 주변 반대를 무릅쓰고 서출인 아들들에게도 영지를 나누어 주었지만, 그들이 이룩한 것은 별 볼일 없었다.

그러나 이제 그것을 돌이켜 무엇 하나. 다 죽어버린 것을. 하눈의 아들들도 찬눈의 아들들도 다 죽었다.

찬눈에게 남은 것은 호련 하나뿐. 운명은 고약한 농담을 건네듯 타후락 부인과 꼭 닮은 그 아이만 남겨주었다. 그리고 운명은 다시 농담을 했다. 죽은 하눈에게 남은 것 역시 그 아들이 버린 아들인 갈호뿐. 그 아이는 아버지가 버려서 살았다.

찬눈은 목이 가라앉는 것을 느끼며 말했다.

"대신 그 아이에게 잘 대해주시오."

"약속하오."

"약속한다고 되는 문제는 아니지. 하지만 각오조차 하지 않으면 절대로 안 되는 일이기도 하고."

"알겠소, 부인."

찬눈은 왕을 보았다. 태괄과는 그다지 닮지 않은 형제라 생각했는데, 웃는 모습에는 닮은 데가 있다.

그래, 믿어야지. 어찌하겠는가, 이리 택한 것을. 예언을 할 수 없는 찬눈은 그저 바라는 것밖에는 방도가 없었다.

"쉬시오. 혼례 준비는 이미 해두었으니 내일 하루가 저물기 전에 둘은 부부가 될 거고, 그 후손은 축복받을 거요."

"알겠소이다."

"이만 가겠소."

"가십시오."

왕은 정중하게 인사를 하고 일어나 방을 나갔다.

다시 세상이 고요해진다.

왕은 중대한 약속을 하고 갔고, 그는 분명 그 약속을 지킬 것이다. 그리되길 바란다.

호련은 그간 고통스럽게 지내왔다. 부드럽고 강한 손 아래 보호받으며 행복해져야만 한다. 그럴 자격이 있다.

그 아이의 뒷모습을 볼 때마다 타후락 부인이 생각난다.

영원히 아이를 가질 수 없다는 판정을 받고도 소녀는 가문을 위해 시집가야 했다. 영지를 왕에게 넘길 수 없던 타족의 족장은 서출 딸들을 끼워줄 테니 딸을 데려가라며 각의 전 족장, 즉 족장의 할아버지에게 애걸했다. 각의 전 족장은 받아들였다. 한 번 혼례치를 값으로 며느리 셋을 들이는 거니, 그것도 상당한 혼수와 함께 들이는 거니 얼마나 좋은가.

찬눈은 하눈과 함께 주인이자 자매인 타후락을 위해 맹세를 나누었다. 찬눈은 무뚝뚝하고 때때로 사나운 여자였지만, 하눈은 산새처럼 발랄하고 예쁜 소녀였다. 하녀의 딸이라 찬눈과 별다를 바 없는 소생이었지만, 미모와 재기 덕에 나은 미래를 기대했었다. 그런 아이가 타후락에게 얽혀 배를 빌려주어야 하는 처지가 되었을 때 그 비참함은 이루 말할 수 없었을 것이다.

그래도 혼인날 처음 보게 된 각의 족장은 훤칠하고 잘생긴 젊은이였다. 하눈은 한눈에 그에게 반했지만, 정작 신부인 타후락은 내내 시큰둥하고 비참한 표정이었다. 처음 부인의 아름다움에 찬사의 눈길을 보냈던 젊은이는 그 태도에 실망하고 의욕도 잃었다.

그날 찬눈은 젊은 족장과 같이 온 무사를 눈여겨보았다. 선한 눈매에 따뜻하게 웃을 줄 아는 남자였다. 눈이 마주치자 그 역시 웃었다. 그 후 혼례 내내 몇 번이나 마주쳤다. 찬눈은 남자가 일부러 앞에 얼쩡거린다는 것 정도는 금방 알아챘고, 우연인 척 앞에 나서주는 정도의 배려도 해주었다.

각의 영지에 와서도 그 만남은 이어졌고, 미래를 기약하고 싶은 사이가 되었다.

찬눈은 가장 먼저 부인에게 말했고, 부인은 허락해 주었다.

그래, 시집가. 너는 행복해져야지, 나의 찬눈. 하눈이 내 아이들을 낳으면 그때 가. 하눈은 튼튼하니 몇이나 낳겠지. 그러면 너는 자유가 될 거야. 대신 멀리가지 않는 거다, 찬눈. 내 곁에 있어줘.

그 후, 족장의 태도가 눈에 뜨이게 싸늘해진 것을 제하곤 달라진 건 없었다.

그해가 가기 전 하눈은 족장과 동침했다. 연달아 아들 둘이 태어났다. 자손은 번성할 것이며 제대로 된 후계자도 태어날 것이다.

그걸로 끝나야 했다. 하눈은 비록 신분은 하녀이지만 족장의 부인 같은 대접을 받을 테고, 아이들은 후계자가 된다.

그러나 하눈은 족장을 사랑했고, 아이들은 더 사랑했다. 족장과 하눈 사이에 무슨 말이 오가고 어떤 거부와 제안이 있었는지 찬눈은 지금도 모른다. 다만, 하눈은 결국 해서는 안 되는 짓을 했다. 그 방식이 너무 어설퍼 지금도 찬눈은 가슴이 아프다. 가잔산맥 출신을 어머니로 둔 찬눈은 어머니에게 약초와 의술에 대해 배웠다. 찬눈은 부인의 몸종인 동시에 부인의 몸을 돌보는 역할도 같이했다.

고향에 있는 어머니는 찬눈에게 부인을 위한 약을 보내곤 했는데, 그중에 독약도 있었다. 미량만 쓰면 부인의 약한 심장을 위한 약이 되는 것이라 찬눈의 어머니는 원료인 약초를 직접 말려 가루를 내 보냈다. 하눈도 그 일을 돕곤 해서 무슨 약인지는 알고 있었다.

하눈은 찬눈이 시중드는 날 부인의 차에 독을 섞었다. 찬눈이 냄새에 아주 예민하다는 것을 몰랐던 것이 하눈의 실수였다. 찬눈은 차를 따르자마자 안에 독이 있는 것을 알아냈다.

찬눈은 타후락에게 알렸다. 하눈이 지목된 것은 당연했다. 하눈은 부인했지만, 찬눈은 어렵지 않게 하눈이 독을 만졌던 것을 알아냈다.

—네 짓이야.

—거짓말하지 마! 아냐, 내가 대체 왜 그런 짓을 하는데?

강력히 부인하는 하눈의 손에 찬눈은 물을 뿌렸다. 그 손이 삽시간에 푸르게 물들었다.

하얗게 질린 부인에게 찬눈이 말했다.

—저는 독이 든 상자에 이런 염료를 뿌려둡니다. 행여 저 말고 다른 이가 독을 가져갔을 때를 대비해서지요. 독을 가지고 있다는 건 누구든 제 독을 쓸 수 있으며 제게 누명을 씌울 수 있다는 뜻이니.

그리고 찬눈은 자신의 손에 물을 뿌렸다. 아무것도 녹아나지 않았다. 찬눈은 그런 다음 독 상자를 만진 뒤에 뿌렸다. 이내 푸르게 물들었다.

하눈의 눈에 절망이 어렸다. 찬눈은 차를 따르고 하눈에게 내밀었다. 이게 무슨 의미인지 하눈은 알았다.

하눈은 그 차를 삼켰다. 그리고 그녀의 숨은 눈을 감듯이 허무하게, 애초에 존재한 적도 없이 사라졌다.

이제 족장은 하눈의 자식들을 적출로 남겨둘 수 없었다. 서출로 만들면 또 후계자가 없어진다. 그래서 이제 찬눈의 차례다.

한 몸의 맹세를 한 자매. 이 무슨 웃기는 기만인가. 애초에 찬눈과 하눈의 어머니가 천출이고 그 아버지가 족장이라 이리된 것뿐인 것을.

누구든 인생을 살며, 태어나고 자라며 반드시 치를 몫이 하나쯤은 있는 법이다. 찬눈에게는 그 일이 그녀의 몫이었다. 찬눈이 자기 몫이라 생각했던 행복은 사실 그녀의 것이 아니었다. 사랑도, 곧 이룰 자신의 가정도, 미래도 다 그녀 것이 아니다.

찬눈은 연인을 보내고 족장과 동침하여 그의 아들들을 낳았다. 교미만도 못한, 짐승 같은 수태와 출산이었다.

그게 그렇게 치욕스러울 줄은 몰랐다.

하눈은 욕심을 품었지만 찬눈은 스스로 독을 먹고 죽고 싶었다. 아들 둘을 낳고, 그 아들 둘을 부인에게 보낸 뒤 몇 년을 보냈다. 아무리 부인이 노력해도, 잘해주려고 해도, 그녀가 찬눈을 사랑한다는 것을 알아도 견딜 수 없는 일이었다. 치욕감과 상실감은 무엇으로든 보답받을 수 없었다. 세상에 홀로 남아 모독당하는 기분이었다.

그 지옥 같은 몇 해를 보내자 타후락 부인은 세상을 뜨며 족장에게 맹세를 시켰다. 절대로 다른 부인을 맞이하지 말고 찬눈을 부인으로 맞이해 달라.

족장은 처음에는 답하지 않았다. 다시 맹세를 시켰을 때 족장이 아닌 찬눈이 그렇게 하겠노라고 답했다. 그제야 족장이 수락했다.

부인이 세상을 뜨고 바로 다음 달 둘은 결혼했다. 간단하게 조상에게 제를 올리고 제물을 바친 뒤 첫날 아닌 첫날을 보냈다. 어차피 몇 번 동침한 사이라 그날은 참 고요하기만 했다. 그리고 그 후, 족장은 첫날만큼이나 조용히 찬눈을 받아들였다.

찬눈은 그의 아이를 낳아준 여인이었지만, 또한 그의 아들들을 낳아준 여인을 죽게 한 여인이기도 했다. 그러나 족장은 한 번도 그에 대해 말한 적이 없었다. 아니, 애초에 말을 하는 일도 없었다. 찬눈이 아내로 하는 일을 고분고분 받아들일 뿐. 식사도, 옷도, 약도, 모두 찬눈이 하는 대로 받아들인다. 가끔은 고맙다고 말하고, 생일과 결혼 기념일에 선물을 챙겨주기도 했다. 장신구를 주기도 하고 옷감을 주기도 하고 어이없는 선물도 종종 들고 왔다.

그리고…… 그렇게 그 참혹한 날까지 이십여 년이 지나갔다.

당시 찬눈은 족장과 함께 서출 아들들의 영지에 있었다. 하눈이 남긴 아들들이 다스리는 곳이었다. 당시 남편은 병이 워낙 깊어 언제 세상을 뜰지 모를 상황이었다.

그날 찬눈은 살랍의 패잔병과 그에 섞인 흉맥족들을 보았다. 찬눈은 그들을 알았다. 여환 왕자의 영지에 사는 자들이었다. 검과 활을 파는 용병들이기도 했다. 초원에서 용병들은 가장 천한 지위였다. 맹세가 아닌 돈에 몸을 파는 것은 지독히 경멸받는 일이다. 어머니의 일족인 가잔의 산악족조차도 흉맥 산악족들을 싫어했다.

그런 이들이 마을에 나타난 것이다. 여환은 사령관의 지위를 잃은 뒤 그 용병들을 신중하게 고용하고 부렸다. 그 족장은 여환이 동부에 있을 때 병사를 보내기도 했다. 찬눈도 하눈의 장남이 그곳 여자와의 사이에 아들을 두는 바람에 그 일족과 만난 적이 있었다. 그 여자는 아들을 낳고 다른 곳으로 시집갔고, 흉맥족의 풍습에 따라 그 아들은 흉맥으로 보내졌다. 그러나 찬눈의 아들이 산악족 마을로 직접 가서 그 아이를 찾아와 갈호라는 이름을 붙여주고 양자로 삼아 키웠다. 그 아이는 지나칠 정도로 착하고 온순하게 컸다.

하눈의 장남이 찾아와 무슨 일을 할 것인지 말했을 때, 남편은 분노로 고함을 질렀다.

—네게 줄 건 다 줬다! 영지를 나누어 주고 네 가문을 만들라 했다. 내가 네게 주지 못한 것은 단 하나, 족장 자리뿐이었어. 네가 스스로 가문을 만들어 네 스스로 족장이 되면 될 문제인데, 대체 왜…… 왜!

그러나 이미 결정된 일에 아버지가 나서서 할 수 있는 일은 없었다. 게다가 남편의 숨은 목 밑까지 차올라 있었다.

남편은 가슴을 부여잡고 연달아 헐떡이다 찬눈을 보았다.

—미안하오…… 미안해!

—괜찮습니다.

찬눈은 하눈이 자신에게 복수하는 거라 생각했다.

그래, 내가 너를 죽였으니 이제 너는 나를 죽이려 하는구나.

네 아들들이 나를 죽이고 내 아들들도 죽이겠지.

찬눈은 족장의 손을 잡았다. 이미 차게 식어 있었다. 괜찮다 말하려 했지만 말이 나오지는 못했다. 족장의 손에 힘이 들어갔다. 마지막 삶의 밧줄을 부여잡듯.

—후회되는 건 없지만…… 단 하나 후회하는 일이 있소, 부인.

—말해보세요.

—부인에게…… 단 하나 말하지 못한 말이 있지. 그 말을 하고 나면 이제 다 괜찮을 것 같소. 미안하오. 이리되어서야 말하는구려.

—그럼 말하지 마세요.

그러나 족장은 고개를 저었다. 이제 늙을 대로 늙은 얼굴이었다. 젊은 시절 키 크고 건장했던 남자였다. 처음 동침할 때나 펄펄 끓었었지, 남편이 된 뒤에는 항상 무뚝뚝했다. 옆에 사람을 둔 건지 바위를 둔 건지 모를 남자였다.

그런데 지금, 그 바위가 돌아보고 있었다. 바위가 말을 하고 있었다. 바위의 심장이 뛰고 있었다.

찬눈은 그 바위를 막고 싶었다.

말하지 마. 그 말만은 해서는 안 돼요.

—오래 살아요.

그래서 찬눈은 이룰 수 없는 말을 한 번 더 하는 수밖에 없었다. 오래 살아, 오래 살아 그 말을 잊어요.

—그런 날은 오지 않을 거요. 그러니 지금 말하겠소. 부인, 부인에게 나는 진심으로 감사하고 있소. 내 아이들을 낳아준 것에, 내 아내가 되어준 것에, 그리고 이렇게 내 곁에 머물러 준 것에…….

—제 의무였습니다. 제 할 일이었어요.

—내가 진짜 하고 싶은 말은 그게 아니오, 부인. 부인에게 감사하고…… 감사하고…….

그 말은 하지 마.

이미 알고 있으니. 아주 오래전에, 아니, 처음부터 알고 있었어.

그리고 외면했다.

당신은 그래서는 안 되니까.

아니, 애초에 우리는 그래서는 안 되니까.

나는 당신과 행복해져서는 안 되니까. 내가 죽인 하눈과 내가 충성해야 하는 부인을 두고 내가 당신을 가져서는 안 되는 거였으니까.

그러나 그럼에도 불구하고 안다.

몰랐던 순간조차 없었다.

혼례날 마주할 때부터 그의 눈은 신부를 떠나 찬눈을 향했다. 가볍게 무릎을 굽혀 인사하며 바라볼 때 눈이 마주했다.

그 후 내내 그의 시선을 느꼈지만 외면했다. 볼 옆으로 닿는 시선을 느끼면 돌아서고, 목덜미에 닿는 시선을 느끼면 가렸다. 혼례가 끝나고 각으로 떠나는 날까지 외면하고, 각에서도 외면했다.

족장이 외롭다는 건 알았다. 그의 아내는 그를 사랑하지 않고, 그 역시 아내를 사랑하지 않았다. 서로의 목적 외에는 아무 필요도 없는 결혼, 증오조차 없이 먼지만 날리는 사이였다. 그래서 그는 찬눈을 사랑했지만 하눈을 받아들였다.

그 나날 속에서 그는 포기하는 것조차 제대로 못했다. 아내의 냉대와 원하지 않던 여인이라도 품어 자식을 만들어야 했던 비참함과 사랑하는 여자에게는 아무것도 줄 수 없던 무력감 속에서 홀로 죽 걸어가기만 했다. 외로워 견딜 수 없어서 사랑하던 남자였다.

그것을 알아도 찬눈은 외면했다. 받아들여서는 안 된다. 하눈을 죽인 그녀가 그를 받아들여서는 안 되었다. 부인 앞에서 그 남편을 받아들여서는 안 된다. 모두가 불행한데 그녀만 행복해서는 안 된다. 비참함 속에서 계속 비참해야 하는 것이 그녀의 몫이었다.

족장은 워낙 말이 없던 사람이라 항상 말없이 처신했다. 때때로 말도 안 되는 바느질감을 가져와서 그걸 다 꿰매어달라고 한 뒤 저녁 내내 옆에 말없이 앉아 있곤 했다. 찬눈이 다 마치지 못했다고 하면 직접 가지고 간 뒤에 다음날 또 찾아왔다. 그때마다 전날

바느질한 것이 다 뜯겨 나가 있었다.

찬눈도 그때가 족장이 그 깊은 고독에서 벗어나는 유일한 시간이란 것을 알기에 말없이 받아들였다. 적어도 그것만은 받아들여도 괜찮다고 생각했다.

쓸쓸한 몇 해가 지난 뒤 찬눈은 어머니가 아프다는 소식을 듣고 어머니의 고향으로 갔다. 도착하니 다 죽는다던 어머니는 아주 멀쩡했다. 찬눈이 돌아간다고 할 때마다 갑자기 아프다며 드러누울 뿐이었다. 그게 거듭되다 보니 결국 석 달을 넘기고 말았다. 어머니는 같이 살자고 은근히 말했고, 찬눈도 못 이기는 척 주저앉기로 했다. 어차피 각의 영지에서의 삶은 점점 견디기 힘들어지고 있었다. 더 있다가는 부인마저 미워할 것 같아 차라리 사라지고 싶었다.

반년이 다 되어 찬눈이 돌아갈 생각도 없어졌을 때, 해가 기울 무렵 족장이 혼자서 마을에 나타났다. 어떻게 온 거냐 물어도 지나가는 길에 우연히 들른 것이라 박박 우겨댈 뿐이었다. 첩첩산중을 굽이굽이 지나야 들어올 수 있는 산악족 마을은 일부러 찾아와도 힘든 곳인데 우연히 들른 것이란다. 말도 없고 짐도 없었다. 다리는 어디 접질렸는지 절룩대는데다 이마도 심하게 찢어져 피투성이였다.

어이가 없고 황당해서 찬눈이 물었다.

—걸어왔어요?

—아니, 말 타고 왔소.

—말은 어디 있는데요?

—오는 길에 늑대한테 잡아먹혔소.

—짐은요?

—강도를 만났소.

—상처는요?

—오다가 떨어졌소. 아냐, 아냐. 위험한 절벽은 아니었어.

찬눈이 경악하고, 등 뒤에 있던 어머니도 기가 막혀했다. 어머니는 딸에게 마음을 품은 젊은이라고 기대하며 식사를 준비했지만 바로 '그' 족장이란 이야기를 듣고 싹 치우더니 마른 밀병 한 덩이만 던지고 갔다. 찬눈이 뭐든 내가려 했지만 어머니가 벽장을 다 잠가 버리는 바람에 족장은 저녁 내내 쫄쫄 굶어야 했다.

족장은 집에 내내 앉아만 있다가 다음날 아침 가겠다고 했다.

—이대로 가게요?

—우연히 온 거요. 그러니 가야지. 나도 갈 데가 있어서.

—알았어요. 잠깐 기다려요.

그리고 찬눈은 짐을 챙겼다. 놀란 어머니가 나 정말 아프니까 네가 가면 안 된다며 바닥을 굴러다니든 말든 족장의 팔을 잡고 마을을 나왔다.

—여기는 안내인을 사서 올라와야 하는 곳이라고요. 혼자 들어오기도 힘들고 나가기도 힘들어요. 가요.

그리고 멍하니 서 있는 그의 팔을 잡아당겼다.

혼자만 외롭다고 생각했었다. 부인에게는 아들들이 있으니 괜찮지만, 이제 자신은 더 이상 아무 필요도 없고 지낼 곳도 없다고 생각했었다.

그러나 외로운 사람이 하나 더 있었다.

젊은 족장에게 있어 삶이란 조상으로부터 물려받아 후손에게 물려줘야 하는, 자신의 것이 아니라 남에게 빌려 남에게 주어야 하는 것밖에는 없는 삶이었다.

그렇게 빌린 것밖에 없는 삶에 나 하나 정도는 그의 것이 된들 어떠랴.

그의 삶은 그의 것이다. 그 역시 삶을 누릴 권리가 있었다. 그도 누군가에게 의지하고 사랑하며 행복할 권리가 있었다.

—뭐 해요? 어서 가요.

찬눈은 족장의 손을 잡아끌었다.

그리고 그렇게 살았다.

젖어드는 찬눈의 눈을 보며 족장은 우울하게 웃었다. 슬픔은 끝나가지만 아픔은 아직 남았다. 그는 곧 떠날 테지만 아직 끝이 아닌 찬눈이 그에게 보여줄 수 있는 것은 없었다.

—부인과 함께 살아온 내내 나는 행복했소. 당신이 옆에 있어서 안도했고, 당신이 내 아내라 행복했소. 그리고 이렇게 내 인생의 마지막 날까지 그대가 내 아내라 행복하오. 내 옆에 있는 사람이 그대라 감사하오.

떠나보낸 연인이 생각난다. 그를 보내고 이 남자와 동침했다. 그날, 세상이 다 미워 견딜 수 없었다. 주인을 원망했고, 양의 맹세를 한 그날을 돌이키고 싶었으며, 그걸 강요한 아버지를 증오하고, 애초에 이 몸이 자기 것이라는 것을 증오했다.

그런데 지금, 이 남자가 사랑과 행복을 말하고 있었다.

그의 잘못이 아니란 건 알고 있었지만 원망할 곳이 없었다. 하눈이 원망스럽지만 그 아이는 죽었고, 아버지가 증오스럽지만 그 역시 너무 일찍 세상에서 사라졌다. 부인은 미워하기에는 너무 약했다. 그리고 이 남자는…… 미워하기에는 생이 너무 길었다.

미움은 어차피 사라진 지 오래. 흔적조차 없다.

그날, 마을에서 그의 팔을 잡고 나올 때부터 하나하나 사라져 이젠 아무것도 없다.

—나 역시…… 당신이 내 남편이라서, 당신과 지낼 수 있어서, 당신의 아내로 지낼 수 있어서, 당신 아이들의 어머니가 될 수 있어서…….

차마 다음 말은 할 수 없었다. 귓가에 대고 들어달라 속삭였다. 미소가 보인 것 같았다.

그다음 모두 끝났다.

남편은 찬눈의 품 안에서 숨을 거두었고, 밖에서는 살육이 벌어졌다.

장남의 비명이 들렸다. 그 역시 배반당했다는 것을 아는 건 어려운 일도 아니었다.

찬눈은 나가지 않았다. 나가 무언가를 본다면 죽을 거란 사실을 알았다. 차라리 죽고도 싶었지만 그럴 수는 없었다. 그녀의 삶에 있어서 단 한 번도 어긴 적이 없는 원칙이 있다면, 그것은 견뎌낼 수 있다면 견디고 사는 것이었다. 견디지 못하는 것은 자신의 죽음밖에 없다.

찬눈은 세상이 고요해질 때까지 조용히 있었다. 피어오르는 살육의 냄새를 맡으며, 그래도 제발 누군가는 살아남기를 바랐다. 아들들과 손자들은 가망이 없으니, 손녀 중 하나라도 살려주었기를 바랐다. 하나라도 그녀의 품에 남겨준다면 여환을 용서할 수 있을 것 같았다.

그리고 여환이 남겨준 것은 호련이었다. 하얗게 질려 있는 그 아이를 안으며 그때만은 감사할 수 있었다. 그 불쌍한 아이가 무엇을 보고 어떻게 지냈는지 알았으나 묻지 않았다. 호련도 단 한 번도 누가 죽였다고 말하지 않았다. 그러나 말을 맞춰본 적이 없을 뿐, 둘 다 두 눈으로 보았으니 모를 수가 없었고, 찬눈은 그 아이를 삼킨 고통의 늪이 무엇인지 알았다.

그러니…….

이제 적어도 여기서나마 행복을 맞이하기를 바란다.

일족도, 의무도, 다 버리고 그냥 살았으면 좋겠다. 사랑해 주는 남자가 지켜주는 집에서, 그 품에 안겨 사랑과 보호를 받으며.

더 이상은 호련이 혹독한 삶을 사는 것을 바라지 않는다.

하지만 바란다고 되지 않는 것 역시 안다.

찬눈은 족장을 사랑하고 싶지 않았지만 사랑하게 되었고, 하눈을 죽이고 싶지 않았지만 죽이게 되었다. 옛 연인을 사랑했으나 이제는 잊었다. 그리고 지금, 손녀의 옆에서 그 괴물을 떼어버리고 싶지만 어떻게 될지 모른다.

여환이 과연 그 아이를 놓아줄까? 아내를 잃은 뒤 우리 없는 맹수같이 변한 그의 감정이 과연 그 아이를 놓아줄까? 사랑할 게 없으면 증오라도 해야 하는 그 남자가 너를 놓아줄까?

우이를 잃은 여환의 상태는 항상 찬눈을 불안하게 했다. 우이는 여환의 옆에 있을 때부터 여환의 가족들과 외로움에 시들어가고 있었다. 아무리 강한 여자라도 여환의 가족이 보내던 그 집요한 미움은 버틸 수 없었다. 찬눈은 삶에 병처럼 깃든 고통을 견디는 것이 얼마나 가혹한 일인지, 스스로 겪어봐서 알았다.

여환은 아내와 비틀어진 빈틈만큼 호련을 미워했다. 우이가 자신 외의 다른 것에서 안식을 찾으면 찾을수록, 벌어지면 벌어질수록 호련을 미워하고 있었다.

우이가 없는 지금은 아내를 사랑했던 만큼의 증오를 호련에게 퍼붓고 있었다. 어떻게든 호련을 증오하고 고통을 주어야 그는 안심할 수 있는 상태다. 혼례가 정해진 뒤 그가 얼마나 오랫동안 호련을 버려두며 수치를 주었는지 안다. 지금은 차라리 그에 감사하고 싶은 심정이지만, 그 근간에 있던 여환의 감정은 사라지지 않았을 것이다. 호련이 같이 증오할 때는 차라리 낫다. 서로 으르렁대며 할퀴고 물어뜯으며, 증오로 증오를 보답하니 공평하다.

그런데 지금, 호련은 돌아가 그를 증오하는 대신 다른 남자를 받아들였다.

그렇게 버림받은 여환은 이제 무슨 짓이든 할 것이다.

보답받을 수 없는 사랑만큼이나 집요한 것이 응답 없는 증오인 법이니. 그건 알지만, 그런 감정이 가엾은 손녀를 향하는 것을 찬눈은 견딜 수 없었다.

아가야.

그러니 제발, 도망쳐 숨어.

그가 너를 잡을 수 없는 곳으로 가버려.

살랍의 왕 태무는 씨가 싹이 되고 풀이 될 때까지 놓아두는 성품이 아니었다.

납경은 살랍의 가장 큰 도시이자 서역으로 갈 때 반드시 거쳐가야 하는 교역 도시 중 하나라 소문내 줄 음유시인이나 악사도 많으며 들어줄 사람도 많다.

동생인 태괄에게 호련을 데리고 와도 된다는 말을 전한 뒤, 태무는 시종을 음유시인들이 머무는 여관으로 보내 소문을 심었다. 태무는 철저한 성품이고, 특정 사안에 관해서는 좀 지나치다 싶을 정도로 상세하게 신경 쓴다. 그의 일인 동시에 취미 생활이었다.

일단, 동생을 장가보내기로 마음먹었으니 태괄이 비난받을 만한 근거를 싹부터 제거하기로 마음먹었다. 동생이 남의 여자 끌고와 강제 결혼하는 천하의 개자식이 되어서는 안 된다.

태무는 시종을 통해 지침을 내렸다. 각 족장의 딸이 태괄의 연인이었는데, 그 연인을 능고의 여환 왕자가 빼앗아갔다. 태괄은 용맹하게 여환과 싸워 이긴 뒤 연인을 되찾아왔다. 그리고 태괄은 그렇게 되찾아온 자기 여자와 혼례를 올릴 거다.

완벽한 진실을 아니지만 적당한 진실은 되니, 나중에 태괄이 듣고 멱살을 잡으면 나는 거짓말한 적은 없다고 우길 수는 있었다.

시종은 왕을 대신해 여관으로 가서 음유시인들을 찾아 술과 음식, 약간의 사례금을 쥐어준 뒤 그들 사이에 경쟁심을 부추겼다. 누구누구의 노래가 더 멋진 것 같던데, 누구누구 이야기가 더 몰입감이 있던데 등등. 시종은 적당한 분란을 일으킨 뒤에 궁으로 돌아와 왕에게 알렸다.

왕은 느긋하게 기다리다가 태괄이 도착할 무렵 다른 시종을 보내 골목에서 어떤 소문이 도는지 알아내게 했다.

보고한 바에 따르면, 첫 번째 보낸 시종은 일을 참 잘해내었다. 소문은 골목의 음유시인과 상인들을 휩쓸었고, 상인들에게 물건 팔러 온 사람들의 귀에도 다 들어갔다.

지겨운 우기라 다들 이 이야기에 아주 신이 났다. 용맹하고 잘생긴 왕자와 아름다운 아가씨의 연애만큼이나 흥미로운 이야기가 어디 있는가(본인들 사정과 다르긴 하지만).

태무가 예측하지 못한 건 우기의 지겨움을 과소평가한 것이었다. 사람들 사이로 너무 빈번하게 오가다 보니 이야기는 이야기에서 전설이 되어갔다. 어느새 호련은 달이 낳아 별이 키운 아름다운 여인이 되어버리고 태괄은 해가 낳아 대지가 키운 용맹한 전사가 되어버렸다. 졸지에 어머니, 아버지가 다른 친동생을 두게 된 태무는 나쁜 일은 아니니 그냥 손을 놓기로 했다. 어쨌든 태괄이 자신의 연인을 구해내어 데리고 왔다고 알아주기만 하면 되는 것 아닌가. 동생은 악사나 음유시인을 보면 가던 길도 돌아가는 놈이니 안심하자. 그리고 이 정도면 능고도 무슨 뜻인지 알아먹을 것이다.

어차피 전쟁은 해야 한다. 벌써 두 번이나 부딪힌 이상, 회전(會戰)이 벌어지는 건 어쩔 수 없다. 그 전쟁에서 제대로 이기는 쪽이 패권을 쥔다.

이건 그저 제대로 이기기 위한 포석일 뿐이다.

호련은 일어나 가장 먼저 날씨를 확인했다. 항상 버릇이 되어 있어, 도시로 와도 하늘부터 보게 된다.

밤새 또 비가 내린 듯 정원이 흠뻑 젖어 있었다. 비를 마친 구름이 쪼개지며 붉게 물든 아침 하늘을 드러냈다. 창문으로 스며드는 바람에 젖은 흙과 풀 냄새가 배어 있었다. 창밖 나뭇가지와 나뭇잎 끝에도 물방울이 맺혀 있었다.

호련은 비 내음을 맡으며 두고 온 고향을 생각했다.

다들 잘 지낼까? 엄청나게들 걱정하겠지. 단륭은 울고 있을지도 모르겠다. 가엾게도. 그리고…… 돌아가면 무척 놀랄 것이다. 단륭은 뭐라 할까? 다행이라고 할까, 아니면 태괄에게 검부터 휘두르고 볼까?

호련은 침대를 보았다. 그 위에 태괄이 곤히 잠들어 있다. 이 남자는 잠들면 옆에 있는 줄도 모르게 잠든다. 어제도 내내 뒤에 있는지 옆에 있는지 모르고 잤는데, 일어나 보니 옆에 있다.

호련은 태괄의 이마에 손을 얹고 머리를 걷어보았다. 아기 양처럼 무방비하고 조용하다.

어제 어땠더라?

숨소리가 기억난다. 목덜미에 닿던 열기, 허리를 잡던 뜨거운 손, 호련의 팔 사이로 파고들던 단단한 목, 몸을 누르던 묵직한 가슴과 허리 아래로 파고들던 뜨거움. 귓가에 닿던 달콤한 속삭임과 애걸. 그 모든 것에 굴복한 호련은 몸을 붙이고 그를 끌어안으며 속삭였다. 더, 더 들어오라고. 그 속삭임에 그의 몸은 더 무겁고 뜨거워졌다. 힘은 더 강해지고 숨은 거칠어졌다.

그리고…….

허리에 태괄의 뜨거운 손이 닿았다. 손은 허리를 애무하다가 호련을 확 당겼다. 태괄을 향해 몸이 쏟아졌다.

"뭐야?"

호련의 목덜미로 웃음소리가 들렸다.

"왜 그렇게 골똘히 봐?"

"그냥…… 이렇게 생겼나 싶어서."

"어떤데?"

고개를 들자 태괄이 보고 있다. 밝은 아침 빛 덕에 녹갈색 눈이 물속처럼 투명해 보였다.

"잘생겨 줘서 다행인 정도."

"겨우 그 정도?"

태괄은 호련을 침대에 눕혔다. 몸이 침대에 푹 묻히며 금방 그 품에 갇혔다. 밝은 아침이지만 그가 허리를 숙이자 사방이 컴컴해진다.

"아침인데……."

호련이 고개를 젖혔다. 역시 밝을 때 이런 모습으로 있는 건 좀 부끄럽다.

"방해할 사람 없어. 바쁜 일은 어제 다 했고……."

"오늘 바쁘다고 하지 않았어?"

"뭐, 조금 있다 바쁘면 되지 뭐……."

그러다 태괄의 안색이 확 변하더니 벌떡 일어났다.

"아니다, 오늘은 아니다. 지금 해야 하는구나."

"……?"

태괄은 급히 일어나려다 문 아래로 그림자가 비치는 것을 보았다.

"들어와."

문이 열리며 시녀들이 들어왔다. 지친 얼굴들을 보니 밖에서 한참 기다린 것 같았다.

"혹시 늦었나?"

"네, 많이 늦었죠. 적어도 새벽에 일어났어야 하는데 말이지요."

시녀가 담담하게 투덜거렸다. 태괄은 이마를 쓸어 올렸다.

"그럼 깨우지! 왜 그냥 거기 있었어!"

"안의 사정을 저희가 알 수 없어서요. 저희도 민망한 꼴은 보고 싶지 않아서……."

"그냥 자고 있었어. 쓸데없는 배려는 하지 마라. 들어와."

"그런데 왕자님, 아가씨 할머니가 아가씨는 꼭 데리고 오라 하셔서요. 조금 전에도 우리들 등 뒤로 지나가시며 그리 말씀하시던데."

"뭐? 할 거 있으면 그냥 여기서 해. 꾸미는 정도는 내 앞에서 해도 되잖아."

"절대 안 된다고 전하라시던데요."

"이 할망구가!"

호련이 이제 할망구라 부르라는 건 그만두라고 충고하기도 전에 태괄이 자신의 옷으로 호련의 몸을 덮었다. 누가 봐도 할머니를 향한 포고였다. 할머니가 뿜어낼 불길이 두려운 호련이 작게 물었다.

"저기, 태괄. 다른 옷은 없어?"

"없어."

그리고 태괄은 어제 호련이 입고 있던 옷을 치워 버렸다.

역시, 찬눈은 보자마자 눈꼬리가 확 올라갔다.

"어제 그 불한당이 참 신났었나 보군요. 나는 이 냉방에 처박아 놓고 아가씨를 보러 가지도 못하게 하고서 아주아주우우우우우 신났었나 보네요오?"

찬눈은 호련이 걸친 태괄의 옷을 확 벗겨 밖으로 던졌다.

"이건 치워 버리고, 당장 준비하세요."

시녀들이 얼른 들러붙어 일단 호련을 씻긴 뒤 찬눈의 방으로 데리고 왔다. 그다음 잽싸게 머리를 빗기고 몸을 닦아주고 손톱과 발톱을 다듬었다.

"오늘 폐하를 뵙는 거라 이러나 보죠?"

호련은 엄청난 작업을 간신히 견디며 할머니에게 물었다. 당장 시녀들이 얼었다. 찬눈도 뻣뻣하게 굳었다. 호련은 뭔가 이상하다고 생각하며 자그마하게 물었다.

"왜 그래요, 할머니?"

"아무 말도 안 하던가요?"

"무슨 말이요?"

"정말 아무 말도 없었어요?"

"네. 오늘 살랍의 왕인 태괄의 형을 만날 거란 말 외에는……."

어제 무슨 말을 했던가 아무리 돌이켜 봐도 오늘 왕을 만난다는 말밖에는 못 들었던 것 같다. 아주 바빠진다는 말은 했는데, 왜 바쁜지는 말하지 않았다. 그래서 그저 왕을 만나고 왕의 손님이나 가족들을 만나야 하나 보다, 라고 생각했다.

찬눈의 눈꼬리가 떨렸다.

"정말요?"

"네."

"그 불한당은 어제 뭐 하느라 그리 바빠서 아무 말도 안 했단 말입니까!"

"네?"

"왜 가장 중요한 말은 안 하고……! 뭐 하느라 그리 바빠서!"

시녀들은 모두 웃음을 참았다.

호련은 역시나 무슨 말인지 도통 알아들을 수 없었다.

어제 태괄이 무척 바빴다는 건 호련도 인정하지만, 아무리 바빠도 반드시 해야 했을 중요한 말은 대체 뭐란 말인가.

시녀들은 호련을 다 벗긴 뒤 옷을 입히고 겉옷을 가지고 왔다. 붉은 비단에 금실로 장미와 덩굴, 새를 수놓은 화려한 옷이었다.

그 옷을 입힌 뒤, 시녀들은 귀걸이와 목걸이를 채우고, 팔찌와 반지를 끼웠다. 머리는 말아서 틀어 올린 뒤 비녀와 머리장식을 꽂아 넣고 은은하게 비치는 휘장을 씌웠다. 목과 머리 위에 꽃 장식을 달고 이마에 구슬 장식을 달았다.

왕을 만나는 데 이리 호화스러운 차림이 필요한가, 라고 생각하고 있는데 할머니도 성장을 하고 나왔다. 자주색 옷에 옥팔찌를 낀 찬눈은 너무 할망구같이 입었다며 투덜댔다. 그러나 성장을 마친 호련을 보자 두 팔을 벌리며 다가와 호련의 팔을 잡았다.

"어여쁘군요. 정말 어여뻐요. 그 불한당 놈에게 너무 아깝군요."

찬눈의 눈에 누군가를 향한 그리움이 어렸다.

"고마워요. 그런데 할머니, 이제 나가면 되는 건가요?"

"아뇨, 잠시 기다려요. 그 불한당을 부를게요."

"할머니, 이제 그냥 태괄이라 부르면 안 될까요?"

"특별히 기특한 일을 하는 기적이 없는 한 불한당입니다."

찬눈이 먼저 나간 뒤에 호련은 잠시 앉아 있다가 답답해져서 창가로 갔다. 창밖의 정원에 여러 사람들이 서 있었다. 그중에 갈호도 있었다. 갈호는 평소와는 달리 굉장히 잘 차려입고 있었다. 단정한 붉은 옷에 가죽신과 좋은 허리띠를 맸다. 갈호가 호련의 시선을 느끼고 돌아보았다. 호련을 본 그는 무척 놀라긴 했지만, 왜인지 다가오지는 않았다.

너무 사치스럽게 입어서 그런가, 왜 저렇게 본담? 호련은 태괄이 오기 전에 나가기로 하고 문으로 갔다. 옷은 호화롭긴 하지만 가볍고 몸에 잘 맞아 움직이는 데 어려움이 없었다. 그러나 호련이 문을 열기도 전에 밖에서 먼저 열렸다.

앞에 태괄이 있었다. 호련이 놀라서 보았다. 청색 겉옷에 금색 수를 놓은 진녹색 옷을 겹쳐 입고, 거기에 짙은 남색 허리띠와 호화로운 보도를 찼다. 태괄이 눈만 깜빡이는 호련에게 말했다.

"왜 그렇게 놀라?"

"왕자는 왕자였구나 싶어서."

태괄은 호련을 눈부신 듯 보았다. 그 눈빛에 호련은 얼굴이 저절로 붉어졌다.

"왜?"

"예쁘네."

"시녀분들이 아주 신경 써줬어. 어마어마하게 고생했지."

"이거, 너무 예뻐서 나만 보고 숨겨두고 싶은데."

"가봐야 하잖아. 그런데 태괄, 오늘 대체 무슨 일이 있어서 다들 저러는 거야? 할머니는 어제 태괄이 나한테 이야기해 줘어야 한다고 하던데…… 아무리 물어도 직접 들으라고만 해."

태괄이 웃다가 굳었다. 아차, 하는 탄식이 그 입에서 나왔다.

"대체 무슨 일인 거야? 할머니가 아주 화나신 것 같던데."

"그게…… 저기, 가보면 알 거야."

"……?"

태괄은 호련의 손을 잡아당겼다. 호련은 여전히 궁금했지만 더 이상 묻지 않았다. 나쁜 일은 아닐 테지. 괜찮을 거야.

현관으로 내려가자 앞에 아름다운 흰 말이 서 있었다. 주둥이와 발에는 옅은 먹물 같은 재색이 배어 있고 다리가 무척 길고 허리도 잘록했다. 고삐와 안장은 구슬과 붉은 술로 호화롭게 장식했다. 태괄은 그 말을 호련 앞으로 데리고 왔다.

"아가씨 말이야."

"근사해."

호련은 주변을 둘러보았다. 태괄의 부하 중 누웅을 알아볼 수 있었다. 호련은 가까이 있을 갈호를 찾았다. 금방 찾을 수 있었다. 멀리서는 몰랐지만, 가까이에서 보니 갈호는 그다지 제대로 차려입지는 못했다. 이런 옷에 익숙하지 못하다 보니 어딘가 하나 덜 묶고 덜 채웠다. 호련은 갈호에게 다가가 그 옷매무새를 다듬고 단추를 채워주었다.

"왜 이렇게 대충 입은 거야?"

호련은 갈호의 허리띠를 풀어 다시 묶은 뒤, 겉옷의 옷깃을 당기고 앞의 끈을 묶어주었다. 갈호가 모자를 건네주었다. 호련은 갈호의 머리카락을 뒤로 넘기고 모자를 씌워주었다.

"다 되었다."

갈호가 웃었다.

"고마워. 너도 오늘 정말 예쁘다."

"내가 한 것도 아닌데 뭐."

그러나 더 이야기를 나누기도 전에 태괄이 호련을 잡아당겼다. 호련이 돌아보자 태괄은 엄하게 말했다.

"다음부터는 나 말고 다른 남자 옷은 건드리지 마."

"갈호는 내 친오빠 같은 존재야. 외간 남자가 아니라고."

"친오빠 같은 거지 친오빠는 아니잖아."

호련은 픽 웃었다.

"뭐야? 이러다 정말 모르는 남자들이 옆에 있으면 어떻게 하려고 그래."

"그건 도저히 용납할 수 없지."

그리고 태괄은 호련의 몸을 번쩍 들어 말에 태웠다. 시녀들이 몰려와 호련의 치마를 다듬어 잘 펴지도록 했다.

호련은 허리를 펴고 앞을 보았다. 묵직한 옷 덕에 더 긴장되었다. 조금이라도 잘못하면 머리장식이나 구슬 장식이 흐트러질 것 같다. 태괄이 말을 몰아 그 옆으로 왔다.

"자, 갑시다, 신부."

본궁으로 가는 길은 멀지 않았으나, 광장 앞을 지나지 않을 수가 없었다. 그러나 첫날과는 달리 얼굴을 가리고 있어서 사람들이 바라보아도 그다지 창피하지 않았다.

광장의 모서리에는 높은 성탑이 서 있고, 그 사이로 노점들과 저택들이 즐비하게 있었다. 상인들이 많이 모이는 살랍의 도시라 사치스러운 건물과 저택도 많았다. 지나가는 사람들의 차림새도 화려했다. 사람이 꽤 많이 보여, 호련은 정말 얼굴을 가리고 있어서 다행이라 생각했다. 궁으로 향하면서 점점 더 수행인원이 많아졌다. 처음에는 태괄과 호련과 무사 몇뿐이었지만, 어느새 광장을 덮을 정도의 수행인원이 모였다.

대체 무슨 일인 거람? 호련은 태괄을 보았지만, 태괄은 웃기만 할 뿐 답하지 않았다.

도착한 본궁의 문은 활짝 열려 있었다. 일단 안으로 들어가자 다음 문이 열렸다. 말이 나아갈 때마다 안으로 향하는 문들이 차례차례 열렸다.

드디어 궁의 마지막 문이 열리자 빛으로 가득 찬 궁의 뜰이 나왔다. 꽃과 새가 수놓아진 바닥에, 그 양옆으로 열 지어 서 있는 기둥들에는 붉은 꽃 화환이 걸려 있었다. 그리고 그 중앙에 휘장을 씌워둔 작은 성물이 있었다. 휘장도 꽃으로 화사하게 장식했다.

그 앞에 묵직한 옷을 걸친 사제가 있었다. 태괄은 그 앞에 말을 세운 뒤, 자신이 먼저 내리고 호련을 내려주었다. 의전관들이 달려와 말을 데리고 갔다. 호련은 사제와 사제 양옆에 있는 왕과 왕비를 보았다. 왕은 새카만 머리와 수염을 가진 큰 체구의 남자였다. 왕비는 반면 아주 호리호리하고 날렵한 몸매의 여자였다. 어깨가 꼿꼿하고 허리가 아주 곧은데다, 얼굴에 가냘픈 느낌이 없어 여자라기보다는 아름다운 소년 전사 같은 인상이었다.

호련은 그제야 무슨 일이 벌어지는지 알게 되었다. 갈호와 할머니가 왜 그렇게 성장을 한 건지도 알게 되었다.

놀라움과 함께 어이가 없기도 했다.

"왜 말 안 한 거야?"

"그게 말이지……."

태괄은 어색하게 웃었다. 어제 말하는 것을 잊은 것을 둘러댈 핑계를 찾으려 애쓰는 것 같았다.

"저기, 그건 조금 있다가 이야기하자."

그렇게 호쾌하게 피한 태괄은 호련을 데리고 제단으로 갔다. 제단 앞에 양이 졸고 있었다. 양의 둥글게 말린 잘생긴 뿔에는 붉은 끈과 푸른 끈이 매어져 있었다.

신랑 신부가 다가오자 시종이 향을 들고 나쁜 신을 내쫓는 주문과 좋은 신을 부르는 주문을 외운 뒤 그들 사이에 놓았다.

왕과 할머니는 혼서를 교환하고 약조의 술을 나누어 마셨다. 호련과 태괄 앞에 교합주가 놓이고 둘은 그 술을 나누어 마셨다. 사제가 뭐라뭐라 중얼중얼댔지만 호련은 하나도 알아들을 수가 없어서 그저 시키는 대로 납죽납죽했다.

태괄이 할머니에게 받은 반지를 꺼내 그중 작은 것을 호련의 손가락에 끼워주고 큰 것을 호련에게 내밀었다. 호련은 태괄이 내미는 손을 잡고 그중 네 번째 손가락에 반지를 끼워 넣었다. 태괄이 살짝 긴장했지만, 다행히 반지는 적당히 맞았다. 사제는 둘의 팔목을 붉은 실로 묶은 뒤 손목을 잡고 축복의 말을 했다. 사제가 손을 놓자 태괄이 호련의 손을 감싸듯 잡았다. 큰 손 안에 자신의 손이 들어가자 호련은 묵직하게 들러붙어 있던 짐이 내려가는 기분이었다. 몸이 한결 가벼워진다.

여환과의 혼례가 정해진 뒤로부터 내내 가슴을 들끓게 하던 어둠은 이제 사라졌다. 이제 영원히 그와 결혼할 일은 없다.

이런 일이 벌어질 거라 상상조차 해본 적이 없었고, 처음 만날 때만 해도 태괄을 신랑이자 사랑하는 사람으로 받아들일 거라 상상해 본 적 역시 없었다. 아니, 세상에 여환 외의 사람이 존재할 수 있게 되리라고는 생각하지도 못했다. 증오와 복수 외의 다른 것을 꿈꾸게 되리라고는, 역시 생각하지 못했다.

그런데 지금, 그 일이 모두 벌어졌다. 엄청난 폭우가 몰아치고 지나간 것 같았다. 큰 비가 씻긴 듯 사라진 뒤의 믿어지지 않는 고요를 앞에 두고 있는 것 같았다. 하늘은 푸르고 벌판은 싱그럽게 반짝인다. 바위는 번들대고 물은 크게 부풀어 세차게 흐른다. 그리고 고요하다. 한없이.

태괄이 휘장을 벗기고 얼굴을 드러냈다. 흰 천이 어깨를 타고 미끄러졌다. 태괄은 이마를 가린 장식을 걷어내고 입을 맞추었다. 뜨거운 꽃잎이 닿듯 조심스럽고 부드러운 입맞춤이었다.

눈이 달아오르며 저절로 감겼다. 이런 기분이 들 줄은 몰랐다. 아찔하고 아득하고 달콤하고 나른하다. 그 뒤를 따라 예상치도 못하게 뜨겁게 눈물이 치솟는다.

태괄이 웃으며 그 눈가의 눈물을 닦아주었다. 그가 했던 약속들은 이제 떠오르지 않는다. 그저 앞에 그가 있다는 사실 하나만으로도 가슴이 끓어오른다. 없다, 여환이. 그것 하나만도 감사한데 이제 정말 다른 사람이, 완전히 새로운 사람이, 그녀가 원하고 있는 존재가 그 앞에 있다.

성혼의 북이 울리자 성탑에 있던 의전관이 크게 고함을 질렀다. 거대한 새가 새벽을 알리는 것 같다. 법적인 의식의 끝을 알리는 것이다. 태괄은 붉은 끈에 매인 신부의 손을 잡고, 다른 팔로는 긴장한 신부의 어깨를 안고 천천히 제단을 내려왔다.

어느새 주변이 조용해져서 정신을 차리니 융단이 깔린 방 안에 있었다.

그 앞에 젊은 남녀가 있었다. 호련은 둘이 누구인지 금방 알아보았다. 살랍의 왕이자 태괄의 형인 태무와 형수인 왕비다. 왕비는 말없이 서 있다가 시종이 가져다준 술을 마신 뒤에 쟁반에 놓아 보냈다.

두 팔을 벌리고 축복의 말을 하는 왕은 그 차림이 굉장했다. 사치스러운 옷에, 목걸이와 귀걸이에 반지와 팔찌까지. 그걸 보는 태괄의 얼굴이 복잡한 걸 보니 항상 저러는 것 같다. 반면 왕비는 아주 단정하게 차려입었다. 그녀가 입은 검푸른 옷은 최소한만 장식되어 있을 뿐이다. 목걸이도 팔찌도 없다. 머리를 장식한 가채와 비녀는 호화로웠으나, 그녀가 원했다기보다는 그렇게 할 수밖에 없어 그리한 듯 보였다.

왕이 말했다.

"혼례가 빨리 진행되어 좀 서운할 테지만 때가 때이니 이해하시오."

"아닙니다. 전혀요."

원래는 신랑이 신부의 집으로 양과 말, 신부의 친족들을 위한 선물을 들고 간다. 신부가 신랑의 가족들에게 줄 선물과 지참금을 가지고 신랑을 기다리는 동안 신랑은 온갖 시험과 짓궂은 장난을 버티고 신부에게 가 결혼을 한다.

지금 혼례는 신부 집으로 찾아가는 의식이 생략되고, 또 친족들에게 인사하는 것도 생략되다 보니 본식이랄 수 있는 성혼만 이루어졌다. 그것도 신부의 고향을 떠나 신랑의 고향에서 이루어진 결혼이다. 보통 혼례의 절반만 한 것이다.

"연회는 내일 아침부터이니 오늘은 부부만의 날을 보내시오. 내일 아침 우리들 모두 모여 가벼운 식사와 함께 이야기를 나누지. 오늘은 아름다운 신부와 용감한 신랑의 날이오."

그리고 왕은 태괄을 보았다.

"그런데 이거참, 드디어 동생이 장가를 갔구나. 이 형이 참 뿌듯하구나."

"……뿌듯하면 그렇게 내시처럼 차려입고 오질 말았어야지."

태괄은 아무에게도 들리지 않게 작고 빠르게 말했다. 태무는 웃으며 그 등을 두드렸다.

"네 형수가 용사처럼 차려입었으니 된 거 아니냐."

그리고 왕은 호련의 손을 잡고 그 손등에 입을 맞추었다.

"그럼 즐거운 하루 보내시오, 제수."

왕비는 그런 왕의 팔을 툭툭, 쳐 옆으로 밀쳤다.

"털 많은 남자가 얼쩡대니 새색시 놀라잖아요. 자, 이리 와봐."

그렇게 말하며 왕비는 호련을 차가운 눈으로 보았다. 호련은 긴장했다. 태괄이 무서운 분이라 했던 말이 떠올랐다. 왕비는 얼음 같은 눈으로 호련을 싹싹 훑어보더니 갑자기 생긋 웃었다. 무서운 석상 같던 얼굴이 활짝 웃으니 그것도 그것 나름대로 무서웠다. 창백해진 호련을 보며 왕비가 말했다.

"걱정 마요, 새색시. 잡아먹지 않으니. 저녁에 시녀들을 보낼 테니 물어볼 거 있으면 물어봐. 걔들이 의전에 관해 자세히 이야기해 줄 테니 아무 걱정 말아요. 귀찮으면 적당히 무시해. 나는 상관없으니까."

"네? 아, 네."

"오늘 저녁은 부부 둘이서 보내고, 내일 아침부터 저녁까지는 우리와 친족들과 연회를 가지고, 모레부터는 우리가 준비한 축제가 열리니 대충 이 정도만 알고 있어. 오늘 내일은 색시가 할 일 없는데, 마지막 날은 할 일이 있으니 체력 마련해 두고. 참, 말은 탈 줄 알지?"

"네."

"아, 맞다. 초원 출신이지? 내가 괜한 것을 물어봤네. 그 마지막 날 행사, 이이랑 같이 했을 때는 이이가 도망가고 내가 잡으러 다

넜거든. 그 꼴을 또 보이고 싶지는 않아. 아무래도 그 행사 때문에 반란이 일어난 것 같단 말이야."

"이보시오, 왕비……."

왕이 지친 표정을 지어 보이며 말했다.

"왕비, 우리 이만 갑시다. 조금만 더 있다간 태괄이 우리 둘 뒷덜미를 잡고 여기서 쫓아낼 거야."

"알았어요. 그럼."

왕비는 몸을 일으켰다. 호련보다 목 하나는 더 커서 태무나 태괄과 키가 거의 비슷했다. 태무의 덩치가 좋지 않았다면 영락없이 남자 둘로 보였을 것이다. 그들이 나가자 갈호와 할머니가 들어왔다. 갈호는 축하 인사를 건네고 호련의 양 볼에 입 맞추었다. 태괄은 그것도 못마땅하게 보고, 갈호가 호련의 손을 잡고 부드럽게 뭐라 말하는 것 역시 못마땅하게 보았으며, 뭐라 더 말하려 하자 밖을 가리켰다.

갈호는 알아도 신경 쓰지는 않았다.

"할머니는 내가 모실게. 아무 걱정 말고 있어."

갈호는 태괄을 노려보는 할머니를 데리고 신방을 나갔다. 그런데 일단 밖으로 나가자 갈호는 뒷짐을 지고 할머니는 팔짱을 낀 채 한 걸음 떨어졌다. 그렇게 점점 멀어지더니 어느 정도 지나자 아예 다른 길로 가고 있었다. 둘 다 서먹서먹한 사이라 별수 없는 광경이었다.

회랑으로 향하는 문이 닫히고 방문도 닫혔다. 드디어 둘만 남게 되었다.

아주 조용하다. 음악도 없고, 시중드는 사람도 없이, 조용한 방 안으로 빛만 비쳐들 뿐이다. 악사는 아무래도 태괄이 싫어해서 치운 것 같다. 덕택에 눈 내린 벌판처럼 고요하다. 어마어마하게 시끌벅적한 혼례만 보아온 호련에게는 좀 의외였지만, 호련이 신부 당사자이니 오히려 좋았다.

태괄은 호련의 화모를 벗기고 허리를 묶은 끈을 풀었다. 혼례의 예복이 벗겨지고 안에 입은 은색 옷이 드러나자 태괄은 손을 내렸다.

호련은 벗겨진 옷을 아쉬운 듯 보았다.

"이렇게 금방 벗을 것을, 너무 힘들게 치장한 것 같네."

"충분히 보였으니 괜찮아. 이 모습을 너무 여기저기 보이는 것도 싫고 말이야."

"살랍의 결혼은 원래 이렇게 빨라?"

"다른 나라에 비하면 성혼식 자체는 조용한 편이지. 대신 중얼중얼 주문 외우는 게 얼마나 많은지. 내가 왕자니 이 정도로 끝나지, 형님의 경우에는 축문이 너무 길어서 다들 졸았어. 대신, 혼례 축하연은 어마어마해. 각오해야 할걸?"

호련은 웃으며 그의 예복을 벗겼다. 푸른 예복 안에 입은 진녹색 옷이 드러났다. 얇은 옷이 벌어지며 흉터투성이인 맨가슴이 보였다. 호련은 고통과 함께 아물어갔을 그 흉터를 물끄러미 보았다.

태괄이 물었다.

"뭘 보는 거야?"

"이거."

호련은 상처를 쓸어보았다.

"처음 보는 것도 아니잖아."

"그때는 궁금하지 않았거든. 지금은…… 이 많은 흉터들이 대체 얼마나 당신을 위험하게 했을지……."

호련은 말끝을 흐리며 상처 하나하나를 보았다. 가슴, 쇄골, 배와 허리, 여기저기 상처들이다. 태괄의 나이를 생각하면 어린 시절부터 정신없이 다친 것 같다.

호련은 손을 내리며 말했다.

"이제 내 남편이니, 이제부터는 몸 간수 잘해. 만약 당신이 다치면……."

"내가 다치면?"

"울 거야."

"다른 놈 때문에 울면 그놈을 죽여 버리고 싶을 테지만, 나 때문에 울면…… 내가 뭘 어떻게 해야 할까?"

그리고 호련의 턱을 매만졌다. 호련은 고개를 숙여 그 손길을 느끼며 속삭였다.

"다치지 않으면 되는 거야."

"그래."

태괄은 호련의 몸을 번쩍 들었다. 호련은 그의 목을 감으며 웃었다.

"급하네. 배 안 고파?"

"배고파지게 하려고."

"어제도 그냥 잔 게 아니면서."

"어제는 부부가 아니었잖아. 그리고 이것도 해야 할 일 중 하나라."

호련은 그의 목을 안고 가슴에 기댔다. 태괄이 호련의 귓가에 입술을 묻으며 속삭였다.

"급한 건 아가씨 같은데?"

"내가 언제!"

웃음과 함께 숨소리가 뜨거워지더니 태괄이 호련의 몸을 침대에 놓은 뒤 치마를 걷어 올렸다.

호련이 바라보자 태괄은 작게 속삭였다.

"증인들이 밖에 있어."

호련의 몸이 사악 굳었다.

"뭐!"

"합방까지 지켜보는 거야."

"그런 게 어디 있어!"

"쉿, 쉿. 목소리 너무 크다. 내가 왕족이라 별수 없어. 형님 결혼할 때는 아버지 어머니까지 들여다봤지. 아까 보니 사제하고 법관밖에는 없더라."

"혹시 당신 형도 여기 있어?"

"그건 비밀."

호련은 완전히 새빨갛게 달아올랐다.

"어떻게 해!"

"못 견디겠으면 눈 감아."

가만히 있는 것을 쳐다보는 것도 버티기 힘든데 이런 것까지 보여줘야 한다니, 도저히 견딜 수가 없었다. 당장 문을 열고 도망쳐 버리고 싶었다.

태괄이 발발 떠는 호련의 몸을 잡으며 작게 말했다.

"내가 다 알아서 할게. 아가씨는 여기로 들어와 있어."

그리고 옷을 젖혔다. 뭘 어떻게 하겠다는 답을 하기도 전에 태괄은 호련을 덮어버렸다. 호련은 더 견디기 어려워 그의 옷 속으로 파고들었다. 맨가슴이 이마에 닿았다.

"이런, 우리 아가씨 울겠네."

"농담 아니야. 너무 창피해서 울고 싶어."

"이런이런. 너무 긴장하지 말고……. 와, 지금 떠는 거야? 이 아가씨가 참 엉뚱한 걸 무서워하네."

"그만 놀려!"

호련은 더 참기 힘들어서 팔을 들어 태괄의 어깨를 쳤다. 태괄이 팔을 잡아 내렸다.

"진정해. 그냥 여기 나만 있다고 생각해. 나만……."

태괄의 팔이 호련을 감싸 안았다. 호련의 이마에 뜨겁고 단단한 가슴이 닿았다. 정말 해야 한다는 생각이 들자 호련은 더 굳어졌다. 태괄이 달래듯 허리를 애무하며 속삭였다. 괜찮아, 괜찮다니까. 그러나 호련은 그럴수록 몸을 꽉 움츠리고 태괄의 품 안에 엉겨 붙었다. 태괄이 큭큭 웃으며 말했다.

"이봐요, 이러면 내가 아무것도 못하잖아."

"대충 시늉만 하면 안 돼?"

"그건 안 되겠는데."

열기에 젖은 숨소리와 함께 입술이 다가왔다. 눈을 감고 그의 입술을 받아들이며 몸을 맡겼다. 긴장이 좀 풀어지긴 했지만, 겁이 나 그의 옷을 꽉 잡은 건 어쩔 수가 없었다.

태괄이 호련의 몸을 천천히 눌렀다.

"읏……."

작게 신음이 나왔지만, 호련은 허리에 힘을 주고 그를 받아들였다.

물이 흐르듯 고요한 움직임이 이어졌다. 긴장과 흥분으로 몸이 젖어들어 갔다. 이마를 대고 있는 태괄의 가슴도 열기를 띠며 젖고 있었다. 등을 댄 침상이 젖어들고 둘의 몸을 감싼 옷도 젖었다. 그가 이렇게 조용하게 오는 건 처음이었다. 태괄이 내쉬는 숨소리가 점점 더 열기를 띨 뿐, 고요하다.

어느새 긴장이 풀어지며 그의 품에 기대고 있었다. 그 움직임에 몸을 맡기며 그 외에는 아무 생각도 하지 않았다. 세상에 짧고 가쁜 숨소리뿐이다. 신음과 함께 그 몸이 굳었다. 호련도 그의 품 안에서나마 숨을 몰아쉴 수 있었다. 이렇게 긴장한 건 첫날 이후로 없었다.

"갔어."

태괄이 말했다. 호련은 안도하며 그 품 안으로 파고들어 갔다.

"이런 건…… 다시는 하고 싶지 않아."

"걱정 마. 이번 한 번뿐이야."

태괄이 옆에 누우며 호련의 머리를 감싸 당겼다. 그 팔에 머리를 기대니 편안하다. 태괄은 젖은 머리카락을 쓸어 올리며 한숨을 깊게 내쉬었다. 그도 좀 긴장한 것 같다.

"당신 영지는 어떤 곳이야, 태괄?"

"말들이 뛰어다니기 좋은 곳이지. 그곳에서 왕의 말을 키우고…… 아가씨가 거기로 오면 더 좋은 곳이 될 거야. 아니, 세상에서 제일 좋은 곳이 될 테지."

호련은 그의 머리를 쓸어내리다 목덜미에 깊이 파인 흉터를 발견했다. 모두가 목숨을 위협하게 했을 터이지만, 이건 아주 치명적인 일격이었다. 배와 등에도 이런 상처가 있다는 걸 안다. 그가 가진 가장 깊은 흉터 중 하나다.

"여긴 누가……."

"숙부님. 나를 황무지로 유배 보내놓고 등 뒤에다 대고 쏘았지. 그때는 정말 저승 문턱까지 갔었어. 도와준 사람이 없었으면 그대로 죽었을 거야."

누가 구해줬을까? 호련은 궁금해하며 그 상처를 쓸어보았다. 태괄은 호련의 손을 잡아 내렸다.

"당신이 걱정할 필요는 없어. 오늘은 우리 일만 생각하자. 내일 무슨 일이 있든 오늘은 행복하고…… 지금 내게 필요한 것, 당신에게 필요한 것…… 이렇게 하나하나 하자."

"어쩌지? 지금 꼭 하나가 필요한데."

"말해. 뭐야?"

"배고파."

태괄이 웃음을 터뜨렸다.

여환은 짧게 말했다.

"알아들었다."

소식을 전한 차굴란은 잠시 여환이 말을 못 알아들은 건 줄 알았다.

"네?"

여환이 차굴란을 보았다. 이놈이 내 말을 못 알아듣는 건가, 라고 생각하며.

"알아들었다고."

"아무렇지도 않으십니까?"

"내가 지금 기분 나쁘다는 걸 너한테 말한다고 달라지는 게 있나, 아니면 화풀이라도 하라는 건가? 하는 게 적합하면 하긴 하겠다. 굳이 해야 할 필요는 못 느끼지만."

"없긴…… 하지요."

"그렇다면 되었다. 안 한다."

공식적으로 들어온 소식은 아니다. 차굴란은 낌새를 느끼던 것을 이제 확인하고 전한 것이다. 아타가 가기 전부터 보이던 징조였다. 그리고 요 며칠 새 굉장히 구체적으로 변해 이제 알려야 할 때라 판단해서 보고한 것이다.

살랍의 왕은 준비하는 과정을 감출 생각도 없어 보였다. 아니, 일부러 여기저기 소문 다 내놓고 동생이 결혼을 할 거라 고함을 치고 있으니 듣지 못할 자가 없다.

지금쯤 호련은 그 동생의 아내가 되어 있거나 내일이라도 될 예정일 것이다. 여환이 지금 당장 납경으로 달려가도 늦다.

"그럼 끝난 겁니까, 왕자님?"

왕자가 펄펄 뛰지는 않으니 끝난 문제라 봐도 될 것 같다.

실제 끝난 문제인 건 맞다. 호련이 아예 남의 여자가 된 이상 이제 여환이 할 일은 명분을 찾아 동맹을 끌어내고 전쟁을 하는 것이다. 여환이 매우 화를 내는 과정이 있을 줄 알았는데, 본인이 생각이 없다 하니 굳이 화내라 할 필요는 없겠다.

"그 문제는 이제 끝났다. 그리고 나는 내가 할 일을 하고, 너도 네 할 일을 하는 거지.”

차굴란은 무표정한 여환의 얼굴을 보며 싸한 기분을 느꼈다.

“무슨 말씀이십니까?”

“이리되면 하려던 일을 해야겠지. 하지 않기를 바랐지만 별수 없군.”

“뭘…… 하실 겁니까?”

“적어주면 봐.”

여환은 종이를 펼치고 적어 내려갔다.

워낙 달필이라 말을 하는 거나 글을 쓰는 거나 속도 차이가 거의 없는 여환이었다. 짧지도 않은 글을 쓰는 데 오래 걸리지도 않았다.

“읽어봐라.”

여환이 건네주자 차굴란은 하나하나 읽어 내려갔다. 읽어가는 내내 그의 얼굴이 굳어갔다.

여환은 의자에 등을 깊이 기댔다.

“네가 방법을 강구하든, 그곳 객주가 적당히 맞춰서 하든 알아서 해라. 다만, 내가 원하는 건 분명하게 전해라.”

“저기…….”

“언제 내 명령이 도착하겠나?”

“매를 이용하면 이틀 정도 걸립니다.”

“살랍에서는 그 정도 연회를 며칠 정도 하나?”

“닷새 정도입니다.”

“그래, 충분하군.”

“다만…….”

"다만?"

"위험합니다."

"누가? 내가? 아니면……."

"우리 일족이요."

차굴란은 명령을 거두어주길 바라며 여환을 보았다. 그러나 여환의 얼굴은 무표정했다.

"그래서?"

"네?"

"너희들이 위험해지는 거면 그냥 하면 되는 거다."

"실패하면 시도한 자는 물론이요, 그곳의 수장인 파한도 목숨이 위험합니다. 그리고 성공하면…… 우리들은 정말 다 죽습니다."

"그럼 조심해라."

"……네?"

"조심하라고."

차굴란은 여환이 침착하다고 생각했던 것을 취소하기로 했다.

지금 이 남자, 차분하게 화가 나 있다. 미친 소리를 하고 있는 건 맞는데, 그 미친 소리를 너무 제정신으로 하고 있어서 몰랐다.

"왕자님, 태괄 왕자는 동네 불한당이 아닙니다. 그런 식으로 처리할 수 없습니다. 게다가……."

"그 애송이 놈은 내 것에 손을 댄 뒤에 제자리에 놓고 가지 않았어."

"무슨……."

"호련의 몸에 손을 댄 건 상관없다. 잠시 유흥거리로 삼은 것 역시 상관없다. 하지만 데리고 가는 건 다른 문제다. 그러니 적어도 자기가 한 일이 뭔지는 알아야겠지. 호련 역시 자기가 무슨 짓을 한 건지 알아야겠고."

"여기서 그 아가씨의 책임은 좀 놔두고 싶군요. 그 상황에서 그 아가씨가 뭘 더 할 수 있었는지는 의문입니다. 정조를 지키기 위해 목숨이라도 끊을까요? 그만두십시오. 여긴 대국이 아닙니다."

"잔소리는 그만해라. 나는 시켰고, 너희들은 하는 거다. 여기서 뭐가 더 필요한가."

이걸 뭐라 해야 하나.

차굴란은 좀 멍한 기분이 들었다. 여환이 저런 말을 할 처지는 아닌 것 같다. 태괄이 대범한 짓을 한 건 사실이지만, 같은 왕자라도 태괄과 여환의 처지는 다르다. 태괄은 적왕자고, 여환은 서왕자. 살랍 왕이 죽으면 태괄은 저절로 왕이 되지만, 능고 왕이 죽으면 여환은 당장 군대 끌고 능경으로 가서 왕위를 두고 싸워야 한다. 태괄은 살랍 왕의 신하와 동맹들을 그대로 쓸 수 있으나, 여환은 자기가 직접 다시 맹약을 맺어야 한다. 여환이 태괄더러 건방지네 마네 할 처지가 아닐뿐더러, 둘은 전쟁 중이다. 뺏기면 가져가는 거고, 가져오면 가지는 거다. 빼앗아온 게 의외로 괜찮아서 자기 아내로 삼은 건데, 여기서 지고 빼앗긴 여환이 할 말은 없다.

"필요 없긴 합니다만."

결국 차굴란은 지치는 기분을 느끼며 말했다.

"이제 너는 네 할 일만 하면 되는 거다. 그리고 이건 너희 일족과 맺은 맹약의 일부다. 해라. 하지 않으면 그 역시 맹약을 어긴 것으로 간주한다."

"그래도 저희들이 못하겠다면 어찌 되는 겁니까?"

"나와의 맹약을 어긴 다른 일족들과 별다를 바 없는 대우를 받겠지."

차굴란은 다시 목덜미가 싸해졌다. 무슨 의미인지 안다. 그런데 그런 말을 참 잘도 담담하게 한다 싶다.

그때, 여환의 부관이자 참모인 대오가 도착을 알렸다. 허락하자 대오가 들어왔다. 덩치 큰 대오가 들어오자 차굴란은 방 안이 갑자기 확 줄어든 기분이 들었다.

"무슨 일이냐?"

"폐하의 전령이 도착했습니다."

여환은 저절로 짜증이 일었다. 어머니가 보낸 거라면 폐하의 전령이 아니라 그냥 시종이 왔을 것이다. 역시 아버지다. 아무래도 이 소식이 아버지 귀에 들어간 것 같다. 그냥 혼나는 것으로 끝나지는 않을 것 같다.

여환은 침착했으나, 여환 옆에 오래 지내온 대오는 그 표정으로 상황을 짐작해서는 안 된다는 것 정도는 안다.

"……혹시, 다른 일이라도 벌어진 겁니까?"

그리고 차굴란을 보았다. 앞도 뒤도, 속도 겉도 죄다 초원 무사인 대오는 이 흉맥족 용병을 항상 탐탁찮아 했다. 그가 참모 자격으로 여환 옆에 붙어 있는 것도, 그의 의견을 여환이 받아들이는 것도 못마땅해했다.

"차굴란, 너는 가라. 할 일이 있으니."

여환이 명령하자 차굴란이 자리를 나섰다. 그가 자리를 비우자 대오가 급히 물었다.

"행여 아가씨 소식이 온 겁니까? 어떻게 되었습니까?"

"살랍 왕이 동생에게 호련을 주었더군."

"전리품으로요?"

"아니, 아내로."

대오의 숨이 잠시 멎는 것처럼 보였다.

"왜 그러냐?"

"결…… 결혼이라뇨? 적왕자의 결혼이 이렇게 진행되는 건 처음 봤습니다."

"그래, 나는 서왕자지."

대오가 기겁했다.

"그런 말이 아닙니다. 너무 의외라…… 어떻게 된 일이란 말입니까?"

"아직 식을 올렸다는 말은 없지만, 여기 적힌 대로라면 오늘이나 내일이면 올리겠더군."

"언제 온 소식입니까?"

"나한테 온 건 조금 전. 사흘 전에 출발한 소식이다."

"이게…… 이게 말이 됩니까? 아가씨가 유괴된 것도, 수치를 당한 것도 이해할 수 있습니다. 하지만 그 아가씨를 아예 가로채 결혼하는 건 다른 문제입니다."

"그만 화내라. 어차피 내가 지금 당장 달려간다 하더라도 막을 수 없다."

"그렇게 태평한 게 이상한 겁니다, 왕자님. 지금 당장 살랍으로 항의하셔야 할 일입니다. 폐하와 비전하께서……."

"이미 혼인한 이상, 항의를 해봤자 아무 소용 없다. 주변에다 대고 같이 욕해달라고 떠드는 꼴밖에는 안 된다. 그게 무슨 소용이지?"

"그러게 애초에!"

"단릉을 보냈어야 한다는 거냐? 내가 몸값 협상이라도 했어야 했다는 거냐? 아니면 애초에 내가 전쟁조차 벌이지 말았어야 한다는 거냐?"

대오의 표정을 보니 셋 다 했어야 한다고 하고 있었다.

"뭐냐, 그 얼굴은?"

"왕자님이 제대로 혼례만 치르셨어도 아무 일도 없었을 겁니다."

대오는 여환의 눈빛이 싸늘해지는 것을 보았다.

"왕자님, 그 사이에서 아이가 생기면, 이제 왕자님의 권한은 없습니다."

"그렇다면 각은 이제 능고의 영토가 아니라 살랍의 영토고, 곧 적의 영토이니 나는 점령만 하면 되는 거군."

대오가 입을 벌렸다.

"그게……."

"말해라."

"왜 그러셨습니까?"

"뭐?"

"대체 아가씨한테 왜 그러셨던 건지, 여쭙고 싶습니다."

여환은 대오를 보았다. 대오의 눈빛이 강했다. 반드시 답을 듣고 말겠다는 것이다.

"부족함 없던 아가씨였습니다. 아름답고, 상냥하고, 기품 있고!

그런 분을 신부로 맞이하면 누구나 행복했을 겁니다. 그런데 왕자님은 그런 취급을 하셨습니다. 대체 왜 그러셨던 겁니까?"

"그건……."

"왕자님을 화나게 했다느니 하는 말은 하지 마십시오! 왕자님 나이가 몇이고, 아가씨 나이는 몇입니까? 왕자님보다 한참 어린 아가씨가 고작 기분 나쁜 말 몇 마디 했다고 너그러이 넘어가지 못한 겁니까!"

"독이다."

담담한 답에 화를 내던 대오가 맥이 빠졌다.

"네?"

"그 아이는 그 독니를 빼기 전에는 품을 수 없는 독사였다."

"……도저히 못 알아듣겠습니다."

"그 정도만 알아둬라. 그리고 이건 너이기에 이 정도만은 알려주는 거다. 더 이상은 묻지 마라. 우리 둘의 문제다. 다만, 우리 둘의 문제에 그 애송이가 끼어든 거다. 그리고 일을 혼란하게 한 거다."

제11장 추격

쓸쓸하고 창백한 새벽빛이 창밖과 방 안에 가득한 가운데, 멀리서 새소리가 들린다.

무슨 새일까? 붉은 새일까, 푸른 새일까? 부드럽고 길게 지저귄다. 각에서는 듣지 못하던 새 울음이다.

등 뒤에서 태괄이 부드럽고 단단하게 안아 당긴다. 호련은 그 가슴에 등을 밀어붙이며 기댔다. 태괄이 호련의 목을 감아 당기고 목 뒤에 얼굴을 묻었다.

"음……."

그 느긋한 소리에 호련은 기분이 좋아졌다.

정신없었다. 연회도, 축하 인사들도.

첫날에는 그래도 가장 가까운 친인척들만 만나 이 정도면 괜찮다 싶었는데, 그다음 날부터는 쏟아지듯 밀려드는 바람에 누가 누균지 구분도 되지 않고 눈, 코, 입 달렸다는 것 정도만 알아볼 수 있었다. 왕비가 붙여준 시녀가 꼼꼼하게 가르쳐 주어 인사 건네는 것 정도는 간신히 할 수 있었지만, 그걸로 끝이었다. 행여 잘못해서 흠이라도 잡힐까 긴장하느라 저녁이 되면 거의 실신할 지경이었다.

넋이 나간 건 호련의 친정 식구인 갈호도 마찬가지였다. 찬눈은 나는 할멈이라 피곤하다며 시원하게 자리를 피해 버렸고, 왕자의 처남이라는 무시무시한 지위가 된 갈호가 모든 것을 해야 했다. 그래도 갈호는 모두의 걱정과는 달리 사람들 대하는 법은 잘 알고 있었고, 말 없고 예의 바른 청년 정도로 처신할 수 있었다. 누웅마저도 '저놈, 저러고 있으니 아주 멀쩡해 보인다?' 라고 감탄했다.

그런데 잘하던 갈호에게 예상치 못했던 시련이 닥치고 말았다. 태괄의 친척 중 하나가 자기 집안 여자아이들을 연회장 안에 풀어놓은 것이다. 열너덧 살 된 여자아이들은 갈호를 발견하고 몰려들었다. 갈호가 자기들 또래라 생각하고 달려든 것이다. 그 또래 여자애라면 질색하는 갈호는 여자아이들에게 둘러싸이자 기겁했다. 여자아이들은 끝없이 갈호에게 말을 걸어댔고, 결국 정신착란에 이른 갈호를 잡아끌어 내보낸 건 호련이었다. 그리고 뒤따라 실신한 호련을 보낸 것은 태괄이었다.

"아, 친척 정말 많더라."

호련은 지친 목소리로 말했다. 아니, 다 친척인지 인사하러 온 귀족인지 상인인지도 모르겠다. 왕비처럼 적당히 무시하고 적당히 아는 척하는 기술을 배우고 싶다. 그녀는 그 누구의 이름도 부르지 않고 '안녕' 으로 일관한 인사만 하고는 쏜살같이 지나갔다.

뒤에서 누가 뭐라 하든 말든 전혀 개의치 않았다. 호련은 백 년을 연습해도 그리되지 못할 것 같다.

"오늘도 봐야 해?"

"친척들 만나는 건 어제로 끝이고, 오늘 행사가 결혼식 행사 마지막이 될 거야. 그 후에는…… 음, 내일부터는 우리 둘만 남는 거지. 그럼 우리들은 영지로 가서 우리 둘의 일을 하면 되는 거고."

태괄의 손이 호련의 팔을 어루만지며 쓸어 올리다 손목을 잡았다. 호련이 손을 움츠리자 그는 손가락 사이로 자신의 손가락을 밀어 넣고는 힘을 주었다. 단단하고 강하다. 호련은 태괄의 가슴으로 등을 밀어붙이며 말했다.

"할머니랑 갈호도."

태괄이 목덜미 뒤에서 웃었다.

"아가씨하고 결혼하니 정말 무시무시한 가족이 생겨 버렸네."

호련은 돌아앉았다. 태괄은 두 팔을 내리고 호련의 허리 뒤에 손을 얹은 뒤 맞잡았다. 날이 새며 태괄의 맨가슴과 어깨 위로 창백한 빛이 스며들고 있었다. 호련은 살며시 기대 태괄의 볼에 입을 맞추었다. 입술로 느껴지는 그의 볼은 벌써 뜨거웠다. 호련은 몸을 기대고는 그 귓가에 속삭였다.

"어서 조용해졌으면 좋겠어."

"그래, 그때가 되면 아가씨는 나만 보고 있겠지."

"지금도 거의 당신만 보는걸. 가끔 다른 사람 보고."

"그래? 안 그런 것 같던데. 다른 데를 너무 많이 보던데."

"많이 봤는데."

"그럼 내가 너무 골똘히 봤나?"

태괄이 허리를 쓸어 올렸다. 호련도 그의 등을 안으며 숨을 깊게 들이마셨다. 온 세상에 그의 체취가 가득하다.

"당신 경쟁자는 없으니 걱정 마."

태괄이 쿡, 웃고는 호련의 목덜미를 매만졌다. 호련은 편안히 그 손길을 느꼈다.

"……이런."

태괄이 갑자기 신음을 흘렸다. 그 신음이 무엇의 신호인지 알아챈 호련은 볼을 붉혔다.

"왜 그래?"

"오늘은 아침부터 힘 빼면 안 되는데."

"뭘 하는데?"

"그게 말이지……."

태괄이 어느새 호련의 젖가슴을 부드럽게 주무르고 있었다. 그 손이 닿자 저릿하게 배를 파고드는 느낌에 호련은 가만히 숨을 몰아쉬었다. 태괄의 턱이 목덜미로 파고들어 왔다.

"신부를 맞이한 남자가 되었으니 오늘은 경기를 치러야 하지. 늑대 잡기와 아가씨 잡기, 뭐 이런 거."

"늑대 잡기?"

"염소를 중앙에 쌓아두고 그 중앙에 쌓인 염소를 상대편 독에 많이 넣은 쪽이 이기지. 혹시 알아?"

"응. 축제 때 많이 했어."

"그럼 잘되었네. 설명 안 해줘도 되고……."

"그래……."

더 이상은 답할 수 없었다. 허벅지 아래로 단단하게 굳은 그가 느껴졌다. 그의 손이 호련의 허벅지 사이로 들어가 벌어진 속살 사이로 파고들어 왔다. 단단한 손가락이 그 끝을 누르며 조르듯 자극해 온다.

"아……!"

호련은 작게 한숨을 내쉬며 후끈해진 그의 품에 머리를 묻었다. 그가 건드리자마자 뜨거워진다.

"그다음은 말이야……."

태괄이 속삭이며 목덜미에 입술을 댔다. 그 입술이 부드럽게 쇄골을 애무하고, 그다음 젖가슴 위로 올라갔다.

"응…… 그래…… 그리고……?"

호련은 어서 말하라고 속삭였다. 태괄은 호련의 팔꿈치를 어루만지며 눈앞에 있는 젖가슴을 황홀하게 쳐다보더니 입술을 댔다. 불룩한 가슴 언저리를 턱으로 더듬으며 그 정점을 혀로 핥고 빨아들인다. 허벅지 사이에 있던 단단한 그의 물건이 자신이 가야 할 곳을 찾듯이 닿아오고, 그동안 태괄의 혀는 그 위의 정점을 핥았다. 혀끝의 그 정점이 단단해지는 것을 느끼자, 그는 호련의 허리를 당겼다.

"윽……."

단단한 것이 몸으로 들어온다. 호련은 강한 압박감에 숨이 차올랐다. 태괄 역시 나른히 한숨을 내쉬었다.

잠시 뻐근한 통증이 일었지만, 호련은 허리를 움직였다. 태괄이 허리를 잡은 손에 더 힘을 주었다. 호련은 당혹감과 기대감을 느끼며 그를 향해 몸을 밀었다. 태괄이 견디지 못한 듯 몸을 뒤틀며 신음을 흘렸다.

"그래, 더 깊이. 더…… 아주 깊이."

태괄이 속삭였다. 호련은 그를 향해 몸을 밀며 서서히 열기를 느꼈다. 처음에는 미약하다 점점 더 치밀어 오르며 단 한순간을 향해 피어오른다. 속살이 젖어들며 더 뜨거운 열기를 머금고, 점점 더 단단해지는 태괄이 꿈틀거리며 그녀의 안을 깊이 자극하고 있었다. 호련 스스로 극점을 찾아 움직이며 등과 목이 젖어들었다. 숨소리도 젖어든다.

어느새 눈이 젖어드는 것을 느끼며 호련은 태괄을 보았다. 태괄은 여전히 그녀를 보고 있었다. 어딘가 낙원을 보듯 찬탄과 선망을 담아 바라보더니 가만히 다가와 입술을 찾았다. 호련은 그의 입술을 받아들였다. 일순 그가 못 참겠다는 듯 엉덩이를 꽉 잡고 세게 쿡 밀치고 올라온다. 호련도 그에 화답해 몸을 붙였다. 꽉 맞물린 몸을 힘주어 잡으며 태괄이 열기 띤 목소리로 속삭였다.

"아가씨도 내가 좋아 미치나 봐."

호련은 웃음이 터졌다. 그 웃음에 태괄은 더 힘껏 자신을 박아 넣었다. 도저히 떨어지지 않겠다는 듯, 젖어 뜨거운 안으로 더 깊이 꿈틀대며 들어온다.

이제 속삭임도 말소리도 없었다. 신음과 애걸, 잦은 숨소리와 함께 절정을 향해 달려갔다.

마침내 그가 허리를 잡은 손에 힘을 주었다. 호련도 눈살을 찌푸리며 신음을 흘렸다.

"크……."

단발의 소리와 함께 그가 숨을 몰아쉬었다. 호련은 그의 품 안으로 무너졌다. 노곤한 만족감과 함께 태괄이 호련의 등을 안으며 한숨을 내쉬었다.

"완전히 힘을 빼놨네."

태괄은 호련을 침대 위에 눕혔다. 젖어 윤기 흐르는 몸이 그의 팔 아래에 있었다. 태괄은 다시 흥분하고 싶었다. 그녀를 위해 쓸 열기는 항상 충분하다.

그때, 밖에서 발걸음 소리가 들렸다. 누가 오는 소리인가. 순간, 문을 쾅! 하고 걷어차는 소리가 나더니, 이어 발걸음 소리가 멀어졌다. 태괄이 호련의 귓가에 입술을 대고 말했다.

"아가씨 늦게 보낸다고 할머니가 저러는 것 같은데?"

"만날 늦게 온다고 화내시더라. 어제도 그랬고……."

"오늘도 늦게 가."

"지금도 늦었어."

"그냥 더 늦어."

그리고 태괄은 호련의 목덜미에 얼굴을 묻었다.

"네, 알겠습니다. 이제 이 할멈더러 포기하라는 게지요. 훌륭하게 알아들었습니다만."

그리고 찬눈은 코에 건 안경을 밀어 올리며 읽고 있던 책을 덮었다. 안경은 왕의 선물이고, 책은 왕비의 선물이었다. 장신구고 옷이고 별 필요 없다고 하니, 그럼 책은 어떠냐고 해서 납경에 넘쳐 나는 책을 선물로 주었다. 그리고 찬눈은 내내 그 책에 미쳐 있는 중이었다.

"나도 포기란 걸 모르는 할멈이라."

호련은 어색하게 웃었다. 결국 아주 늦게 문을 열었고, 문 앞에는 시녀들이 지친 얼굴로 앉아 있었다. 할머니는 아침 일찍 시녀들을 보냈고, 시녀들은 부부의 용무가 바쁜 것 같으니 조금 뒤에 가겠다고 했고, 그럼 내가 직접 말하겠다고 하고 나서 문을 걷어차고 간 것이다. 그러나 태괄은 호련을 보내지 않으며 그 말을 무시하겠다고 답했고, 시녀들은 더 닦달당했다. 그걸 모를 수가 없는 호련은 도저히 할머니를 볼 용기가 나지 않아 다른 방에서 옷을 갈아입고 단장을 끝낸 뒤에 왔다. 그리고 그런 호련을 보는 찬눈의 눈은 역시나 싸늘했다.

"남녀가 행동을 단정하게 해야 한다고 해봤자 어차피 부부고, 여기는 그…… 의 집이니 뭘 어떻게 하든 자기 마음이겠지요. 그 불한당, 정말 신났네요, 신났어. 아가씨도 신났고!"

"죄송해요."

찬눈은 혀를 찼다.

"오늘도 아가씨 혼자 나가세요. 이 할멈은 역시 늙어서 움직이기 힘드네요."

그리고 찬눈 옆에는 왕비가 새로 가져다준 것으로 보이는 책이 쌓여 있었다.

호련은 웃으며 달래듯 부드럽게 말했다.

"할머니, 내일모레면 여기를 떠날 수 있을 거예요. 일단 여길 떠나면 곧 조용히 지낼 수 있을 거예요."

"알고 있습니다."

"적어도 내년 봄까지는……."

찬눈이 책에서 눈을 들었다. 호련은 말이 더 이어지지 않았다. 조용히 지낼 수 있는 건 내년 봄이 최대치다.

벌써 우기의 절반이 지나갔다. 우기가 끝나면 전쟁이 시작될 것이다. 이번 가을을 그냥 보내도 내년 봄이면 시작되겠지.

전쟁은 역시 두렵다.

태괄이 아무리 강하다 하더라도, 호련은 여환이 아예 죽어 사라지는 그 순간까지 두려울 것 같다.

각은 약하지 않았다. 그러나 여환은 너무 강했고 능고 왕의 배신도 뼈아픈 것이었다.

가장 믿어야 할 상대가 저지른 배신에, 그것도 하룻밤에 신속하게 이루어진 배신에 아버지와 할아버지가 할 수 있는 일은 별로 없었다.

이제 그 여환 앞으로 태괄이 나간다. 가족을 죽인 자 앞으로 또 가족을 보내는 것이다.

그걸 깨닫자 두려움이 밀려 올라왔다. 연기나 어둠이 피어오르는 것을 막을 수 없듯, 그 두려움은 도무지 손을 쓸 수 없이 피어올라 호련을 덮어버렸다.

할머니의 손이 다가와 눈가를 어루만지고 볼을 쓸어주었다. 그제야 호련은 자신이 떨고 있었다는 것을 깨달았다.

찬눈이 속삭였다.

"눈앞에 없는 걱정은 괜한 걱정입니다. 이 앞에 있는 것만 봐요, 아가씨."

"알아요. 아는데…… 아는 것과 느끼는 게 달라요."

보내고 싶지 않다. 전쟁터로 가지 마, 그의 앞으로 절대로 가지 말고 내 옆에 있어.

그러나 그럴 수는 없다.

태괄을 받아들이면 다 괜찮아질 거라 생각했는데, 정작 받아들이고 나니 새로운 걱정이 생긴다. 잃을 것 없는 생이었는데, 잃으면 고통스러운 것을 만들어 버렸다.

"미안해요, 할머니. 이런 날에 왜 이런……."

"잊어버릴 수는 없겠지요. 하지만…… 아가씨, 조금은 나중에 생각해요. 조금은 덜 생각해요. 지금은 제발 즐거운 것만 생각해 봐요."

호련은 할머니의 눈에 안타까움이 어린 것을 보자 미안해졌다.

"봐요, 아가씨가 얼마나 예쁜지. 여기로 온 뒤로 얼마나 반짝이고 있는지. 얼마나 눈부신지. 나는 그런 아가씨를 바라만 보고 있어도 이리 좋은데, 그러지 말아요. 나는 평생 아가씨의 얼굴이 어둠에 덮여 있을 거라 생각했어요. 웃지 못할 거라 생각했어요. 매 순간이 아가씨에게 고통이 될 거라 생각했어요. 그런데 아니잖아요. 그 어떤 미움도, 증오도, 원한도, 기쁨만은 못한 법입니다. 그러니 제발…… 조금 나중에 생각해요."

그리고 찬눈은 호련의 볼을 쓸어 올렸다. 부드럽고 따뜻한 손길이었다. 호련은 그 팔에 기댔다.

"아가씨, 이제는 신랑이 잘해줄 거예요. 그가 돌보아주고 사랑해 줄 테니, 그러니 걱정 마요."

밤낮 불한당이라 부르며 혼내더니, 그가 안 보일 때에서야 이렇게 좋은 소리다.

호련은 기분이 나아졌다. 호련의 떨림이 가라앉자 찬눈도 안도하며 손을 내렸다. 그때, 밖에서 누군가 오는 소리가 들렸다.

"갈호가 왔나 보네요."

호련은 일어나 문을 열었다. 갈호를 부르려고 올려다보았는데, 갈호가 아니라 태괄이었다. 호련이 놀라자 태괄의 얼굴이 굳었다.

"뭐야? 나 기다린 게 아니었어?"

"갈호는?"

"처남은 밖에."

호련은 태괄이 시종에게 가서 따져야 할 만큼 대충대충 입은 것을 발견했다. 옷을 입은 게 아니라 끼우고 왔다고 봐야 할 지경이다.

"세상에, 이게 뭐야?"

"나머지는 아가씨가 해줘."

그리고 몸을 밀었다. 호련은 고개를 젖히며 그를 올려다보았다.

"갈호가 부러웠어?"

호련은 조금 전까지 걱정하던 것은 깔끔하게 잊고 그의 옷매무새를 고쳐 주기 시작했다.

단추를 모두 제대로 채우고 허리띠도 채워주었다. 옷의 끈도 모두 다시 풀어 묶었다. 태괄이 호련의 정수리에 이마를 가져왔다. 호련이 쑥스러워 어깨를 움츠리자 태괄이 이번엔 호련의 눈 옆으로 입술을 가져갔다. 눈썹이 닿을 정도로 가까워지자 호련은 어깨를 뺐다.

"너무 가까워서 아무것도 할 수 없잖아."

그러자 태괄은 호련의 허리를 잡아당겼다. 호련은 그 팔에 기대등을 젖히며 허리끈을 채우기 시작했다. 호련을 잡은 태괄의 손에 힘이 들어가며 손가락이 움직였다.

"다 못 마쳤어."

"천천히 해."

그리고 태괄은 호련의 턱에 입술을 댔다. 호련은 고개를 젖히며 웃음을 터뜨렸다.

"그러지 마. 간지럽잖아. 응?"

"웃는 소리가 좋아서."

태괄은 호련의 목덜미를 잡아 안으로 당기며 호련의 이마에 자신의 이마를 댔다. 호련은 고개를 들었다. 눈이 마주했다. 그 열기 어린 눈과 마주하자 볼이 달아올랐다. 그가 무엇을 하려 하든 꼼짝도 못할 것 같다.

그때, 태괄의 등 뒤로 책이 보였다. 그 책이 태괄의 뒤통수를 툭툭, 치고는 내려갔다.

"내가 졌네. 내일부터는 자네 방에서 다 하게나. 이 꼴을 또 보게 될 줄이야."

호련은 볼이 더 달아올랐다. 할머니가 나가자 호련은 달아오른 채로 물었다.

"태괄, 혹시 일부러 이런 거야?"

"왜 이래? 내버려 둬놓고선."

"아니, 그건 그렇지만…… 그래도……."

태괄이 호련의 허리를 감아 안은 뒤 당겼다.

"자, 나가자."

태괄은 호련을 잡아끌다시피 하며 뜰로 갔다.

뜰에는 갈호가 제일 먼저 나와 있었다. 신기하게도 오늘의 갈호는 아주 제대로 차려입고 있었다. 눈이 마주치자 갈호는 호련의 의문을 금방 눈치채고 말했다.

"아, 오늘은 왕자님이 시종을 붙여줬어."

"……."

호련은 어이가 없어서 태괄을 보았다. 태괄은 얼른 다른 곳을 보았다.

"자, 어서 출발하자."

그리고 태괄은 호련을 말에 태우고, 자신도 그 옆의 말에 탔다. 일행 모두 말에 타자 태괄이 앞장서 정원을 가로질렀다. 평소 가던 방향과는 다른 방향이었다. 호련이 따라가며 물었다.

"어디로 가는 거야?"

"일단 와요, 아가씨."

처음 별궁에 왔을 때 들어왔던 문이 열려 있었다.

문 앞에 왕궁의 근위대가 있었다. 모두 맞춘 듯 똑같은 예복 차림이었다. 호련과 태괄이 회랑으로 들어서자 근위대가 그들을 감싸듯 늘어서며 따라왔다.

호련은 회랑의 벽 너머를 보았다. 사람들이 들떠 웅성거리는 소리가 들려온다. 보지 않아도 그 너머의 흥청거림이 느껴진다.

회랑에 왕족 일행이 지나간다는 것을 알아챈 담 밖의 사람들이 함성을 질렀다. 환호와 축하의 함성이었다. 벽 위로 부모의 어깨를 타고 올라온 아이들이 고개를 내밀었다. 아이들은 호련과 눈이 마주치자 얼른 손을 흔들었다. 호련은 웃으며 손을 흔들었다. 아이들이 두 팔을 들었다. 순간, 엄청난 함성이 담 밖에서 들려왔다. 태괄이 그 옆으로 말을 몰아왔다.

"잘했어. 그러는 거야."

태괄은 첫날 들어왔던 방향과 반대 방향으로 말 머리를 틀었다.

가면 갈수록 함성 소리가 커져 갔다. 나팔과 북소리가 그 함성에 섞여 들려왔다.

“대체 어디로 가는 거야?”

“경기장.”

“경기장? 그런 것도 있었어?”

“응. 처음 보나?”

“처음이야.”

회랑이 점점 넓어지며 거대한 광장이 되었다. 어느새 회랑 지붕이 끝나고 그 처마 끝으로 하늘이 보였다. 굵게 뭉친 구름이 빠르게 흐르고 있었다.

앞에 거대한 철문이 서 있었다. 그 안에 굉장한 괴물이라도 있는 듯 엄청난 함성이 들려왔다. 웅대한 폭풍이 치고 땅 위로 천둥이 울리는 것 같았다.

따라온 호위들이 양옆으로 갈라졌다. 앞의 철문이 빠르게 열리며, 그 거대한 문 너머로 넓은 경기장이 모습을 드러냈다. 호련은 그대로 혼절할 뻔했다. 호련이 창백해질 것을 미리 알고 있던 태괄이 호련의 손을 잡았다.

“들어가자.”

“사람이…… 너무…… 많…….”

생각보다 훨씬 넓었다. 아니, 상상할 수 있는 한도를 넘어 넓었다. 호련에게는 하늘이 열린 것이나 다를 바 없었다. 게다가 객석과 그 아래의 입석에 사람이 꽉 들어차 있다. 그렇게 새카맣게 모인 사람들이 지켜보는 가운데, 입구 맞은편 좌석에 앉은 왕과 왕비가 보였다.

호련은 현기증이 났다. 여기서 저기까지 사람들이 다 지켜보는 가운데 가야 한다. 저 사람들이 다 호련을 향해 무너지고 쏟아질 것만 같았다. 게다가 저 함성은 뭐지? 구호 같은 것을 외치는데, 무슨 소리인지 모르겠다.

"이리 와."

태괄이 손을 당겼다. 호련은 버티고 싶었지만 호련의 말이 태괄을 따라 들어갔다.

어마어마한 함성이 터지며 납경의 시민들이 던진 꽃이 경기장 위로 쏟아졌다. 붉고 흰 꽃이 사방에 가득 날렸다. 호련은 그 속으로 말을 몰며 하나는 알 수 있었다. 아, 태괄은 사랑받는 왕자구나.

저 함성은 거짓이 아니었다. 시킨 것도, 흥에 취한 것도 아니었다. 진심 어린 축하와 환호다. 태괄이 이 납경에서 누리는 애정의 증거다.

태괄은 파도치는 함성을 뚫고 왕 앞으로 갔다. 왕이 일어나 축하의 말을 건넸다. 다행히 왕은 오늘만큼은 '내시처럼 차려입지' 않았다. 태괄은 왕의 옷을 확인하고 안도한 뒤, 먼저 말에서 내려 호련을 데리고 왕 앞으로 갔다. 왕비가 앞으로 나서 동생 부부에게 뿔로 된 잔을 건네주었다.

함성이 더 커지며 다시 구호가 들려왔다. 드디어 귀로 들리기 시작한다.

보루—

뒤이어…… 그래, 이건 하님— 하님이다.

"자, 여기 앉아."

왕비가 말했다. 왕비는 오늘도 목걸이와 귀걸이는 최소한만 하고, 머리장식도 가볍게 했다. 검은 머리카락은 뒤로 바짝 당겨 묶어 한 올도 흐트러지지 않게 한 뒤, 그 위에 장신구 두어 개 꽂은 정도다.

호련은 그녀가 권하는 자리에 앉았다. 경기장이 훤히 보였다. 태괄이 옆에 앉더니 귀에다 속삭였다.

"경기 시작되면 형수님은 완전히 다른 사람으로 변할 거야. 마음의 준비를 해."

"어떻게?"

"그건 일단 구경해 봐야 아는 건데, 놀라지는 마. 저리 얌전하게 있어도 용맹한 분이거든. 형이 사로잡혔을 때 친정에서 군대를 끌고 와 구해냈지."

"대단하네."

"더 대단한 건 형님을 죽이러 온 자객을 청동 꽃병으로 직접 때려죽인 거지. 아, 그건 비밀이니까 아무에게도 말하지 마."

그리고 태괄은 호련의 볼에 입을 맞추었다. 주변에서 환호가 터졌다. 태괄이 고개를 돌렸다. 재상이 계단을 타고 올라오고 있었다. 한 번 본 적이 있어 호련은 금방 그를 알아보고 인사를 했다. 서역 출신이라는 말과는 달리 거의 살랍인처럼 보였다. 그는 정중하게 인사를 하고 말을 걸었다.

"올 때 편했나요, 하님?"

호련이 태괄을 보자 태괄이 얼른 설명해 주었다.

"귀한 아가씨란 뜻이야."

"아, 편했어요."

하님이란 구호의 의미도 이젠 알겠다. 재상은 호련에게 먼저 자리에 앉으라고 권한 뒤 그 옆에 앉았다.

나팔이 깊고 크게 울렸다. 왕이 포도주 잔을 올렸다. 북소리가 이어지며 왕비도 잔을 들었다. 관중의 환호와 함께 경기들이 시작되었다.

첫 경기는 무투였다. 경기 장 안으로 무사들이 쓸려 들어오며 피가 튀어 오르는 무투가 시작되었다.

호련이 듣도 보도 못한 무기가 나와 서로의 살을 쓸어내리고 베어냈다. 하나하나 쓰러질 때마다 사람들이 환호했다. 호련은 정말 사람이 실려 나가는 걸 보고 기겁했고, 그런 호련을 더 기겁하게 한 것은 등 뒤에서 주먹을 쥐며 고함을 지르는 왕비였다.

"이 머저리! 누가 거기다 쑤셔 박으랬어!"

호련이 놀라서 돌아보았다. 왕이고 재상이고 시녀장이고, 익숙한 풍경인지 다들 조용히 앉아 술만 마셨다. 익숙한 일이라도 제정신으로 버틸 일은 아닌 것이다. 시녀들조차 가증스러워하는 내숭의 금비와, 모든 일에 물처럼 안개처럼 관심이 없는 정비만 보았던 호련에게는 꽤 충격이었다.

"빌어먹을, 거기를 찌르란 말이다! 거기를! 야, 이 자식이!"

흥분한 왕비가 들고 있던 잔을 집어 던지려는 것을 시녀가 급히 달려와 값진 금잔 대신 나무잔으로 바꾸었다. 한 번 참았던 왕비는 다음에 기어코 잔을 내던졌다. 다행이었다. 엄청난 속도와 세기였다. 진짜 금잔이나 구리잔이었다면 누구 하나 맞아 끔찍한 하루를 보냈을 것이다.

마침내 마지막 전사가 남아 상대의 목을 끊어놓았다. 왕비가 응원하던 무사였다. 왕비가 고함을 지르며 일어났다. 경기 내용에 대해 거의 알 수 없는 호련은 살아남았으니 이겼나 보다고만 생각했을 뿐이다. 결혼식이나 축제에서 무투를 본 적은 많았으나, 그것은 씨름과 권투 정도였지, 검과 창을 들고 와서 목숨까지 내놓고 축제에 임하는 것은 처음 본다.

왕이 승리자를 위해 상을 내렸다. 금화와 보도였다. 선물을 받은 무사는 인사를 하고 경기장에서 물러났다. 호련은 드디어 끝난 것에 감사했다. 피 냄새 맡으며 앉아 있으니 현기증이 난다.

태괄이 창백한 호련을 보며 말했다.

"이제부터는 아가씨가 좋아할 만한 걸 할 거야. 더 이상 피는 안 튀니 걱정 말고."

"이런 건 처음 봐서."

"형수님 취미라서. 친정인 길극이 서역하고 가깝잖아."

드디어 호련이 알아볼 만한 격구와 말달리기 경주가 이어졌다. 이번에도 왕비는 자신이 응원하는 편이 점수를 올릴 때마다 고함을 지르고, 잃을 때마다 그 손에서 뭐 하나씩 날아갔다. 왕은 포기했고, 시녀장은 미친 듯이 술을 마셨다. 이번에는 왕비가 응원하던 편이 지는 바람에 경기가 끝난 뒤에는 무척 조용했다.

말달리기 경주가 시작되자 왕비는 다시 평소의 그 싸늘한 모습으로 돌아갔다. 경주에 나온 것은 모두 어린 소년 소녀들이었다. 객석에 선수들의 가족이 있어 아이들은 자기 부모와 가족들을 찾아 팔에 묶은 끈을 흔들었다. 그때마다 객석에 있는 부모와 친지들이 같은 색 손수건을 흔들었다. 초록색 끈을 묶은 소년이 두 팔을 들었다. 재상이 손을 들어 녹색 손수건을 흔들었다. 호련이 바라보자 재상이 웃으며 말했다.

"제 막내아들입니다. 그리고 저기 말 달리는 아이들은 모두 이 납경의 명문가 아들딸이지요."

호각 소리와 함께 아이들이 달리기 시작했다. 남색 옷을 입은 소녀가 가장 먼저 나왔으나, 녹색 옷을 입은 소년이 금방 그 뒤를 따라잡았다. 남색 옷의 소녀가 밀치고 나갈 때마다 이번에는 시녀장이 남색 손수건을 흔들며 응원의 고함을 질렀다.

드디어 녹색 옷의 소년이 완전히 선두로 치고 나왔다. 재상이 흥분하며 손수건을 흔들었다. 남색 옷의 소녀가 따라잡으려 했지만 힘겨웠다. 선두의 아이들이 마지막으로 경기장을 돌자 결승점에 붉은 끈이 걸쳐졌다. 녹색 옷의 소년이 그 붉은 끈을 처음으로 끊었다. 객석에서 엄청난 환호가 터졌다. 재상이 일어나 손수건을 흔들며 환호했다. 반면 시녀장은 우울하게 손수건을 씹었다.

우승한 소년은 경기장을 한 바퀴 돌며 녹색 끈을 흔들었다.

"보루!"

"보루!"

모두가 외쳤다.

호련은 태괄의 귀에 대고 물었다.

"저게 무슨 뜻이야?"

"늑대. 승자를 의미하지."

"왜 나는 못 알아들을까?"

"고대 사리난어라 모르는 게 당연하지. 나도 몇 가지밖에는 몰라."

그리고 태괄은 호련의 볼에 입을 맞추었다.

"이제 곧 내가 나갈 차례야."

"뭔데?"

왕이 우승자에게 채찍과 금화를 상으로 내렸다. 재상은 달려온 아들에게 칭찬의 말을 해주었다. 왕비가 승리한 소년에게 입 맞춰 주고, 소년은 감사의 인사를 한 다음 호련에게 왔다. 호련이 이마에 입을 맞춰주자 소년의 볼이 붉어졌다. 소년의 모습에 호련은 동생들 생각이 났다. 자랐으면 이만할 텐데. 순간, 눈에 슬픔이 보였던 것 같다. 소년이 호련의 볼에 입을 맞추더니 얼른 내려갔다. 소년은 경기장으로 달려가 채찍과 녹색 끈을 휘저으며 두 팔을 들었다. 객석의 함성이 더 커졌다.

태괄이 시큰둥하게 말했다.

"어린 게 벌써부터."

"당신 경쟁자 아니라니까."

그때, 함성이 세상이 깨지듯 어마어마해졌다.

"어지러워."

호련이 눈살을 찌푸렸다.

"아직 멀었어. 더 어지러울 일이 남았는데."

호련은 심상찮은 분위기를 느꼈다.

사람들이 같은 함성을 내질렀다. 짧고 굵은 함성이었다. 일시에 하나가 되어 외친다. 거대한 맥박이 울리듯, 쿵— 쿵 울린다. 함성 하나에 맥이 실린다.

보루—

맙 보루—

"이번에는 뭐라는 거야?"

"맙 보루."

잘 들어보니 그런 것 같다.

"그건 무슨 뜻이야?"

"푸른 늑대."

모두 하나가 되어 외치고 있었다.

천둥처럼 북처럼.

맙— 보루!

거대한 신을 소환하듯 울린다.

"그게 뭔데?"

"나."

태괄이 몸을 일으켰다.

여태 들었던 함성과 비교도 되지 않는, 온 세상의 천둥이 이 안에 가득 찬 듯 어마어마한 함성이 터졌다.

온 세상이 전율과 흥분을 담아 외친다.

보루—

푸른 늑대.

경기장 안쪽이 열리며 한 떼의 말이 들어왔다. 푸른 끈을 맨 무사들과 붉은 끈을 맨 무사들이었다. 각 편이 든 깃발에 푸른 늑대와 붉은 늑대가 그려져 있었다.

붉은 늑대들의 선두에 있는 자가 깃발을 흔들었다.

태괄이 말했다.

"여기서 지켜봐."

"뭐 하는 건데?"

"늑대 잡기 경기. 내가 청군의 대장. 새신랑은 항상 청군을 이끌지."

호련은 경기장을 보았다.

양옆에 커다란 철로 넓고 납작한 독이 놓이는 것을 보고 무슨 경기인지 금방 알아보았다. 각에서도 큰 축제가 있을 때마다 하던 경기다. 이보다 규모도 독도 작고 선수들도 적었지만. 큰오라버니 가투는 이 경기를 어마어마하게 좋아해 항상 나가 항상 승리했다. 가장 큰 승리의 비결은 온갖 협잡을 써서라도 자기편으로 끌어들였던 갈호였다.

호련은 왕비가 건네주는 포도주를 마셨다. 긴장과 기대로 볼이 붉어졌다. 어떻게 될지, 어떻게 보일지 궁금하다. 왕비는 검투 대회와는 완전히 격이 다른 무아지경에 빠져 있었다.

푸른 옷을 입은 왕자가 내려가자 함성과 환호가 터졌다. 태괄은 푸른 끈을 단 말에 타고 경기장 안으로 달려 들어갔다.

태괄의 이름이 터지고, 그 뒤를 이어 울린다.

젠시—

보루—

다시 그 외침이 울린다.

젠시, 보루—

"젊은 늑대, 라는 거죠."

옆의 재상이 가르쳐 주었다.

"왕자의 다른 별명입니다. 젊은 늑대."

호련은 얼떨떨한 얼굴로 재상을 보았다.

재상이 한쪽 눈을 찡긋해 보였다.

"왕자님과 폐하는 납경의 해방자였으니까요."

"해방자?"

"네. 알타고가 왕위를 가로챈 뒤, 납경은 많은 희생을 치렀습니다. 폐하와 왕자님이 돌아올 때는 모두가 환호했지요. 그 뒤, 납경을 원래대로 되돌리는 데는 참 힘들었습니다. 아니, 아직도 해야 할 일이 더 많지요. 그래도 꽤 빠르게 안정되고 있습니다. 폐하가 '입법자' 라 불리신다면, 왕자님은 '수호자' 라 불리지요."

재상은 마치 자기 아들들에 대해 이야기하듯 말하고 있었다. 기분 좋은 웃음이 그 눈에 보였다.

"창궁의 왕……."

그리고 이어 말했다.

"항상 초원에는, 이 지역에는 전설이 돌지요. 창궁의 왕, 하나의 하늘 아래 하나의 왕. 가장 위대한 왕……. 아, 초원 아가씨에게 이런 걸 설명하다니, 저도 참. 당연히 알 텐데 제 딸들에게 말하듯 하는군요. 그 아이들은 이곳 태생이 아니라 잘 모르거든요. 사실 모든 왕과 왕자들이 그것을 꿈꾸겠지요. 저도 꿈을 꿉니다."

여환의 아버지도 그랬지. 그 능고의 왕은 자기 아들이야말로 바로 그 창궁의 왕이 될 거라 여겼다. 그래서 여환이 우이를 아내로 삼았을 때의 배신감은 이루 말할 수 없었을 것이다.

호련은 말을 타고 달려나가는 태괄을 보았다. 태괄이 호련을 향해 손을 들었다. 호련은 같이 손을 들었다.

창궁의 왕.

호련은 그것을 바라지는 않았다. 살아 있고 오래 곁에 있어주는 것. 호련이 믿고 싶은 단 하나는 태괄이 언제나 돌아온다는 것이었다.

하늘 아래는 누구의 것도 아니다. 모두의 것이며, 모두가 살아

가야 할 곳이다. 단 하나가 될 거라는 야망 아래 전쟁과 살육이 벌어지는 건 싫다. 호련의 부모와 형제자매들도 다 그 욕망 탓에 희생된 것이 아닌가. 왕이 서부를 욕심내지 않았다면 아무 일도 없었을 것을. 창궁의 왕이 무엇이란 말인가. 호련이 잃어버린 것에 비하면 아무것도 아닌 덧없는 것인데.

호각이 울리며 경기가 시작되었다.

경기 규칙은 간단하다. 가장 먼저, 가장 많이 상대편의 독 안에 염소를 집어넣는 편이 이긴다. 이긴 자가 모든 것을 가진다. 영광도, 염소 고기도.

말이 좋아 쉬운 경기지, 엄청난 힘과 실랑이가 들어간다. 얼마나 말을 빨리 모느냐, 또 얼마나 빨리 땅에 떨어진 염소를 집어 올리느냐, 그리고 얼마나 상대편을 패대기치느냐.

청군과 적군이 뒤엉키자 전쟁이나 다를 바 없었다. 우기라 먼지는 피어오르지 않았으나, 대신 온통 진흙투성이가 되어갔다. 선수들의 고함과 구호, 함성이 울리자 그들을 응원하는 관중들의 함성과 응원의 구호, 승리의 기원과 패배의 고함이 뒤섞였다. 몇몇 선수들이 나가떨어졌다. 선수가 줄어들수록 관중들의 함성도 더 강력해졌다.

등 뒤에 있는 왕비는 거의 광란 중이었다. 도저히 견디지 못한 왕은 술을 한 잔 더 마셔야 했고, 이번에는 재상 역시 마찬가지였다. 호련은 갈호를 찾았다. 고향에 있을 때 경기에 참석하기는 해도 경기 자체는 별로 좋아하지 않던 갈호는, 지금은 반쯤 누운 자세로 경기를 보는 척하며 졸고 있었다. 어제 소녀들 때문에 정신착란을 일으킨 타격이 아직도 가는 것 같았다. 그래도 호련의 시선을 느낀 듯 잠깐 눈을 뜨고 웃어주었다.

호각이 울리며 첫 번째 경기의 끝을 알렸다. 선수들이 갈라져 물을 마시고 말을 바꿨다. 지친 말 대신 다른 말들이 들어왔고, 부상당한 선수들 대신 다른 선수들이 들어왔다.

두 번째 경기가 시작되었다. 첫 번째 경기는 청군의 승리였고, 두 번째는 일방적인 청군의 승리였다. 처음에 저항하던 적군은 금방 무너져 승리를 넘겼다.

청군의 승리에 함성이 터졌다. 승리한 청군의 대장인 태괄이 자기편을 이끌고 경기장을 돌았다. 함성이 더 커졌다.

태괄이 말 머리를 돌려 호련에게 왔다. 승리한 대장인데 그저 '어서 와' 한마디만 해도 되려나? 그건 아닐 것 같다. 호련은 재상에게 묻는 얼굴을 보였다. 그러나 재상은 웃기만 할 뿐, 대답하지 않았다. 다시 객석에서 새로운 함성이 들려왔다.

젠쉬—

하님—

울림이 경기장을 둥글게 휘감아 한 번에 메치듯 다시 함성이 들린다.

하님—!

호련은 얼떨떨해졌다.

"이번엔 뭐죠?"

"일어나십시오, 부인."

"네?"

"이제 새색시가 할 일이 있지요."

왕비가 즐거운 얼굴로 내려와 호련을 일으켜 세웠다.

"자, 일어나. 우선 이걸 감고."

왕비는 호련의 팔에 붉은 천을 묶었다. 호련은 등 뒤에서 터지는 함성 소리에 주저앉을 뻔했다. 호련을 보는 왕비의 얼굴에 기쁨과 기대가 가득했다.

"쉽게 잡혀주지 마. 너무 쉽게 잡히면 다시 보낼 거다!"

그리고 그 무서운 얼굴로 웃었다.

"네? 지금 뭐 하는……."

다시 고함이 터졌다.

"젠쉬!"

"하님!"

시종이 붉은 끈을 맨 백마를 끌고 왔다.

젠쉬 하님.

저건 또 무슨 뜻이야?

왕비가 속삭였다.

"젊고 귀한 아가씨란 뜻이지."

이제 알겠다. 젠쉬 보루가 젊은 늑대라면 젠쉬 하님은 젊고 귀한 아가씨.

"제가 뭘 하면 되나요?"

"말에 타고 달리면 되는 거야. 저기 저, 깃발 보이지? 저 깃발이 세워진 바깥으로 돌면서 달리기만 하면 된단다. 그리고 귀여운 새색시, 내가 기뻐할 만큼 달려야 한다. 빨리 잡히지 마. 네 신랑이 나가떨어질 때까지 달리고 달려!"

"네? 아, 네."

왕과 왕비의 성별이 서로 바뀐다면 더할 나위 없는 한 쌍이 되었을 거란 생각이 들었다.

왕비는 호련의 양 볼에 입을 맞추고 축복을 보낸 뒤에 내려보냈다. 왕비가 돌아오자 왕은 한숨을 내쉬며 술을 한 잔 더 마셨다. 그리고 왕비와 이야기를 나눈 뒤 각자 돈과 보석을 교환했다. 경기 결과에 대해 내기를 건 것 같았다. 정산이 끝나자 왕비는 붉은 손수건을 흔들었다.

호련은 말을 몰아 왕비가 말한 깃발 근처로 갔다. 환호성이 들려 돌아보니 태괄이 와 있었다. 그렇게 달렸는데도 아직 팔팔해 보였다. 태괄이 다가오더니 고개를 숙여 귓가에 속삭였다.

"힘껏 달려야 할 거야."

"나는 말을 아주 잘 타. 당신이 더 힘들걸?"

"하지만 이건 양 치는 게 아니고…… 당신을 위해 내 말 뒷다리를 잡아줄 장이도 없지. 그러니 각오해."

그리고 팔을 놓고 물러났다.

얇은 살얼음이 와삭 깨진 기분이다.

뭐지, 이건?

뭔가 이상하다.

호각이 높이 울렸다. 함성과 함께 태괄이 말을 몰아왔다. 호련은 돌아서 말 허리를 찼다.

말이 나는 듯 달리기 시작했다. 아주 좋은 말이라 가볍고 빨랐다. 오랜만에 자유롭게 달리는 것이라 구름 사이를 달리듯 기분이 좋다.

어서 달리고 싶다. 저 초원으로, 더 넓은 초원으로, 그리고 멀리 멀리 달리면 그 옆으로 검은 강이 흐를 것이다. 검은 강 옆으로 푸른 초원이, 그 위로 양 떼와 소 떼가 달린다.

항상 그렇게 달렸다. 어머니, 아버지, 숙부와 숙모, 그리고 언니와 오라버니들, 사촌들, 재잘대는 동생들이 있는 집을 등지고 달리고, 해가 저물면 다시 그 집을 향해 달려왔다. 모든 것이 검게 얼어붙어 버린 그날까지 그렇게 달려가고 달려왔다.

호련은 순간 찬란한 아침 햇살을 본 것 같았다. 아직 차가운 푸른 하늘 위로 흰 구름이 피어오르고 초원 위로 그 구름 그림자가 얼룩진다. 날카로운 햇살이 바위와 풀들 위로 쏟아지며 길고 날카로운 그림자를 세운다.

그 아래로 양 떼가 구름처럼 흩어지고, 그 뒤를 소년 하나가 쫓고 있다.

호련은 그 아이를 알고 있었다. 아직 얼굴도 제대로 못 보았지만, 몸짓을 보면 안다.

묻고 싶다.

너였니?

호련은 소년을 위해 양 떼를 쫓듯이 몰았다. 기겁한 양들이 몰려 나가는 지평선 아래, 그 소년이 있다.

햇살이 너무 강해 얼굴이 제대로 보이지 않는다. 눈을 감았다 떠보았지만 역시 보이지 않는다. 호련은 좀 떨어져서 보려고 했다. 말을 몰아 조금 앞으로 간 뒤에 햇살을 피해 소년을 보았지만, 소년은 돌아보지 않는다.

역시, 오늘도 보지 못하는구나. 그리고…… 오늘도 묻지 못했지.

호련은 말 머리를 돌려 달렸다. 오늘은 더 이상 돌아보지 않겠다고 생각하며.

그해 겨울, 지평선 너머로 간 어제의 구름처럼 사라진 너는 지금 어디에 있을까? 무슨 꿈을 꾸고 어디서 깨어날까?

순간, 호련은 다시 소년의 얼굴을 본 것 같았다.

언뜻언뜻 스쳐 지나던 파편이거나, 안개에 덮인 듯 흐리기만 하던 얼굴이 하나하나 모여든다.

눈동자, 콧날, 턱, 빛을 받으면 변하는 녹갈색 눈, 그리고…….

"본 적 있어."

"목동이었지."

"목동."

그 한마디 한마디가 녹아들며 천천히 가라앉는다. 흔들려 흐리던 기억의 수면이 가라앉으며 마침내 호수처럼 평평해지고 단 하나를 비춘다.

순간, 말고삐가 다른 이의 손에 잡혔다. 말이 느려지며 허리로 손이 감겨왔다. 강력한 힘이 호련이 몸을 끌어당겨 단단한 가슴으로 끌려 들어갔다. 헐떡이는 숨소리와 함께 그가 속삭였다.

"잡았다."

호련은 고개를 젖혔다.

빈틈이 다 채워져 완전한 하나가 되어 눈앞에 있다.

호련은 눈을 감았다. 그의 입술이 다가와 덮었다.

경기의 끝을 알리는 입맞춤이 시작되었다. 멈춘 말들은 푸륵거리며 발굽으로 바닥을 쳤다. 호각이 울리고, 왕자는 드디어 자신의 신부를 품에 안고 입 맞출 수 있게 되었다. 신부는 그 입술을 받아들이고, 그가 입술을 떼자 눈을 뜨고 바라보았다. 그 눈빛에 신랑은 빛을 본 듯 눈부셔 했다.

그래, 너였구나.

"왜 말 안 한 거지?"

호련이 속삭이듯 물었다.

"뭘?"

태괄은 호련의 숨소리를 듣는 듯 가만히 있을 뿐이다.

"당신이었단 거."

잠시 조용하던 태괄이 드디어 깨달은 듯 아, 하고 신음을 흘린다.

"왜…… 말 안 했어?"

"충분히 말하지 않았나?"

"아니…… 그게 당신이라고는 말 안 했잖아……. 왜…… 왜 항상 가장 중요한 말은 하지 않는 거야……."

태괄의 손에 힘이 들어갔다.

호련은 어이가 없었다. 이렇게 되다니. 길게 길게 돌아, 길게 길게 달려, 이렇게 오다니.

지평선 끝으로 달렸는데 바로 그 자리였다.

"당신이야."

"뭐가?"

"그 놈팡이가."

"그…… 뭐?"

그가 뭐라 말하려 했다. 들을 준비는 되어 있었다.

일순, 말이 갑자기 꿈틀거렸다. 하늘이 아래로 푹 꺼지며 현기증이 일었다.

"아……."

핏기가 빠져나가는 기분이었다. 말이 뒤로 몸을 젖히며 울부짖었다. 태괄의 얼굴이 삽시간에 창백해졌다.

"호련!"

태괄이 고함을 질렀다. 호련은 고삐를 잡고 발에 힘을 주었다. 몸이 크게 회전했다. 말이 앞발굽을 치고 솟아오르며 울부짖었다. 호련은 간신히 말에서 떨어지지 않았지만, 그에 오히려 다급해진 말은 몸을 크게 젖히고 내달리기 시작했다. 땅이 북처럼 울리며 들썩이고, 머리와 몸이 내동댕이칠 듯 흔들렸다.

"꺄악!"

호련은 비명을 터뜨렸다. 겁에 질린 말이 앞발을 들며 울부짖더니 몸을 뒤틀며 날뛰기 시작했다. 호련은 간신히 붙어 있느라 대체 뭐가 잘못된 건지 생각할 틈도 없었다. 이대로 손을 놓으면 당장 날아갈 것이다. 이 속도로 달리는 말 등에서 떨어지면 어디든 부러지고 만다.

말이 다시 뛰어오르며 몸이 말 등에 세게 부딪혔다. 숨이 헉 막힐 정도로 아팠다.

그때, 옆으로 태괄이 말을 몰아 따라붙었다. 그가 등자를 밟고 일어나며 외쳤다.

"잡아!"

호련의 말이 겁에 질려 더 빨리 달리기 시작했다. 태괄은 말 허리를 차고 더 빨리 말을 몰아왔다.

"호련!"

태괄의 얼굴이 완전히 사색이었다. 그는 어떻게든 말고삐를 잡으려 했지만, 그때마다 손이 빗나갔다.

"젠장!"

태괄은 말고삐를 놓고 두 팔을 벌렸다. 호련은 고삐를 놓았다. 몸이 뒤로 훅 젖혀졌지만, 그 순간 태괄이 호련의 몸을 낚아챘다. 호련은 안장 끈에 발을 걸고 태괄을 잡았다. 태괄은 호련을 놓치지 않고 급히 안아 당겼다.

"맙소사."

태괄이 안도의 한숨을 내쉬며 호련을 더 세게 안았다. 몸 깊은 곳에서부터 심장 소리가 쿵쿵 울려왔다. 태괄의 몸이 떨리고 있었다. 호련 역시 숨을 헐떡였다. 태괄이 팔을 당겨 호련의 목에 이마를 대 숨소리를 확인하고 더 다친 곳이 없나 살피다 안았다. 온몸이 그의 품 안에 꽉 잡혀 있었다. 그래도 그는 안도하지 못하며 숨을 헐떡였다.

호련이 탔던 백마는 겁에 질린 채 날뛰며 경기장을 돌았다. 처음에는 그저 경기라 생각했던 사람들이 하나둘 이상하다는 것을 알아챘다.

그때, 경기장 안으로 회색 말이 뛰어 들어왔다. 그 말에 탄 갈호가 달리는 말 옆으로 들러붙어 말고삐를 낚아챘다. 흥분한 말이 거칠게 울부짖었다. 갈호는 말의 속도를 높이며 그 엉덩이에 박힌 것을 뽑아냈다. 말이 깜짝 놀라 날뛰었다. 갈호는 고삐를 놓고 단숨에 멀어졌다. 말은 더 달리다 구석으로 들어가 멈추었다. 근위대가 달려와 말을 잡았다.

갈호는 말의 엉덩이에 박혀 있던 것을 펼쳐 보았다. 손가락 길이의 단궁이다.

"갈호, 뭐야!"

누웅이 달려와 갈호에게 물었다. 갈호는 고개를 젓고는 말을 몰아 경기장 모퉁이를 돌았다. 사람들의 시선이 모두 갈호를 향했다. 갈호는 말에서 내려 문으로 들어갔다.

왕이 지켜보고 있던 의전관에게 명령했다.

"나팔을 불어라. 아무 일도 아니다. 원래 계획되었던 일이다. 그러니 불어!"

의전관이 깃발을 들었다. 나팔이 연달아 울리자 잠시 조용해졌던 객석에서 다시 함성이 터졌다.

왕은 태연하게 일어나 두 손을 들었다. 모두가 축복의 함성을 질렀다.

호위대 대장이 달려와 왕에게 말했다.

"단궁이었다고 합니다."

"갈호를 데리고 와라."

대장이 자리를 비웠다. 잠시 뒤, 갈호가 혼자 달려 올라왔다.

"무슨 일인 거냐?"

갈호는 왕의 귀에 얼굴을 가져갔다.

"흉맥의 무기입니다."

"산악족? 용병인 거냐?"

"그들 외에는 안 쓰는 겁니다."

"암살 시도인가?"

갈호는 손바닥을 펼쳐 보였다.

"이걸로는 강아지도 못 죽입니다."

"애초에 열받게만 하려는 거였군."

왕은 단궁을 보며 눈살을 찌푸렸다. 피투성이 단궁이 그를 불쾌하게 했다.

"최대한 말이 새어나가지 않도록 해라. 오늘은 아무 일도 없었던 거다. 너는 지금 따라와라. 어서!"

왕은 경기장을 노려보았다.

"여환, 이놈이."

호련은 숨을 헐떡이며 태괄의 품에 안겨 있었다.

이제 태괄의 떨림이 가라앉으며 그 손과 숨소리에 분노가 차오르는 것이 느껴졌다.

호련은 이제 괜찮다고, 정말 괜찮다고 말하고 싶었지만, 도저히 말할 수가 없었다.

다시 보인다, 검은 어둠이.

밤을 향해 문이 열리듯, 심연을 향해 바닥이 꺼지듯, 깊고 넓은 장막처럼 어둠이 덮어온다. 아무것도 보이지 않는다. 피비린내도, 비명도, 신음도, 눈물도. 모두 그 검은 어둠 속에 묻히고 그 속에 홀로 앉아 있다.

"답해라."

호련은 태괄의 팔을 잡았다. 떨리는 손에 힘이 들어갔다. 눈물조차 흐르지 않는 얼굴을 그 가슴에 묻었다.

태괄의 얼굴이 보이지 않는다. 아니, 아무것도 보이지 않는데 여환의 얼굴만 보인다.

"답해라."

입술이 떨린다. 턱이 떨려온다. 심장만이 쿵쿵 울리고, 얼어붙은 눈은 그 새카만 암흑 앞에 엄혹하게 서 있는 그를 향한다. 세상엔 아무것도 없었다.

다시 여환뿐이다.

"답해라."

엉망이네.

호련은 금방 알아볼 수 있었다.

태괄은 겉은 멀쩡해도 정신은 호련이 모르는 어딘가에서 구르고 자빠지고 있는 것 같았다.

일이 벌어진 뒤 끌려가다시피 왕비의 내궁으로 보내졌다.

왕비의 내궁은 너무 안전해 숨이 막힐 지경이었다. 들리는 말로는 왕비의 내궁을 가장 안전하게 하는 것은 왕비 본인이라지만, 그렇다고 호위에 소홀한 건 아니었다.

그리고 다시 만난 태괄은 얼굴은 침착했지만 눈빛은 엉망이었다. 너무 엉망이라 안타까울 지경이다. 한 발 앞에서도 그의 심장 소리가 들리는 것 같았다.

사과의 말을 하려나? 아니, 그건 달갑지 않다. 그의 책임이 아니다. 벌어질 일이 오늘 벌어진 것뿐이다.

태괄은 호련의 머리카락을 쓸어 올리며 호련을 보았다. 머리카락 속으로 그의 강한 손가락이 스며들었다. 호련은 그의 팔에 몸을 맡겼다. 태괄은 호련의 볼에 이마를 대고 숨을 몰아쉬다, 다시 고개를 들고 호련을 보았다. 이제 그의 손은 호련의 팔을 잡고 있었다. 이곳에 분명 있다고 거듭 확인하는 것 같았다.

아무 말 하지 말라는 말을 하기도 전에 태괄이 말했다.

"죽여 버릴 테다."

미안하다는 말보다는 낫지만, 이것 역시 아니다.

"죽여 버릴 거야!"

다시 성난 으르렁거림이 목 안에서 터져 나왔다.

이것도 참 보기 힘들다. 아무리 호련을 위해서라도 그가 압박을 받거나 힘든 건 싫다.

"진정해. 나는 괜찮아."

"그…… 젠장! 정말 죽여 버릴 거야!"

호련이 다시 속삭였다.

"나는 정말 괜찮아."

태괄이 어쩔 줄 몰라 하는 것이 훤히 보였다. 호련은 악문 태괄의 턱에 손을 얹었다. 까칠한 턱이 손끝에 닿았다.

쉿, 호련은 달래며 그의 턱을 쓸어 올렸다.

"나는 괜찮아. 이게 중요한 거잖아."

그러나 태괄은 가장 나쁜 것만 상상할 수밖에 없었다.

화살이 몸에 맞을 수도 있었고, 급소에 맞을 수도 있었다. 태괄이 참을 수 없는 것은 가장 극단적인 가정이었고, 더 참을 수 없는 건 바로 코앞에서 벌어졌다는 것이다. 눈을 감아도 생각나고, 뜨면 더 끔찍하게 생각날 뿐이었다. 수치와 분노가 목을 조른다. 호련이 말을 조금만 못 탔어도, 낚아채는 순간이 조금만 늦었어도 돌이킬 수 없는 일은 얼마든지 벌어질 수 있었다.

"태괄, 벌어지지 않은 일은 벌어지지 않은 거야. 그러니…… 조용. 오지 않은 일을 올지도 모른다며 불행해할 필요는 없잖아."

호련의 속삭임에 태괄의 호흡이 잦아들며 이마에 태괄의 턱이 닿았다. 젖은 턱이 이마를 누른다. 그 단단하고 단호한 느낌이 호련을 편안하게 했다. 등 뒤에 창이 있든 칼이 있든 그가 있으면 괜찮겠다는 생각이 든다.

"그러니 이제 진정해."

그리고 호련은 고개를 들어 태괄을 보았다.

태괄은 조금은 잦아든 것으로 보인다. 적어도 겉으로는 그랬다. 그러나 그 눈을 보며 호련은 태괄이 이제부터 그녀에게 아무 말도 하지 않을 거란 사실을 깨달았다. 어떤 소식이 들리든, 무슨 일이 벌어지든 차단할 테지.

호련은 태괄의 팔을 잡고 말했다.

"진정해. 당신 잘못도 아니고, 당신 책임도 아니야. 그러니…… 쉿."

그래, 그건 다 여환이다.

떨림이 손끝을 스치고 지나갔다.

그 이름을 다시 떠올리게 될 줄은 몰랐다. 영원히 사라질 줄 알았는데 다시 나타났다.

여환이 왜 이런 일을 했는지 알 것 같다.

내가 옆에 있다, 네 옆에. 너를 지켜보고 있다. 그 뜻이다. 단 한 순간도 잊게 놔두지 않겠다는 경고다.

대체 왜 이래, 여환?

묻고 싶을 지경이다.

내 가족을 죽인 건 당신인데 왜?

등 뒤에서 발소리가 들렸다.

왕비였다. 왕비가 손을 들자 시녀장이 잔을 들고 와 그 양손에 쥐어주었다. 왕비는 두 잔을 시동생 부부에게 건네주었다.

"마셔."

태괄이 의심쩍게 들여다보다 마시며 물었다.

"뭡니까?"

"흥분제."

태괄이 마시다 말고 도로 뱉었다. 호련은 이미 다 마신 뒤였다.

"이걸 왜!"

"내가 옆에서 보니 시동생님 네가 발정이라도 나지 않는 한 주변에 끼칠 민폐가 너무 막심해서 그래. 펄펄 뛰면서 누구 하나 뜯어먹을 것 같다."

"저기……."

"거짓말이야. 그냥 마시고 좀 진정해."

태괄은 이를 악물었다 떼고는 다시 들이켰다.

왕비가 다시 담담하게 말했다.

"미안, 거짓말이야. 흥분제 맞아."

"……."

"갈증 해소용이야."

태괄이 어처구니가 없어 보자 왕비는 코웃음을 쳤다.

"저런 흥분제라고 할 걸 그랬구나. 그 핑계로 네 마누라에게 덤벼들게. 자리는 비켜줄 수 있는데."

왕비는 호련의 잔을 빼앗아 남은 음료를 자신이 마셨다.

"봐, 그냥 음료야."

그리고 그녀는 잔을 던졌다. 시녀장이 얼른 달려와 받았다.

왕비가 말했다.

"내일 저녁까지는 여기 있고, 내일모레 정도에 성을 나가. 친정에 이야기해 두었으니 가는 길에 들러. 거기라면 암살자가 암살당할 곳이니 걱정 말고."

왕비는 손을 내밀었다. 시녀장이 잔을 가지고 왔다. 아주 독한 술 냄새가 풍겨왔다. 왕비는 그것을 호련에게 건네주었다.

"마셔."

그리고 다른 잔은 자신이 마셨다. 호련도 별수 없이 그걸 마셔야 했다. 마시자마자 목에 불덩이를 들이부은 것 같았다.

"이 일은 조용히 넘어갈 거야. 그리고 사람들 역시 그렇게 생각하게 해야 해. 이 결혼은 그냥 결혼이 아니야. 살랍의 남동쪽이 적지가 되느냐, 아니면 우리 영역이 되느냐가 걸려 있지. 시동생 네 색시를 거기서 구해온 건 다 이유가 있단다. 뭐, 시동생님 네가 장가가는 데는 영 의욕이 없기는 했지만 말이야."

"알았으니……."

"둘만 있게 해달라고? 아니, 지금 네 꼴을 보니 안 될 것 같다. 너무 흥분했어. 너는 저리로 가고, 네 색시는 여기로 오고."

그리고 호련의 몸을 잡아끌었다. 술에 대충 취한 호련은 그녀가 끄는 대로 잡혀 끌려갔다.

태괄이 뭐라 하려 하자 왕비는 손을 들었다.

"너는 일단 나가봐. 그리고 진정한 뒤에 돌아와. 알겠지?"

태괄은 어이가 없어 바라보았지만, 왕비는 호련을 잡아끌어 내실로 데리고 들어갔다. 문이 닫히며 태괄이 보이지 않게 되자 그제야 호련은 왕비가 호련을 잡아끈 것이 태괄이 흥분해서가 아니라 호련이 겁에 질려 있어서란 사실을 깨달았다.

흥분한 태괄을 앞에 두고 어쩔 줄 몰라 안절부절못했던 건 호련이 더했다.

왕비가 부드럽게 말했다.

"새색시, 충고하지. 절대, 절대로 저 녀석 곁을 떠나지 마."

"네?"

"무슨 일이 있어도 떠나지 말라고. 저 녀석 품에 푹 안겨서 저 녀석이 세상을 절단 내든 세상의 끝을 보든 상관하지 말고 가만히 있기만 해."

"왜 그런 말씀을 하시는 건가요?"

"조금 전에 보니 새색시 눈이 복잡해 보여서 말이야. 새신랑은 색시의 강아지 같은 존재가 아니라 야수야. 맹수라고. 보호하거나 그에게 아무 말 없이 혼자 정하는 짓 같은 건 애초에 하지도 마. 저 시동생님은 새색시의 집안을 절단 낸 여환보다 더 무서우면 무서웠지, 절대로 덜 무서운 놈은 아니야. 그러니 믿어, 그냥. 믿고 다 맡겨 버리라고."

"힘을 의심하지는 않아요. 하지만…… 내가 두려운 건, 여환은 그 어떤 것도 두려워하지 않는다는 거예요."

"두려운 것 없는 놈이라면 세상에 널렸어."

"그는 아무것도 필요하지 않으면서 두려운 것도 없어요."

"아니, 내가 보기에 그가 필요한 게 있기는 한 것 같아."

"네?"

"그러지 않고서야 오늘 일을 벌인 이유가 없거든."

호련은 왕비의 싸늘한 얼굴을 보았다.

그때, 문이 열리고 들어오는 사람을 보게 되자 호련은 더 이상 아무것도 할 수 없었다. 온 세상이 녹아 무너지는 것 같다.

찬눈이 다가와 호련을 안았다. 호련은 그 품으로 무너졌다. 찬눈은 겁에 질려 흐느끼기 시작하는 호련의 머리를 쓸어내려 주었다.

"괜찮아요. 아가씨, 이제 안심해요. 아무 일도 없었던 겁니다. 무사하니 된 거예요."

태괄은 갈호가 주고 간 단궁의 살을 노려보았다.

흉맥 용병들의 무기란 건 태괄도 알고 있었다. 피리처럼 생긴 대롱에 넣고 화약으로 쏘는 것이다. 활이나 노궁을 들고 오면 금방 눈에 뜨이지만, 그거라면 몰래 숨겨 들어올 수 있다. 소리가 워낙 크게 나는데다 깊게 파고들지도 못해 암살 무기로는 재능 없는 녀석이긴 해도, 그 함성 속에서 사람 그 자체가 아닌 말을 노리는 거라면 들고 올 만하다.

여환, 이 자식이.

턱에 힘이 들어가며 몸이 빠근하다.

내 앞에서 무슨 짓을 한 거냐!

고원에서 아타의 공격을 받았을 때부터 오늘까지의 시간을 고려하면, 여환은 거의 귀에 대고 듣는 것이나 다를 바 없이 정보를 듣고 있다. 또 역시 직접 명령하는 것이나 다를 바 없는 속도로 명령을 내리고 있기도 하다.

납경, 태괄과 태무의 영향력이 가장 강한 바로 이곳에서.

그것만도 경악할 일인데, 하필이면 한 짓이 이거라는 것도 경악이다.

호련을 죽일 생각이었던 건 아니다. 아주 위험하긴 했지만, 적어도 목숨 자체가 목적은 아니었다. 그러나 분위기는 삽시간에 얼어붙었고, 호련은 간신히 잊었던 여환을 다시 떠올려야 했다. 가장 흥겨워야 할 결혼식 마지막 날에 그놈이 난입했다.

이 미친놈아, 그게 이유라면 참 더럽게 중대한 이유다.

이마를 누른 엄지손가락에 힘이 들어갔다.

차라리 항의 서한을 보내든가 주변에다 대고 내 욕을 거창하게 하든가. 다 기다려 줄 용의가 있었는데, 정작 여환이 한 짓은 이것이다.

어처구니가 없는 건지 등골이 스산한 건지 모르겠다.

그때, 누군가의 손이 다가와 태괄의 손등을 톡톡 건드렸다. 태괄이 고개를 들자 소년 같은 얼굴이 물끄러미 보고 있었다.

"저보다 먼저 오실 줄은 몰랐네요."

갈호였다. 어깨 위에 얹은 매도 고개를 갸우뚱하며 태괄을 보았다.

"올 줄은 알았다는 거군."

"제가 왕자님을 하루 이틀 데리고 다닙니까? 그나저나, 폐하가 알면 아주 화내실 텐데요. 분명 저 혼자 다녀오라고 했는데."

"어차피 내가 갈 줄 알 거다. 이런 거 한두 번 해보나."

"글쎄, 장가가신 후에도 그럴 줄은 모르시는 것 같던데."

갈호는 잠시 생각하는 눈치였다. 주인이 그러고 있자 심심해진 매가 갈호의 턱을 콕콕 쪼았다. 갈호는 알겠다며 매의 머리를 밀고는 말했다.

"만약 제가 왕자님을 달고 가드린다면, 우리 둘만 가는 겁니까?"

"아니."

그리고 태괄은 죽고 싶다는 표정으로 구석에 서 있는 누웅을 가리켰다. 누웅은 거의 울 것 같은 목소리로 말했다.

"이제는 이런 일에서는 좀 빠지고 싶습니다. 저는 애도 있고 마누라도 있어요. 그리고 왕자님, 왕자님은 지금 남의 약혼녀를 빼돌려 덮친 뒤에 결혼하는 겁니다. 입장 바꿔 생각해 봐요. 왕자님이라면 가만히 있었겠어요?"

"그럼 나더러 관대하게 이해하라는 거냐? 아니, 나도 내 뒤통수에다 그걸 박았으면 이해하기는 했을 거다. 그런데 아니잖아."

그리고 태괄은 누웅을 노려보았다. 누웅은 농담할 때가 아니었다는 것을 인정했다. 갈호도 같이 새파랗게 노려보는 중이었으니.

"알았어요. 다음부터는 왕자님은 놀려도 왕자님 부인 일로는 놀리지 않을게요."

"출발하자."

"어디로 가야 하는지는 아십니까?"

태괄은 갈호의 매를 가리켰다. 매는 발에 쥐고 있던 벽돌을 던졌다. 적갈색 벽돌, 즉 적색 지구의 벽돌이었다. 누웅은 고개를 저었다.

"어디인지는 알겠고, 어디로 가서 누굴 만날지도 알겠는데, 왕자님이 간다고 '안녕하세요, 왕자님' 하고 나와줄까요?"

"그건 가봐야 아는 거고."

누웅은 태괄과 갈호가 물끄러미 보자 이를 악물고 하늘을 노려본 뒤에 안으로 들어갔다. 잠시 뒤, 그는 말 세 마리에 마구까지 다 채워서 데리고 왔다. 태괄과 갈호는 누웅의 어깨를 두드려 감사를 표하곤 말에 탔다. 누웅은 한 번 이를 갈고는 그 뒤를 따라 말에 탔다.

궁을 나서자 매가 날아올라 갈호를 안내하기 시작했다.

셋은 좁은 거리를 달려 대시장으로 들어섰다. 축제의 유흥이 남아 대시장은 아직 흥청거리고 있었다. 야시장에서도 고기 굽는 냄새와 향료 냄새가 진동했다. 길마다 온갖 난전이 다 들어선 덕에 좁고 복잡했다.

태괄은 그 사이로 말을 몰아 지나갔다. 군마와 마주친 상인들은 급히 자리를 피했다. 매는 골목 사이로 날아갔다. 그 뒤를 따르는 셋은 좁은 골목길을 일렬로 서서 가야 했다.

좁은 골목길 모퉁이를 돌자 옆으로 화려한 융단과 천을 걸어놓은 대시장거리가 나왔다. 밤새도록 장사를 할 생각인 듯 환하게 불이 밝혀져 있고, 사람들로 북적댔다. 셋은 그 거리를 가로질러 달렸다.

시장은 납경의 장점이자 단점이다. 완벽하게 통제되는 왕경(王京)인 능고의 능경과는 달리, 납경은 거대한 교역 도시라 온갖 나라에서 온갖 사람들이 다 몰려든다. 왕의 통치를 받더라도 그 왕의 국민이 아닌 사람이 워낙 많다 보니 빈틈도 많다. 게다가 고작 다섯 해 전까지 내란 상태였던 나라의 교역 도시다. 완벽히 통제를 하는 건 불가능에 가까워, 납경은 이민족을 각 객주를 통해 통제해 왔다.

"다 왔습니다."

갈호가 먼저 말에서 내려 좁은 문으로 막힌 골목으로 들어갔다. 막 그 문을 여는 순간, 갈호의 목으로 날카로운 공격이 들어왔다. 동시에 태괄의 검이 갈호를 공격한 자의 목덜미에 닿고, 누웅의 철퇴가 그 머리에 얹혔다.

"내려라."

태괄이 말했다. 상대는 갈호의 목에 댄 단도를 거두고 손을 위로 올렸다.

"얼굴을 확인하려고 그런 겁니다."

"그럴 생각이었다면 안녕하세요, 하고 인사한 뒤에 이름 좀 묻겠다고 말해야 하지 않나?"

상대가 고개를 돌렸다.

어둑어둑한 어둠 속에서 날카롭고 마른 얼굴이 드러났다. 두 눈이 어둡고 황폐해 보였다. 어둠 속에서 조용히 기어나오는 뱀 한 마리 같은 사내다.

"파한입니다."

"태괄이다."

"왕자님 얼굴 정도는 저도 압니다."

"너희들의 왕자는 내가 아니라 다른 나라 사람인 것 같던데. 오늘 축하 인사 더럽게 잘 받았다."

"아직 초원에는 별들이 많고, 여긴 살랍의 수도이지만 그만큼 많은 별들을 주군으로 가진 자들이 모이기도 하죠. 일단, 검을 내려주십시오."

"별이든 태양이든 오늘 사고 친 놈이나 넘겨. 흉맥 용병들 짓이란 건 알고 왔다."

"그건 곤란합니다."

태괄의 검이 파한의 목에 더 바짝 닿았다.

"네가 있는 곳은 살랍이고, 네 일족이 장사판 벌린 곳도 여기 이 살랍이다. 어느 법을 따르든 간에 여기서는 살랍의 법이 우선이다."

"왕자님의 군대는 저 먼 검은 강 유역에 있고, 이곳에서는 왕자님 수하를 데리고 다닐 수 없지 않습니까? 그리 중요한 살랍의 법대로라면, 왕자님 부하들을 이렇게 끌고 다니는 것만도 불법입니다."

"네 앞에 있는 갈호는 내 처남이다. 즉, 내 가족이지."

갈호가 기가 막혀하며 돌아보았다.

"이봐요, 왕자님. 여태 외간 남자 취급하다가 이럴 때만 처남입니까?"

태괄은 못 들은 척하며 누웅을 가리켰다.

"그리고 여기 이 누웅은 내 의형제다. 그러니 수하가 아닌 형제로 찾아온 거야."

누웅이 항의했다.

"제가 언제요!"

"너, 일곱 살 때 나한테 맹세했어."

"그걸 진지하게 생각하는 게 이상한 거죠!"

"너는 다섯 살 때 약혼해서 결혼했잖아. 그 기준으로 보면 충분히 진지한 맹세지."

누웅의 입이 더 벌어졌다.

"이거, 그동안 왕자님 놀린 벌입니까?"

"아니, 형님한테 다 일러바친 벌이다."

누웅이 고개를 젓고는 이를 악물었다.

파한은 둘을 번갈아 본 뒤에 물었다.

"그렇다면 이 둘이 왕자님이 거느릴 수 있는 최선이겠군요?"

"네 족장을 만나고 싶다."

"족장님은 흉맥에 계십니다."

"대리는 있겠지."

"족장님의 조카는 있습니다."

"안내해라."

"여기, 접니다."

그리고 파한은 다시 손을 들었다. 그 음울한 얼굴에 더 깊은 그늘이 드리워지는 것 같았다. 태괄은 갈호를 보았다. 갈호가 고개를 끄덕였다.

족장 대리가 직접 온다. 이건 태괄이 올 줄 알았거나 태괄이 오면 직접 말할 게 있었다는 것이다.

파한이 말했다.

"제가 이 살랍에서의 족장 대리입니다."

"알았다. 왕자 본인으로 말한다. 사고 친 놈 보내."

"그럴 수는 없습니다. 그는 그저 제 명령을 받은 것뿐, 그가 임무를 성공시켰다는 이유로 처벌할 수는 없습니다, 왕자님."

"그렇다면 그대가 책임지겠다는 뜻으로 받아들여도 되겠군."

"네, 맞습니다. 제가 명령을 받아 전했으니 제 책임입니다."

"그럼 나는 그대를 데리고 가겠다."

"그리고?"

"자백하고 벌 받는 거지. 조용히 처리해 주겠다. 나도 여러 사람 앞에서 내가 공격당했다는 것을 떠들기는 싫으니. 다만, 이 일 자체에 대한 징벌은 피할 수 없어. 내 명예이자, 형님의 명예 문제라서 말이다. 기분이 무척 더러워지는 잘못을 했는데, 기분 더러운 당사자가 왕과 왕자라서 책임져야 한다는 거야."

그러나 말을 하면서도 태괄은 주변 분위기가 달라지는 것을 느꼈다.

태괄은 주변을 보았다. 골목 틈과 창, 문틈으로 그림자들이 보였다.

갈호가 허리 양옆에 꽂힌 검의 자루를 동시에 말아 쥐었다. 태괄은 갈호의 손목에 손을 얹으며 말했다.

"부하들 물려라."

"공격하지는 않을 겁니다. 그저 공정하게 일이 진행되는지 보러 온 것뿐."

"공정하게 네가 처벌받으면 된다."

"사형입니까, 구금입니까?"

"그건 법관이 판단할 문제지. 나는 내 형과 내 형의 법에 따라 너를 잡아가기만 하면 된다."

"고작 수하 둘 데리고요?"

"여긴 법이 있는 도시고, 나한테는 체포권이 있지. 그리고 네가 책임이 있고 그 책임을 지겠다고 한 이상 체포되기 싫다고 할 권리는 없다."

"제가 목 내밀고 가면 되는 겁니까?"

"그래."

"그전에 드릴 말씀이 있습니다."

"말해."

"일단, 이건 여환 왕자님 명령입니다."

"나한테 신부 빼앗긴 놈은 그놈 하나뿐이니 당연하겠지. 대단하군. 여기, 이 땅에서 적국 왕자의 명령대로 나를 공격한 건가?"

"고향의 족장님과 여환 왕자의 맹약은 여환 왕자가 죽기 전까지 유효합니다. 우리는 그에 따라야 하고요."

"여기는 살랍이고, 나는 살랍의 왕자고, 그녀는 그 왕자의 아내다. 하필이면 이곳에서 여환 왕자의 명령을 따를 이유가 있나? 그렇게 간절하게 그놈 명령을 들어야겠다면, 적어도 내가 이 도시를 떠날 때를 기다렸어도 된다."

"왕자님의 명령은 바로 오늘이었습니다."

"기가 막힐 일이군. 그놈은 네들이 죽든 말든 상관없다더냐? 이 안에서 그런 일을 벌이면 네들이 어떻게 되는지 계산이 안 되는 거냐? 계산이 되더라도 상관이 없던 거냐?"

파한이 조용해졌다. 속 안에 있는 무언가를 건드린 것 같다. 무슨 일을 하려나 기다리는데 파한이 문을 열더니 안으로 들어갔다. 가죽으로 지붕을 댄 공간이었다. 안에 의자와 탁자가 놓여 있고 불이 환하게 밝혀져 있었다.

파한은 그 안으로 들어가 아무 의자에 앉았다. 태괄은 따라 들어가며 주변을 둘러보았다. 이삼 층 정도 되는 건물들이 그 공간을 감싸고 있었다. 건물의 창과 난간이 그 공간을 바라보고 있고,

그 너머에도 그림자들이 보였다. 갈호가 문 앞에 멈추어 그들을 지켜보기 시작했다.

"제대로 이야기하고 싶습니다, 왕자님."

"해라."

"왕자님, 우선…… 그 아가씨는 여환 왕자의 약혼녀였고, 여환 왕자의 보호를 받는 입장이었습니다. 왕자님이 한 일은 여환 왕자의 권한을 침탈한 것입니다."

"그러면 내 말 엉덩이를 노렸어야지."

"화내지 마십시오, 왕자님. 분노는 왕자님의 권한이 아닙니다. 애초에 왕자님이 잘못한 겁니다. 소문이야 왕자님이 왕자님 여자를 여환 왕자에게 빼앗겼다가 되찾아왔다고 하지만, 사람들이 어떻게 믿든 간에 잘못은 태괄 왕자님의 것이고 분노는 여환 왕자의 몫인 겁니다."

"내가 언제?"

처음 듣는 소리였다. 분위기가 썰렁해지자 파한의 얼굴이 굳었다.

태괄은 누웅을 보았다. 누웅은 고개를 저었다. 모르는 일인데요? 태괄은 갈호를 보았다. 갈호도 맹렬히 고개를 저었다. 몰라요.

"형님 짓이군."

태괄은 지그시 입술을 물었다. 이 형님이 내가 없을 때 가만히 있었을 리 없지.

"여환이 뭐라 명령한 거냐? 그녀를 공격하라고, 아니면 다치게 하라고?"

"절대 죽이라는 명령이 아니다. 하지만 그 아이가 내 말 뜻을 알아먹을 한 방이면 된다. 내가 지켜보고 있다는 것만 알려주면 된다."

"그런 거라면 아주 확실했다."

얼굴에 저절로 서늘한 웃음이 어렸다.

"아주 확실했어. 그리고 그 여환의 분노란 것이 자네의 일족을 위험하게 만들면서도 풀어줘야 할 만큼 막대한 일이었나 보군. 보통 제대로 된 주군이라면 일단은 참을 텐데 말이야."

"우리 일족은 그에게 맹세를 했고, 맹세를 한 이상 아무리 시시한 일을 시킨다 하더라도 지켜야 합니다."

"그는 맹세를 지키는 데 별 관심이 없는 것 같던데?"

"각족의 일을 말씀하시는 겁니까?"

"그래. 그리고 여환이 그 일을 하는 데 너희들을 끌고 갔을 거라 짐작하는 건 일도 아니지. 그런 일에 능고군을 쓸 수는 없었을 테니까. 그 일 이후, 납경의 객주가 바뀌었다는 보고도 들었다. 그 일을 직접 수행한 자가 너라면, 너는 그 자리에 계속 있을 수 없어서 여기로 쫓겨난 거겠지."

파한이 태괄을 노려보았다. 태괄은 그 눈을 보며 말했다.

"그런 놈을 상대로 아무리 어처구니없는 명령이라도 들어야 한다면, 그건 너희들이 맹약을 너무 사랑해서가 아닌 것 같아 보인다."

"그럼 뭐 같습니까?"

"공포지."

파한은 턱에 힘을 주었다.

"너희들은 여환이 무슨 말을 하든, 아무리 되도 않는 소리를 하든, 시키는 대로 하지 않을 수 없을 정도로 공포에 질려 있다. 약속 탓도, 맹약 탓도 아니야. 너희들은 그의 명령을 수행해서 닥쳐올 위험보다 여환 자체가 더 무서운 거야. 그게 너희들의 이성도, 판단도, 본능마저도 흐려놓는 거다. 안 그런가?"

파한의 눈이 가늘어졌다. 그 안에 수치와 긍정이 보였다.

"왕자님, 왕자님은 아직 젊습니다."

파한은 무릎을 두드리고는 한 번 더 말했다.

"젊어요."

"내가 그놈보다 늦게 태어난 걸 어쩌라고. 그래서 뭐?"

"왕자님은 모릅니다. 이미 퍼져 있는 위명과 악명이란 것이 어떤 건지. 왕자님에게는 그저…… 여환은 적일 뿐입니다. 하지만, 하지만 말입니다……."

그리고 파한은 젊은 왕자의 얼굴을 보았다.

그도 안다. 이 젊은 왕자는 살랍의 가장 기록적인 승리의 주역이다.

여환이 열여덟에 대국의 오만 대군을 전파했다면, 이 왕자는 열일곱의 나이로 기병 이천오백을 끌고 알타고의 장수이자 반란의 주역 중 하나인 대장군 살라이의 이만 대군을 박살 냈다. 그것도 대국의 그 느려 터진 보병이 아닌 서역 출신의 무장한 보병들을 상대로 한 전쟁이었다.

그 뒤로도 마찬가지다. 여환이 완벽한 승리의 주역이었다면, 이 청년은 경이적인 승리의 주역이다. 여환의 군대가 일사불란하게 움직이는 철갑이라면, 이 청년은 무엇이든 꿰뚫는 거대한 창이었다. 항상 놀라울 정도로 빠르고 위력적으로 싸운다.

그리고 역시 유감이다. 동의 맹호와 서의 푸른 늑대가 하필이면 이 자리에 이런 일로 얽힌다는 것은.

"개미에게는 돌멩이도 태산입니다, 왕자님."

"그래서?"

"악명은 악명을 먹고 자라고 위명은 위명을 먹고 자랍니다. 가만히 놔두어도 일단 그걸 믿기 시작하면 마음속에서 저절로 거대해져 버린단 말입니다. 우리 동쪽의 부족들에게 여환은 결코 지지 않을 별 같은 존재입니다. 닿을 수 없는 잔혹한 신 같은 존재지요."

태괄의 눈이 차가워지는 것을 보며 파한이 말했다.

"다른 부족들도 알고는 있습니다. 능고에 충직했던 각족의 족장이 어떻게 되었는지. 그 일가가 어떻게 되었는지. 그리고 저는…… 제가 그 자리에 있어서 압니다. 각족의 부족장이 어떻게 쓰러졌는지, 그의 아내, 아들들과 딸들이 어떻게 죽었는지, 그 형제가 어찌 되었는지. 제 손에 그들의 피가 있기에 압니다. 그리고……."

태괄의 손에 힘이 들어갔다.

"저는 그 아가씨가 어떻게 살아남았는지 보았습니다. 그 불쌍한 아가씨가 여환에게 끌려와 우리들의 영지가 있는 곳에 머물 때도 보았지요. 그런데 그 누구도 나서지 못했습니다. 부족장의 친구였던 제 사촌 형도, 심지어 그 아가씨의 외가조차도요. 왜 그랬는지 아십니까? 왕자님이 말한, 바로 그 공포 탓입니다. 그가 한 짓을 알아도, 아무도 그를 이길 수 없다고 생각하기에 두려워 참은 겁니다!"

"벼락이 내릴까 봐 맑은 날에도 겁내는 자에게 내가 무슨 말을 하겠나."

파한의 눈썹이 몰렸다.

태괄이 말했다.

"내가 매우 관대한 제안을 하지."

"네?"

"아주아주 관대한 제안이다."

"말해보십시오."

"그 맹약을 내게 바쳐라. 오늘의 일을 용서하고, 너희들이 충성하는 한 나는 원하는 바를 들어주겠다."

"조건은 뭡니까?"

"간단하지. 여환에게 복종하지 않으면 되는 거다."

그리고 태괄은 주변을 둘러보았다. 숨어 있는 용병들이 서로의 눈치를 살피기 시작했다.

파한은 동요하는 수하들을 향해 팔을 들어 조용히 시킨 뒤 말했다.

"여환과 맹약을 맺은 것은 족장님입니다. 제 선에서 거절할 수도, 받아들일 수도 없습니다."

"그와 이야기하는 데 얼마나 걸리지?"

"족장님은 받아들이지 않을 겁니다."

"너희들 족장에게 여환은 결코 지지 않을 별인가 보군."

"간단한 일이 아닙니다. 족장님과 여환은 오랫동안 같이해 왔습니다. 당신 생각보다 더 단단한 사이입니다. 저 역시도요! 게다가 지금 제가 할 일은 그게 아닙니다. 일단 제 일을 하게 해주십시오."

"좋아, 잠시 네 할 일을 하도록 해주마. 말해봐."

"여환 왕자께서 아가씨를 돌려달라 하십니다."

"그녀는 이미 내 아내다. 내 조상과 창궁과 대지가 허락한, 내 아내야. 돌려줄 수 없다. 그의 것이 아닌 내 것이니."

"상관없다고 하셨습니다."

"그건 또 무슨 개소리야?"

"왕자님의 아내든 첩이 되든 상관없으니 돌려달라 하십니다. 직접 그리 말씀하셨습니다. 당신의 뭐가 되었든 간에 돌려달라고."

"나중에 돌려달라 할 거면 애초에 지키길 잘 지켰어야지."

"그것까지는 저는 모릅니다. 상관할 일도 아니고요. 다만, 여환 왕자가 그리 말했다는 것만 말씀드릴 뿐입니다."

"그럼 나는 무시한다. 그녀는 이제 내 여자고, 내가 지키는 내 아내다. 결혼할 여자가 없어져서 당황하고 있는 중이라면 그냥 다른 여자 구하라고 해라. 아직 젊은데다 결혼만 제대로 하면 왕위가 굴러 들어올 테니 여자가 줄 설 테지. 마음에 드는 여자 없다면 내가 중매라도 서주마."

파한이 웃었다.

"그러지 마십시오. 왕자님 역시 여환 왕자와의 일 때문에 그 아가씨를 데리고 온 것 아닙니까?"

태괄의 턱에 힘이 들어갔다.

"무슨 소리냐?"

"처음 왕자님이 그 아가씨를 차지한 건, 그 시작은 분명 여환 왕자와의 전쟁 때문 아니었습니까? 남자들 문제에 그 아가씨를 끌어들인 건 왕자님이란 겁니다. 물론, 이해는 합니다. 아름답고…… 사랑스럽죠. 저라도 그런 분의 첫 남자가 되면 유일한 남자가 되고 싶을 겁니다. 다른 남자에게 보낸다는 생각만 해도 피가 거꾸로 돌 테지요. 하지만 그건 그런 여자를 빼앗긴 쪽 역시 마찬가지일 겁니다. 그러니…….”

“알겠다.”

태괄이 말을 끊었다.

“네?”

“그래, 알겠다고. 그게 잘못이든 뭐든, 그녀는 여환의 약혼녀였고, 아마도 내가 가지 않았다면 그녀가 그의 아내가 되었을 거란 사실도 인정한다.”

“그럼…….”

“그리고 그건 우연이다. 다들 못 알아 처먹고 있으니 여기서 제대로 말해주지. 내가 그녀를 원했다. 여환의 여자든 아니었든 상관없다. 내가 원한 건 그녀고, 공교롭게도 여환이 그녀와 약혼했던 상태였던 거고, 그 여환이 나와 아주 더럽게 나쁜 사이였던 것뿐이야. 그러니 누구 소유니 뭐니, 나하고 여환 일에 그녀가 끼었다느니 뭐니 지껄이지 마. 여환과는 상관없어. 그놈이 그녀 때문에 수치를 당하든 모욕을 당하든, 이가 갈리든 밤잠을 설치든, 내 입장에서는 조금도 통쾌하지도 기쁘지도 않다는 거다. 아니, 그녀를 깨끗하게 잊어주면 좋을 정도로 싫어.”

“여환 왕자는 그럴 수 없습니다.”

“재산과 영지가 아까운 거라면 그거라도 제대로 지키고 있으라고 해. 하지만 그녀는 그놈과는 이제 하등 상관없어. 내 여자야.”

“네…….”

파한은 지친 눈빛을 보였다.

"끝인가?"

"……왜 하필 그분이었을까요?"

파한은 턱을 쓸어 올리고 한숨을 내쉬었다. 눈빛이 다시 건조해져 있었다.

"저는 항상 그때부터 궁금했습니다. 소녀들은 많았습니다. 더 어린 소녀도, 더 얌전한 소녀도, 더 다루기 쉬운 소녀도. 그런데 하필 왜 그때 그분이었을까요? 당시에는 그게 합당하다 여겼는데, 생각하면 할수록…… 이상하더군요. 그분이 아니었다면 지금 저도 왕자님도 여환 왕자도 이런 입장이 되지 않았을 텐데, 왜 하필 그분이었을까요? 궁금해집니다."

그리고 파한은 젊은 왕자를 보았다.

"정말로요."

"여환은 네 주군이지, 내 친구가 아니다. 궁금하면 네가 가서 물어봐."

"그냥 하는 말입니다. 그저 궁금했다고요. 그리고 지금도 궁금하군요. 왜 이렇게 여환 왕자가 그분을 돌려받으려고 하는 건지. 그저 자존심 탓도, 애매해진 각의 상속 문제도 아닌 것 같습니다. 그래서 더 궁금해집니다. 이렇게 해서라도 그 아가씨를 압박하는 이유가. 그저 고통을 주기 위해서 이리도 위험을 감수하는 이유가. 모두가 웃을 테지만, 꼭 걷어차인 남자처럼 굴고 있어요."

"징그러운 소리 한다. 그놈이 뭐?"

누웅과 갈호도 속이 울렁거리는지 안색이 해쓱해졌다.

"그런 표정 짓지 마십시오. 지금 그 일에 제 목숨과 제 일족의 목숨이 걸려 있단 말입니다. 심각한 문제입니다. 그리고 심각한 만큼, 지금 이 일이 끝나도 여환 왕자는 그분이 손에 돌아오는 그날까지 이럴 겁니다."

"그녀는 물건이 아니다."

"여환 왕자 생각은 다르지요. 여환 왕자님은 그 아가씨가 자기 것이라 생각하시는 것 같습니다. 미워하든 괴롭히든, 오롯이 그의 것이라고 말이지요."

"아낄 생각도, 사랑해 줄 생각도 없으면서 어쨌든 자기 거란 거냐?"

"모두가 자기 여자를 왕자님처럼 대하는 건 아니니까요."

"그만 닥쳐. 속 울렁거린다. 여환이 그녀를 머리에 떠올린다고 생각만 해도 매슥거려."

"저도 참 유감이군요. 동의 맹호와 서의 푸른 늑대가 이렇게 격돌한 이유가 여자 문제라는 것이."

파한이 칼자루로 손을 가져갔다. 연달아 여기저기서 금속 소리가 들렸다. 갈호가 턱에 힘을 주며 칼자루를 쥐었다. 이제는 태괄도 말릴 수 없다. 태괄은 눈살을 찌푸리며 노려보았다.

"여환이 또 무슨 명령을 내렸나."

"왕자님을 죽이라고요."

태괄의 눈이 싸늘해졌다. 누웅이 기가 막혀 입을 벌렸다. 갈호의 얼굴도 굳었다.

태괄이 말했다.

"살랍 안에 있는 네 일족을 전멸시킬 생각인 건가?"

"명령입니다. 그리고 지금, 우리들 앞에는 당신들뿐입니다."

"온 도시가 내 편이다."

"……죄송하게 생각합니다만, 제 일족의 목숨이 걸린 문제입니다. 살랍의 일족들이 몰살당한다 하더라도, 적어도 능고 안의 일족들은 살겠지요. 그리고 지금은 능고에 있는 일족들이 더 많습니다."

"어겨!"

"제 죽음을 가져가야 할 것입니다. 또 제 죽음과 함께 받아들인 명령 역시 당신의 손으로 직접 거두어야 할 겁니다."

"나를 암살하는 죄를 네가 다 짊어지겠다는 거냐? 그렇게 해야 할 정도로 여환이 두려운 거냐?"

"그렇…… 습니다."

파한은 씁쓸해졌다. 그 역시 달갑지 않지만, 그만큼 필사적인 일이기도 했다.

태괄이 말한 대로, 답은 공포다.

이 안의 그 누구도 여환을 거역할 수가 없었다. 그가 명령했다는 이유 하나만으로도 몸이 본능적으로 복종한다. 여환은 그들에게 그런 존재다. 보이지 않아도 보고, 듣지 않아도 듣고, 명령하면 모두 복종하고야 만다.

"실패하는 책임도 네가 짊어지겠다는 건가?"

"네."

"좋다. 여기서 네가 이기면 네가 이 땅에서 능고의 왕자 여환에게 복종하는 것을 허락해 주겠다. 하지만 다시 제안하지. 내가 싸워 이기면 적어도 살랍 안의 일족들은 내게 복종해라. 물론 나는 많이 바라지는 않는다. 여환에게 불복하기만 하면 된다."

"여전히 관대한 조건이군요."

"오늘 한 짓에 비하면 아주 관대하지. 어쩌겠나?"

"왕자님, 우리들 모두 어제 회의를 했습니다. 저희들 역시 이 명령을 받아들이기는 어려웠습니다. 왕족을 암살하는 건 보통 일이 아닙니다. 성공하기도 어렵거니와, 성공한다 하더라도 모두 위험해집니다."

"당연하지. 그래서 결론이 뭐냐?"

"우리는 팽팽하게 의견이 갈라졌고, 결국 갈라진 채로 끝났습니다. 왕자님을 공격하고 그 위험을 감수하여 가족을 지키든가, 아니면 왕자님에게 이 사실을 보고하고 왕자님이 여환을 이기길 기다리든가."

"넌?"

"저는 족장 대리라 그분의 명령을 따라야 합니다. 그리고 나머지 일족에게는 각자 선택하라 했습니다. 왕자님을 공격하고 싶으면 하고, 하지 않을 거면 나오지 말라고."

"즉, 여기 모인 자들을 다 이겨야 한다는 거군."

"네."

"알겠다."

동시에 파한의 검이 날아왔다.

예상보다 훨씬 빠른, 화살 같은 공격이었다.

태괄은 파고드는 단도를 검으로 막고 바로 무릎을 걷어찼다. 파한이 급히 다리를 당겼다. 태괄은 주먹을 날렸다. 어차피 검보다는 팔이 더 빠른 태괄이었다. 파한은 처음 주먹은 피했지만, 태괄은 바로 방향을 바꾸어 턱을 후려쳤다.

"큭!"

피가 튀며 신음이 나왔다. 턱이 깨지는 것 같은 통증 속에서도 파한은 단도를 찔러 넣었다. 태괄은 검으로 막고 밀어붙였다. 파한의 몸이 단숨에 밀리며 검의 힘에 짓눌렸다.

"이런……!"

파한이 고함을 질렀다.

태괄의 팔이 파한의 손목을 후려잡고, 다시 그 발이 허벅지를 걷어찼다. 파한은 몸을 젖히며 단도를 휘둘렀다. 태괄의 어깨로 거센 타격이 오더니, 단도의 날이 태괄의 가슴을 스쳐 지나갔다. 길게 베어나가며 피가 배어 나왔다. 그러나 동시에 파한의 목 뒤로 태괄의 주먹이 날아갔다. 파한은 그 힘에 그대로 바닥에 내리꽂혔다. 파한은 유일한 공격이 깊게 들어가지 못했음을 깨달았다.

"이……!"

파한은 고개를 당기고 몸을 일으켰다. 바로 태괄의 검이 확 파고들어 왔다. 파한은 피하며 태괄의 배로 검을 찔러 넣었다. 그러나 손목이 틀어잡히며 몸이 확 뒤집어졌다. 몸이 거꾸러져 바닥이 짓이겨졌다.

파한은 이를 악물고 고개를 젖히며 외쳤다.

"공격해!"

태괄은 파한의 머리를 걷어찼다. 머리가 날아가 바닥에 내리꽂혔다. 파한은 필사적으로 단도를 쥐려고 했지만, 그 손목이 태괄의 발에 짓밟히며 부러졌다. 태괄은 검을 휘둘러 공격해 들어오는 용병의 목을 날렸다. 다른 용병이 검을 들고 등 뒤로 날아들었다. 순간, 갈호가 몸을 날렸다. 벽을 차고 몸을 꺾은 뒤, 공격하는 덩치 큰 용병의 목을 비틀고 단도로 목을 꿰뚫었다.

"이게 뭐야!"

누웅이 기겁했다.

"난장판이지."

태괄이 답하며 자신을 향해 덤비는 용병 하나를 후려치고 다음 하나를 걸어 넘어뜨렸다. 쓰러진 용병의 목을 갈호의 단도가 뚫었다. 다른 용병이 태괄의 머리를 향해 철퇴를 치켜들고, 다른 자가 태괄의 팔을 잡아 철퇴 아래로 떠밀었다. 태괄은 팔을 잡은 자의 다리를 다리로 걸고 잡힌 팔을 돌려 그를 철퇴 아래로 던졌다. 그 몸이 철퇴에 맞아 짓이겨졌다. 같은 편을 죽이게 된 용병이 고함을 지르며 철퇴를 돌렸다. 갈호가 탁자를 밟고 날아올라 그 철퇴를 쥔 팔목을 다리로 휘감아 잡고 양손의 단도로 동시에 목에 찔러 넣었다.

"모두 계속해!"

파한이 정신을 차리고 몸을 일으켰다. 그가 뭐든 잡으려 버둥대는 것을 본 태괄이 검을 날렸다. 검이 단번에 그 목을 뚫고 벽에 꽂혔다.

"대장님!"

용병이 달려가 태괄의 몸을 낚아채 넘어뜨렸다. 넘어진 몸을 향해 검이 날아와 찍혔다. 태괄은 몸을 틀어 간신히 목이 날아가는 건 피했지만 팔 위가 베어나갔다.

"왕자님!"

갈호가 바닥을 적신 피 위로 미끄러지듯 날아가 바닥의 철퇴를 낚아채 태괄에게 던졌다. 태괄이 철퇴를 잡아 그를 공격한 자의 무릎을 후려쳤다. 무릎이 부서지며 용병이 쓰러졌다. 태괄은 그 머리를 후려갈겼다. 쓰러지는 용병의 등 너머로 다른 용병이 검을 들고 달려왔다. 순간, 갈호의 몸이 매처럼 솟구쳤다. 그 발이 탁자를 밟고 두 팔을 휘둘러 단박에 그 목을 양쪽에서 단도로 꿰뚫었다. 다른 자가 쓰러지는 용병을 밟고 달려들었다. 뒤에 있던 태괄의 철퇴가 그 머리를 박살 냈다. 머리와 이가 단박에 으스러지며 뼈와 살이 튀어 올랐다. 고함과 함께 다른 자가 달려왔지만 태괄이 몸을 날려 그의 허리를 통째로 후려쳤다. 비어 있는 태괄의 왼쪽을 공격하려던 용병이 갈호의 단도에 찍혀 쓰러졌다.

일순, 고요가 그 공간을 찾아들었다. 시간이 뚝 끊어진 듯한 고요다.

열기가 머리끝까지 치솟아오른다. 분노가 피를 펄펄 끓게 한다. 여환에 대한 분노, 여환이 내뿜는 공포에 질식하기 직전인 자들에 대한 분노, 그리고 아직 태괄이 압도하지 못한 적인 여환에 대한 분노, 그 모든 분노가 다 뒤섞여 온몸이 펄펄 끓어오른다.

결국 그게 문제다.

그놈을 겁내는 놈이 태괄을 겁내는 놈들보다 많다. 여환을 겁내면서 태괄 앞에서는 겁들을 상실한다. 그러니 태괄의 코앞에서 그런 짓을 벌인 것이다.

바로 이 납경, 태괄이 지켜낸 이곳에서, 승리와 함께 왕위를 되찾은 바로 이곳에서, 가장 안전한 곳이라 여기고 그녀를 데리고 온 이곳에서, 이곳만은 안전하다고 보장했던 곳에서 그런 짓을 했다.

고작 그놈이 더 무섭다는 이유만으로.

여환이란 존재와 싸우게 된 이후로 처음으로 여환 그 자체를 향한 분노가 치솟아올랐다. 그가 능고의 왕자라서, 적장이라서가 아니었다.

그냥 여환이라서 열받는다. 여환이라서 진절머리 난다. 여환이라서 증오스럽다.

턱이 부서질 듯 힘이 들어갔다. 분노가 다시 치솟아올랐다. 적들이 왜 이것밖에 없는지 화가 난다.

"끝났나?"

그리고 태괄은 턱의 땀과 피를 닦았다.

"끝이냐고—!"

쓰러진 용병들 너머로 다른 용병들이 보였다.

갈호가 마지막 용병의 목에서 단도를 뽑아내고 피를 떨쳐 냈다. 온몸이 피투성이였다. 누웅도 막 쓰러진 자의 머리에서 철퇴를 뽑았다.

태괄은 주변을 둘러보았다. 공격 시작한 자들은 대충 쓰러지고, 남은 자들은 모두 조용하다.

이들의 경악이 누구를 향한 건지는 모르겠다. 미친 듯이 휘저으며 때려잡고 다닌 태괄인지, 새처럼 날아다닌 갈호인지, 아니면 대체 왜 왔는지 모를 누웅인지.

"파한은 죽었다."

태괄은 피와 뼈가 묻은 철퇴를 탁자 위에 얹었다. 그 옆에는 목에 검이 박힌 파한이 앉아 있었다. 태괄은 그 얼굴을 보았다. 동정과 분노가 동시에 일었다.

"이제 그와 내가 한 약속을 지킬 차례다."

흉맥족들의 얼굴로 허탈함과 스산한 공포가 스쳐 지나갔다.

"여기서 멈추면 징벌은 없다. 이에 대한 책임은 오롯이 파한이 지고 갈 테니."

그때, 밖에서 호각 소리가 났다. 경비대였다. 용병들이 술렁였다.

"파한의 대행은 없는가?"

태괄이 말하자마자 앞으로 단도와 검이 검집째 날아왔다. 투항의 의미다. 태괄은 날아온 방향을 보았다.

"접니다."

태괄보다 조금 나이 많아 보이는 청년이었다.

"너희들을 이제 내가 접수한다."

"그게 가능합니까?"

"내가 여환을 이기면. 그리고 너희들이 그 일이 성공하도록 협조하면. 그 시간을 참고 견딜 각오를 하면 나는 너희들의 안전과 가족들의 목숨을 보장한다. 여환은 지금 너희들을 너희들 가족과 일족의 목숨을 담보로 위험에 밀어 넣었다. 계속 그런 자에게 복종할 건지, 아니면 내게 복종할 건지. 뭐가 나을지는 너희들이 더 잘 알 거다."

청년은 주변을 둘러본 뒤에 손을 들었다. 모두 단도와 검을 아래로 내렸다. 복종의 의미다.

태괄이 말했다.

"그럼 여환에게 마지막 소식을 전해라. 내 아내는 내 아내고, 네가 찾아갈 수도, 돌려달라 할 수도 없다고! 무슨 짓을 해서라도 데리고 가려 하면 나 역시 무슨 짓을 해서라도 네놈을 죽인다고! 너와 나 사이에서 할 일은 전쟁뿐이고, 누군가 하나는 죽고 누군가 하나는 이기겠지!"

경비병들의 말발굽 소리가 가까워졌다. 골목 입구를 닫은 문이 박살나며 경비병들이 밀어닥쳤다. 선두의 경비대의 대장이 태괄을 알아보고 외쳤다.

"왕자님!"

"자네가 직접 올 일은 아닌데."

"폐하의 명령이 있었습니다. 여기 이들을 체포하라고."

"이들은 보내줘라. 문제를 일으킨 자들은 다 죽었다."

경비대가 바닥의 시체들을 보았다.

"알겠습니다."

이제 다치는 바람에 몰래 들어가긴 글러먹었다. 형님과 형수님이야 이미 계산한 바라 넘어갈 테지만 호련 앞에서 무슨 핑계를 대야 할지 암담해진다.

"그럴 줄 알고 보낸 거다."

태괄을 맞이한 태무는 네놈이 그럴 줄 알고 네놈 뒤를 쫓아가라고 명령해 두었었다는 반전 없는 답을 했다.

"……참 고맙군."

"당연한 일이지. 내게는 지금 너뿐이니."

태괄은 형의 얼굴이 창백한 것을 보았다. 태무는 시종을 불러 의사를 데리고 오라 시키고는 말했다.

"동생아, 나는 이 나이가 되면 많은 것을 가지고 있을 줄 알았다. 그리고 그리 생각할 때는 정말 많이 가지고 있었지. 동생들은 많았고, 아버지는 내게 왕위를 물려줄 테고, 결혼하면 아이들이 생겨 그 아이들을 키우며 살게 될 거라고 말이다. 그런데 정작 이

나이가 되니 남은 건 너뿐이구나. 동생들도, 아이들도, 아무것도 없이 너 하나만 여기에 있지."

"적은 항상 있었어. 항상 싸웠고, 목숨은 항상 걸었잖아."

"그때는 그게 미래로 나가는 반석이 될 거라 생각했다. 하지만 지금 보면 내가 지나온 길은 폐허이고, 내 길옆은 낭떠러지더구나. 그 길로 올라오며 하나씩 하나씩 떨어뜨려 잃어버리고…… 이렇게 너만 남았어."

"약한 소리 하지 마."

"여환이 너를 죽이라는 명령을 내렸다고?"

"미친 짓이지."

그래서 더 어이가 없다.

"그래, 미친 짓이구나."

"형, 나는……."

태괄은 지친 몸을 의자에 눕혔다. 태무가 그 앞에 앉았다.

"그래, 말해봐라."

"일단 결혼하면…… 그녀가 내 아내가 되면…… 이제 여환은 그녀에게서는 완전히 손을 뗄 거라고, 이제부터의 싸움은 오로지 나와 그놈만의 싸움이 될 거라고, 그렇게 생각했지."

그런데 여환은 태괄 생각과는 완전히 다른 놈이었다.

지금 그놈은 아무것도 할 수 없게 된다 하더라도 호련을 놓아줄 생각이 전혀 없다. 호련이 각의 상속녀라서도, 그의 약혼녀라서도 아니었다. 그게 이유라면 이래서는 안 된다. 그런데 이러는 건 그 목적이 그냥 호련이라는 것이다. 호련을 괴롭히는 것만 목적이다.

"미친놈이야."

태괄은 한숨과 함께 말했다.

“애초에 미친놈인 줄은 알았는데, 이렇게 올곧게 미치기만 한 놈일 줄은 몰랐어.”

“그건 나도 인정하마.”

의사가 들어와 태괄의 상처를 들여다보았다.

다행히 꿰맬 정도는 아니었지만, 연고를 바르고 쓰디쓴 약도 먹어야 했다.

치료가 끝나자 태괄은 호련에게 무슨 핑계를 대야 할지 고민해야 했다. 아무리 궁리해 봐도 새신랑이 다쳐서 들어왔을 때 내놓을 만한 핑계는 떠오르지 않았다. 그래도 여환 이야기는 절대 하고 싶지 않다. 앞으로도 여환의 이름을 올리기도 싫다. 그놈, 그 자식 내지는 미친놈이라고 부르고 싶다.

징글징글한 놈.

정말 그렇다.

징글맞은 놈이다.

태무가 말했다.

“가봐라. 네 형수의 시녀가 그 아이가 어디 있는지 안내해 줄 거다. 그 아이는 네가 위로해 줘야 할 거다. 그리고 나는 네 형수가 위로해 주겠지. 내 볼을 잡아 흔들고는 약해 빠진 소리를 하다니 귀여워 죽겠잖아, 하고 말할 거다.”

태괄은 웃음이 나왔다.

“……오늘 일은 미안해.”

“네가 원해서 벌어진 일도 아니지 않느냐. 가봐라.”

태괄은 태무를 남겨놓고 나왔다. 밖에서 대기하고 있던 시녀가 태괄을 안내했다.

제발 호련이 자고 있기를 바랐지만, 자고 있을 리가 없었다. 호련은 방 안의 불이란 불은 다 켜두고 태괄을 기다리고 있었다. 방 안이 낮처럼 환했다. 호련도 자고 있지 않았다.

태괄을 본 호련이 물었다.

"당신, 대체 어디 갔던 거야?"

"일이 있어서."

호련은 조용하고 어두운 얼굴이다.

여기로 오는 내내 이런 얼굴이 싫었다. 그래도 그때는 그 원인이 여환이라 같이 화를 낼 수 있었다. 증오든 공포든 간에 옆에 있는 태괄보다 더 큰 감정의 대상이 존재한다는 것이 싫었을 뿐이다.

호련이 천천히 다가왔다.

"미안."

태괄은 손을 들어 바로 앞에 멈춘 호련의 턱에 얹었다. 손끝에 호련의 맥박이 느껴진다.

"당신이 웃으면 얼마나 예쁜지, 정신이 다 나갈 지경으로 예뻐서…… 그걸 잠시 잊고 있었어. 그게 조금만 흔들려도 부서질 수 있다는 걸…… 근심 한 방울로도 흐려진다는 걸 잊었어."

며칠 호련의 밝은 모습만 봐왔다.

여환과 멀어지면 멀어질수록 그녀는 피어났고, 오늘의 그녀는 아찔하게 눈부셨다. 아침의 빛 속에서, 경기장의 함성 속에서, 질문하고 듣고 다시 질문하며 눈을 반짝일 때, 감탄과 호기심을 보이며 웃을 때, 그 하나하나가 작고 예쁜 새의 날갯짓처럼 사랑스러웠다. 안도하고 기뻐하며 바라보았다. 그녀가 그가 지키는 곳으로 데리고 와 그의 보호를 받으며 그의 아내가 된 것이라, 이제 다시는 그 험악하고 비참한 곳에 지내게 하지 않을 거라 생각했다.

그런데 지금 다시 근심이 밀려들었다. 한 방울, 한 방울 근심이 떨어져 그녀 안으로 번져 들며 얼굴은 더 어두워졌다.

그놈이 와버렸다. 바로 이곳에, 잠시 잊었던 그놈이 손을 내밀어 그녀의 목을 틀어잡았다.

바로 그의 앞에서.

참을 수 없는 건 그것이다.

바로 그의 앞에서 그랬다는 것이다.

"나는 아가씨 생각뿐이었어."

"무슨 소리야?"

호련이 고개를 들었다. 태괄은 호련의 머리카락 속으로 손을 밀어 넣어 당겼다. 턱에 호련의 이마가 닿자 속삭이듯 말했다.

"그날, 그놈 생각은 하나도 안 했어. 애초에 그놈이 존재하는지도 잊어먹고 있을 만큼 온통 당신 생각뿐이었다고. 그러니 처음 내가 했던 헛소리는 다 잊어. 정말 헛소리였으니까. 그때…… 겁에 질린 당신한테, 당신이 너무 예쁘다고 말하면, 그게 더 헛소리 같았을 테지. 그래도 정말이야."

그제야 호련이 웃었다.

"당신도 참……."

다시 아찔해진다.

웃어줘, 그래. 웃어. 나를 보며 웃어주면 되는 거야. 당신은 그저 웃기만 하면 되는 거야. 나머지는 내가 다 알아서 하고…….

그것만도 왜 이렇게 힘든 건지 모르겠다.

"쉬자."

태괄은 그리 말하며 호련의 팔을 잡았다. 순간, 다친 곳이 따끔해져 왔다. 그가 눈살을 찌푸리자 호련이 급히 물었다.

"왜 그래?"

"아냐, 아무것도."

호련은 고개를 내려 태괄의 몸을 보았다. 무언가 짐작한 듯 그녀는 옷을 젖히고 꽁꽁 숨겨두었던 상처를 발견했다.

"다친 거야?"

"많이는 아니야. 꿰매지도 않았어. 내일이면 감쪽같이 사라질걸?"

"대체 어디로……."

"정말 일이었어. 정말로…… 너무 걱정 마. 항상 있는 일이니까."

일순 끔찍한 일이 벌어지고 말았다. 태괄을 보는 호련의 눈에 눈물이 맺혔다. 눈앞이 캄캄해지는 기분이었다.

"울지 마. 괜찮다니까!"

호련은 고개를 저었다. 눈물이 흘러내려 턱에 맺혔다.

왜 다쳤냐고, 어디서 다쳤냐고, 그런 말도 없이 그저 눈물만 흘러내린다. 태괄은 당황하며 정신없이 말했다.

"이러지 마. 당신이 이러면 나는 내가 다칠까 봐 무서워서 꿈쩍도 할 수 없게 될 거야."

"알아, 그런데…… 알겠는데, 그런데…… 아냐, 당신한테 화난 거 아니야. 정말 아니야. 내내 무서웠어. 돌이킬 수 없는 일이 벌어질까 봐. 당신은 잘해 나갈 거라 생각하려 해도 계속 생각나서…… 생각나…… 그래서…… 그래서……."

호련이 젖은 눈을 감자 눈물이 더 흘러내렸다.

무슨 말을 하는지 알 것 같았다.

"나는 괜찮아. 괜찮고, 이렇게 앞에 있어……. 그러니 울지 마. 차라리 독을 퍼마시는 게 낫지, 당신 눈물 보는 건 정말 아파. 울지 마, 제발."

태괄은 그 머리를 가슴으로 당겨 안았다. 떨림과 흐느낌이 가슴 아래에서 터졌다. 태괄은 입술을 물며 눈을 감았다. 정말로 끔찍한 기분이다.

"제발 울지 마."

능고 왕의 여름궁전은 각과 그다지 멀지 않다. 흉맥산맥 아래로 말로 하루 정도 달리면 닿을 수 있었다.

여환은 곧장 아버지를 찾아갈 생각이었으나 궁의 입구에 도착하자마자 시종이 달려와 어머니가 부른다고 알려왔다.

여환은 짜증이 치밀었다. 아들이 언제 오나 시종과 시녀들을 보내며 길을 감시하다, 여환이 나타나자마자 얼른 보낸 것이리라. 여환은 차라리 밤에 올 걸 그랬다고 후회했다.

여환을 맞이하는 금비는 별다른 장식 없는 비단 옷에 금과 홍옥으로 된 목걸이를 걸치고 있었다. 그녀는 사치나 향락에는 관심이 없었다. 지위와 야망만이 그녀가 가장 소중히 여기는 장신구였다.

"어서 와요, 왕자."

어머니 목소리를 듣자마자 짜증부터 치밀었다.

언제 들어도 싫은데, 지금 듣기에는 최악이었다. 차라리 울리는 북 속에 머리를 들이밀고 말지. 어머니 목소리도 싫지만 어머니가 할 말은 항상 더 싫었다. 여환, 하고 부르는 순간에 입부터 틀어막고 싶었다.

"근심 많은 아들을 이 어미가 위로해 주고 싶답니다."

아들이 근심이 많아 보이면 그냥 내버려 달라 말하고 싶었다. 금비가 위로해서 위로받은 적은, 여환이 사람 말을 알아듣기 시작한 이래 단 한 번도 없었다.

"근심은 없습니다."

"네?"

"근심은 없다고요. 그저 처리할 일이 있을 뿐이고, 그게 좀 안될 수도, 잘될 수도 있지만 그것 자체를 두고 전전긍긍하지는 않습니다."

제발 좀 닥치라는 말이다. 금비는 아들을 물끄러미 보았다. 분노가 그녀의 입술 끝을 떨리게는 했지만, 그래도 금비는 참았다. 금비는 절정의 내숭과 화술을 가진 여자이긴 했다. 상대가 여환일 때만 그 모든 것이 다 무용지물이 될 뿐이다.

"알겠어요. 아들이 필요 없다니, 어미는 그 말은 그만하지요. 폐하께서 여기로 부르라 하셨어요. 시종을 보냈으니 폐하를 기다리는 동안 어미가 편히 해줄게요."

어머니하고 있는 한 편할 일이 없다는 말이 나오다가 말았다.

어머니와의 다툼은 이제 피곤했다.

우이가 살아 있을 때는 그녀를 지킨다는 이유라도 있었지만, 지금은 그저 다툼일 뿐, 아무 이유도 없다. 여환이 결혼해 버린 뒤, 아들을 닦달하던 어머니는 그다음 우이를 들들 볶아댔다. 흉맥에 있을 때는 산이 워낙 험해서 오지 못하다가, 각으로 오자마자 어머니는 이제 되었다 싶었는지 틈만 나면 찾아와 우이를 불러다 앉혀놓고 괴롭혔다. 처음에는 여환이 없을 때만 그러다가, 어느새가 여환이 있든 없든 상관하지 않게 되었고, 그다음에는 아예 여환 앞에서 대놓고 그랬다. 아무리 여환이 막아도 한계가 있었다. 그리고 그렇게 오가며 어머니는 항상 호련에게 침을 흘렸다.

저런 아이가 며느리여야 하는데.

어머니의 눈은 항상 그리 말했고, 어느새가 그 입도 그리 말하기 시작했다. 그러나 어머니가 그리 가지고 싶어 하던 며느리는 지금 적장의 손에 들어가 그 품에 안착했다.

"드릴 말씀이 있습니다. 아버지는 이미 알고 계신 것 같지만."

"말해봐요."

"살랍의 왕자가 호련을 차지했습니다."

금비의 얼굴이 굳었다.

"그건 이미…… 들었습니다."

"그냥 데리고 간 게 아닙니다."

"되찾아오세요."

"저더러 살랍의 납경까지 다녀오란 말씀이십니까?"

"왕자, 이건 왕자의 명예 문제입니다. 약혼녀를 빼앗기고 그대로 있을 거란 말입니까? 왕자가 그 아이를 되찾아오려는 그 어떤 노력도 하지 않았다는 건 압니다. 아무리 혼인이 탐탁찮아도 그렇지, 그 아이가 적진에 끌려가게 놔둬요?"

"태괄 왕자는 빠르게 퇴각했습니다. 하루도 쉬지 않고 살랍으로 돌아가 가장 가까운 금아성에 박혀 버렸습니다."

"따라가면 따라잡을 수도 있었어요."

"놓쳤습니다."

"다 핑계라는 걸 알아요, 왕자! 왕자는 그 아이와 혼례를 올리는 것을 내내 탐탁찮아 했잖아요! 이 핑계 저 핑계 대면서 혼례를 미루더니, 태괄을 공격해 그가 쳐들어오게 했어요! 내가 모를 줄 알아요? 폐하도 지금 화가 많이 나 계십니다! 이 일에 관한 한 이 어미는 절대로 왕자의 편을 들어주지 않을 거예요!"

"호련은 이미 혼례를 올렸을 겁니다."

"납치당한 뒤 억지로 결혼한 거잖아요! 그게 무슨 혼례예요!"

"물론 어머니처럼 직접 남자를 골라 유혹할 처지는 아니겠지요."

"왕자!"

금비가 노려보았다.

"그건 왕자의 태생을 더럽히는 거란 말입니다."

"이미 압니다. 별로 떳떳하지 못하지요."

금비는 이를 갈며 화를 삭였다. 금비가 다 큰 장남을 다스리지 못하게 된 지는 이미 한참 지났다. 금비는 결혼 문제만이라도 자기 뜻대로 하려 했으나, 여환은 혼례를 잡아놓고서도 나타나 주지 않으며 그마저도 들어주지 않았다.

"그 아이를 아내로 맞이하기만 하면 그 문제는 풀리게 되어 있었어요."

"지금 후계자는 형님이십니다."

"왕자의 첩 때문이지요! 왕자가 제대로 혼인을 하지 않는데 어떻게 왕자를 후계자로 삼아요."

"그 이야기는 이제 지겹습니다, 어머니. 그리고 이제 우이는 없습니다. 또 저하고 달갑지 않게 혼인하는 건 호련도 마찬가지였습니다."

"왕자, 그 아이는 왕자의 아내가 되고 싶어 했어요. 왕자를 연모했다고요. 왕자 말고 다른 남자는 생각도 못한 아이입니다."

여환의 눈이 싸늘하게 금비를 향했다. 그 눈에 금비도 움찔했다.

"어머니의 아들은 그 아이의 부모 형제는 물론이요, 일가친척까지 죄다 몰살한 장본인입니다."

금비가 창백해졌다.

"그, 그건 살랍의 짓이에요."

"장본인 중 하나인 어머니가 그러시면 안 되지요."

"그 아이는 현명한 아이입니다. 복수심보다는 부족의 안위와 자신의 명예를 생각한 거지요. 우리에게 복종하고 왕자를 받아들이면 그 아이에게는 왕비의 자리도 주어질 거였다고요. 게다가 연모하는 남자의 아내이니, 이 얼마나 좋은 일입니까."

"그 아이는 저를 좋아한 적이 없습니다."

증오라면 뜨겁게도 받아봤지만. 그래서 참 다행이었다.

처음에는 무관심했지만 어느새 그 증오에 한 발, 한 발 반응하게 되었다. 어찌나 거슬리는지. 우이가 한숨을 쉬면 쉴수록, 금비가 호련이 가지고 올 이익에 대해 탐을 내면 낼수록, 그 아이의 증오가 한 발, 한 발 올라오면 올라올수록, 여환도 어느 순간부터 호련에 대한 무관심에서 증오로 변해갔다.

어느새 그 계집애와 눈을 맞대고 싸우고 있었다. 같이 으르렁거리고 같이 고함지르고 있었다. 같이 노려보고 같이 돌아섰다.

여환이 여태 해왔던 일을 생각하면 기가 막힌 일이었다. 여환은 지긋지긋하게 그를 괴롭히는 어머니에게도, 항상 이거 해라 저거

해라 시켜대는 아버지에게도 그런 감정을 느껴본 적이 없었다.

그래서 다시 증오하기 위해 돌아올 줄 알았다.

적어도 여환이 아는 호련은 그랬다. 증오하는 여환 없이는 살아갈 수 없었다. 그런데 거절했다. 그의 것이었는데 이제 아니게 되었다. 그 순간 여환이 느낀 건, 기가 막히게도 배신감이었다.

"결코 없습니다."

여환은 한 번 더 말했다.

"아뇨, 분명 왕자를 연모한다고 했어요. 왕자가 다른 여인의 남편이라도 좋으니. 하지만 둘째 부인이 될 수는 없으니 마음을 접고 싶다고 했다고요. 그래서 제가 그 아이에게 말했지요. 왕자는 정식 혼인한 적이 없다고, 우이는 첩일 뿐이라고요."

항상 들어온 말이지만, 그때마다 피가 거꾸로 흐르는 것도 어쩔 수 없었다.

여환의 입에 조소가 어렸다.

"그래서 호련에게 제 아내 자리를 준다고 하셨습니까?"

"못 줄 것 없지요. 자식의 혼사를 정하는 건 부모의 권리니까. 나도 동의하고 폐하도 동의하셨어요."

"우이가 죽기도 전에…… 말이지요?"

호련이 가장 최근 금비와 만난 것이 왕의 생신 잔치 때였다.

당시 호련은 말과 매, 사냥개들을 바치고, 금비에게 금팔찌를 선물했다. 상당히 공들인 선물들이었다. 그 덕에 여환의 부모는 호련을 왕가 가족들만 참석할 수 있는 연회에 불렀다. 거의 왕족 대접을 받은 것이다. 예비 시댁이니 잘 보이려 저러나 보다, 라고만 생각했다. 당시는 큰동생도 살아 있었고, 큰동생이 없어도 동생은 하나 더 있다. 둘 중 누구든 호련의 신랑이 될 수 있었다.

일순 여환의 이마를 스치고 지나가는 뜨거운 생각이 있었다.

어머니나 아버지나, 호련이 그렇게 나왔다면 우이가 죽기도 전에 결혼하라고 했을 것이다.

그런데 어머니도 아버지도, 입 가볍고 예의 없는 숙부도 한마디도 하지 않았다. 아주 흥분하며 우이를 볶아댔어야 하는데, 그런데 한마디도 하지 않았다.

마치 무언가를 기다리듯, 여환이 어쩔 수 없어질 거라는 것을 알기라도 하듯이.

"어머니, 여쭙고 싶던 것을 여쭙겠습니다."

"말해보세요."

"어머니는 항상 우이를 죽이고 싶어 했지요."

독을 탄 것도 몇 번이나 되었고, 자객을 보낸 적도 있었다.

어머니가 한 짓이란 걸 알아도 침묵했다. 이것에 대해 언급하는 순간, 어머니는 우이를 공개적으로 처단해 버릴 것이기 때문이다.

그런데 그 시도가 각족의 영지로 온 뒤 뚝 끊어지고 우이가 죽을 무렵에는 아예 없었다.

"혹시, 호련이 대신 하겠다고 했습니까?"

"네?"

"호련이 대신 우이를 처리할 테니, 아내 자리를 달라 했습니까?"

"무슨 오해를 하신 건지 모르겠군요. 우이는 병으로 죽은 겁니다."

"재작년이라면 몰라도 작년의 그녀는 건강했습니다."

"이미 죽을병이 들렸는데 신이 마지막 자비를 베풀었나 봅니다. 아픈 여자를 아프게만 기억하는 것도 옳은 게 아니지요."

태평하다.

참으로.

이에 힘이 들어갔다.

지금 여환의 가슴은 구멍이 크게 뚫려 찬바람이 휭휭 부는데, 그 공허함을 도저히 채울 수도 없는데, 그런데 다들 왜 이런지.

허탈하고 공허하다. 우이가 어떤 여자였는지 아무도 기억하려 하지 않는다. 모두의 기억에서 감쪽같이 지우곤 잡초 하나 뽑아 없앤 듯 후련해한다.

다들 우이가 여환의 아내였다는 걸, 그녀와 결혼하기 위해 여환이 엎어버린 혼담이 몇 개나 되는지 기억이나 하고 있는지 모르겠다. 또 우이와의 결혼을 인정하는 대가로 각의 족장 일가를 몰살한 것도 잊은 것 같다.

“하나는 분명히 알겠군요. 우이가 죽기 전부터 호련은 내 아내 자리를 원했다는 것.”

“하늘이 왕자의 아내 자리를 주기로 결정한 겁니다.”

“하늘이 아니라 어머니겠지요.”

“설사 그렇다 하더라도 이미 끝난 일 아닙니까! 받아들일 건 제발 좀 받아들여요! 왕자는 왕자 혼자만이 아니라고요. 이 나라를 짊어졌다고요.”

제발, 짊어질 생각도 없는 왕위 좀 그만 얹으란 말이다.

짜증이 치밀었다.

어린 시절부터 왕위 같은 건 관심도 없었다. 나라를 다스리는 일에는 흥미도 없고, 가장 높은 곳에 가고 싶다는 생각도 해본 적이 없었다. 어머니, 아버지가 멋대로 기대하고 있던 것이다.

전쟁에 승리한 것은 그의 의지였지, 왕위를 향한 욕망 탓이 아니었다. 이길 수 있어 이겼고, 이기고 싶어 이겼다.

그런데 왕위, 왕위, 결혼, 결혼, 혼담, 후계, 정략, 동맹. 온갖 복잡하고 짜증나는 문제들을 여환에게 떠밀었다.

"어머니 말씀 중 일부는 맞습니다."

"뭐가요?"

금비의 얼굴이 밝아졌다.

"저는 아주 화가 나서 호련을 치운 겁니다."

"네?"

"맹약, 후계, 왕…… 저는 그런 건 상관없습니다. 호련이 혼례 전에 저를 화나게 했고, 저는 그 아이가 제대로 된 벌을 받기 전까지는 아내로 삼을 생각이 없었습니다. 그래서 저는 그 아이를 포로가 되게 했습니다. 살랍이 그곳으로 진격할 것을 빤히 알았음에도 막지 않았습니다. 태괄이 그 빈 길을 달려와 호련을 데리고 갈 거라는 걸 알아도, 포로가 된 호련이 어찌 될지 알아도 일부러 내버려 두었습니다."

"뭐, 뭐라?"

금비의 입이 벌어졌다.

"우이는 제 아내입니다. 그녀의 장례를 그렇게 치른 호련에게 화가 나 있고, 제 아내가 될 거라 준비하는 모습이 마음에 들지 않았습니다. 그래서 태괄에게 싸움을 걸었고, 태괄과의 일전에서 도망쳤습니다. 태괄이 그대로 물러날 리 없다는 것을 알기에 그리했습니다. 태괄은 말 머리를 돌려 각의 영지로 갔습니다. 그리고 제 바람대로 호련을 끌고 가준 겁니다."

금비의 입이 점점 더 벌어졌다.

"무, 무슨 미친 소리입니까!"

"미친 소리는 아닙니다. 그런데 태괄은 호련을 돌려주지 않았습니다. 원래대로라면 돌려줬어야 합니다. 아무리 경우 없는 자라도 일국의 왕자가 다른 나라 왕자의 약혼녀를 끌고 가 차지할 수는 없습니다. 그런데 태괄은 호련을 데리고 가고…… 아예 아내로 삼았지요. 참 금방 이루어진 일입니다. 제 예상과는 달리!"

그래서 그 계집애는 벌을 받는 대신 살랍의 왕자비 자리를 차지했다. 여환을 이렇게 긁어놓고 그의 의지에서 벗어났다. 증오하러 돌아오지 않는다. 여환은 아직 증오하는데, 앞에서 사라져 버렸다.

"그 아이는 끌려가 강제로 혼인한 겁니다!"

저 의미 없는 외침.

여환은 비웃음이 나왔다. 어머니는 아직도 파악을 못한다.

"끌려간 건 사실이라도, 혼인 자체가 강제인 것 같지는 않더군요. 호련은 스스로 그의 아내가 되었고, 제 적이 되기를 택한 겁니다. 내 아내가 되는 것보다 그렇게 적이 되어 나를 상대하는 편이 낫다고 판단한 거겠지요."

"그 아이는 분명……."

"저를 연모한다고요? 제 어미와 아비를 죽이고, 형제와 자매를 도륙하고, 제 앞에서 어린 동생들을 난도질해 죽였습니다. 제게는 어머니가 죽든 아버지가 죽든 형님과 동생들이 죽든 그냥 그런 일이지만, 그 아이에게는 아니겠지요. 그래서 그 아이는 내내 저를 증오했습니다. 또 어머니, 어머니 아들은 그걸 감수하고서라도 차지해야 할 만큼 치명적인 매력의 남자는 아닙니다."

"그럴 리가 없어요."

"어머니가 농락당한 겁니다."

"그럴 리가……!"

"어머니가 다행히 여길 것은, 그래도 저는 그 아이가 필요하다는 겁니다."

그리고 여환은 일어났다. 아버지도 이런 식이라면 상대할 필요도 없겠다 싶었다.

"폐하께 제가 어머니께 안부 전하고만 갔다고 전해주십시오."

"어, 어딜 가는 건가요?"

"적어도 여기에 있고 싶지는 않습니다."

"가지 마라."

휘장 너머에서 들린 묵직한 소리에 여환은 길게 피곤할 일이 생긴 것을 알았다. 어머니와 달리 아버지는 무시하고 갈 수가 없어서 더 피곤하다.

"아버지."

휘장이 걷히며 왕이 들어왔다. 등 빼고 겉모습은 닮은 구석 없는 아버지였다. 그러나 냉혹하다는 점에서는 닮았고, 경우 없다는 점도 많이 닮은 아버지이기도 했다.

왕이 말했다.

"비는 나가 있소."

"네?"

"나가 있어."

금비는 인사를 하고 급히 물러갔다.

"엿듣지도 마!"

고함과 함께 금비의 발걸음이 멀어졌다.

왕은 의자에 앉았다. 여환은 앉을 생각이 없었지만, 왕이 의자를 꽂을 듯 가리키자 그제야 앉았다.

"죽은 그 우이가 부모보다 더 중요한 거냐?"

"그건 어머니, 아버지께서 조금만 양보하셨으면 될 문제였습니다. 그랬다면 저는 어머니, 아버지도, 우이도 다 존중하며 편하게 지냈을 겁니다."

"너는 네가 그냥 아들이라 생각하느냐? 네 어미를 비의 자리에까지 앉혀준 이유가 네 어미가 예뻐서인 줄 아느냐? 바야 가문으로부터 네 어미를 지킨 이유가, 네 어미의 형제자매들을 등용한 이유가 죄다 네 어미 덕인 줄 아느냐!"

여환은 다시 피곤해졌다.

또 이 이야기.

해달라고 한 적도 없는데 해줬다고 생색이다.

"각을 네게 준 이유가 뭐라고 생각하는 거냐! 아들 중 왕이 될 수 있는 건 너뿐이다. 중앙의 패자가 되고, 초원을 평정하고, 창궁 아래 유일한 왕이 되는 것까지! 그게 다 너를 통해 본 꿈이었다. 나뿐만이 아니야. 너를 따르는 장수들도, 네 참모들도 죄다 그래!"

"혼례 하나 제 마음대로 못해도요?"

"누가 우이를 가지지 말라 했더냐. 정처를 맞이하고 그 아이도 맞이하라 했지! 네가 그 문제만 양보했으면 아무 문제 없었어!"

"그런 불명예는 주고 싶지 않았습니다. 그녀의 아이를 서출로 만들고 싶지도 않았고요."

"너처럼 만들기 싫었다는 거냐?"

"네."

여환이 적출이었다면 이 열받는 문제 중 상당수는 저절로 해결되었을 거라는 점만은 분명하다.

"이렇게 눈치 보고, 계산하고 살게 하고 싶지 않았습니다. 그저 하늘 아래 당당하기를 바랐습니다. 그게 과욕입니까?"

"이해한다. 하지만…… 문제는 그 아이와 너 사이에 아이가 없다는 게지."

"제 문제일 수도 있습니다."

왕이 잠시 아무 말도 못하다 급히 헛기침을 한 뒤에 말했다.

"사내가 되어 아끼는 여인에게 뭐든 주고 싶은 마음은 이해한다. 하지만…… 그 아이는 세상을 뜨지 않았더냐."

"그렇게 어머니가 원할 때 세상을 뜨기도 힘들 것 같아서 그렇습니다."

"혹시, 호련이 네 아내를 죽이도록 네 어미를 부추겼다는 거냐?"

"적어도, 지금은 그런 생각이 듭니다."

왕은 한숨과 함께 말했다.

"네 어머니만 그런 게 아니다. 나 역시 네 아내가 문제라고 생각했다."

"인정하셨지 않습니까?"

"그래. 네가 각의 영지를 손에 넣는 조건으로 그 아이를 인정한 건 사실이다. 그 약속은 유효하다. 다만, 유효한 게 문제였지."

"그래서 우이가 죽어야만 했던 겁니까?"

"물론 때가 늦었다면 네 어미나 내가 손을 댔을 거다."

"말은 하셨다는 거군요."

"그래."

아들의 얼굴이 싸늘해지는 것을 보면서도 왕은 무표정했다. 이런 것을 겁내기엔 아들을 너무 오래, 너무 많이 보아왔다.

"나는 왕이다. 그리고 내 다음 자리에 대한 책임이 있어."

"그럼 왜 우이가 그 책임을 져야 합니까?"

"네 아내니까. 네가 그토록 주장하는 대로 네 아내니까!"

여환의 손에 힘이 들어갔다.

"그 아이를 죽게 한 건, 그 아이를 택한 너다. 네가 양보했으면 우이도 제 분수에 맞게 행복하게 살았을 거고, 너 역시 네게 맞는 아내를 맞이하고 내 후계자 자리도 튼튼했겠지. 나는 너를 위해 연위국의 공주를 아내로 줄 수 있었어. 연위국의 어마어마한 지참금과 영토, 동맹, 다 네 것이 될 수 있었다. 아니, 그게 네 코앞까지 와 있었어! 그런데 네가 그걸 망쳤지. 그 혼담을 추진하던 나를 우습게 만들었어! 그래도 나는 너를 용서했어."

"그것이 우이의 책임은 아닙니다."

"네가 왕자인 이상, 그 아이도 책임질 수밖에 없지."

"그래서 아버지 손을 더럽히지 않고 처리하신 건가요?"

"뭐라?"

"어차피 우이는 죽었습니다. 그러니 지금 여쭙는 겁니다. 아버지가 우이를 그리하셨습니까, 아니면 그리하라 시키셨습니까?"

그리고 여환은 아버지의 얼굴을 보았다. 아버지의 진짜 얼굴은 항상 저 두꺼운 가면 아래에 있다. 아무리 여환이라도 그 아래는 볼 수는 없었다.

"호련이 우이를 죽인 겁니까?"

우이는 여환이 자리를 비운, 얼마 안 되는 시간 동안 급작스럽게 죽었다. 그저 병사라고 진단한 의원과 그리 쓰러지는 것을 보았다는 시녀들만 있었다. 의원은 어머니가 보낸 자고, 시녀들 역시 어머니가 보낸 여자들이다. 장례를 치른 건 호련이다.

"말씀해 주십시오. 호련이 우이를 죽였습니까?"

"그 자리에는 나도 있었다."

"네?"

"그 명령은 내가 내린 것이다."

여환의 턱에 힘이 들어갔다.

안에서 불꽃이 치솟는 것 같았다.

"그러니 여기저기 분탕 치면서 닦달하고 다니지 말거라. 이 일이 밖으로 새어나가길 바라지 않는다."

"호련이 우이를 죽였습니까?"

"내가 명령했다."

"허락한 거겠지요."

"그래."

"왜……."

"그 아이도 납득한 거다. 너 외의 보호자를 맞이할 수 없음을. 능고의 보호를 받지 않을 수밖에 없음을. 그러기 위해서는 너와 결혼해야 한다는 건 알고 있어."

"그 아이가 그럴 리 없습니다. 보십시오. 살랍의 포로가 되자마자 바로 그 나라 왕자와 혼례를 올렸습니다. 다른 동맹이 생기자마자 아버지를 버린 겁니다. 그리고 그저 정략적인 이유였다면…… 제 속을 왜 그렇게 긁은 겁니까?"

"그 아이가 뭐라 했는데?"

"일부러 우이를 들먹이며 제 속을 긁었습니다. 그런 아이가 정략적인 이유로 인내해 줄 거라 하신 겁니까?"

"그럼 거기에 화가 나서 그 아이를 살랍에 넘긴 거냐? 그렇게 어처구니없는 짓을 할 줄은 몰랐다. 정말인 거냐! 화가 나서 한 말이 아니고, 정말이냐!"

"네."

왕은 어이가 없어서 입을 벌렸다. 뭐, 이런 미친놈이 내 아들이라고 있는 건지.

이제 여환은 호련이 우이를 굳이 영지로 데리고 온 이유가 짐작이 되었다. 여환에게 소중한 사람이라고는 우이뿐이고, 고달프고 외로웠던 우이는 쉽게 사람을 믿었다. 호련이 구워삶아 믿게 만드는 건 일도 아니었다.

덕택에 왕도 왕비도 우이의 일에서는 손을 뗐다. 호련이 알아서 없애주길 기다린 것이다. 아무리 우이가 싫어도 아들의 여자에 손을 대는 건 꺼림칙했으니, 내심 안도했을 것이다.

호련은 왕이 명령을 내리자마자 우이를 처리해 주었고, 왕과 왕비는 기뻐하며 당장 혼례 준비를 했다.

호련은 그게 여환에게 어찌 보일지 알면서도 그리하도록 놓아두고, 혼례 전에 그를 도발했다. 그런데 정작 일이 이리된 지금, 호련은 살랍에서 태괄과 결혼해 버렸다. 우이를 세상에서 사라지게 만들었는데, 그래 놓고선 뒷일도 마저 안 하고 간 것이다.

안다. 호련의 눈앞에서 그 부모 형제를 모두 도륙한 건 여환이다. 그러니 호련이 여환을 증오하는 것에 대해서는 할 말이 없다.

죽이고 싶어 해도 상관없었다.

그러나 우이는 아니다.

찌르려면 나를 찌르고, 독을 먹이려 건 내게 먹여라. 무엇이든 받아줄 테니.

그런데 우이는 왜.

"이만…… 가겠습니다."

이가 갈릴 거라 생각했는데, 의외로 지친 목소리가 나왔다.

"어쩔 거냐?"

"호련은 돌아오고, 태괄은 죽입니다. 지금 할 일은 그 정도군요. 그러니 이제 저를 좀 보내주십시오."

왕의 얼굴에 만족감이 보였다. 여환은 항상 이 왕의 야망에 진절머리가 났다. 여환이 동부를 제압한 뒤, 그는 완전히 정신을 놓고 기대했다.

"그리고 회전이 있겠지요. 능고와 살랍이 그토록 원하는 회전이. 초원과 창궁의 왕위를 건…… 여기서 이기면 아버지 소원대로 창궁 아래 단 하나의 왕이 탄생하겠지요."

그리고 내가 원하지는 않는.

이제 정말 지긋지긋하다.

그놈의 왕.

우이가 없어진 뒤로는 아무것도 할 게 없었다.

오늘 눈을 뜨면 누구에게 말을 해야 하는지, 전장에서 돌아오면 누구를 찾아야 하는지, 잠자리에 누우면 누구를 안아야 할지, 아무것도 모르겠다.

눈을 들면 누구를 찾아야 하는지, 손을 뻗으면 누구를 잡아야 하는지도 모르겠다. 눈을 들어도 귀를 기울여도 손을 뻗어도, 죄다 텅 비어 있었다.

그전에는 시간이 물처럼 흘렀는데, 이제는 흐르는 물의 방울을 셀 수 있을 정도로 느리다.

왜 다른 이들이 먹고 마시고 노는지, 왜 다른 이들이 숨을 쉬는지도 모르겠다. 자신 역시 왜 그런지도 모르겠다.

하루하루 눈을 뜨니 뜨는 것이고, 감으니 잠드는 것이다.

그런데, 그렇게 텅텅 비었는데, 어머니도 아버지도, 가족들과 지인들도, 심지어 부하들까지 모두 그녀의 죽음을 축하하고 있었다. 그 누구도 여환이 어떠한지 묻지 않으며 마치 여환이 걸렸던 병이 떨쳐 나간 듯 안도하며 좋아한다.

부옇게 흐린 그 공허 속에 온전히 검게 타오르는 건 호련 하나뿐이었다.

역설적이고 웃기게도 호련 하나만은 그의 비참함과 공허를 알았다. 그 공허를 파고들며 들추고 들썩이게 할지언정, 그래도 알았다. 슬픔에 기뻐해도 슬픔 자체는 알았다.

그래서 우이가 죽고 처음으로 분노할 수 있었다.

그제야 알았다. 적어도 그 아이 하나만은 여환의 감정에 온전히 공평하게 반응하고는 있다는 것을.

미워하니 미워한다. 증오하니 증오한다. 원하는 감정대로 보내준다.

이 얼마나 다행인가.

왕위, 전쟁, 승리, 살랍과 능고, 초원과 창궁 아래 단 하나의 패자. 여환이 원한 적도 없지만, 그에게 떠밀고 강요하는 그 쓰레기 같은 혼돈 속에서 그래도 그 아이의 증오만큼은 검고 분명하게 타올랐고, 그래서 유일하게 이 세상에서 의미가 있다.

그래서 다시 돌아와 증오하기를 바랐다. 더 증오할 이유를 가지고 돌아오기를 바랐다. 더 고통받기를 바랐다. 더욱더 증오하고, 더욱더 독기를 뿜어내라고 하고 싶었다. 그래야 여환도 살 수 있었다. 우이가 없는 세상에서 버틸 수 있었다.

그런데 그 계집애가 도망쳐 버린 것이다. 모든 것을 던져 버리고 등 돌리고 가버려 다른 남자의 그늘 아래로 숨어버렸다.

그래, 그 애송이 놈이 문제를 아주 짜증나게 만들고 있다. 그놈이 호련을 가질 생각만 하지 않았다면, 해야 할 일만 하고 호련을 돌려주었으면 아무 일도 없었다. 이렇게 증오와 분노가 펄펄 끓어오를 때 정작 호련이 앞에 없고, 혼자 완전히 패배한 이런 기분을 느낄 일도 없었을 것이다.

그 계집애는 증오하든 괴롭히든, 어쨌든 내 것이었다. 그런데 그놈이 가졌다. 잡아 찢어놔도 내 것이고, 숨통을 턱턱 막히게 해도 내 것이었다. 그 계집애가 내 증오를 온전히 가져갔으니, 당연히 내 앞에 와야 한다.

그런데 그 애송이 놈이 가져갔다.

내놔라.

네놈이 그 계집애를 내놔야 내가 살 수 있겠다. 그놈이 내놓지 않겠다면 너라도 직접 와라, 호련.

제12장 폭우

차굴란은 지금 상황을 어떻게 판단해야 할지, 스머드는 분노 탓에 생각하기 어려웠다.

아니, 이미 결정은 되어 있던 것이다. 다만 마지막 결단을 내리지만 못했을 뿐이다.

부하가 막사 안으로 들어오자 차굴란은 분노를 삼킬 수 있었다. 아니, 적어도 화가 덜 난 척은 할 수 있다.

"무슨 일이십니까?"

"네가 왕자님께 보고해야 할 게 있다. 왕자님이 자리를 비우셨는데, 나도 지금 자리를 비워야 할 것 같아서 말이다."

"말씀하십시오."

"파한이 죽었다."

부하의 얼굴이 굳었다.

"네?"

"그렇게 보고해라. 파한이 죽었다고…… 최선을 다해 왕자님의 명령을 수행했고, 죽었다고 말이다."

"대체 누가…… 어떻게 돌아가신 겁니까?"

"태괄 왕자다."

"네?"

"여환 왕자가 그를 죽이라 명령했고, 실패했으니 파한은 태괄에게 죽은 거다."

"정말입니까? 아니, 태괄 왕자를 왜요? 파한 님은 납경에 있습니다. 그런 일을 했다간 어떻게 될지 빤하지 않습니까?"

"파한과 일부 수하만 죽는 것으로 해결된 것 같다. 네 형과 동생은 죽은 사람 명단에 없었으니 걱정 마라. 그리고 이에 대해서는 절대 원한을 가지지 마라. 이건 우리 쪽에서 먼저 시작한 싸움이고, 태괄 왕자가 이긴 거니. 여환 왕자에게는 그저 그것만 보고해라. 파한이 실패하고, 그 책임을 지고 죽었다고 말이다."

"대체 왜 그런 명령을……!"

"파한은 여환 왕자님에게 충직했다. 그리고 그 충직에 대한 대가다."

참모 직을 제안받고 받아들인 건 차굴란일지라도, 여환에게 충직한 건 파한이었다.

그런데 그 대가가 이것이다.

고작 이런 일에 목숨을 바치라는 명령이나 들었다.

차굴란의 머리를 끓게 하는 것은 그것이다.

고작 이런 일에—!

여환을 위해 전쟁에 나가고, 여환을 위해 살인까지 했던 자인데.

아니다. 그래서 그런 걸지도 모른다. 여환은 자기 수하들에게 살인을 시키지는 않았다. 할 필요가 없기 때문이다. 그 모든 일을 수행하고 깨끗이 뒤집어써 줄 흉맥족이 있는데 무슨 이유로 그러하겠는가. 그러니 고작 이런 일에 이렇게 쓰이고 버려진다.

고고한 얼굴로 앉아 있는 대오 같은 능고 출신들 무사는 흉맥족을 경멸하고 무시할 뿐, 자기 왕자가 그들에게 무슨 일을 시키는지는 모른다.

앞으로 영원히 그럴 테지.

"그럼, 잠시 자리를 비운다."

"어디 가십니까?"

"나도 내 아버지를 뵈어야겠다."

부하가 놀랐다.

"족장님에게 무슨 일이라도 있습니까?"

"편찮으시다. 어쨌든, 편찮으실 테니 그리 전해라."

"알겠습니다. 어서 다녀오십시오."

아버지는 여환을 초원의 가장 빛나는 별이라 했다.

그러나 차굴란은 항상 말하고 싶었다.

아버지, 저건 불길한 별입니다.

우기는 이미 마무리로 접어들었지만 구름은 아직 색이 짙고 무거웠다. 그래도 하늘을 보면 북쪽에서부터 구름이 빠져나가는 것이 보였다. 한두 번 정도 비가 더 내리면 올해 우기는 끝날 것이다.

드디어 혼례의 마지막 일정을 마친 태괄은 호련과 함께 남의 영지로 출발했다. 납경으로 올 때는 번개처럼 날아왔지만, 가는 길은 그렇지 않았다. 그래서 길극에 도착한 건 호련의 예상을 훌쩍 넘은, 열흘이 지난 뒤였다.

길극은 왕비의 친정이라 왕비는 가는 길에 유용하게 의지하라며 자기 호위무사 몇을 붙여주었다. 길극을 떠날 때 길극에 두고 가면 된다는 말과 함께. 마음에 들면 더 데리고 다녀도 된다고도 했지만, 호련은 출발한 지 반나절도 되지 않아 그 무사들을 적당한 길바닥에 두고 가고 싶어졌다.

밤낮으로 무사들을 보아온 호련의 눈에도 길극의 전사들은 순수한 사람이라기보다는 도깨비 피가 섞인 자들 같았다.

험상궂고, 말도 없으며, 벌레 한 마리만 지나가도 꼼꼼하게 단도로 찍어 죽여주었다.

결국 호련이 나를 공격할 의사가 없는 것들을 굳이 죽일 필요는 없다고 말해야 했다.

"나는 규방 숙녀가 아니라고요. 벌레 정도에 놀라지는 않아요. 그 벌레가 황소만 하지 않는 한."

그 말에 그들은 무척 당황하며 알겠다 하기는 했지만, 납득 못 하는 눈치들이었다. 무섭지 않을 리가. 우리들 귀찮게 안 하려고 그러시는 게 아닐까?

이상하다. 저들의 주인인 왕비는 벌레나 쥐에 놀랄 여자는 아닌 것 같은데, 왜 저러는지 모르겠다며 태괄에게 말했다.

"태괄, 그분이 아무래도 나에 대해 오해를 하신 것 같아. 내가 사람들 앞에서 너무 쩔쩔매서 내가 겁이 많은 줄 아셨나 봐."

그런데 태괄이 무시무시한 말을 했다.

"벌레 무서워하셔."

"응?"

"더듬이 달린 것만 나오면 비명을 지르지. 항상 무섭지만 그때가 제일 무서워. 형수님이 무서운 게 없는 사람이라 생각하는데, 그분이 무서워할 지경이라면 벌레라는 녀석들이 세상을 멸망시킬 수 있을 것 같아 보이더라."

"으응?"

호련은 정말 놀랐다. 태괄은 품에 안긴 호련의 콧잔등을 두드리며 말했다.

"이봐요, 세상 모든 여자들이 아가씨처럼 늑대를 때려잡는 게 아니라고."

"……때려잡은 적은 없어."

그리고 태괄이 그럼 내가 본 건 누군가, 다른 여자인가? 어쩌고 말하자 그의 허리를 꼬집었다.

왕비가 대체 왜 벌레를 무서워하는지는 모르겠지만, 아무리 강한 사람이라도 유독 약한 대상이 있으니 이해하기로 했다. 그러고 보니 궁금해지기도 한다. 태괄은 대체 무엇에 약한지. 태괄은 금방 답했다.

"양의 눈."

"그게 왜?"

"양 눈만 보면 이상하게 힘이 풀려. 내가 그때 완전히 얼간이였던 건, 그 양들이 나한테 저주를 걸어서 그리된 거지."

"……그만하자."

호련은 호위들이 벌레하고 싸우는 것은 일단 참아주기로 했다. 그들에게 벌레를 무서워하지 않는 여자는 '늑대를 때려잡는 여자'의 존재만큼이나 경이로울지도 모를 테니. 다만, 벌레를 잡을 때마다 호위들을 길에다 버리고 싶은 건 어쩔 수 없었다.

그렇게 살벌한 호위를 받으며 도착한 길극은, 절반은 험준한 계곡을 품고 나머지 반은 도성과 비옥한 농토를 거느린 곳이었다. 왕비는 살랍의 청혼을 받았을 때만 본거지랄 수 있는 해갈산으로 들어가 신랑의 시험을 치르게 했다. 닥치는 대로 혼담이 깨지고 있던 중에 들어온 청혼이라 공주의 부모는 당장 결혼하자고 달려 나가려 했다. 그러나 공주는 공평하게 시험을 치러야 한다고 우겼다. 그리고 그 빌어먹을 시험을 치르느라 왕자 둘이 죽을 뻔했다.

다행히 왕자는 목숨을 부지했고, 결혼도 했다. 그리고 이 용맹한 왕비는 왕을 위해 자객의 머리도 박살 내주었다. 왕은 그 일을 비밀로 하려 했고 왕비는 당신이 했으면 분명 동네방네 다 소문내고 다녔을 거라며 투덜댔지만, 어머니의 잔소리가 싫어 그러기로 했다. 그러나 시녀장이 말실수를 하는 바람에 결국 친정어머니 귀에 들어가 버리고 말았다. 당장 친정어머니가 달려와 잔소리를 하자, 왕비는 그럼 그 자리에서 '왕이랑 같이' 비명이나 지르고 있냐고 짜증을 부리다 더 엄청난 잔소리를 들어야 했다.

왕자 부부를 맞이한 길극성은 같이 온 도깨비들만큼이나 도깨비 같은 자들이 지키고 있었다. 왕비처럼 다들 매우 키가 크고 체격도 좋았다.

호련과 태괄은 영주이자 왕비의 친정아버지로부터 어마어마한 환대를 받으며 머물렀다.

그들을 위해 안내된 방은 격자 철창이 달리고 천장과 바닥도 죄다 단단한 나무로 짜 넣은 방이었다. 전망도 날이 흐린 것이 안타까울 정도로 좋았다.

호련은 벌판과 산이 훤히 보이는 창가에 놓인 표범 가죽 위에 앉았다. 이 가죽을 위해 죽은 것이 불쌍하다 싶을 정도로 아름다운 무늬였다. 호련은 그 가죽을 쓸어보며 말했다.

“올 때보다는 오래 걸린 것 같아. 속도가 느렸다는 것을 감안하더라도.”

“그때는 좀 급하게 올라왔잖아. 게다가 똑바로 치고 올라왔고. 지금은 좀 돌아오는 거야.”

그리고 태괄은 항상 가지고 다니는 지도를 펼쳐 보여주었다. 누런 종이 위에 그려진 산과 들, 강이 보였다. 태괄은 호련의 등 뒤로 가서 직접 호련의 손목을 잡고는 지도 남쪽을 짚도록 해주었다.

“여기가 검은 강이야. 여기서 아가씨랑 내가 처음 만나고…….”

검은 강 유역 근방이 손가락 끝에 닿았다. 그 옆으로 백산과 각 족의 영지가 표시되어 있다.

호련은 가슴이 젖는 듯 쓸쓸해졌다. 저기 저 글자와 그림으로만 표기된 곳이 바로 호련의 고향이다. 당분간 갈 수도, 밟을 수도 없는 곳이다. 떠나온 지 백 년은 된 기분이다.

태괄이 호련의 손을 말아 쥐었다.

“여기서 아가씨와 다시 만났지.”

그리고 그가 손을 짚은 곳은 검은 강 바로 옆의 영산이다. 어머니, 아버지가 묻히고, 조상의 사당이 있으며, 호련의 혼례가 예정되어 있던 곳이다. 저곳에서 호련은 눈앞에서 부모 형제를 죽인

자를 신랑으로 맞이할 준비를 하고 있었다.

태괄은 호련의 손가락을 잡고 위로 올렸다. 금아성이 손에 닿았다.

"그다음 여기로 와서 며칠 머물고…… 여기, 이 길로 올라와 납경으로 온 거지."

태괄의 손가락이 호련의 손가락 사이로 파고들어 와 꽉 잡았다.

"여기서 이렇게…… 내려왔던 길과는 달리 좀 돌아가 이렇게 가는 중이야."

그리고 지도를 길게 그었다.

지도에 그려진 대로라면 길극을 출발해 검은 강 유역으로 간 뒤 태괄의 영지 쪽으로 갈 예정이다.

호련은 길극의 성과 각으로 향하는 길 사이에 놓인 글자들을 보았다. 이렇게 멀리 가는 이유를 알 것 같다.

왕자와 호련의 결혼은 역시 그냥 결혼이 아니었다. 낮에는 연회였지만 밤에는 회의였다. 화려한 연회에 어울려 축하를 하면서도 다들 이 결혼이 의미하는 바가 무엇인지 잊지 않았다.

"여기서 얼마나 지내는 거야?"

"계속 여기 넣어두고 싶기는 한데. 여기야말로 금고처럼 안전해서."

호련은 태괄의 팔을 쓸어 올리곤 가만히 두드렸다.

"나 버려두고 혼자 떠나기만 해봐. 얼른 쫓아갈 테니 알아서 해."

"쫓아와서 나를 때려잡겠지. 걱정 마. 그렇게 안 해."

태괄이 머리카락 속으로 얼굴을 묻었다. 목 뒤에 입술이 닿는다. 호련은 그의 손가락 사이로 손가락을 밀어 넣으며 그에게 기댔다. 기분이 늘어진다. 이 남자의 품은 항상 이렇다. 넓고 따뜻하고 단단하다. 때때로 불길이 일고, 때때로 북처럼 울리고, 어느 순간에는 깊은 숲의 이끼 위처럼 아늑해진다.

얼마나 이렇게 지낼 수 있을까?

그저 지도만 훑었을 뿐인데도 많은 이야기가 쓸려 올라오고, 곧 피어오를 전쟁의 열기가 볼에 닿는 것 같다.

그러나 태괄은 군대에 대해서도, 정치에 대해서도 이야기하지 않았다. 호련 역시 묻지 않았다. 납경에서는 항상 같이 있어주던 갈호는 혼례 축연이 끝나는 마지막 날 태괄의 명령을 받고 사라졌다. 멀리 다녀온다는 말만 들었다.

항상 있던 갈호가 없으니 쓸쓸해졌고, 태괄이 일로 자리를 비우면 더 쓸쓸해진다. 할머니가 옆에 있어도 그의 빈자리는 어쩔 수 없다. 누군가가 채울 수 있는 빈자리가 아니었다.

태괄이 사라지면 어김없이 여환의 그림자가 찾아든다. 그늘에도 창가에도 문 앞에도 여환이 있는 것 같았다. 그렇게 잊으려 했는데, 도저히 떨쳐 낼 수가 없다는 것을 알아버렸다. 그래도 태괄이 오면 그는 사라진다. 창틈으로, 그늘 너머로, 구석으로. 마치 빛에 쓸려 나가듯.

조금 더 지나면 더 길고 고통스러운 기다림이 기다리고 있다. 이 여정이 끝나면 태괄은 태괄의 전장으로 떠난다. 호련은 중간에 헤어져 영지로 들어가 낯선 곳에 홀로 지낼 수밖에 없다.

그곳에 가면 호련은 어쩔 수 없이 끝없이 여환을 생각하게 될 것이다. 더군다나 태괄이 가야 하는 곳은 여환과 마주하는 곳이다.

등을 기댈 수 있는 이 남자가 없어지면, 손을 잡아주는 이 남자가 없어지면, 다정하게 속삭여 주며 옆에 내가 있다 말하는 이 남자가 없어지면, 호련은 다시 증오하는 여환과 마주하게 될 것이다.

그러나 곧 닥쳐올 태괄의 부재보다 더 걱정되는 건, 그냥 태괄 자체다.

또 위험해지겠지. 목과 몸에 난 상처만큼 또 얻어오겠지.

항상 옆에 칼을 두고 사는 남자다. 목에도, 가슴에도, 배에도 항상 칼을 대고 산다. 그것은 왕자로 태어난 태괄이 짊어져야 할 몫이다.

그러니 어쩔 수 없다. 견뎌야 할 일을 견디는 건 산 자가 살아 있기 위해 짊어져야 할 몫이다.

태괄이 전장으로 나가듯 호련도 자신의 전장으로 가는 것이다. 그리고 어떻게든 견딜 것이다.

살아 있으니, 살아 있기 위해.

닷새 정도 길극에서 보내고 다시 출발해야 했다.

호련은 태괄을 맞이하러 온 그의 친위대와 함께 길극의 성을 나섰다. 같이 온 호위들이 따라가게 해달라 했지만, 호련은 정말로 괜찮다며 사양했다. 그렇게 도깨비 같은 호위들에게 벗어나자 호련은 숨이 트였다. 이제는 주변의 벌레들도 안도하며 볼 수 있게 되었다.

길극의 영주의 영향권 끝을 의미하는 표석을 지나자 흰 길이 나왔다. 양옆으로 험준한 산이 서 있었다. 그 산 사이로 난 길을 천천히 걸어 산을 지나자 너른 평원과 완만한 고지가 왔다.

고지에 살랍 군이 주둔하고 있었다. 이삼천 정도 되어 보였다.

왕자가 깃발과 함께 들어서자 병사들 사이로 함성과 구호가 울렸다. 태괄은 병사들과 막사 사이로 말을 몰아 달려 주둔지 중앙에 있는 막사를 찾았다. 각 가문의 깃발 몇 개가 막사 위에서 날렸다. 지휘관들의 막사이다.

벌써 장수들이 태괄을 맞이하기 위해 나와 있었다. 태괄은 말에서 내려 그들에게 달려갔다. 모두 비슷한 나이였으나, 하나는 쉰을 훌쩍 넘어 보이고 다른 하나는 호련보다 어려 보였다. 장수들은 태괄이 오자마자 왕자보다 호련을 보았다. 그러나 호련은 벌써 모자와 휘장으로 얼굴을 가린 뒤였다. 장수들이 역시나 무척 실망했다.

태괄은 그들을 둘러보며 말했다.

"악온은?"

"이레 안으로는 올 겁니다."

"여환 쪽은?"

여환의 이름이 나오자마자 호련은 얼굴의 핏기가 가시는 느낌이었다. 얼굴을 가리고 있어 정말 다행이란 생각도 들었다. 그런 표정을 누구에게도 보이고 싶지 않았다. 특히 태괄에게는.

"왕이 만 오천을 보냈습니다. 동부군 일만과 락파족 오천을 빼왔더군요. 여환의 숙부인 능초 왕제가 부사령관 자격으로 그들을 데리고 옵니다. 전부 다 한꺼번에 오지는 못할 듯합니다."

"저런, 나보다 많네."

"너무 빼오는 것 같긴 합니다."

"여환이 지면 연위국은 즉시 지난 전쟁에서 빼앗긴 무갈 요새로 돌진하겠군. 아니, 벌써 국경의 성문 밖에 대군을 대기시켜 두고 있을지도 모르지."

"그래서 그곳을 지키는 여환 왕자의 동생은 어마어마하게 화가 나 있는 것 같더군요. 이러다 형이 지면 자기는 당장 연위국의 포로가 될 거라고."

태괄이 웃었다.

"형제가 별로 없으면 그런 건 좋다니까."

여환은 동생들과 어마어마하게 사이가 나빴다. 금비와 왕의 편애는 이미 나쁜 형제들 사이를 더 넓혔다. 전사한 큰 동생은 그래도 어머니와 아버지에게 잘 보이고 싶어 노력이라도 했지만, 막내는 그나마도 없다. 항상 대놓고 여환을 비난하고, 어머니 보라는 듯 바야 왕비에게 들러붙었다.

"그럼, 그 군사를 끌고 올 능초는 언제 도착하나?"

"열흘 안입니다. 주둔하고 막사 세우고 준비되는 데 좀 걸릴 수 있겠지만, 어차피 능고군이니 금방 끝납니다."

태괄은 생각에 잠겼다. 그 만 오천과 원래 여환이 가진 일만을 합치면 이만 오천, 태괄 쪽은 현재 마지막 합류할 악온 장군의 군까지 합치면 일만 팔천이 좀 안 된다. 이 정도 가지고 제대로 붙으면 누군가가 요술이라도 부리지 않는 한 치열하게 죽고 죽일 것이다.

그때, 바람이 확 불었다. 갑작스럽고 거센 산의 돌풍이었다. 호련이 아, 하고 작게 비명을 질렀다. 모자가 바람에 날아가며 휘장이 쓸려 내려가 머리카락과 얼굴이 환히 드러났다. 태괄이 얼른 그 모자를 잡았다. 작정이라도 한 듯 장수들의 시선이 호련을 향해 쏜살같이 모여들었다. 시선을 느낀 호련은 얼굴을 붉히며 고개를 숙였다.

태괄은 모자를 쥐고 호련에게 다가갔다. 장수들은 태괄의 등에 호련이 가려지자 옆으로 슬쩍 발걸음을 옮기며 호련을 보았다. 호련은 어쩔 줄 몰라 하며 고개를 돌렸다.

"그렇게 가리고 다니니 더 궁금해하잖아."

태괄은 흐트러진 호련의 머리카락을 넘겨주었다. 그러다 얼어붙은 호련의 얼굴을 보곤 치미는 웃음을 간신히 참았다.

"저녁 연회이라도 있으면 어쩌려고 그래? 내내 내 가슴에 얼굴 콕 박고 있을 거야?"

태괄은 호련의 머리에 모자를 얹었다. 호련은 휘장으로 얼굴을 가리려 했지만 태괄이 손을 들어 막았다.

"가리지 마."

호련은 태괄의 어깨너머를 보았다. 물끄러미 보고 있던 장수들이 얼른 고개를 돌렸다. 태괄이 하얗게 질린 호련의 볼을 툭, 치곤 말했다.

"이러면 다들 아가씨가 엄청 얌전한 줄 알 거 아냐. 아가씨가 늑대를 때려잡는 걸 보면 다 놀라겠네."

"……때려잡은 적은 없다니까."

태괄은 손을 놓고 돌아섰다. 이제 부하들은 세상이 다 망한 표정으로 서 있었다. 맙소사, 우리 왕자님 보라지.

"그럼, 먼저 출발하겠다."

"네? 아, 네. 그…… 그러십시오."

쉰 살 좀 넘어 보이는 장군이 큼큼, 헛기침을 하고는 말했다.

"부인을 영지에 모셔두고 올 시간은 충분할 겁니다. 승리하고 귀환하시면 아내와 후계자가 같이 기다리고 있을 테지요."

태괄은 장수의 팔을 쳤다. 장수는 웃으며 물러났다.

"그럼 무사히 가십시오."

태괄은 호련을 먼저 태우고 자신 역시 말에 탔다. 태괄의 친위대가 태괄을 앞뒤로 둘러쌌다. 몇몇은 아는 얼굴이었다. 왕의 궁으로 들어가느라 떼어두었던 태괄의 측근 무사들이다. 왕자를 맞이하러 여기까지 온 것이다.

살랍과 능고, 둘 다 회전을 준비하고 있었지만 이렇게 빨리하게 될 줄은 당사자인 두 나라 다 몰랐을 것이다. 여환이 먼저 서두른 덕이었다. 아니, 능고의 왕이 서둘렀다. 그는 하루라도 빨리 여환의 명예를 회복시켜야 했다.

태괄도 이리될 줄은 알고 있었다. 다만 그의 생각보다 빨랐을 뿐이다. 그 역시 한 해 정도는 여유가 있을 줄 알았다.

"주둔지에서 하루 머문 뒤에 바로 영지로 출발하자. 빨리 가면 하루 정도는 같이 보낼 수 있을 거야."

그리고 태괄의 손이 호련의 턱을 쓸어내렸다.

"당분간은 못 보겠지만."

"대신 안전하게 있을게."

"다 잘 지켜줄 거야. 갈호도 같이 가게 해줄게."

"밤낮 외간 남자 취급하더니, 이제는 괜찮은가 봐?"

"괜찮지는 않은데, 별수 없잖아. 내가 아는 남자 중에서는 제일 강하니까."

며칠 이동하자 산이 높아지고 익숙한 등성이가 보이기 시작했다. 드디어 검은 강이 나타나며 그 유역의 백산과 멀리 가잔까지 보였다.

호련은 험준한 가잔을 보았다. 찬눈의 어머니, 즉 호련에게는 증조외할머니가 되는 하차람이 사는 곳이다. 험준하기로 악명 높은 그곳은 높은 절벽과 울창한 숲에 뒤덮이고 안개에 휘감겨 있었다. 흉맥이 황량하다면, 그곳은 험하다. 흉맥이 텅 비었다면, 저곳은 독과 악으로 꽉 찬 곳이다.

그 가잔산을 끼고 거대한 초원이 있다. 아직 각의 영지는 아니지만, 초원의 국경은 선이 아니라 방대한 면이다. 이곳은 각의 땅은 아니라도 누구든 올 수 있는 곳이다.

호련은 어린 시절 여기까지 말을 몰아오곤 했다. 아침 일찍 나와 여기서 점심을 먹고 돌아가면 어머니, 아버지에게 혼나거나 들키지 않거나 둘 중 하나였다. 큰오라버니나 갈호는 여기까지 놀러 나와 사냥을 하곤 했다. 한 번은 숙부 아들까지 끼워 넣고 며칠간 사라졌다가 표범 몇 마리를 짊어지고 온 적이 있었는데, 그때 아버지와 숙부가 정말 노발대발했었다. 그 악동 셋은 꾸중을 견뎌낸 뒤, 솜씨 좋은 숙부의 딸들에게 모피를 맡겨 옷을 만들어 나누어 입고 그해 정월 축제에 놀러 갔다. 잘생긴 소년 셋은 항상 눈에 뜨이고 마을 사람들의 사랑과 소녀들의 선망을 받았다. 그중 둘이 스무 살도 되기 전에 죽을 거라 누가 예상했겠는가.

풀이 머리 위까지 자라고 옛 사람들이 그림을 남긴 바위가 여기저기 누워 있는 벌판을 지나자 각의 영지가 지척인 평원에 도착했다. 평원 위로 완만하게 솟아오른 고지에는 이미 살랍군이 주둔하고 있어 그들의 흰 막사가 즐비하게 놓여 있었다. 전장은 좀 떨어진 검개 바위 근처가 될 테지만, 병영은 이곳이다.

병영 위로 백산이 보였다. 백산 너머로 가면 각이 있다. 호련이 기억하는 것보다 훨씬 남쪽까지 살랍군이 내려와 있는 셈이다.

태괄은 병영에 세워진 넓은 막사로 갔다. 먼저 출발했던 누웅이 그들을 맞이했다. 호련이 납경에서 알게 된 놀라운 사실 중 하나는, 누웅이 아주 명문가 출신이라는 것이었다. 그리고 금아성의 총관 부인은 누웅의 작은누나였다.

"어서 오십시오. 왕자님도, 부인도."

"갈호는?"

누웅은 등 뒤를 가리켰다.

"돌아와서 자고 있습니다. 왕자님 오면 깨우라던데요. 이틀째 자고 있긴 합니다만."

"지금 깨워라."

태괄은 호련을 데리고 막사 안으로 들어갔다.

막사 안은 넓고 쾌적했다. 왕자를 위한 준비는 다 끝나 있었다. 별다른 세간은 없었으나, 편하게 잘 수 있는 침대와 탁자가 놓여 있었다.

"아가씨는 먼저 쉬고 있어."

"어디 가게?"

"나는 돌아보고 와야 해서. 금방 올게."

"잘 다녀와."

태괄은 호련을 끌어안았다. 호련도 그의 허리를 안았다. 태괄은 잠시 그렇게 있다가 막사를 나갔다. 혼자 남자 호련은 막사의 의자에 앉았다. 그러나 더 있을 필요도 없이 갈호가 뛰어 들어왔다. 자다 일어난 꼴로 들어와 태괄 대신 호련을 발견하고 놀랐다.

"어? 너."

"태괄은 방금 나갔는데."

"나더러 오라고 하더니, 자기는 가고."

호련은 모자와 휘장을 벗어 옆에 놓으며 물었다.

"갈호는 대체 어딜 다녀온 거야?"

"좀 멀리."

그래도 갈호의 얼굴은 편해 보인다. 일은 잘 해결된 것 같았다.

"갈호, 나는 내일이면 영지로 떠날 것 같아. 태괄이 갈호하고 같이 가게 해준댔어. 괜찮겠어?"

"나야 좋지. 그럼 저기…… 할머니는?"

할머니, 라고 부르는 목소리가 어색했다.

"같이 오셨어. 먼저 쉬러 들어가셨는데, 인사하게?"

"아냐, 아냐."

갈호는 손을 저었다.

호련은 갈호 옆으로 가 막사의 문을 열었다. 태괄이 없으니 앞을 막는 사람도 없다. 태괄이 앞에 있으면 항상 그를 볼 수밖에 없어 아무것도 볼 수 없지만, 지금 호련은 백산과 백산 너머의 영지까지 볼 수 있었다. 갈호는 호련이 어딜 보는지 금방 알아챘다.

"내가 보고 올까?"

올려다보자 갈호의 부드러운 눈과 마주했다.

"위험하지 않을까?"

"몰래 다녀오면 괜찮을 거다. 나도 궁금하거든."

"저기, 행여 아는 사람을 만나면……."

"너는 무사하다고 해줄게."

갈호는 호련의 머리를 쓸어주었다. 오랜만이다. 갈호와 이렇게 있는 것도. 그가 그동안 어떻게 지냈을지 궁금해진다. 가족의 장례를 치르고 바로 떠났다는 건 들었다. 호련은 그가 그리웠지만 오기를 바라지 않았다. 가족 중 그 누구도 여환 옆에 두고 싶지 않았다.

"고마워."

호련의 말에 갈호는 고개를 저었다.

"또 그 말. 다시는 하지 마라. 그냥 잘 다녀오라고만 하면 되는 거다."

"잘 다녀와."

갈호는 막사를 나가 언덕 아래로 달려 내려갔다. 그가 휘파람을 불자 저 멀리서 말이 달려왔다. 갈호는 단번에 그 말의 등자를 밟고 뛰어올랐다. 그와 말은 금방 지평선 너머로 사라졌다.

한참 지나자 지평선 너머로 태괄이 보였다. 태괄은 곧장 막사로 돌아와 호련에게 왔다.

"오면서 갈호와 만났어. 백산 너머로 간다던데."

"나 대신 영지를 보러 간 거야."

"당신도 보고 싶겠네."

"보여줄 수 있다면 보고 싶지. 하지만 그럴 수 없잖아."

"갈 수 있어."

호련은 놀라서 보았다.

"정말?"

"멀리서 볼 수밖에 없을 테지만…… 여기까지 왔는데 그 정도야. 아가씨한테 그곳이 얼마나 중요한지 나도 알아. 반년…… 어쩌면 한 해. 그 정도는 걸려야 다시 볼 수 있을 텐데. 자, 지금 가자."

드디어 고향을 멀리서나마 볼 수 있다는 것이 너무나 반갑고 기

뺐다. 호련은 두 팔을 벌려 태괄의 허리를 안았다.

"고마워."

"너무 좋아하네. 아가씨가 말 꺼내기 전에 말했으면 귀여움 받았을 텐데, 아깝군."

그리고 태괄의 눈이 호련을 내려다보았다. 호련에게 태괄의 눈은 무언가 해주고 싶게 만드는 눈이다. 온 세상이 부드럽게 녹아버리며 온갖 관용을 다 베풀어 버리고 싶어진다. 도무지 훈련이 안 되는 큰 개를 보는 기분이다. 이런 개를 키우면 정말 골치 아팠을 것 같다. 알았어, 알았어, 뭐 해줄까? 하고 쩔쩔매기만 했을 테니.

"가자."

태괄은 호련을 데리고 나갔다. 두 사람이 말을 타고 병영을 나가자 흩어져 있던 태괄의 호위들이 얼른 말을 몰아 뒤따라왔다.

지평선 위의 구름이 찢겨져 나가며 잠깐 하늘이 보였다. 해가 저물고 있어 구름 너머 하늘은 금빛을 띠었다.

고향을 떠난 지 꼭 여러 해가 지난 것 같았다. 고작 몇 달 전만 해도 이 근방에 있었는데, 그렇게 멀리 다녀온 뒤에 보는 하늘과 땅은 기억하던 것보다 더 향기로웠다.

풀을 뜯던 사슴들이 사람들이 나타나자 급히 달려 도망갔다. 그들이 남긴 초원을 달리며 호련은 멀리서부터 풍겨오는 꽃향기를 맡았다. 우기 동안 초원과 산은 정신없이 꽃을 피운다. 벌판 끝까지 희고, 붉고, 노랗고, 푸른 꽃이, 저 끝에서부터 여기까지 피어나 진한 향기를 뿜어 올린다. 우기가 지나면 저 꽃이 모두 떨어지고 씨앗을 품어 떨군다. 그리고 그 씨앗은 땅으로 파고들어 내년의 우기를 꿈꾸며 잠든다.

야트막한 비탈을 지나 옛사람들이 그림을 새겨 넣은 바위들이 있는 벌판을 지났다. 젖은 흙냄새와 함께 풍요를 향해 피어난 꽃들의 향기는 더 진해졌다. 붉은 꽃이 불타오르는 벌판을 지나자 별빛을 담은 흰 꽃들이 펼쳐진다.

영산, 부모님과 형제자매들과 친척들이 묻힌 그 언덕이 보고 싶었다. 가족은 갈호가 돌아와 치른 장례 덕에 모두 묻힐 수는 있었다. 갈호는 얼어붙은 대지에 버려진 부모님과 숙부 부부, 형제자매들의 시신을 수습하고 장례를 치렀다. 갈호가 당시 살랍의 군에 있었다는 것을 감안하면 목숨을 걸고 온 것이다. 그때 무슨 일이 있었는지 듣지는 못했다. 그저 여환이 그냥 치르게 해줬을 리 없다는 생각만 했을 뿐. 영영 헤어질 거라 생각했던 갈호를 이렇게 다시 만나게 될 줄 누가 알았겠는가. 아니, 봄의 호련은 이런 여름을 보낼 수 있을 거라 상상해 본 적조차 없었다.

어느새 익숙한 지평선이 보이기 시작했다. 영지가 백산 사이로 연기처럼 보였다. 떠날 때는 말라 사막처럼 버스럭거렸지만, 지금은 온통 푸르게 풀로 뒤덮여 있었다. 부풀어 오른 검은 강이 검게 소용돌이치며 흐르고 있다.

저곳을 다시 찾기를 바란다.

언제고 돌아올 수 있기를, 그때는 대지가 더 아름답기를 바란다. 옆에 있는 이 남자와 함께 어머니, 아버지에게 알릴 수 있기를 바란다. 그리고 다시 시작할 수 있기를. 강탈당했던 해만큼 돌려받을 수 있기를 바란다.

하지만 지금은 아니다.

지금 저곳은 호련의 땅이 아니다.

"……돌아가자."

호련은 태괄을 보며 말했다.

"더 오래 있고 싶은 줄 알았는데."

"조금만 더 있으면 나…… 못 떠나. 그러니 가자."

더 지체할 수는 없다는 생각에 호련은 말 머리를 돌리려 했다.

그때, 숲 근처에 검은 들개들이 모여 있는 것이 보였다. 무리는 나무들 아래에 몰려 있었다. 개들은 나무 아래 드리워진 것을 주둥이로 툭툭, 치다 뛰어올라 물었다. 몇 마리가 대롱대롱 매달렸다가 버티지 못하고 아래로 떨어졌다. 그들 입에 옷자락이 물려 있었다.

호련은 그제야 나무 아래마다 무언가가 걸려 있는 것을 발견했다. 개들이 뛰어오를 때마다 그것이 크게 흔들렸다.

호련은 나무로 말을 몰았다. 태괄이 그 뒤를 따랐다. 호위하던 무사들도 같이 말을 몰아왔다.

그때, 맞은편에서 검회색 말이 튀어나왔다.

갈호였다. 그가 두 손을 저으며 고함을 질렀다.

"오지 마!"

달려오는 갈호의 속도가 빨라졌다. 호련은 그의 정면에서 방향을 틀어 숲으로 달려갔다. 갈호는 호련을 놓치자 더 크게 고함을 질렀다.

"가면 안 돼! 호련, 멈춰!"

호련은 멈추지 않고 말을 몰았다. 갈호가 그 뒤로 쫓아왔다.

"멈춰! 보면 안 돼—!"

그러나 그럴 수 없었다. 등 뒤로 태괄이 달려왔다. 태괄은 갈호보다 더 빠르게 가까워졌다. 금방이라도 낚아채일 것 같았다. 그래도 호련은 멈추지 않았다.

동시에 엄청난 악취가 머리를 덮었다. 여태 풍겨오던 온갖 풀 냄새와 꽃향기를 단번에 휘어잡는 악취였다. 부글거리는 파리 날갯짓 소리가 들렸다.

호련은 말을 멈추고 내려 달려갔다. 나무에 사람이 걸려 있었다. 나무둥치 위에 피가 검게 말라붙어 있었다.

호련은 고개를 들었다. 목이 잘린 시체가 나무에 걸려 있었다. 그 손목도 잘려 있었다. 다리는 들개가 들러붙어 뜯어갔다. 그 옆에 머리카락으로 나뭇가지에 묶인 머리가 매달려 있었다.

"아……."

호련은 끓어오르는 통곡을 참으며 고개를 돌렸다. 옆에 다른 시체가 매여 있었다. 아니, 온 나무마다 시체가 매여 있었다. 그 옆마다 그들의 잘린 머리가 걸려 있었다. 머리카락으로 단단히 묶인 머리들이 일그러진 채 허공을 보고 있었다. 파리 떼가 그 위에 가득했다.

"아……!"

강한 팔이 어깨를 잡았다. 호련은 그대로 그 안으로 무너져 통곡을 터뜨렸다.

가장 먼저 발견한 시체의 주인을 안다. 단륭이다. 그 옆에 있는 자들은 모두 각족이었다. 호련이 두고 온 각족의 무사들이다.

경악과 충격이 온몸을 휩쓸어갔다. 피가 사라지고 몸이 얼어붙는다.

태괄은 호련의 머리를 안아 가슴으로 당겼다.

이 끔찍한 시체의 숲을 만든 장본인이 누군지, 태괄은 누가 말해주지 않아도 알 것 같았다.

머리가 아찔해진다. 벼랑 너머에 있는 거대한 악령을 본 기분이었다.

미친놈.

자기 뱃속을 긁어내서라도 분노를 보여주고야 마는 놈이었다.

이 제대로 미친 놈!

호련의 몸이 격렬하게 흔들렸다. 고통의 흐느낌과 울부짖음을 들으며, 태괄은 이를 악물고 힘을 주어야 했다. 도저히 견딜 수 없는 울음이었다. 이걸 견디느니 차라리 제 살을 녹이고 싶은, 그런 고통이었다.

이 미친놈이!

다시 속에서부터 분노가 긁혀 올라온다.

이 자식, 정말 죽이지 않으면 안 되는 놈이다. 세상에 없어야 하는 놈이다.

태괄은 호련의 몸을 안아 들었다. 힘이 다 빠져나가 종이 같은 몸이 그의 품에 안겼다. 태괄은 호련을 안고 달리며 외쳤다.

"모두 돌아가! 어서—!"

"더 이상은 안 됩니다."

대오는 막아섰다.

이게 그가 할 일이었다. 왕자 성격은 전장에서 익히 보아와서 안다. 그러나 그건 전쟁이었다. 여환이 무슨 명령을 내리든 그건 전사와 전사의 일이지 사람의 일이 아니었다.

하지만 이건 아니다. 전쟁이 아니다. 형벌조차 아니다.

"이건 아닙니다. 절대로 해서는 안 되는 일입니다. 저번 일까지는 핑계가 있었습니다. 무사들의 반발을 항명으로 간주할 수는 있었습니다. 하지만 더 이상은 안 됩니다!"

대오의 격렬한 반응에 여환이 노려보았다. 대오는 이미 피바다가 된 연무장을 차마 볼 수 없었다.

사흘 전, 여환은 항명을 이유로 각의 무사들을 처형했다.

그들은 그저 각출에 대해 항의하러 왔을 뿐이다. 아무리 왕명이라지만 그걸 다 내놓으면 겨울을 지내는 데 문제가 생긴다, 이미 충분히 힘들었는데 더 이상은 곤란하다, 여태 바친 걸로 참아달라, 무엇보다 아가씨가 없는 상황에서 이렇게 할 수는 없다는 것이었다.

"항명인가?"

대오가 흠칫 놀랐다. 무사들 역시 조금 긴장했다.

여환은 담담하게 말했다.

"전시에 항명이니, 즉결이다."

너무 황당하고 갑작스러워 당사자인 단륭조차도 그게 농담인 줄 알았다. 심지어 명령을 받은 능고군조차 가만히 있었다.

"처형해."

그리고 그 뒤를 이어 나온 명령은 경악을 넘어 대오조차도 왕자님이 미쳤다고 생각했다.

"시체를 추방한다. 강 너머 산에 이놈들의 목과 시체를 매달아라. 팔을 잘라 죽어서도 검과 활과 고삐를 잡지 못하게 해라."

모두 정말 농담인 줄 알았다. 농담치곤 좀 섬뜩하긴 했지만, 다들 '그러기 싫으면 내놓으라는 것을 내놓아라' 는 말이 이어질 줄 알았다. 그래서 모두 가만히 있었다.

여환이 일어나 직접 단륭의 목을 쳐버릴 때까지, 그 피가 바닥으로 쏟아질 때까지, 다들 그게 농담인 줄 알았다.

갑자기 펼쳐진 피바다에 대오조차도 얼어붙었다. 여환이 정말 검을 뽑았다는 것을 깨닫는 것만도 한참이 걸렸다.

"왕자님?"

여환의 검이 능고의 무사를 향했다. 경악한 무사들이 뒤로 물러났다.

여환이 말했다.

"당장 시행해라, 옆에 사이좋게 걸리기 싫으면."

무사들이 다 얼어붙기 시작했다.

"어서."

그리고 여환은 정말 다 처형할 때까지 앉아 있었다. 당사자인 각족은 완전히 공포에 질렸다. 그다음은 항명도, 항의도 없었다. 겁에 질린 각족은 여환이 내놓으라는 것을 내놓았다.

거기까지는 전쟁을 앞에 둔 여환이 엄하게 군율을 단속한 거라 여길 수 있었다. 이해할 여지가 조금은 있었다.

그런데 지금, 여환은 아무 항의도 하지 않은 무사 중 다섯을 죽이라 명하고 있었다.

"대체 왜요!"

"모은 다음 제비뽑기를 해라. 반드시 다섯 명 채워."

"안 됩니다! 죄가 없이 죽여서는 안 됩니다. 각족이 동요하면 지금 왕자님에게 맹세한 모든 부족들이 동요하게 됩니다! 여긴 폐하의 재산입니다. 폐하의 것이라고요! 왕자님이 멋대로 망칠 수는 없는 거란 말입니다! 대체 왜 이러시는 겁니까!"

"저들의 주인이 돌아와야 하니까."

이건 또 무슨 소리야?

대오는 깊게 숨을 끌어 올린 뒤 고함을 질렀다.

"호련 아가씨는 지금 저기 저 살랍에 억류되어 있고, 그곳에 간 것은 여환 왕자님의 책임이지 아가씨 책임이 아닙니다! 지금 그 왕자의 아내가 되었다 하더라도, 책임은 왕자님이란 말입니다! 차라리 아무 일도 아니라는 듯이 넘어가요! 그게 최선입니다!"

"돌아와야 한다."

"대체 그 아가씨가 무슨 잘못을 했기에 이러십니까! 아니, 아무리 잘못했다 하더라도 겉으로 드러난 죄는 없습니다. 왕자님이 직접 그분과 담판을 짓고 정할 일이지, 각족의 멀쩡한 백성들을 죽일 이유는 없습니다!"

"아니, 이곳은 그 아이 것이지."

"왕자님!"

"명령대로 해라."

"못합니다. 항명합니다."

"그럼 너도 죽는다. 너와 아무 상관도 없는 자들을 위해 죽겠다는 거냐? 아니면 내가 차마 너를 죽이지는 못할 거라 생각하는 거냐?"

"차라리 왕자님이 직접 아가씨를 끌고 오십시오! 왕자님이 구하라고요!"

대오는 고함을 지르고 주먹으로 책상을 후려쳤다. 그러나 그런 대오를 보는 여환의 눈은 담담했다.

"차굴란을 불러와라."

무슨 일을 하려는지 알아챈 대오가 고개를 저었다.

"그는…… 안 됩니다. 그만하세요, 왕자님."

"불러와라. 어서!"

대오가 전하기도 전에 여환이 문을 열었다. 밖에 있던 무사가 여환의 말을 듣고 자리를 떴다. 그러나 온 것은 차굴란이 아닌 그 부관이었다.

"저기, 차굴란 님은 출타 중이십니다. 족장님이 편찮으셔서 급히 자리를 비우신다고……."

"왜 보고도 하지 않고 간 거냐!"

"정말 급한 일이라고 하셨습니다. 돌아오시는 대로 보고하겠냐고, 그래서."

대오가 막아섰다.

"차굴란도 없습니다. 그러니 그만두십시오. 제발요."

"거기서 계속 불평할 거면 나가라."

대오는 이를 갈아붙였다.

"안 됩니다."

"나가!"

더 버틸 명분이 없는 대오는 결국 고개를 숙였다. 더 이상 말릴 방도가 없고, 적어도 이기기만 하면 이 일도 넘어갈 수 있었다. 전장에서의 여환은 항상 대오를 전율하게 했다. 오만한 연위국조차도 여환을 초원의 별이라 불렀다. 여태 여환이 전쟁을 하며 벌인 일이 아무리 잔인하다 할지라도 그 눈부신 승리 앞에 다 흐려졌다.

그런데 지금은 모르겠다.

균열이 보인다.

바위는 몇 번 깨어지고 금이 갈 수도 있다. 거칠어질 수도 있다. 바람을 맞을 수도, 비를 맞을 수도 있다. 아무리 그리 두들겨 대도 바위는 바위다. 그러나 옥은 아니다. 균열이 가는 순간 옥은 이제 옥이 아니라 돌덩어리가 될 뿐이다.

"왕자님, 이번에야말로 이기셔야 할 겁니다. 절대 져서는 안 될 겁니다!"

여환은 아무 말도 하지 않았다. 대오는 밖으로 나갔다. 그렇게 대오가 나가자 여환은 차굴란의 부관에게 말했다.

"살랍군에 네 동족이 있지?"

"네?"

"예전에 각족 족장과 그 가족의 장례를 치를 때, 차굴란이 아는 여자의 아들이라 봐달라고 해서 봐준 놈 말이다. 족장의 양자이자, 그 서출 형의 아들."

흉맥족 전사의 얼굴이 흐려졌다.

"저기, 아는 여자의 아들인 게 아니라, 이복 여동생의 아들이었습니다."

"그놈에게 연락할 수 있나?"

"가능은 합니다."

"당장 불러라."

"차굴란 님이 안 계십니다. 그에게 무언가 전할 수 있는 건 차굴란 님뿐입니다. 우리들이 뭐라 말해도 안 들을 겁니다."

"해라."

"그……."

"해."

부관은 고개를 숙였다.

"알겠습니다. 하지만 기대는……."

"오게 해!"

숨이 시커멓게 막힌다. 어떻게 돌아왔는지 기억도 나지 않는다.

정신이 들었을 때는 이미 밤이었고, 정신이 들자 무엇을 보았는지도 기억났다.

다시 눈앞이 캄캄해졌다. 앞뒤 분간할 수 없는 암흑이 찾아온다. 막막하면서도 당장 무엇을 해야 하는지 간신히 생각났다.

"가야……."

호련은 태괄의 팔을 잡았다.

아무것도 보이지 않지만 앞에 태괄이 있다는 것만은 알겠다. 그가 여기까지 데리고 오기 직전까지는 기억난다. 다만, 왜 이 막사에 있는지, 왜 그가 있는지, 그게 기억나지 않을 뿐이다.

"가야 해…… 거기 놔둘 수는…… 그렇게 수치스럽고 비참하게 놔둘 수는 없어! 제발, 가게 해줘. 제발……!"

"내가 알아서 할게."

"불쌍한…… 불쌍한 단륭……."

떠나오기 전에 단륭이 어떤 표정이었더라?

기억날 리가 없다. 호련은 내내 그를 보지 못했다. 그의 눈에서 동정과 슬픔을 읽으면 견딜 수 없을 것 같았다. 그러나 그때의 호련은 속 안에 들어 있는 생각이 무엇인지 도저히 내보일 수 없었다.

미안, 여환에게는 아무것도 내줄 수 없어. 너한테는 내 몸도, 순결도 소중할 테지만, 나는 어디에 가져다 버리든 간에 여환에게 주고 싶은 생각은 없어.

돌아가 다시 그를 만나면 꽤 긴 이야기를 해야 할지도 모른다고도 생각했다.

그러나 그리도 참혹한 모습이 되어 있을 거라곤 상상해 본 적도 없었다. 대체 며칠이나 그렇게 비참하게 매달려 있었단 말인가. 대체 얼마나 오래 그리도 큰 수치를 당하고 있었단 말인가. 그건 주인이나 가족을 죽인 자에게나 내려지는 형벌이다. 그러나 단륭은 명예로운 무사였다. 그와 같이 죽은 자들도.

다시 눈물이 흐른다. 눈물과 함께 영혼이 같이 흘러나오는 것 같았다. 눈물이 눈물이 아니라 피가 흐르는 것 같다.

태괄이 호련의 머리를 쓸어주고는 일어났다.

"내가 알아서 할 테니…… 기다려."

호련이 태괄의 옷자락을 잡았다. 태괄은 호련의 손등에 손을 얹고 꽉 잡았다.

"내가 해줄게."

호련의 손에 힘이 빠졌다. 머리가 아득해지며 다시 눈앞이 캄캄해진다. 태괄이 호련을 조용히 안았다. 태괄은 호련 자신도 자신의 몸이 이렇게 작은 줄 모를 정도로 깊고 단단하게 안으며 말했다.

"조금만 참아. 다 해줄 테니까."

기억이 다시 캄캄해졌다가 정신이 들었을 때는 이미 새벽이었고, 옆에는 찬눈이 있었다. 찬눈의 손이 호련의 머리를 쓸어주었다. 그러나 호련은 아무 말도 하지 않았다. 언제부터 여기 있었느냐고 묻지도 못했다.

잠이 든 것도 아니었다. 기억이 컴컴하게 끊어졌다가 돌아오고 다시 컴컴해졌다가 돌아올 뿐이다. 태괄이 나간 이후로 멍하니 앉아만 있던 것이다.

가족을 모두 잃었을 때 거의 한 달간 이랬다. 그 후로도 기억이 알아채지도 못하는 순간순간 끊어지곤 했다. 시간이 지나긴 지났는데 대체 어떻게 그 시간을 보냈는지 기억나지 않는다. 어느 날 정신 차려보면 이틀이나 지나 있기도 했다.

호련은 일어나 막사를 나갔다. 앞이 캄캄한데도 걸어갈 수는 있었다. 호련은 말을 찾았다. 태괄의 수하가 말을 데려다 주자 호련은 처음 말을 보는 듯 고삐를 당기고 멍하니 보다가 올라탔다.

주둔지를 나가자 불빛이 보였다. 호련은 그 횃불들을 향해 달려갔다. 불빛 사이로 시신들을 보았다. 시체의 악취와 채 떨쳐 내지 못한 파리 떼가 들썩이는 소리가 들렸다.

호련은 말에서 내려 무사들의 시신을 보았다. 새벽 미명 아래에서 그녀는 허리의 검으로 누가 누구인지 알아냈다.

어디 사는 누구, 누구의 아들 누구, 누구의 남편이자 아버지인 누구…… 하나하나 짚어내고 마치자 다시 눈앞이 캄캄해졌다.

아버지의 땅이고, 아버지의 전사들이다. 이들이 어린 시절부터 아버지는 이들을 전사로 지명하고 무사로 키웠다. 이들에게 명예를 준 것도 아버지고, 전사의 이름을 준 것도 아버지였다.

가족을 잃고 버틸 수 있던 것도, 이들이 언제고 아버지의 후손에게 충성할 수 있기를 바라서였다.

그런데 이게 뭔가. 유일한 상속자는 이들을 지켜주지 못했고, 이들은 치욕 속에 살해당하고 버려졌다.

태괄이 다가왔다. 그제야 앞이 보이기 시작했다. 어두운 새벽하늘일망정 보였고, 흐릿한 불빛일망정 보였다.

볼을 타고 눈물이 흘러내렸다. 태괄이 한숨과 탄식과 함께 호련의 머리를 안았다. 호련은 그 품에 안겨 조용히 흐느꼈다.

제발, 이것만으로 끝나기를 바라지만, 끝나지 않을 것이다.

여환이 또 무엇을 할지 모르겠다. 무엇을 요구할지, 무엇을 부수어 버릴지.

멀찍이 있던 갈호의 매가 놀란 듯 고함을 지르더니 날아올랐다. 지평선 너머에서 검은 매가 화살처럼 빠르게 날아와 갈호를 향해 내리꽂혔다. 갈호가 손을 들었다. 몸집이 작은 매는 그 팔에 가볍게 앉았다. 태괄이 호련의 팔을 잡아 누르며 갈호를 보았다.

"뭐냐?"

"흉맥족들의 매입니다."

갈호는 매의 다리를 보았다. 다리에 편지가 매여 있었다. 갈호는 태괄 앞에서 그 통을 뽑아 안에 든 쪽지를 꺼냈다. 내용을 읽어 본 갈호의 얼굴이 굳었다.

"능고군에 있는 흉맥족들이 보낸 겁니다."

"뭐라 하는데?"

"여환 왕자의 말…… 입니다. 저더러…… 오라고 합니다."

"어디로?"

"각의 영지로."

호련의 어깨가 굳었다.

"대체 왜 부르는 거냐?"

"전할 말이 있다고 합니다. 저에게 직접…… 적힌 건 그것뿐입니다. 무엇 때문인지는 모르겠습니다. 아무 말도 적혀 있지 않아요."

"내놔봐라."

태괄은 손을 내밀었다. 갈호는 받은 쪽지를 태괄에게 주었다. 태괄이 펼쳐 봤지만, 흉맥족 글자라 태괄에게는 새 발자국 비슷하게 보였다.

"그놈의 명령이라고?"

태괄은 고함이 나오는 것을 참으며 말했다.

"네."

"너에게 할 말이 있는 게 아니라 너더러 전하라는 말이 있는 거겠지."

"아마도 그렇겠지요."

"그가 너에 대해서는 어떻게 아는 거냐?"

"가족의 장례를 치르기 위해 갔을 때 만났습니다. 서출인 저를 굳이 죽일 필요는 없다고 판단한 듯 장례를 치르도록 해주었습니다. 그때 알게 되었습니다. 제가 살랍에 있다는 것도, 또 제 어머니가 흉맥족이라 언제든 여환의 흉맥족들과 연결될 수 있다는 것도요."

태괄도 산악족들이 어떤 식으로 일족을 움직이는지는 알고 있었다. 타향살이를 해도 같은 산에서 태어난 자들끼리 긴밀히 연결된다. 가잔이든 흉맥이든.

"건방진 놈."

씹어 뱉듯이 나왔다.

"여환은 지금 내 코앞에서 나를 거치지 않고 호련에게 전할 말이 있다고 알리는 거다."

갈호는 아무 말도 하지 못했다.

태괄은 제대로 화가 치밀었다. 납경에서 내내 시작된 불쾌감이 다시 가시를 뽑아내고 있었다.

"그는 지금 나와 싸운다는 생각조차 없어. 지금 그의 적은 호련이지, 내가 아니야!"

지금 여환의 행동 하나하나가 어처구니없을 정도로 시건방진 짓이다. 아무리 빛나는 무훈의 소유자라 할지라도, 전쟁을 앞둔 지금 상황에서 상대방을 아예 돌 취급 하지 않는 한 이 정도로 나댈 수는 없다.

하긴, 그놈은 처음부터 이랬다.

처음 이 서부로 군대를 몰아왔을 때도 그랬고, 두 번째 교전이 있을 때까지 그는 태괄을 아예 무시했다. 아니, 두 번째 교전이 끝난 지금도 무시하고 있다.

여환이 살아온 길을 들여다보면 이해 못할 바는 아니다. 여환이 싸웠던 적장들은 그 앞의 인생이 어떠했든 간에 죄다 여환에게 지거나 죽거나 둘 중 하나였다.

쉽고 완벽하게 이겨낸 대상들만 보아온 여환에게, 태괄 역시 마찬가지였던 것이다. 그놈은 자신이 질 수도 있다는 것을 생각조차 하지 않고 살아온 자다. 태괄에게 패할 때도 자신이 패배하는 줄도 모르고 있었다. 오히려 태괄이 저놈이 왜 아직 퇴각도 안 하고 저러고 있나, 궁금했을 정도였다.

그리고 그 여환은 지금 적장인 태괄보다 호련에게 더 집착하고 있다. 태괄이 그에게 그저 적진에 있는 적장일 뿐이라면, 호련은 적, 그 자체였다. 그의 약혼녀였을 때도 그랬고, 태괄이 호련을 데리고 갔을 때도 그랬고, 태괄의 아내가 된 지금도 그렇다. 그는 단 한순간도 호련을 포기하지 않고 진득하게 괴롭히고 있었다.

뭐 이런 자식이 다 있는지 모르겠다.

전쟁은 어차피 자기가 이길 거라, 일도 아니니 신경 안 쓴다는 건지.

"그에게 호련은 대체 뭐냐? 전쟁은 나와 그놈이 해야 하는데, 그는 내가 아니라 호련을 향해 싸움을 걸고 있어."

"그건…… 아마도 여환 자신도 모를 겁니다."

태괄은 더 물어볼 수는 없었다.

여환 자신도 모르는 걸 갈호가 알 리는 없다.

"서찰 적어줄 테니 다녀와."

"네?"

"너는 여환이 불러서 가는 게 아니라, 내 명령으로 가는 거다. 주둔지 근처에 시신을 버린 이유에 대해 물어보러 내 심부름으로 가는 거다."

갈호가 이해를 못하고 물었다.

"왜 굳이……."

"그러면 적어도 너에게는 손대지 못할 거다. 물론 이대로 간다 하더라도 그놈은 네 목숨은 남겨둘 거다. 말을 타고 갈 다리 두 개는 남겨둘 테지. 하지만 굳이 붙여주지 않아도 될 부분까지 붙여줄지는 의문이다. 그러니 반드시 깃발을 가지고 가!"

여환은 상황이 예상과는 좀 다르게 다가오자 언짢았다.

차굴란의 부관은 반나절 만에 여환이 원하는 놈을 여환 앞에 대령해 주기는 했다. 그건 마음에 들었지만, 청년이 들고 온 깃발은 마음에 들지 않는다.

여환은 지평선 너머에서부터 그 깃발이 오는 것을 보았다. 푸른 늑대의 깃발, 내내 주변에 얼쩡거리며 그를 불쾌하게 하던 바로 그 애송이의 깃발이다.

"전령입니다."

대오는 깃발을 보며 안도의 한숨을 내쉬었다. 차굴란의 부관 역시 안도한 듯 표정이 부드러워졌다. 상황에 언짢아진 건 여환뿐이었다. 그러나 자신이 태괄 몰래 오라는 말을 덧붙이지 않았다는 사실은 인정하기로 했다.

"데리고 와라."

부관이 신호를 보내자 마을 입구, 무사들의 연무장 앞으로 청년이 말을 몰아왔다.

청년은 마을 앞에 세워져 있는 무사들을 둘러보았다. 또 마을 입구에 새로 세워진 형벌대에 묶여 있는 어린 소년도 보았다. 열두엇 정도밖에 안 된 아이는 지쳐 고개도 들지 못하고 있었다.

갈호는 말에서 내려 깃발을 든 채로 왔다.

"왕자님의 말씀을 전합니다."

청년의 말은 담담하고 고요했다.

여환은 청년의 눈을 보았다.

기억난다. 바로 저 눈 때문에 아직 기억하고 있었다. 저 새파랗게 빛나는 눈이 아주 특이했다. 도깨비나 악령의 눈동자 같았다. 청년이라기보다는 아이 같은 얼굴로 와서는 족장의 장례를 치르게 사람들을 모아달라고 했다. 당시에는 대오가 동부에 있어서 그런 상황이 되면 옆에서 이러저러하니 이게 더 낫다고 말할 사람은 없었다.

여환은 잠시 생각했었다. 치르게 하는 게 나은지, 아니면 그대로 놓아두는 게 나은지. 다만, 저대로 족장 가족들의 시체를 썩어 없어지게 놓아두면 여환이 그들의 죽음에 방조하거나 도움을 주거나 손수 했다는 의심을 더 부풀릴 거란 건 알았다. 필요성은 알았지만 누굴 시켜야 할지 몰라서 가만히 있었을 뿐이다.

그런데 신경 쓰이는 건 청년의 눈이었다. 새파랗게 빛나는 눈으로 여환을 보고 있었다. 여환은 결론을 내렸다. 장례는 다른 사람을 시키고 이놈은 죽이는 게 낫겠다.

정말 지독한 살의다. 전장에서 수많은 살의와 부딪혔던 여환이지만, 그 정도 시퍼런 살의는 처음이었다. 부족장의 양자이자, 족장의 손자. 어차피 서출이라 재산권은 없지만, 저 정도 살의를 품고 있다면 무슨 짓이든 할 것 같았다.

여환이 손을 들자 수하들이 달려와 청년을 붙잡았다. 호리호리한 청년은 사냥당한 사슴처럼 붙들려 바닥에 무릎 꿇렸다. 그러나 여환은 청년의 손 아래로 단도가 나오는 것을, 청년이 무사들을 보며 틈을 벗어날 순간을 재고 있다는 것을 알았다. 아마도 저 청년은 무사들의 손에서 벗어날 수 있을 것이다. 그리고 달려와 도약한 뒤, 바로 여환의 목을 노릴 것이다. 여환은 그 순간에 죽일 생각이었다.

그때, 뒤에서 고함 소리가 터졌다. 큰 새가 날아오른 듯 엄청난 속도로 누군가가 달려와 청년의 머리를 짓누르고 단도로 무사의 검을 막았다. 겉으로는 청년의 목을 자르는 것을 막은 것이지만, 실제로는 청년이 여환을 향해 검을 휘두르는 것을 막은 것이었다.

당시 그는 차굴란이었다.

"살려주십시오. 제 여동생의 아들입니다."

그리고 차굴란은 더 손에 힘을 주었다.

"제발 부탁드립니다."

여환은 봐주기로 했다.

차굴란은 저 청년의 동생 중 하나가 살아 있다는 것을 알려줄 테고, 소녀가 인질이 된 이상 저 청년 역시 다시는 여환에게 덤비지 않을 거란 것도 알았다. 그리되면 군이 죽일 필요는 없겠다 싶었다.

"오랜만이군."

여환의 말에 갈호의 눈이 더 퍼렇게 빛났다. 그러나 그는 검을 뽑지도, 아니, 움직이지조차 않는다.

여환은 어차피 이놈이 전령이라 손을 댈 수 없으니 알아서 움직이기를 바랐다. 네가 직접 내게 검을 휘두른다면야, 그 계집애도 그 애송이도 별말이 없겠지.

그러나 갈호는 움직이지 않았다.

"일단, 내가 전할 말은 간단하다. 그 아이더러 여기로 오라고 해라."

갈호는 아무 말도 하지 않았다.

"당장 오라고 해."

갈호는 역시 아무 말도 하지 않았다. 알겠다고 하든지, 그건 곤란하다 하든지, 아무것도 없다. 듣기는 들었으니 뭘 더 바라냐는 눈빛만 보낸다.

여환은 그냥 보내주면 곤란하다는 생각이 들었다. 여환이 손짓하자 부하가 달려와 갈호의 목 뒤를 잡았다. 그리고 바로 힘을 주어 무릎을 꿇게 했다. 대오가 나서며 말했다.

"왕자님, 뭘 하시려고!"

"죽이지 않으면 되는 거 아닌가. 나는 손 하나 대지 않을 것이다."

그리고 옆의 다른 무사에게 명령했다.

"각족 무사들을 데리고 와라. 저놈 양옆으로 세워둬라."

갈호의 눈이 다시 퍼렇게 빛났다. 몸을 일으켜 세우려 했지만,

갈호를 붙잡은 무사의 손에 힘이 들어갔다. 갈호가 어떻게든 몸을 일으키려 했지만, 억센 팔이 갈호의 몸을 확 눌러 바닥에 붙였다. 갈호의 팔은 뒤로 젖혀져 바로 허리에 붙여 눌렸다.

고개를 든 갈호의 눈은 이제 푸른 불꽃이라도 튀어 오를 것 같았다.

여환은 기다렸다. 어서 일어나 나를 찔러봐라. 그러나 갈호의 눈은 자신을 잡은 무사의 팔을 향하며, 만약 위해를 가할 시 벗어날 방향만 잡고 있을 뿐이었다.

"호련에게 제대로 전해라. 당장 여기로 오라고 말이다. 목숨을 걸고서라도, 다리가 부러지더라도 여기로 오라고. 네가 오지 않으면, 그럴 때마다 이렇게 될 거라고 말이다."

갈호가 고개를 들려 하자 다시 짓눌렸다. 그 어깨가 떨렸다. 틀어잡힌 목덜미가 붉게 물들어갔다.

갈호의 양옆으로 각족 무사들이 끌려와 바닥에 짓눌렸다. 갈호가 드디어 고함을 질렀다.

"그만해!"

갈호의 눈이 여환을 향했다.

"그만하라고! 전할 테니…… 그러니 하지 마!"

여환은 담담하게 갈호를 보았다. 아직은 아니군. 덜 끓어올랐어.

무사들을 죽인다면야 확실한 경고가 될 테지만, 저놈의 팔다리를 하나라도 끊어서 보낸다면 그야말로 그 계집애는 즉각 달려올 텐데.

"그래, 잘 보고 전해줘라."

순간, 갈호의 양옆에 있는 무사들의 목이 떨어졌다. 튄 피가 갈호의 머리와 어깨를 적셨다. 갈호가 고개를 숙이고 으르렁거렸다. 여환이 손짓하자 갈호의 머리가 잡혀 뒤로 젖혀졌다. 양 볼과 목이 피투성이가 된 채로 갈호가 숨을 헐떡였다. 퍼렇게 빛나는 눈은 이제 보는 사람조차 섬뜩할 정도였다.

"네가 오지 않으면 다 죽일 거라고, 시체가 너를 반기는 걸 보고 싶지 않다면 여기 오라고 말이다."

그리고 손을 놓게 했다.

갈호가 숨을 헐떡이며 일어났다. 비틀거리는 몸은 완전히 피투성이였다. 당장 달려와 검이라도 휘두르길 바랐지만, 갈호는 차분하게 말했다.

"그걸로 끝입니까?"

여환은 실망스러웠다.

참는 거냐? 덤벼야지. 왜 그냥 가는 거냐.

제대로 끌어내지 못한 자신이 참 실망스럽다. 이 정도면 될 거라 생각했는데, 모자랐나?

"그래, 끝이다. 당장, 오늘이든 내일이든 오라고 해라. 하루에 다섯이다. 내일이면 다섯이고, 모레면 열이고, 다음날이면 열다섯이 되겠지. 숫자는 네 발걸음이 얼마나 빠르냐에 따라 달려 있으니, 알아서 하라고 해라. 장소는 백산 어귀다. 어디인지는 그 아이도 잘 알겠지. 되었나?"

"……가겠습니다."

왜 와야 하는 거냐고, 데리고 오면 어떻게 할 거냐고도 묻지 않는다.

갈호는 천천히 돌아서다가 처형대에 묶여 있는 소년을 보았다.

"저 아이는……."

"항명했다. 제 아비의 죽음이 억울하다 했다. 억울한 일이 아니라고 했더니 다시 억울하다 하길래, 저리해 뒀다."

"풀어주십시오."

갈호가 갈라진 목소리로 말했다.

"부탁드립니다. 어린아이입니다. 아직……."

여환은 손짓을 했다. 무사가 아이에게 다가가 도끼를 들고 아이의 머리를 잡아 올렸다. 다음 순간, 그 도끼가 아이의 목을 찍어냈다. 신음과 비명도 없이 그 목이 끊어졌다. 피가 쏟아지고 아이의 몸도 늘어졌다.

갈호의 눈이 커졌다. 턱에 힘이 들어가며 드디어 으드득 소리가 나왔다. 손이 떨리며 검을 향했다. 여환은 무심히 보았지만 그 손은 기어코 내려갔다.

여환이 말했다.

"가지고 가라."

"……."

"가서 보여줄 사람에게 보여줘라."

여환이 명령하자 부하가 그 머리를 가죽 주머니에 넣어 갈호에게 주었다. 갈호가 받지 않자 여환이 말했다.

"그게 마음에 들지 않으면 마음에 들 만한 게 나올 때까지는 잘라줄 수 있다."

갈호가 손을 뻗어 주머니를 낚아챘다. 그러나 돌아보지 않았고, 그 손도 다시는 검을 향하지 않았다.

여환의 말을 제대로 전할지, 저 목을 전할지도 모르겠다. 게다가 저놈을 팔다리에 손가락까지 다 붙여서 보내는 것은 역시 싫다. 일을 제대로 마치지 못한 기분이다.

대오가 기가 막혀 여환을 보았다. 여환은 대오가 뭐라 말하려는 것을 더 듣지 않고 돌아섰다.

"왕자님, 저기……."

"흉맥족들과 알아서 해라."

"네?"

"차굴란이 돌아오는 대로 그에게 일을 맡겨라. 능고군은 이제 빠진다."

"왕자님!"

갈호는 이틀 뒤 해가 뜰 무렵 살랍의 주둔지로 돌아갔다. 누웅이 갈호를 맞이했다가 보자마자 기겁했다. 팔다리는 다 붙어 있었지만 머리카락과 목덜미는 피투성이였고 손에 든 가죽 주머니에서는 역한 피 냄새가 풍겨왔다.

"야, 너!"

"안 다쳤어."

"다행이다."

"화는 내더라. 팔 하나 자를 수 없어서."

갈호가 웃었고, 덕택에 누웅은 얼굴이 창백해졌다. 갈호는 가죽 주머니를 내려놓았다. 누웅이 그것을 열어보았다가 사람 머리카락을 보자마자 얼른 닫았다.

갈호는 나와 있는 호련을 보았다. 그 목의 얼굴을 알아본 호련이 눈을 감으며 고개를 돌렸다. 갈호는 말을 아꼈지만 무슨 일이 벌어진 건지 짐작하는 건 어려운 일이 아니었다.

호련은 갈호의 목 뒤에 난 손자국을 보았다.

"들어와."

호련이 간신히 말하며 돌아서 막사로 들어갔다. 갈호는 목을 놓고 성큼성큼 걸어왔다.

태괄이 기다리고 있었다. 갈호는 다른 참모나 지휘관은 없는지 둘러보았지만, 아무도 없었다.

지금 태괄은 이 일을 아직은 왕자 개인의 일로 묻어두고 있는 것이다. 갈호는 다행이라 생각하며 말했다.

"왕자님만 있는 곳에서 말씀드리고 싶습니다만……."

호련은 고개를 저었다.

"각은 내 영지야. 내 사람들이야! 알 권리가 있어."

호련의 얼굴이 점점 더 창백해져 갔다.

차마 뭐라 말할 수 있겠는가.

"내게 비밀로 하지 마. 무슨 일이 있었어?"

"내 앞에서 다섯 명을 처형했다."

"이번에는 누구야!"

"누군지는 몰라. 얼굴을 가리고 있어서. 내일 또 한다고 했다."

"대체…… 대체 뭘 원하는 거야……!"

갈호는 굳은 얼굴로 호련을 보았다. 호련은 고개를 저으며 울먹였다.

"제발 말해줘! 뭐든 하겠으니, 제발 죽이지만 말라고 해."

"돌아오라고."

"뭐?"

"너더러…… 돌아오라고 했다."

호련의 얼굴이 하얗게 변했다. 갈호는 호련의 어깨너머에 있는 태괄의 눈이 싸늘해지는 것을 보았다.

"나를?"

호련이 떨리는 목소리로 되물었다.

"그래."

"그게 말이 되는 소리냐?"

태괄이 말했다. 이 갈리는 소리도 섞여 있다.

"이 미친놈이."

"네, 그는 미친 거 맞습니다. 그런데 그 미친놈 손에 군대가 있습니다. 그는 이미 마을 몇 개를 학살한 전력이 있습니다, 왕자님. 자신의 적과 동맹을 맺었던 부족은 빼고도."

갈호는 이마를 쓸어 올렸다. 손등도 피투성이였다.

태괄은 그 핏자국을 보며 얼마나 가까운 거리에서 처형의 검이 올라갔을지 짐작할 수 있었다.

"지난 전쟁에서 왕자님에게 졌을 때, 왕자님과 접촉했던 부족이 어떻게 되는지 보셨잖습니까? 각족은 그보다 많지만…… 각족을 보호할 무사는 더 무력합니다. 여환의 군대는 각족 영지에 속속들이 들어앉아 있습니다. 명령 한 번이면 다 죽습니다."

"공격 명령을 내리면?"

"왕자님 선발대가 도착할 즈음에는 각족의 영지에는 시체만 쌓여 있을 겁니다."

"그럼 어쩌란 거냐? 호련을 거기로 보내자고?"

갈호는 아무 말도 못했다.

순간, 태괄의 손에 힘이 들어갔다. 호련이 그 손목을 잡았다.

"갈호 잘못이 아니야."

호련의 손에 힘이 들어가며 천천히 떨려왔다.

"그를 탓하지 마. 이게 최선이야."

이제 호련의 손은 가만히 있는 게 힘들 정도로 부들부들 떨리고 있었다. 태괄은 같이 힘이 빠지는 것을 느끼며 말했다.

"그걸로 끝인가?"

"네."

"쉬어. 수고했다."

갈호는 일어났다. 이틀간 거의 쉬지 않고 달리고 달렸던 갈호는 나가자마자 기력이 다한 듯 쓰러졌다. 누웅이 달려와 갈호를 데리고 갔다.

호련은 갈호가 어떤지 보려 했지만, 두 다리의 힘이 풀리며 주저앉았다.

"이대로 끝날 거라 생각했던 게 잘못이야……."

호련은 젖은 눈으로 태괄을 보았다. 그에게 미안했다. 이런 것을 나누어 줄 생각까지는 없었다. 여환은 태괄의 적이며 대결해야 할 장수이지, 고통과 슬픔을 주는 상대여서는 안 되었다.

"영지로 가 있어."

태괄이 말했다.

"……."

"이 일은 내가 해결할 테니, 당신은…… 내 영지로 가 있어."

"가야 해."

"아니, 내가 허락하지 않아. 거긴 적지야. 당신을 갈가리 찢어 죽이려는 놈이 있는 곳이라고!"

호련은 고개를 저었다.

"내…… 사람들이야! 나를 믿고 살아가야 하는 사람들이야."

"여기 있어!"

"끝나면 그곳에는 시체만 가득할 거야! 아니, 당장 내일이면 또 죽어!"

"가면 당신이 죽어!"

"내게 그가 원하는 게 있어. 보내줘. 각족도, 나도 살 수 있어. 그러니……."

"절대로 안 돼!"

태괄은 고개를 저었다.

"가게 하지도 않고, 갈 수도 없게 할 거야. 내 영지로 가 있어. 거기서 보호 받으며 기다려. 나머지는 내가 알아서 해!"

"당신은 강한 사람이잖아, 태괄."

태괄의 눈이 흔들렸다. 호련은 태괄의 볼에 손가락을 얹었다. 그 손가락 끝으로 그의 숨소리에 담긴 격렬한 분노가 고스란히 느껴진다.

"태괄, 당신은 뭐든 다 할 수 있을 거야. 이길 거야……. 하지만……."

"그다음은 말하지 마. 하지만, 이라고 말하면 항상 내가 원하지 않는 말이 나오지. 그러니 하지 마!"

"난……."

"나를 봐. 몇 번 말하는 거지만, 나를 봐. 더 두려워하지 말고 나를 보란 말이야!"

"이건 당신 몫이 아니야! 내 일이지……. 내 사람들이고, 내…… 살과 피야!"

"그래도 안 돼. 제정신으로 생각해 봐. 내가 허락할 수 있는지! 당신에게 내가 약속했고, 당신도 받아들였어. 그냥 견뎌줘, 제발!"

"당신 문제가 아니야. 나와 그의 문제야. 그런데 파괴되는 건 내가 아니라 아버지의 유산이야."

"아니, 이제 내 문제이기도 해. 봐, 당신 문제는 내 문제야. 당신 목숨은 이제 당신 것만도 아니고, 내 것이기도 해."

그리고 손에 힘을 주어 호련을 일으켜 세우고 눈을 마주 보며 분명하게 말했다.

"당신이 죽으면 나도 죽어."

호련은 할 말을 잃었다. 장담도, 선언도 아니다.

이건 뼛속까지 진심이다.

"그러니 빤히 죽으러 가게 놔둘 수 없어. 여환에게 복종하지 마. 그가 어떤 두려움을 주더라도! 내가 그를 이길 테니! 무슨 수를 써서라도 이겨! 그놈을 죽일 거야!"

그 외침이 핏속으로 스며들자 아릿하며 슬프고 기뻤다.

당신, 당신이 이래서 문제라는 거 알아?

팔을 잡고 그 가슴에 얼굴을 묻고 흐느끼며 말하고 싶었다.

당신은 이래서 처음부터 문제였어. 당신은 항상 너무 진심이야. 올곧게 달려와 다 던져 버리는데, 나더러 어쩌라고.

"혼자…… 있게 해줘."

태괄은 손을 놓지 않았다. 호련은 그의 가슴에 두 손을 얹으며 밀었다.

"제발…… 혼자 있게 해줘. 부탁이야, 제발! 혼자 있게 해줘!"

그제야 태괄이 손을 놓았다. 호련은 다시 붙들고 싶었다. 다시 매달리며 절대로 놓지 말라고 하고 싶었다. 그러나 차마 할 수 없었다.

태괄이 일어나 나갔다.

텅 빈 막사에 혼자 남게 되자 호련은 두 팔을 꽉 잡고 몸을 숙였다. 여환이 원하는 건 적장인 태괄이 아니라 호련이다.

이건 태괄도 호련도 예상 못한 상황이다. 아니, 그 누구도 못했을 것이다.

천천히 숨이 막혀왔다. 목에 올가미가 걸린 것 같다. 그 올가미가 호련을 서서히 질식하게 하고 있다.

컴컴해져 가는 눈 앞으로 여환의 얼굴이 보인다. 그의 눈이, 그의 엄혹한 목소리가 들린다. 그가 직접 귀에다 대고 말한다.

—돌아와.

막사 문틈으로 바람이 들어왔다. 습하고 무겁다. 그 서늘함에 호련은 몸을 떨며 움츠렸다.

가서는 안 된다. 그곳에 위험이 있다. 여태 보내온 살의와는 격이 다른 분노를 뿜어내는 여환이 기다리고 있다. 그의 손이 닿고, 그의 목소리가 들리고, 그의 눈이 닿는 곳으로 오라며, 윽박지르고 살육하고 모독하고 있다.

그러나 각은 아버지의 땅이다. 아버지의 백성이고, 아버지의 살과 피다. 그래서 지켜왔다. 버티어왔고, 견뎌왔다.

언제고 아이를 낳아 그 아이에게 아버지의 이름을 물려줄 수 있기를, 그 아이가 각을 물려받아 다시 일으켜 세우기를. 아니, 일으켜 세울 수 없을지라도 적어도 이어나가기를 바랐다.

홀로 남아 그렇게 겨우겨우 견뎠다. 대부분은 여환을 증오하며 버텼지만, 증오하다 지치면 부모님과 형제들을 생각했다. 그 피를 지켜내는 것은 자신의 일이라 생각했다. 눈 감고 싶은 세상에서 눈 감지 말아야 할 이유였다.

태괄을 처음 받아들일 때도, 적어도 여환의 피를 이은 아이가 아버지의 후계자가 되는 일은 없을 테니 견디자고 생각했다. 아무리 비참하고 아프더라도 참아 버티자고, 그러면 더 비참한 것만은 일어나지 않는다고 스스로를 다독였다.

그런데, 간신히 벗어나니 다시 여환이 칼을 들이민다.

볼을 타고 뜨거운 눈물이 흘러내린다. 한 번 스치자 하염없이 흘러 내려왔다.

어떻게 하면 좋은가.

숨만 쉬고 있어도 영지 사람들이 죽는다.

그들이 죽을 때 호련의 핏줄도, 호련의 아버지도 죽는다. 각의 족장 가문이 검은 강 유역의 비옥한 영토에 깃발을 세울 때부터 그 백성들에게 약속한 명예로운 맹약이 깨어지는 것이다.

여환은 그것을 알기에 이런 짓을 하는 것이다. 이게 가장 손쉬우면서도 효과적인 방법이다. 슬픔과 치욕을 호련의 일족에게 가하면서, 너만 돌아오면 된다고 한다.

죽어도 가야 하고, 살아도 죽는 것이 될 것이다.

호련은 옷을 잡고 몸을 움츠렸다. 뜨거운 눈물이 계속 흘러내렸다. 이어 흐느낌이 터졌다. 통곡이 억눌린 입술 사이로 흘러나왔다.

이미 죽은 자들과 내일 죽을지도 모르는 자들을 향한 눈물이었다.

눈물과 함께 사방이 밤이 오듯 검게 덮여갔다. 이제 아무것도 보이지도, 들리지도 않는다. 목소리도 막혀 있다. 그래도 부르고 싶다.

태괄.

당신이 나를 데리고 나왔는데, 나는 왜 또 여기에 있는 거지?

뭘 어떻게 할 수가 없다. 세상이 거꾸로 돌아가더니 호련을 다시 그곳으로 돌려놓았다. 살육이 끝난 다음의 정적 속으로, 차가운 바람, 피비린내, 그리고 여환의 눈동자. 이제 도저히 그 눈을 떨쳐 낼 수가 없다.

물러났던 구름이 다시 꾸역꾸역 몰려들며 하늘을 꽉 채웠다. 저녁이 되자 지평선 너머에서 습기가 피어오르며 흰 번뜩임이 스쳐 지나갔다. 곧 낡은 북소리 같은 천둥이 울린다.

정찰대가 돌아와 능고 왕이 보낸 기병 중 선발대가 도착할 거라 알려왔다. 후발대가 어디에 주둔하는지는 아직 알아내기 어려웠다. 합치기 전에 최대한 빨리 찾아내야 한다. 저들은 어쨌든 태괄보다 군사가 많다. 후발대를 어떻게 하느냐에 따라 승패가 걸린다.

그렇게 생각하면서도 태괄은 여환이 전쟁에 혼신을 기울이고 있는지 의심이 들었다. 지금 하는 꼴을 보면 여환은 지난 전쟁을 '재수 없어서' 벌어진 일로 치부하고 있는 것 같다. 그리고 그렇게 결정한 뒤 남는 시간에 호련을 괴롭히는 중이다.

내가 이 자식을 어떻게 해야겠나.

지금 국경을 결정하는 전쟁을 앞두고 참 바쁘게도 산다는 생각이 들었다. 자신이 패할 경우에 각을 통째로 넘겨주거나 이겨도

각이 배신할 수도 있어서 이러는 건지, 아니면 단순히 신경질을 부리는 건지 모르겠다. 전자라면 이해라도 하지, 후자라면 둘이 만나면 턱부터 깨놓고 싶을 정도로 화가 난다.

그리 시간이 남으면 잠이나 자라, 이 자식아.

참모와 지휘관 회의를 마치니 땅거미가 깔리고 있었다. 하늘에는 우기의 마지막 비를 준비하는 구름으로 묵직해져 있었다. 우기를 마무리할 저 먹구름이 가지고 올 비는 짧고 요란할 것이다.

며칠간은 햇살도 간간이 비추고 비도 없이 선선해져서 활시위도 마르고 무기에도 기름칠이 되었다. 그렇다고 비를 아예 준비하지 않은 건 아니라, 먹구름 사이로 번득이는 빛을 본 사령들이 병사들에게 명령을 내려 막사를 제대로 세우고 무기를 덮도록 했다. 태괄은 정찰대도 모두 들여보내라 명령했다.

병사들은 무기를 막사 안에 넣고 말들을 안으로 들여보낸 뒤, 안에 들여보내지 못한 것들은 모두 방수포로 덮었다.

멀리서 천둥소리가 들렸다. 아직은 낮지만, 조금 전보다 더 가까워졌다. 폭우도 다가오고 있다.

태괄은 막사 안으로 들어섰다.

막사 안에 찬눈이 있었다.

태괄은 싸늘한 기운이 목덜미를 확 덮치는 기분이었다. 찬눈은 굳은 얼굴로 막사 안을 노려보고 있었다.

호련에게 감시를 붙이지는 않았다. 처음 데리고 왔을 때조차도. 감시를 붙이거나 가둬둔다는 것 자체가 그녀에 대한 모욕이요, 동시에 태괄에 대한 모욕으로 생각되었기 때문이다.

그러나 지금 이 순간, 태괄은 그 결정을 진심으로 후회했다.

"어르신."

섬뜩한 느낌이 등골을 훑고 지나갔다.

무슨 일이 벌어진 건지 알아채는 데는 순간이면 충분했다.

분노가 머리를 확 태웠다.

찬눈이 말했다.

"얼마 되지는 않은 것 같네. 아직 온기가 남아 있어. 그리고…… 자네 병사들이 초원에서 철수할 때를 기다려 갔을 테지. 지금 달려가면 잡을 수 있을 거야."

비 때문에 병사들이 상당수 돌아온 것을 알고 그런 것이다.

호련이 초원 여자라는 것을 잠시 잊었다. 초원에서 일이 어떻게 돌아가는지 너무 잘 안다. 초원을 홀로 돌파하는 것 역시 일도 아니다.

태괄은 막사 입구 너머를 보았다. 어둑어둑한 땅거미가 내리는 지평선 위로 다시 흰빛이 번득였다. 뒤이어 하늘이 분노하듯 으르렁거린다.

"백산으로 향하는 길이네. 시체가 있던 그곳이지. 여기서 각으로 가는 길은 그뿐이니 당장 가, 어서!"

찬눈이 말을 끝내기도 전에 태괄은 막사 밖으로 달려나갔다.

끓어오르는 신음과 함께 이가 갈렸다. 목 언저리까지 치솟은 뜨거운 분노가 그의 피를 들끓게 했다. 목이, 턱이, 이마가, 가슴이, 다 타올랐다.

지금 뭐 하는 거냐, 여환.

너 따위가 괴롭혀도 되는 여자가 아니야. 여태 마음껏 괴롭혔다고 지금도 괴롭힐 수 있는 게 아니란 말이다. 이제는 내가 용납 못 한다. 네놈이 싸울 건 이젠 나라고, 이 자식아.

태괄은 말을 잡아 끌어냈다. 등 뒤로 태괄을 부르는 소리가 들려도 돌아보지 않고 그 위에 타고 말을 몰아 달려갔다.

백산의 길. 각의 영지로 향하는 단 하나의 길이다. 여환은 바로 그 길의 길목에 호련에게 환영 인사를 해두었다. 호련이 그냥 가지 않으리란 것을 안 것이다.

다시 목이 끓어오른다.

네 여자가 아니잖아, 이 자식아. 아니, 내 여자인 이상 그 누구도 건드릴 수 없어. 네놈이 쳐다보는 것도 용납 못하는데, 그런데 네놈은 그녀의 목을 조르고 있지.

네놈이 대체 뭔데!

땅거미가 빨리 깔리기 시작했다. 하늘은 먹구름으로 끓어오르고 바위와 계곡, 산자락에서부터 어둠이 밀려 올라왔다. 세상은 서서히 파랗게 어두워지며 온 땅이 어둠을 뿜어 올린다. 바람과 흙냄새, 습하게 피어오르는 먼 비의 내음이 불어닥친다. 어디서든 시체 냄새가 풍겨올 것 같고, 어디든 피가 고여 있을 것 같았다.

그 사이로 태괄은 말을 몰았다. 덮을 듯 짙푸르게 우거진 풀숲을 헤치고, 바위 밭을 달려, 벌판으로 달려나갔다. 습한 바람이 뜨거운 목과 이마를 스쳐 지나갔다. 다 타서 재만 남을 것 같은 가슴을 훑고 지나가고 하늘을 다 짊어진 듯 무거운 어깨를 휩쓴다.

분노와 함께 소리 없는 절규가 솟구쳐 올랐다.

가지 마.

단 한 마디, 외치고 싶은 건 그것이다.

가지 마!

말은 벌판을 달려 붉은 꽃이 타오르는 언덕으로 향했다. 희고

노란 꽃들이 뒤엉키고 길게 자란 억센 풀들이 솟구친다.

저 멀리, 백산이 보이기 시작한다. 희고 날카로운 바위 비탈이 초원으로 쏟아져 드는 바로 그 백산이다.

몇 년 전, 이 길을 따라 살랍으로 돌아왔다. 각의 부족장이 준 말을 타고 가다가 봐야 할 것을 기어코 보아야 하듯 돌아보았다.

검은 강과 흰 산, 그리고 반년을 지낸 각족 마을. 어둠에 푸르게 젖은 초겨울 새벽의 풍광이 그를 배웅했다.

모든 것을 가지고 있던 왕자였지만 모든 것을 잃었다. 지휘할 군대도, 휘두를 검도, 오를 말도, 왕자의 지위도 없다.

모두가 아끼고 보호하던 왕자였지만 검은 강의 물보라에 휩쓸릴 때 모두 잃었다. 남은 것은 상처 입은 몸과 숙부가 어마어마한 현상금을 걸 목뿐.

그런 그에게 자리를 내어준 곳은 바로 이 각의 땅이었다. 있을 곳이 없을 소년에게 있을 곳을 주었다. 그리고 이곳에서의 태괄은 왕자가 아닌 서툰 목동인 태괄이었다. 아직 남자가 되지 못한 소년이며, 이룩한 것 없는 아이였다. 나머지는 그저 태괄에게 주어졌던 선물이었을 뿐, 운명이 선물을 거두어가자 남은 것은 아무것도 없었다.

"남자로 와. 진심을 보이게."

그것이야말로 태어나서 처음으로 받은 과제였다.

주어졌기에 해야 하는 일들이 아니었다. 직접 찾아내 그 답을 구하고 이룩해 내야 하는 과제였다. 그것을 찾아야, 그 답을 찾아야, 그리고 그 답과 함께 태괄이 정말 그 자신이 되어야 답을 얻을 수 있는 과제였다.

전장을 누비며, 승리하고 얻어내며, 피지 못한 봉오리만을 보고 온 듯 아쉬움과 그리움을 묻으며, 그 남겨둔 것이 남아 있기를 바라며, 그러며 돌아갈 그날까지 이기고 승리하고 얻어내기를 바랐다. 돌아갈 때 부끄러움도 모자람도 없기를 바랐다.

그러나 여환이 다 망쳐 놨다. 이곳을 피바다로 만들고 그녀를 고통 속에 살게 했다. 그녀는 이 얼어붙은 곳에서 견디고 버티고 마모되면서도 남아 있었다. 증오와 고통 속에서도 외로움과 슬픔 속에서도 버텨냈다.

그래서 달려왔다. 무슨 짓을 해서라도 데리고 오고 싶었다. 누가 뭐라 비난하든, 그녀만 데리고 오면 되었다.

그동안의 승리도, 위명도, 모두 그곳에 닿기 위한 일인 듯 오로지 그녀 하나만을 생각하고 달려왔다.

말이 시냇물을 걷어차 올렸다. 찬물이 사방으로 튀어 올랐다. 태괄은 비탈을 달려 올랐다.

저 멀리서 말발굽 소리가 들렸다. 태괄은 박차를 가했다. 말이 더 속도를 붙였다. 뒤따라오는 소리를 들은 호련이 고개를 돌렸다. 검은 머리카락이 바람에 날렸다. 희게 굳은 얼굴이 태괄을 보았다.

"호련!"

태괄은 말을 달렸다. 거세게 달리고 있건만, 더없이 느리게 느껴진다. 그래도 가까워진다. 숨소리가 닿을 듯. 태괄은 손을 뻗었다.

이러지 마.

당신을 얻기 위해 달려왔다. 그리고 당신을 얻어 여기까지 왔다.

놓칠 수도, 사라지게 할 수도 없다. 단 한 번의 눈부신 순간들을 보겠다고 여기까지 달려온 게 아니다. 맨몸으로 와서 맨몸으로 나갈 때 이곳을 돌아보며 생각한 건 고작 그런 게 아니다.

그러니, 당신도 이래서는 안 된다.

당신은 가서는 안 된다.

"놔……!"

호련이 고함을 질렀다. 울음 섞인 목소리를 들으며 태괄은 호련의 몸을 낚아챘다. 호련이 버둥댔지만 놓지 않았다. 등자에 걸친 발이 미끄러지며 그대로 떨어졌다. 품 안의 호련이 그의 몸에 꽉 붙었다. 길게 자란 풀이 몸을 휘감았다. 둔탁하게 떨어져 몇 번 구른 뒤에 멈추었다. 몸이 멈추자 호련은 두 팔을 밀어 일어나며 외쳤다.

"다치려고……! 미쳤어!"

"풀이 푹신해서 괜찮아. 노리고 덤빈 거니……."

물론 등이 좀 욱신거리긴 하다. 그러나 낙마한 것치고 이 정도는 아주 가볍다. 주인들이 떨어지자 말들은 이내 겁먹고 돌아왔다. 호련이 몸을 떨치고 일어나려 했지만, 태괄은 놓아주지 않았다. 버둥대다 결국 태괄의 팔에 잡혀 꼼짝 못하게 되었다.

"놔줘! 가야 해……! 가야 한다고……."

"가지 마."

당신이 없으면 모든 것이 끝난다.

당신을 위한 승리였고, 당신을 위한 전쟁이었고, 당신을 위한 투쟁이었다. 그런데 당신이 없으면 이제 나더러 무엇을 위해 싸우고 무엇을 위해 달리란 말인가. 또 그녀가 그의 것이 아닌 세상을 다시 시작할 수는 없었다.

"가서는 안 돼."

"난……."

"당신이 각의 족장이든, 그 아버지의 딸이든, 상관없어. 아니, 당신 생은 이제 당신 것이 아니야. 그러니 가지 마."

호련의 눈에 눈물이 맺혔다. 이 사나운 아가씨의 눈이 너무 약해져 있었다. 조그만 바람에도 울고 만다.

"가야 한다면 혼자 가지 마."

"이건…… 태괄, 당신의 싸움이 아니야."

"아니, 내 싸움이야. 당신이 가는 곳이라면 그곳이 다 내 전장이야."

호련의 머리가 목덜미에 닿으며 고요한 흐느낌이 흘러나왔다. 태괄은 온몸의 힘이 빠지는 것을 느끼며 몸을 눕혔다. 품 안의 그녀가 지그시 닿아온다. 안도해야 하는 건지, 계속 이러고 있어야 하는 건지 모르겠다.

그래도 한순간이나마 느꼈던 그 가혹한 절망을 다시 느끼고 싶지 않다. 벼랑 끝으로 가는 건 한 번이면 족하다.

"그러니…… 가지 마."

태괄은 지친 숨을 토해내며 말했다.

"당신이 없으면 아무것도…… 나는 아무것도 아니야."

호련은 고개를 젓혔다.

습하고 질척대는 무거운 바람과 술렁거리는 풀숲의 소리를 들으며, 헐떡이는 뜨거운 숨결을 느꼈다.

호련은 희고 선명한 빛을 보았다. 그 벼락의 빛이 세상을 쪼개도 하늘을 덮은 어둠이 너무도 진하다.

다시 바닥이 울린다. 바람은 너 거세게 술렁거렸다. 금방이라도 빗방울이 떨어질 것 같다.

비명을 들은 것 같았다. 다시 슬픔을, 고통의 신음과 흐느낌을, 그리고 사방을 새카맣게 만드는 그 남자를 본 것 같다.

"놔…… 제발……."

바람이 점점 더 무거워진다. 이어 들리는 천둥소리와 함께 심장이 울린다. 그 뒤를 이어 비 내음이 풍겨온다. 다시 빛이 터지며 세상을 쪼갠다.

"가야 한다고……!"

그들이 죽게 놔둘 수 없었다. 그 대지에 또 피를 뿌릴 수 없다. 짓밟히고 강탈당하던 땅에, 이제는 피까지 보탤 수 없다.

아버지의 땅, 아버지의 백성, 아버지의 이름, 그 모든 것이 호련에게 남겨진 것이다. 여기서 주저앉을 수는 없었다.

멀리 백산이 보인다. 이대로 달려가면 내일 아침이면 도착할 것이다. 그러면 그곳에 거대한 적이 있다. 그녀의 세상을 박살 내고 그녀더러 오라는 냉혹한 신이 있다.

그 신이 무슨 벌을 내리든 가야 한다. 고통과 치욕 속에서 그들을 죽게 할 수 없다. 그들이 죽을 때 아버지가 죽고 어머니가 죽고 형제들이 죽는다. 그들이 또 죽으면 아버지는 또 죽고, 어머니도 또 죽는다.

그러니 가야 한다. 무엇이 있든 간에, 그 죽음을 막기 위해서는 가야 한다.

호련은 손을 뿌리치고 일어나 말을 향해 달려갔다. 갑작스러운 일이라 태괄은 호련을 놓쳤다. 가지 말라는 말을 듣지 않기 위해 달려야 했다. 당신이 그 말을 하면 나는 도저히 갈 수 없어.

비 내음이 진해지며 빗소리가 가까워진다. 평원 너머에서 달려온 빗줄기가 사방을 휩쓸고 뒤덮는다. 등 뒤로 습한 빗줄기가 느껴졌다. 그리고 이마와 어깨 위로 시체가 흘리는 핏방울처럼 서늘한 빗방울이 한 개, 두 개 떨어진다. 드디어 빗소리가 이어진다. 속삭이듯 떠들어대듯 고요하듯 소란스럽듯 그렇게 세상을 채우며 흘러내리기 시작한다.

가야 할 지평선 너머를 보는데 가슴이 타는 것 같았다. 심장이 쪼개지고 그 안에서 독이 흘러나와 살과 뼈로 스며드는 것 같았다. 그 독에 살이 타고 피가 말라붙는다. 팔다리의 힘이 풀린다. 그래도 저 너머로 가야 한다. 달리고 달려, 저 언덕 아래로 달려가야 한다. 그를 등지고, 그가 약속했던 미래를 버리고, 저곳으로 달려들어 끝내야 한다. 가자. 저 언덕 아래로, 저 바위산 아래로, 고향으로…….

빗소리가 사방을 뒤덮었다. 번개가 번쩍이며 빗줄기가 일순 하얗게 타오른다. 산을 휩쓸고 벌판 끝까지 금빛 가루를 뿌린 듯 하얗게 타올랐다. 빛이 눈을 감자 그 뒤를 찾아온 어둠 속에서 천둥이 울린다.

호련은 고개를 들었다. 비를 뚫고 달리는 것만 생각했다. 저 벌판 끝까지, 그녀의 고향을 향해 달리는 것만 생각했다.

가자…….

몇 해 동안 얼어붙어 거듭거듭 악몽만을 꾸었다. 눈을 뜨면 항상 더한 악몽이 앞에 있었고, 눈을 감으면 그 악몽이 되풀이되고, 다시 눈을 뜨면 악몽은 한층 더 지독해졌다.

그러다 새카맣게 어둡기만 하던 눈앞이 보이기 시작했다. 여환을 등지고 나가는 그 순간순간 하늘은 열리고 눈앞은 밝아지고 소리가 들리고 숨을 쉴 수 있었다. 다시는 숨 쉴 수 없을 거라 생각했는데, 이제는 숨 쉬지 않고는 살 수 없다는 것을 알게 되었다. 얼음이 깨지고 물이 흐르고 바람이 녹아들 듯, 그렇게 어느새 세상의 겨울이 끝나 있었다. 미명조차 끝나고 찬란한 아침이 와 있었다.

이제 끝날 거라 생각했었다. 다시는 여환이 있는 세상으로 돌아가지 않으리라, 그를 생각하지 않으리라 생각했었다.

그런데 다시 이렇다. 여태 그저 좋은 꿈을 꾼 것뿐인지, 악몽이 현실인 건지, 아니면 악몽이 꿈이며 그 좋은 꿈이 현실인 건지. 도저히 모르겠다. 그저 필사적으로 가야 한다고만 생각할 뿐.

이상하다. 아무리 달려도 바위산은 가까워지지 않고 지평선은 그대로였다. 검은 강은 보이지도 않는다. 비가 눈을 가려 보이지 않는 건지, 아니면…… 아니면…….

빗줄기가 차갑고 얇은 천처럼 몸을 휩싸고 머리카락을 감쌌다. 온통 젖어 차게 식어가는 몸 위로 떨어지는 빗줄기는 눈물처럼 뜨겁다.

비보라가 거치적거린다. 먼 거리도 아닌데, 가야 하는데, 갈 곳이 있는데, 왜 내 발을 잡는 건지.

뜨거운 몸이 닿는다. 묵직한 팔이 호련의 몸을 안았다.

이제 아무것도 보이지 않는다. 호련은 두 팔을 들고, 그 몸을 안았다.

빗소리가 머리를 덮었다. 천둥 벼락이 이어지는 엄청난 폭우였지만, 그 속에서 호련은 속삭였다.

속삭이고 또 속삭였다. 들어주기를 바라며, 아니, 듣고 있다는 것을 알기에 속삭였다. 물줄기가 머리를 씻어 내리고 몸을 차게 식힌다. 그래도 안의 몸은 타오르고 있었다. 그 속에서 속삭였다.

악몽도, 좋은 꿈도 아니었다. 눈을 뜨면 흩어지는 헛된 부스러기가 아니니.

그녀의 것이며, 그녀의 삶. 같이 타올라야 하는 같은 불꽃이었다.

가야 할 곳은 여기, 눈 떠 바라볼 것은 여기.

그러니 가지 못하겠다.

당신을 사랑한다.

이제 도저히 그를 등지고 그가 없는 세상으로 갈 수가 없다. 그의 눈이 없는 곳에 있고 싶지도, 그의 숨소리를 들을 수 없는 곳에 숨 쉬고 싶지 않았다.

그의 손이 닿지 않는 곳도, 그에게 기댈 수 없는 곳도 그녀가 가야 할 곳이 아니다. 그가 없으면 그곳은 잡초조차 날 수 없이 메마르고 황량할 뿐.

이제 이곳이 고향이다. 심장은 그와 함께 뛰고 숨은 그와 함께 쉬는 이곳.

빛에 으깨지는 어둠처럼 여환은 남김없이 사라진다. 이제 그 잔혹한 신이 없는 세상이 오게 할 것이다.

빗줄기가 거세다. 우기의 마지막 비가 될 비에 온 세상이 희게 끓어올랐다. 그리고 이 비가 그치면 열리리라.

창궁이, 찬란한 태양이 빛나는 창궁이.

제13장 눈물과 피

폭우는 짧고 거세게, 단숨에 엄청나게 쏟아졌다. 온 세상이 폭포를 뒤집어쓴 것 같았다. 물이 급한 대로 아무 데나 넘쳐흐르며 초원이 파이고 검은 흙을 드러냈다. 강줄기가 아예 새로 생겨나 흐르더니, 되는대로 아무 자리나 잡고 흥건하게 고였다.

하늘이 쪼개져도 닫힐 때가 되자 닫혔다. 다음날 아침이 되기도 전에 비는 씻은 듯 멎고 새벽 무렵부터 구름이 갈라지고 하늘이 보이기 시작했다. 비탈과 산자락, 강과 벌판 위로 그림자가 서늘하게 스쳐 지나가고, 거울처럼 고요한 웅덩이 위로 푸른 하늘과 흰 구름이 스쳤다. 구름 틈으로 해가 비치고 햇살이 날카롭게 쏟아지면 웅덩이에서도 마주하듯 빛이 쏘아져 올랐다.

벌판으로 영양 떼들이 풀을 뜯으러 나오고 검은 강의 늑대들도 사냥을 시작했다. 그들 덕택에 대오는 밤새도록 늑대 소리를 들어야 했다. 이놈의 늑대 자식들, 하며 이를 갈며 잠을 설치다 보니 새벽이었다.

아버지의 병으로 자리를 비웠던 흉맥의 지도자 차굴란이 도착한 것은 그즈음이었다. 오는 중간에 비를 만났던 듯 차굴란의 말 안장에는 젖은 우비가 매어 있었다.

"늦었군."

대오는 붉게 충혈된 눈으로 요새를 직접 찾아온 차굴란을 맞이했다.

"비가 너무 왔습니다. 도저히 앞을 가늠할 수 없을 정도로 세차더군요. 오는 길에 동굴에 잠시 들어가 비를 피했습니다만, 생각보다는 오래 있었던 것 같더군요."

"그래, 그렇군. 자네가 할 일이 있었는데 말이야……."

대오는 여환의 명령을 전했다. 각족, 호련, 있었던 처형과 차굴란이 해야 할 처형까지.

이야기를 다 들은 차굴란은 담담하게 말했다.

"저 없는 사이에 참 많은 일을 하셨군요."

대오는 네가 없어서 이렇게 된 거란 말을 하고 싶었다. 차굴란이 있었다면 각족의 처형은 흉맥족의 일이 되었을 것이다. 대오는 이런 방식의 처형에 능고군을 쓰는 것이 싫었다. 그래도 싫은 일을 하고 지독한 기분을 느끼고 나니 여태 그 모든 일을 차굴란에게 떠밀어왔던 것이 미안하다는 생각도 들었다. 아무리 흉맥 용병이라고 무시해도, 차굴란 자체는 점잖고 품위 있는 사람이었다. 그걸 무시할 정도로 천박한 성품은 못 되는 대오는 그가 늦은 것에 더 문제 삼지 않기로 했다.

"뭐, 그렇지. 그래도 자네가 와서 다행이군."

"왕자님은 그 성질 좀 죽이셔야 할 것 같습니다."

"동의…… 하긴 하네. 그래도 전쟁터에서는 참 용맹한 분이 아니신가."

"사나운 호랑이가 먼저 다치는 법입니다."

대오는 동의하긴 했지만, 그저 동의일 뿐이었다.

그걸 대체 어떻게 고친단 말인가.

여환은 어린 시절부터 한 군데가 고장나거나 없이 태어난 사람 같았다. 능고 왕의 교육과 으박지름 덕에 좀 나아지긴 했지만, 그건 혼나는 게 귀찮아서 안 하는 거지 자신이 공감하거나 이해해서가 아니다.

그래도 여환은 자기 아내 앞에서만은 경악스러울 정도로 순하디순했다. 대오는 우이 부인에게 감사하며 여환이 조금 부드러워지길 기대했으나 그저 꿈이었다. 여환은 문지방만 넘으면 원래대로 돌아왔다. 그리고 우이 부인마저 세상을 뜬 지금, 호련에게 하는 짓을 보면 대오조차도 오금이 저렸다. 저런 남자를 상대해야 하는 호련이 불쌍할 지경이었다.

"이들입니까?"

차굴란은 끌려와 있는 각족 무사들을 보며 물었다.

"그렇네."

무사들 모두 포기한 듯 조용했다. 애초에 여환의 요구는 불가능한 일이었다. 살랍 왕자가 지키는 주둔지에 있는 호련이 대체 무슨 수로 나온단 말인가. 차굴란은 그들을 일으켜 세우고 일렬로 서게 한 뒤에 대오에게 말했다.

"그럼 가지요. 가만, 언제까지 기다리면 되는 겁니까?"

"왕자님 명령으로는…… 해가 뜨면."

"어제는 구름 덕에 해가 뜨는 것을 보지 못하셨나 보군요."

"농담인가? 지금 이 상황에서 그런 농담이 나와?"

"죄송합니다."

그러나 대오가 비와 먹구름을 보며 다행이라 생각했던 것도 사실이었다. 그걸 들킨 것 같아 괜히 차굴란에게 화를 내버리고 말자, 대오는 좀 부끄러워졌다. 눈치 빠른 차굴란도 더 말을 시키지 않았다. 차굴란은 자기 부하들을 불러 모으고, 대오에게도 같이 가자고 했다.

"나는 왜?"

"그 아가씨는 지금 살랍 왕자의 부인입니다. 그 아가씨가 온다면…… 적어도 여환 왕자님의 오른팔은 안 돼도 오른손 엄지손가락 정도는 되는 당신이 와야지요. 제가 아무리 왕자님의 참모라 하지만 능고에서는 용병에 다를 바 없고, 왕자비를 맞이할 만한 신분은 아닙니다. 그러니…… 저는 당연히 당신이 갈 줄 알았는데요?"

차굴란의 말이 맞다. 그 아가씨가 이미 남편을 맞이했다는 것을 잠시 잊고 있었다. 왠지 모를 아쉬움이 느껴졌다. 미친 생각인데, 정말 그랬다.

"알겠네."

차굴란은 돌아서 말고삐를 잡아당겼다. 대오는 그 등을 보며 한참 아껴두었던 말을 했다.

"저기, 족장은 괜찮으시던가?"

차굴란이 흠칫 놀라며 돌아보았다. 뿔 달린 당나귀라도 본 얼굴이라, 안부를 물어본 대오가 민망할 지경이었다.

"네?"

"그…… 거, 걱정돼서 물어보는 거네. 괜찮으신 건가?"

"참 별일이군요. 당신이 제 일을 걱정하다니."

"자네가 없으니 자네 일이 얼마나 힘든 건지 알았어. 그동안 건방지게 굴어서 미안하네."

차굴란이 어이가 없다는 듯 웃었다.

"괜찮습니다. 아버지는…… 많이 편찮으신 줄 알았는데, 다행히 말이 통하실 정도는 되시더군요."

"다행이군."

"네, 참 다행이지요. 어서 갑시다. 이러다가는 가는 길에 해를 보겠군요."

차굴란은 포로들을 앞세우고 벌판으로 향했다. 대오도 그 뒤로 부하들을 이끌고 갔다. 대오에게는 아무런 만족감 없는, 수치스러운 행렬이다.

여환이 이러는 이유는 어제 잠 못 잔 김에 궁리해 냈다. 호련이 시집간 것을 배신으로 간주했나 보다. 전장에서 여환이 자신을 배신한 자들에게 얼마나 냉혹했던가. 만약 그런 거라면 이렇게 구는 것을 이해 못할 바는 아니라고 생각했다.

그래도 이 일이 예전에 동쪽에서 그랬든 승리와 침묵으로 끝나길 바란다. 여환이 동부에서 부족 몇의 학살과 약탈을 명했을 때, 그들은 여환을 배신하고 연위에 붙었다. 어차피 대오도 그들이 시도 때도 없이 배신을 하는 데 짜증이 나 있었다. 동부의 부족들은 대국의 돈과 연위의 협잡질이 한 번 쓸고 지나가면 바로 여환에게 튕겨댔고, 그들의 배신은 항상 여환을 짜증나게 했다.

"별이 보이는군요."

목적지에 도착할 무렵, 차굴란이 말했다. 길게 자란 풀로 뒤덮인 초원 위로 구름이 쪼개지고 있었다. 그 틈으로 짙은 남색 하늘이 보이며 흰 별들이 무수히 반짝였다.

"밤새도록 수천수만의 별들은 뜨고 지지요."

"그건 나도 알아."

대오의 심드렁한 답에 차굴란이 웃었다.

"하지만 참 부질없지 않습니까?"

"응?"

"수천수만의 별이 저리 찬란히 뜨고 지건만, 아침이 오면 그 모든 게 여명과 함께 덧없이 스러지고……."

대오는 차굴란의 얼굴을 보았다. 차굴란은 말을 몰며 벌판을 보고 있었다.

"태양은…… 단 한 번만 뜹니다."

"무슨?"

"그냥, 그렇다고요."

그리고 차굴란은 말을 멈추고 말 머리를 돌렸다. 하늘 끝자락이 희게 밝아오는 가운데 지평선 너머로 검은 말이 보였다.

대오는 대체 누가 온 건가 싶어 긴장하며 부하들을 모두 멈추게 했다. 부하들 모두 긴장하며 지평선을 보았다. 그중 하나가 정신을 차리고 각족 무사들을 모두 무릎 꿇게 했다.

말에 탄 남자는 천천히 말을 몰아왔다. 그의 등 뒤로 무사들이 보였다. 그들이 등진 깃발이 아침 바람에 펄럭였다. 푸른 늑대의 깃발이다.

깃발을 본 대오는 경악했다.

"살랍군이다!"

대오가 손을 들자 능고군이 각자의 무기 위로 손을 얹었다. 그러나 살랍군은 지평선 위에 일렬로 서 있을 뿐, 앞으로 나오지는 않았다.

가장 먼저 나타났던 검은 말을 탄 남자가 능고군을 향해 말을 몰아왔다. 검푸른 갑옷을 입은 청년이다. 시리도록 젊어 보이는 청년은 인상적인 풍모였다. 살짝 올라선 눈꼬리나, 위로 곧게 뻗은 눈썹이나, 부드럽게 흐르다 예리한 선을 보이는 얼굴이나, 굉장히 조화롭고 먼 곳에서 온 듯 신비로운 얼굴이었다. 어디에 섞어놔도 눈에 뜨일 얼굴이고, 누가 보아도 돌아볼 얼굴이었다.

"살랍의 태괄이다."

술렁임과 경악이 능고군을 훑고 지나갔다. 끌려온 포로들조차도 경악했다. 대오도 마찬가지였다.

"대낙의 아들 대오요."

"대낙 장군의 이름은 알지. 다행이군. 이야기할 만한 가문의 남자가 있어서."

"영광입니다."

살랍의 태괄.

대오는 온갖 생각이 다 났다.

여태 상상만으로 때려눕히던 살랍의 푸른 늑대 태괄이 자다 깨니 앞에 서 있다.

이름과 글자로만 존재했던 자가 지금 살과 피를 가지고 앞에 있는 것이다. 그래도 대오는 태괄이 적장만 아니라면 좋아했을 만한 청년이라고 생각했다. 당당한 태도나, 우아한 기마술이나, 게다가 여유 있게 상대방을 바라보는 얼굴도. 그리고 적어도 미친 짓은 안 하겠지.

태괄은 각의 무사들과 능고군, 차굴란과 그가 이끄는 흉맥족들을 둘러본 뒤에 말했다.

"내가 보냈던 전령이 자네 왕자의 명령을 전해왔다. 호련더러 여기로 오라고 하더군."

대오는 싸한 기분을 느꼈다. 뭐라 말해야 할지 모르겠다. 네, 우리 왕자님이 댁의 아내더러 여기 오라고 하긴 하셨지요. 보통 그런 말을 하면 대부분의 남편들은 주먹부터 들 것이다.

"왜 부른 건지 물어보려고 왔지."

"왕자님이 직접 오실 일은 아닌 것 같은데요."

"내가 그녀와 결혼했다는 소식은 아직 못 들었나? 소식 참 늦군. 그래서 남편인 내가 온 건데, 여기에 이상한 점이라도 있나?"

"아, 아니, 없습니다. 아가씨…… 아니, 부인의 의견은 어떠합니까?"

"자네들이 아내에게 보낸 협박이 어느 정도였는지는 자네들이 더 잘 알지 않나. 나도 자비로운 전쟁을 하는 자는 아니지만, 그건 좀 심하더군. 내 꿈자리도 사나워졌어."

"유감…… 입니다."

"자, 그러니 말해보게. 아내에게 무슨 할 말이 있는 건지. 왜 그녀가 가야 하는 건지."

"그건 저도 모릅니다."

"대단하군. 부하도 모르는 이유로 그런 대단한 선물들을 보낸 건가?"

대오는 수치심을 느꼈다. 그런데 맞는 말이었다. 여환은 호련더러 돌아오라고 했지, 왜 돌아오라고 말한 적은 없었다. 이유 같은 건 설명한 적이 없다. 그렇다고 지금 여환에게 달려가 물어볼 수도 없었다. 호련이 있다면 여환의 상태에 대해 설명할 수 있겠는데, 적장이자 호련의 남편에게 뭐라 설명을 해야 할지 준비한 건 없다. 죄송합니다, 사실 우리 왕자님이 좀 미치셔서 그런 겁니다. 이해해 주세요. 설마, 그게 통할 리가.

"물론 여환이 아내를 억류한 다음 나를 상대로 협박할 거란 생각은 하지 않는다. 그가 그렇게 승리를 훔쳐야 할 만큼 급박한 건 아닐 테니."

"당연한 말씀입니다. 그게 말입니다, 다만……."

"다만?"

"아무리 아가씨가 다른 남자에게 시집가셨다고 하나 맹약에 따라 왕자님에게 각의 보호를 맡기셨고, 그 때문에 각에서 여환 왕자님의 군율을 어기는 일이 벌어지면 이를 처벌할 권한은 있습니다. 좀 심하게 엄하게 하셨다는 데는 동의합니다만. 저기, 그러니까…… 아가씨와 왕자님이 직접 이야기해야 한다는 겁니다."

"여환의 의견인가?"

"네."

"아니면 자네 나름대로 대는 핑계인가?"

"제발 그리 이해해 주십시오. 부탁드립니다."

태괄은 각족 무사들을 보았다. 그들 눈에 당혹감과 의구심이 보였다. 그들 모두 호련이 살랍에 끌려갔다고만 알고 있었지, 태괄이 그녀를 아내로 맞이했다는 건 모르고 있었다. 원수라 생각했던 자가 족장 딸의 남편이 되어 있으니 당혹스러운 건 당연했다. 태괄은 잠시 그들을 지켜본 뒤에 말고삐를 당겼다. 말이 방향을 틀어 그 앞으로 스치듯 지나갔다.

"사흘 주겠다."

"네?"

"사흘이다. 사흘간 아내를 그곳으로 보내겠다. 각의 영지에 관한 권리는 오로지 그녀에게 있고, 그녀가 남편을 맞이한 이상 이제 여환은 아무런 권한이 없다. 그의 군대를 물리고 그녀가 그 영지로 돌아가게 해라. 그건 우리들 전쟁과는 상관없는 초원의 법이다. 하지만 사흘이다. 그 사흘 안에 그녀가 돌아오지 않으면, 그때는 내가 이 일을 걸고 회합을 신청하겠다. 회합까지 거절하면 오늘부터 회전이다. 그냥 싸우고 끝장내지 뭐."

대오는 경악했다. 말이 회합이지, 전쟁 신청이나 다를 바 없다. 아직 능초의 후발대가 도착하지도 않았는데 지금 당장 살랍과 전쟁하는 건 무리다.

"사흘이면 충분하지 않은가."

"충분하긴 합니다만……."

"여환에게 물어보고 와야 한다면 기다려 주겠다."

"아닙니다. 그리 전하겠습니다."

대오는 여환에게 어떻게 전해야 할지 감도 잡히지 않았다. 그렇다고 그냥 아가씨 데리고 가라고 할 수도 없었다. 회합이 회합으로 끝난다면 모르지만, 여환의 성격상 그냥 끝낼 리가 없다. 불이 붙고 전쟁의 열기가 퍼지면 그때는 손쓸 수가 없다. 흐름을 먼저 타는 쪽이 유리하게 된다.

지금 여환의 군사는 많긴 하지만 다 합쳐지지는 않은 상태다. 그런 상황에서 태괄과 맞서는 것은 위험하다. 대오는 태괄이 어느 면에서 위협적인지 알고 있었다. 기가 막히게 빠르게 치고 들어온다. 반면, 여환은 정돈되지 않은 전장과 돌발 상황에서 약하다. 지난 전쟁이 확인해 줬다.

"어떻게 하겠나?"

대오는 다시 계산해 봐야 했다.

차굴란에게 조언을 좀 구하고 싶었지만, 그러자니 자존심이 상했다. 그렇다고 호련더러 오지 않아도 된다 하려니 가뜩이나 제정신 아닌 상관이 미치는 꼴을 또 보고 싶지는 않았다. 그러나 일단 여환이 호련을 보고 제정신 차리면 사흘 뒤에 회합 가지고 허겁지겁 전쟁을 하느니 호련을 돌려보내 주는 이성적인 판단을 할지도 모르겠다는 가망 없는 생각도 좀 들었다.

"제가 아가씨의 안전을 책임지겠습니다."

"부인이다."

"죄송…… 합니다. 어쨌든 제가 책임지겠습니다, 왕자님. 무사의 명예를 걸겠습니다. 그리고 여기 제 부하들이 증인이 되어줄 것입니다. 그러니 맡겨주십시오. 아가씨는 사흘 뒤에 돌아가실 수 있을 겁니다."

태괄은 고개를 들고 말을 뒤로 몰았다. 살랍의 무사들이 뒤로 물러나며 호련이 앞으로 나섰다.

몇 달 만에 호련을 보며 대오는 조금 아찔한 기분이 들었다.

이렇게 다시 보게 될 줄은 기대도 하지 못했다. 반갑다. 그녀가 끌려간 후, 자신이 지켜주지 못해 그런 수모를 당하게 한 듯 안타까웠다. 잠시나마 그녀가 살랍의 왕자와 강제로 결혼한 건 아닌지, 이 남편에게 벗어나고 싶은 건 아닌지 기대해 보기도 했다. 그러나 태괄이 손을 뻗어 호련의 목을 안고는 귀에다 대고 무언가 속삭였다. 호련은 가만히 고개를 끄덕였다. 태괄의 손이 그 볼을 매만지고 내려갔다.

대오는 무언가 울컥 올라오는 것을 느꼈다. 미쳤다 싶기는 했지만, 정말 기분은 그랬다.

호련이 말을 몰아 각족 무사들을 향해 달려왔다. 혼자 오지 않았다. 호련 옆으로 검회색 말과 기수가 따라왔다. 대오는 그 기수를 금방 알아볼 수 있었다. 갈호였던가, 차굴란의 조카이자 호련의 사촌 오빠라던 청년이다. 이틀 전 전령으로 왔다가 모진 꼴을 당하고 돌아갔다. 그들을 본 각족 무사들의 얼굴에 안도가 어렸다.

"풀어줘라."

차굴란이 부하들에게 말했다.

"어서. 그들 주군 앞에 그들이 묶여 있는 치욕을 보이지 않게 해라."

차굴란의 수하들이 무사들의 팔을 묶은 밧줄을 끊었다. 호련은 말에서 내려 그들에게 달려왔다. 무사들 모두 일어났다. 안도와 기쁨이 호련의 얼굴을 빛나게 하고 무사들 역시 마찬가지였다.

"아가씨!"

호련은 그들 얼굴을 하나하나 확인하고 안도했다.

"모두 고생했어요. 이런 고초를 겪게 해 미안해요. 그리고 형제의 죽음에도……."

호련의 목소리가 젖어들었다.

"이제는 괜찮을 테니 안심해요."

그러나 그녀의 수하들도 그들을 위해 여주인이 치른 희생이 무엇인지 알았다. 안전할 수 있는데 그들을 위해 위험을 무릅쓰고, 적장의 아내임에도 온 것이다.

안타까움과 회한, 수치와 슬픔으로 그 얼굴들이 어두워졌다.

대오가 말했다.

"모두 마을로 돌아가라. 가서 아가씨가 돌아왔다고 전해라. 그리고…… 아가씨, 아가씨는…… 아니, 부인은 왕자님께 가셔야 합니다."

"앞장서 주세요."

호련은 다시 말에 탔다. 대오 역시 뒤이어 말에 타고 급히 앞장섰다. 갈호가 흉맥족 사이를 가로질러 호련 옆으로 말을 몰아왔다. 대오가 보자 호련이 말했다.

"갈호는 제 오라버니예요. 같이 갈 겁니다."

대오는 청년의 얼굴을 살피다 고개를 돌렸다. 차굴란의 조카라더니, 눈매는 참 비슷하다.

"여환은 어디 있나요?"

호련이 물었다.

"검개 바위 옆의 요새입니다."

지금 여환 앞에 이 아가씨를 던져 두는 것은 가혹한 일이다. 그럼에도 불구하고 데리고 가긴 가야 하니, 참 고역이다. 할 수만 있다면 대오가 옆에 붙어 지켜주고 싶을 지경이었다.

"죄송합니다. 부족 무사들을 지켜 드리지 못해."

"당신이 할 수 있는 일이 많지 않다는 건 알아요. 그리고 당신에게 악의가 없다는 것도 알아요. 선의는 있어도 힘이 없으면…… 그건 선의를 품은 자에게 가혹한 일이지요. 괜찮아요."

"감사합니다. 용서해 주셔서."

"미워한 적도, 원망한 적도 없어요. 이 텅 빈 말이라도 당신을 편하게 해주었다면 다행입니다."

대오는 다시 어깨가 무거워졌다. 말의 속도를 최대한 늦추고 싶었으나 뒤에서 떠밀기라도 한 듯 너무 빨리 멀리 요새가 보였다.

납작한 언덕 위에 돌로 지어 올린, 아주 오래된 요새다. 경비를 돌던 무사가 그들을 보고 요새로 들어갔고, 잠시 뒤 문이 열렸다.

호련은 그 안으로 말을 몰았다. 둥글게 솟은 문으로 들어가자 무장한 무사들이 호련을 알아보고 고개를 들었다. 호련은 말에서 내려 대오와 함께 들어갔다. 갈호 역시 그 뒤를 따랐다. 무사 몇이 막아섰지만, 대오가 같이 들여보내라 하자 물러났다.

"책임은 내가 지겠다."

호련은 안으로 들어가며 머리를 덮은 푸른 모자를 벗었다. 묶어 올렸던 검은 머리카락이 어깨와 등을 타고 쏟아져 내렸다. 호련은 돌로 된 좁은 복도를 지나 요새의 가장 중요한 여환의 집무실로 향했다. 대오가 문 앞으로 가서 말했다.

"호련…… 아가씨가 왔습니다."

그리고 대오는 문을 열고 먼저 들어갔다.

여환이 기다리고 있었다. 오라고 윽박지르던 상대를 데리고 왔다 하는데, 여환은 화내지도 어서 좀 보여달라 하지도 않았다. 항상 그렇듯 차분하게 대오를 기다리고 있었다.

"저기, 드릴 말씀이 있습니다."

"뭐냐?"

"태괄 왕자가 왔습니다. 그리고 사흘을 말했습니다."

"사흘?"

"네. 사흘간 아가씨를 만나고, 그 사흘 안에 돌려보내지 않으면 회합을 청했습니다."

여환은 담담하게 말했다.

"사흘 뒤 만나마."

"네?!"

"그 애송이가 그렇게 만나자고 하면 만나야지. 알겠다고."

대오는 경악했다. 듣는 시늉이라도 할 줄 알았는데, 조금도 망설임이 없다. 어처구니가 없다. 물론 여환은 전쟁 전에, 옆에서 보기에 어처구니없는 결정을 참 잘도 했다. 그렇게 아무 생각 없이 하는 듯 보여도 여환이 이기는 데는 아무 문제가 없었다. 여환은 항상 대오가 생각하는 수준을 뛰어넘었다. 괜히 별 중의 별이란 칭송을 들어온 게 아니었다. 그러니 뭔가 생각이 있어 이런다 싶어도, 제발 그 생각은 집어치워 달라 말하고 싶기도 했다.

"약속했습니다."

"못 지킬 약속을 한 네가 책임질 일이지."

그리고 여환은 문을 가리켰다.

"나가라."

"……."

한 치의 빈틈도 없다.

대오는 뒤로 물러나며 말했다.

"저기, 그리고 이 일에…… 그분의 책임은 없으니까……."

"죽일 거면 애초에 죽였다. 그러니 그건 걱정 마라. 나가."

여기서 더 얼쩡대면 여환이 무슨 소리를 할지 모르겠다. 그래도 대오는 더 머뭇대다 마지못해 나갔다. 문을 여니 앞에 호련이 있었다. 대오는 그 얼굴에서 시선을 거두며 말했다.

"들어가 보십시오."

호련은 직접 철문을 열어 젖혔다. 문 너머에 놓인 의자 앞에 여환이 서 있었다. 호련은 그의 앞으로 갔다. 워낙 큰 여환 앞이라 호련의 정수리는 그 가슴 언저리에 간신히 닿았다.

여환이 말했다.

"문 닫아."

"저기……."

대오는 호련에게는 정중하게 해달라 말하려 했지만, 여환이 문을 가리켰다.

"물러나라고 했다. 이 안에서 무슨 일이 벌어지든, 묻지도 듣지도 마라. 그리고 그 꼬마도 나가라고 해라."

대오는 급히 갈호의 팔을 잡아당겼다. 호련의 안전은 보장해도 갈호까지는 보장할 수 없었다. 갈호의 눈앞에서 철문이 닫혔다.

"걱정 말게."

대오는 급히 말했다.

"이리돼서 미안하군. 그래도 걱정 마."

갈호는 벽에 기대 맞은편의 문을 노려보기 시작했다.

뒤따라 들어온 차굴란이 갈호의 어깨에 손을 얹는 것이 보였다. 대오는 뭐라 더 말하려다 갈호의 눈이 파랗게 빛나는 것을 보고 입을 다물었다.

등 뒤에서 철문이 닫히며 정적이 찾아왔다. 세상이 돌과 철로 변한 듯 발걸음 소리도, 바람소리도 들리지 않는다.

호련은 그 자리에 서서 여환을 올려다보았다. 여환의 검은 눈이 싸늘하게 타오르고 있었다.

반년 만에 보는 것이다. 가족의 죽음 이후 그와 가장 오랫동안 떨어져 있던 것이다. 당연하지만 조금도 변함이 없었다.

수려한 얼굴도 그대로, 나지막하게 말하는 어투도 그대로, 싸늘하게 타오르는 눈빛도 그대로였다. 큰 키도, 우아한 몸짓도, 그리고 겨울의 강철처럼 빈틈없는 냉혹함 모두 그대로.

"구와를 아느냐?"

여환이 말했다. 그 순간, 호련은 안도감이 들었다. 이 남자가 정말 하나도 변함이 없다는 것을 알게 되자 자연스럽게 드는 감정이었다.

참 다행이다. 호련의 영지에서 벌인 학살도, 협박도, 이 남자의 머리 안에서는 이미 깡그리 사라졌다. 호련은 왔고, 그것으로 끝이다. 그리고 자, 이제 내가 물어보려던 걸 물어보마.

"우이가 죽었을 때 그 자리에 있던 의원이다. 그가 우이의 시신을 보고 그냥 병사라고 했다고 하더군."

"그래서요?"

"그런데 그는 우이의 시신을 먼발치에서만 봤다더군. 입과 귀에 고인 피를 확인했지만, 네게 금을 받고 병으로 세상을 뜬 거라 말하기로 했다던데."

"잘못 본 걸 겁니다."

"죽기 직전에 내뱉은 말이 거짓말 같지는 않다."

"살기 위해 한 말이었을 겁니다. 살려주지는 않았군요."

"아니, 꼭 그런 건 아니겠지…… 호련."

여환의 싸늘한 눈이 호련의 얼굴에 박혔다. 호련은 그 눈을 마주 보며 말했다.

"맞아요."

"그럴 리가."

여환이 다가왔다. 그의 가슴과 어깨, 손이 가까워지자 오싹해졌다. 그는 피와 살을 가진 것을 죄다 으깨어 뭉개 버릴 듯 강하고 거대하다.

"시녀가 말하더군. 우이는 갑자기, 마치 뭐에 맞은 듯 갑자기 쓰러졌다고 말이야. 그리고…… 네가 그걸 말하지 못하게 했다더군."

"……."

"저 문 앞에는 네 유일한 혈육이 있다. 네 할머니는 살랍의 영지에 남겨놨을 테지만, 저놈은 아니지. 그러니 다시 묻는다. 참이냐, 거짓이냐?"

"맞습니다."

"왜 내게 거짓말을 하라 했지?"

"그건……."

"네가 우이를 죽인 거냐?"

여환의 손이 다가와 호련의 목덜미에 얹혔다. 굵고 강한 손이 서서히 호련의 옷을 그러쥐었다. 힘주면 모든 것을 부러뜨릴 수 있는 손이 턱 아래에서 맹수처럼 도사리고 있다.

여환이 그 엄혹한 눈으로 물었다.

"네가 죽인 거냐?"

"……."

"네 혈육을 생각하라고 했지?"

호련은 여환의 눈을 보았다.

저 눈 안에 겨울의 얼어붙은 황무지가 있다. 자비도, 여력도 없다. 말라 버스럭거리고, 얼어붙어 시리다. 저 안에 있는 온기 한 점을 누릴 수 있는 사람은 우이 하나뿐이었으나, 그 자비가 오히려 우이를 지치게 했다. 아무리 우이에게 여환의 차가운 불길이 닿지 않는다 하더라도, 우이는 그 옆에만 있어도 같이 타고 있었다. 여환은 그녀에게 그 불길을 피할 여지를 주지 않았다. 사랑하기에, 그의 진짜 심장이기에.

그래서 빼앗기로 했다.

당신의 삶을 무참하게 해주고 싶었다. 단 한 뼘이라도 당신 삶을 어그러뜨릴 수 있다면, 실 같은 균열이라도 낼 수 있다면 그걸로 되었다. 그 어그러짐과 균열 속으로 독이 스며들어 당신을 갉아내면 되었다.

그래서 그리했다.

"맞아. 내가 그녀를 떠나게 했어."

호련을 잡은 여환의 손에서 힘이 빠졌다. 몸이 아래로 흘러내려가는 듯했다. 그리고 다음 순간, 엄청난 힘이 뺨을 떠밀었다. 무쇠

덩어리로 후려치는 거나 다를 바 없었다. 바닥으로 몸이 쏟아지며 세상이 컴컴하게 끊어졌다.

정신이 들자 너무 아파 몸을 움츠리며 숨을 몰아쉬어야 했다. 터진 입안에서 피가 왈칵 흘러내렸다.

여환이 손을 내리며 물었다.

"다시 말해봐라."

호련은 머리를 들었다. 머리가 통째로 깨진 듯 아프다.

"말해봐!"

그 손이 멱살을 그러잡더니 풀을 뽑듯 가볍게 호련의 몸을 들었다.

"네가 그녀를 죽였나?"

손이 떨리며 다시 묻는다.

"네가……!"

"그래. 그녀는 네 유일한 삶의 빛이지, 여환. 네 살이고, 네 피지. 네 심장 속에 있는 생명의 정수지! 그래서 그랬어!"

이 갈리는 소리가 들려왔다. 손에 힘이 더 들어가며 손등에 핏줄이 돋아 올랐다. 그러나 한 번 터지자 걷잡을 수 없었다. 턱 아래 그의 무자비한 손을 두고도 외쳤다.

"네 눈이 고통받는 것을, 네가 고독에 몸서리치기를, 네가 상실이란 것을 느끼기기를 바랐지! 그래서 그렇게 했어!"

"너 따위가 감히."

"아니. 당신이야말로…… 당신이 내 부모를 죽였어! 내 형제를…… 내 동생들을! 내 땅을 빼앗고 내 백성을 괴롭혔어! 침탈하고 짓밟고 치욕스럽게 학살했지! 그러니 당신, 당신은 자격이 없어! 그 무엇도 당신 땅에서 자라지 못하고, 그 어떤 자손도 봐서는 안 되는 거야! 그래서 그랬어! 그녀에게 살갑게 굴어 그녀가 나를 믿게 했지! 나를 따라 영지에 오고, 어느새 내가 주는 것은 무엇이든 받게 해주었지! 그리고 그녀는 마지막까지 잘도 받았지! 내가 주는 것은 다!"

"너 따위가!"

"당신이 먼저 한 짓이야!"

"내가?"

"그래, 당신이! 이건 당신이 치를 대가지!"

멱살을 쥔 손이 호련의 몸을 집어 던졌다. 책상과 의자가 호련의 몸을 호되게 후려쳤다. 다시 충격이 올 거라 생각했지만, 그는 그러지 않았다. 호련만 내지르면서 복받쳐 오른 분노로 숨을 몰아쉬고 있을 뿐이다.

여환이 다가왔다. 거대한 짐승이 다가오는 것 같았다. 그리고 조용한 목소리로 말한다.

"네 가족 일은 네 일이다."

뭐라?

차라리 한 대 더 맞는 게 낫겠다. 고개를 들 생각도 들지 않았다. 아주 더러운 소리를 들었다. 너무나 커서 무슨 모욕을 당한지도 모를 모욕을 당한 것 같다.

너, 지금 뭐라고 했어.

여환이 말했다.

"그건 네 일이다, 호련. 네 가족이 죽은 거고, 네 형제가 죽은 거고, 네 동생들이 죽은 거고, 네 부모가 죽은 거야. 그러니 그건 네 일이지, 내 일이 아니다. 나하고 관련이 있는 건…… 내가 그 일을 했다는 정도지. 그런데 내가 네 가족 일로 고통받을 이유가 대체 뭐지?"

어이가 없었다. 턱이 떨렸다.

"그러니 그건 우이와는 상관없어."

"내 가족은……."

여환이 호련의 멱살을 잡아 일으켜 세웠다. 헐떡이는 호련의 턱 아래로 그의 눈이 보였다. 그가 손을 놓으며 싸늘하게 말했다.

"그게 지금 우이와 무슨 상관이냐? 내가 그 일에 대한 대가로 우이를 잃을 이유가 뭐지? 덤비려면 내게 덤벼라. 복수하려면 내게 해. 그건 용납할 수 있으니. 하지만 내 것에 손대는 건 용납 못 한다."

호련은 할 말을 잃었다.

이런 사람이란 것은 항상 알았다. 저 견고한 그의 세상은 흠집을 낼 수도, 상처 입힐 수도, 저항할 수도 없다. 완벽한 바위, 너무나 완벽한 무생물이다, 그는.

"목숨값이 같다는 말은 하지 마. 적어도 내게는 완전히 다르니까."

"내 가족이…… 그 정도인 거야?"

"네게나 소중하지. 나는 많은 이들을 죽여왔다. 전쟁 뒤에는 항상 폐허와 시체만이 남지. 그 시체에 일일이 의미를 부여하고 미안해하거나 애도한 적은 없다."

숨이 차오른다. 여기 오기 전에 했던 모든 생각을 다 쓸어다 처박아 버리고 싶다. 헛된 희망일망정 품었다. 멍청한 소망일망정 행여 그럴지도 모른다 생각했다. 그런데 여환이 호련의 가족에 대해 이리 생각하는 줄은 몰랐다. 죽이긴 죽였지만, 그래도 죽인 일에 대한 일말의 책임감은 있기를 바랐다.

그런데 뭐라고?

아무 의미가 없단다.

그저 그가 전쟁터에서 쌓아두고 떠나는 수많은 시체들 중 하나란다. 오늘 죽이고 내일 자다 깨면 다 잊을, 그런 시체들이란다.

"하지만 우이는 내 것이다. 내 것에 손대는 건 다른 문제다."

가슴이 식기 시작했다.

그래. 그렇구나.

"그럼 나도 죽이든가."

호련은 여환을 노려보며 말했다.

"공평하게 죽여!"

"아니. 그건 공평한 일이 아니지. 나는 너를 죽이지 않아. 그건 네 목숨으로 갚을 일이 아니니까."

"왜……!"

"너는 우이를 죽였지. 그리고 그에 걸맞는 대가가 네 목숨이라고 생각하면 오산이다. 적어도 그렇게 쉽게 하는 건 용납하지 않아. 너도, 내 부모도 그녀의 죽음에 대가를 치를 거야. 하지만 그건 목숨이 아니야. 죽으면 끝이다. 살아야 고통이든 뭐든 겪을 것 아니냐."

호련은 갈호를 생각했다. 그런데 여환의 발끝이 호련의 배를 가리켰다.

"그 애송이 놈과 손만 잡고 다니지는 않았겠지. 너희들이 같이 지낸 만큼, 네가 네 할머니 같은 석녀가 아니라면 하나는 넣어 왔겠지."

"뭐……."

"나는 아직은 네가 필요하다. 생각해 보니 네가 가장 적합하긴 하더군. 어머니가 뭘 끌고 오든 너만큼 내 손에 쥐고 있을 상대는 없어. 부모도 없고 남자 형제도 없지."

호련은 턱이 떨려왔다.

뭐야, 이 자식아?

"아내인 네가 필요하고 네가 낳을 자식도 필요해. 어머니, 아버지가 그토록 만들려 하는, 내 부하와 숙부들이 그토록 바라는, 바로 그 왕이 되려면. 그래, 내 아내를 죽여서라도 내게 주려 하던 왕위를 얻어보려면, 그 왕위를 얻어 내 어미와 아비를 없애려면 네가 필요하다."

"나는 이미 결혼했어."

"그건 네 남편이 죽으면 해결되는 문제 아니냐."

오싹하고 어두운 기운이 등을 훑고 지나간다.

"네 남편의 목을 벨 거다. 그러면 너는 과부가 되고, 결혼할 수 있는 몸이 될 테지. 간단한 거 아니냐. 어차피 나는 네 남편이라는 그 애송이하고 싸워야 하니. 싸우는 김에 죽이면 될 테지."

하지 말라고 하고 싶었다. 그러나 그것이 헛소리에 불과하다는 건 알았다. 이건 그 둘의 전쟁이다.

"그리고…… 후계자도 필요하니, 그 안에 있는 게 딸이든 아들이든 내 아이인 셈치고 낳아라. 다행이군. 그걸 만들려고 너와 몸을 섞는 더러운 짓은 안 해도 되니까."

"당신……."

"그리고 내 후계자로 삼아주지. 그때 마음껏 사랑해라. 내가 왕이 되면, 그때는 그 아이 목숨은 없을 거야. 더 필요는 없으니까. 그래도 너는 여전히, 아마도 영원히…… 네가 죽는 순간까지 내 아내일 거다. 그러니 목숨 걱정만은 하지 마라. 적어도 네가 살아 있는 한 나더러 결혼하라는 사람은 없지 않겠나."

정말이다. 호련은 그 눈을 보았다.

진담이다, 이건.

섬뜩한 농담 같은데, 그에게는 진담이다.

그러고야 만다.

그래. 이 남자에게 감정이란 그런 것이었다. 오롯이 하나를 향해야만 한다. 사랑이든 증오든 슬픔이든 간에. 파낸 만큼 채워야 한다. 이제 그가 왜 이렇게 자신을 돌아오게 하려 했는지 알 것 같았다.

이제 이 남자도 호련 없이는 살 수가 없게 되었다. 호련을 너무도 증오해, 그녀가 저지른 일에 상처 입어야 하는 자신조차 용서 못해, 그래서 호련을 바란다.

이 얼마나 바라 마지않던 일이었던가.

이 대단한 여환이 호련 없이는 살 수 없게 되다니. 그것도 그토록 바라던 대로 너무나 증오해서 호련 없이는 살 수 없게 되었다. 그런데 이게 무슨 꼴이란 말인가. 이 여환이 호련 없이 살 수 없게 되었는데, 호련은 여환이 있어서는 살 수 없을 지경이 되고 말았으니.

여환이 뒤로 물러났다.

“자, 이제 네 발로 나가. 지낼 곳은 누군가가 안내해 주겠지.”

“여환.”

여환이 돌아보았다.

“나는 악몽을…… 꿨어.”

“네 꿈자리 따위 내가 알 바 아니다.”

“정말 악몽이야. 그건…… 뭐냐면 말이야, 당신이 잘못을 반성하고 내게 사과하는 거였어. 아니, 내 가족들에게 연민이라도 느껴서 어쩔 수 없는 일을 한 거니 용서해 달라는 거였지.”

“미쳤군.”

“그런데 정말 그리되면 어떻게 하나 두려웠어, 여환. 내가 너무 힘들고 약할 때 그런 말을 하면…… 나는 당신을 용서할 수밖에 없잖아. 그런데 참 다행이야. 그럴 일은…… 영원히 없을 것 같아.”

“나가.”

“당신을 증오하기만 해도 되니 다행이야. 당신에게 일말의 동정도, 협상의 여지도 없어서 참으로 다행이야. 오로지 증오만 생각해도 되어서…… 어찌나 다행인지!”

호련은 여환을 보며 입술을 올렸다. 힘이 풀린 턱이 덜덜 떨리지만, 그래도 말했다.

“당신은…… 철저히 죽어버려야 하는 인간이야.”

“네가 할 수 있겠나?”

“아니, 당신을 죽이는 건 당신 자신뿐이지. 그건 나도 알아. 그래서 이렇게 말하는 거야. 당신은…… 당신이 죽일 거야. 당신은 조금도 위안을 받을 가치도, 행복할 자격도 없어.”

“네가 정하는 게 아니다.”

"아니, 언젠가 알게 될 거야. 그게…… 지금 내가 정한 거라는 것. 당신 죽을 자리는 내가 정할 거야!"

"꺼져라."

여환의 목소리에는 공허와 재만 남은 분노가 가득했다.

"꺼져!"

단번에 여환의 팔에 몸이 들렸다. 이 자리에서 어떻게든 치워 버리겠다는 듯 밀어붙인다. 그대로 질질 끌려가 문 앞까지 쓸려갔다.

문 앞에 선 순간, 엄혹한 눈과 다시 마주했다. 영원히 잊지 못할 거라 생각했던 눈인데, 그렇게 보자 낯설었다. 이런 눈과 마주했던 적은 없었다.

밀어붙이던 손이 멎었다. 또 무슨 소리를 하려고, 무슨 짓을 하려고. 두려운 건 아니지만 경계심은 들었다.

"그때 내가 직접 네게 물었지. 누가 네 가족을 죽였느냐고."

이건 또 뭔가? 호련은 비릿한 내음이 입안 가득해지는 것을 느꼈다.

"지금 다시 묻지. 누가 그랬지?"

호련은 여환의 눈을 보며 말했다.

"너잖아."

몇 년을 삼킨 말이 썩은 상처가 새로 흘리는 붉은 피처럼 나온다.

"너야……!"

일순 기이한 변화가 보였다. 여환의 눈에서 불꽃이 꺼졌다.

"그래."

대체 이게 무엇인지.

이건 너무 낯설다. 이런 건 여환이 아니다. 이런 건 상상도 해본 적이 없는데, 대체 뭔지 모르겠다.

"나가라."

여환은 문을 열고 호련을 밀었다. 기다리고 있던 갈호가 급히 달려와 호련의 몸을 받았다. 여환이 갈호를 보며 말했다.

"돌아가든 여기 있든, 그건 네가 정해라."

그리고 문을 닫았다.

갈호는 급히 호련의 얼굴을 살폈다. 이미 부어오른 볼과 터진 입술은 감출 수가 없었다. 입술과 턱도 피투성이였다. 호련은 아픔보다는 맞은 모습을 보인 수치심이 더 컸다.

"너……."

갈호의 눈이 서서히 커졌다. 입술이 맞물려 일자로 굳어갔다. 경악이 얼굴을 훑고 지나가고, 그다음 분노가 스쳐 지나간다. 턱 아래에서 부드득 소리가 들렸다.

"이 자식이……."

갈호는 하얗게 질려 정신없이 호련의 턱을 더듬고 머리카락을 쓸어 올렸다. 정신이 완전히 나가 버렸다.

"무슨 짓을……."

"괜찮아."

"이 자식이……!"

호련은 달려 들어가려는 갈호의 팔을 잡았다. 갈호의 등이 시근덕거렸다. 목 안에서 거친 숨소리가 올라왔다. 괜찮다고, 들어가지 말라고 하고 싶었으나 호련의 손도 같이 떨리고 있었다. 다리 힘이 풀리며 몸이 휘청거렸다. 몸이 기울어지고 하늘이 아득해진다. 갈호가 호련의 허리를 잡으며 부축했다.

호련은 갈호의 팔을 꽉 잡았다. 숨을 몰아쉬느라 말하는 데만도 한참이 걸렸다.

“되돌릴 수 없어.”

갈호는 아무 답도 하지 않았다.

“아무것도 돌릴 수 없어. 저자는 벼랑 끝으로 가야 해.”

호련은 갈호를 보았다. 그를 보는 자신의 눈시울이 뜨겁다고 생각했다. 치밀어 오르는 뜨거운 감정에 심장이 쿵쾅거린다.

“그래야 끝나!”

눈이 불타듯 뜨거워지며 눈물이 나왔다. 너무 뜨거워 눈이 타고 볼이 타는 것 같다. 그보다 더 활활 타는 것은 목과 가슴 안이었다. 태괄이 보고 싶었다. 그 팔에 기대어 끔찍한 걸 봤다고, 무시무시한 소리를 들었다고 말하고 싶었다.

당신이 죽으면 나도 죽어.

그 말은 눈을 감아도 들리고 눈을 떠도 들리고 고개를 돌려도 들린다. 호련도 말하고 싶었다.

나도 그래. 그러니 태괄, 당신이나 죽지 마.

요새의 벽에 앉아 있던 매는 두리번거리다 날아올랐다.

높이 오른 매의 발아래로 어느새 병영이 보였다. 막사가 보이고, 조금 더 날아가자 더 크고 안락한 막사가 나타났다. 매는 그 아래로 내리꽂히듯 내려갔다.

키 큰 노파가 팔을 들어 매를 맞이했다. 매는 그 팔목으로 날아들어 날개를 접었다. 노파는 매의 볼을 긁어주었다.

"네 주인은 당분간 안 돌아올 테니, 나하고 지내자꾸나."

매는 눈을 가늘게 뜨고 덩실덩실 어깨춤이라도 추듯 몸을 흔들며 손길을 즐겼다. 노파는 막사 안으로 들어가려다 그녀에게 달려오는 청년을 발견했다.

"부인!"

저 청년 이름이 뭐더라? 누막이었던가, 누개였던가, 누…….

찬눈은 턱을 긁다가 고개를 끄덕였다. 몰라.

"왜 온 건가?"

"누웅입니다."

"알아."

누웅의 눈에 의심이 어렸다.

"모르시는 것 같은데요?"

"안다고. 왜 왔냐?"

"어르신이 원하는 게 있으면 무엇이든 내드리라는 명령을 받았습니다."

"오, 그래?"

찬눈은 곰곰이 생각하듯 고개를 젖혔다. 매가 따라서 고개를 젖혔다.

"우선 다리 짧은 말 두 필하고 온순하지만 발이 튼튼한 나귀 하나에 열흘 정도 먹을 식량…… 아니, 한 달 치 정도로 듬뿍 챙겨줘. 어떻게 될지 모르니까 말이야. 그리고…… 부드러운 고기로 만든 육포와 쌀가루, 소금도 충분히 주게나. 고기는 아주 부드러운 걸로 줘야 해."

"어디로 가시는 거기에……."

"그냥 그렇게 해줘. 특히 말은 신경 써주게."

"산을 오르는 겁니까?"

"그래. 아주 험한 산을 오르는 거야. 그러니 다리 긴 말은 필요 없네. 튼튼하고 순하고 말 잘 듣는 놈으로 두 마리."

"네, 어르신."

누웅은 찬눈의 어깨에 앉은 매를 보았다.

"왜?

"다리에…… 붉은 끈이."

"그래, 빨간 걸로 묶었어. 그런데 그게 뭐?"

"평소에는 푸른 끈이었던 것 같아서요. 세 개나 묶었네?"

"뭐로 치장해 주든 주인인 손자 녀석 마음이지, 내 마음인가. 어서 준비나 해주게."

알았다고 말하려다가 누웅이 놀라서 보았다.

"왜?"

"지금 갈호더러 손자라고 하셨습니까?"

"그래. 어쨌든 내 남편의 혈육이고, 내 손녀하고 같은 할아버지를 두었잖아. 그러니 내 손자지. 어서 준비나 해, 이놈아!"

"아, 알겠습니다!"

누웅은 급히 달려가 사라졌다. 원, 말 많은 놈이구먼. 찬눈은 허리를 두드리고는 초원 너머를 보았다.

씻은 듯 갠 하늘 아래 초원은 하늘 끝까지 보일 듯 넓었다.

이제 그녀가 서두를 때다.

제14장 회합

며칠이 지났나.

아직 사방이 조용한 것을 보니 사흘은 지나지 않은 것 같은데, 여태 세어본 시간으로 보면 사흘째의 오후일지도 모르겠다.

기억이 사라지지 않도록 정신줄 붙들고 있는 것도 고역이다. 제발 지나라, 제발 나를 건드리지 말고 지나가라, 하며 하루를 보내고 다음 하루를 보냈다.

맞은 곳은 가라앉아 이제는 좀 욱신거릴 뿐이다. 피는 멎었고, 다행히 이도 부러지지 않았다. 바위라도 깰 듯한 손에 맞은 것치고는 가벼운 부상이다. 운이 좋았던 건지 그가 의외로 힘을 뺀 건지 모르겠지만, 어쨌든 다행이다.

깜빡 잠이 들었다가 깨어난 호련은 계속 잘 걸 그랬다고 후회했다. 어둑한 감옥 안에 여환이 있었다.

호련은 지친 목소리로 말했다.

"사흘 지났나 보네."

"건방지게 말하지 마라."

"때리려면 때려. 한 대 맞아보니 다음에 한 대 더 맞으면 죽겠더라. 맞아 죽어도 한 대 맞아 죽는 건 나쁘지는 않을 것 같네."

여환은 여전히 무표정했고, 호련은 농담이 실패했다고 생각했다.

여환이 말했다.

"지금 너를 보낼 거다."

"어디로?"

"여름궁전으로. 네가 온 날 어머니에게 사람을 보냈고, 여름궁전에서 보낸 무사들이 조금 전에 도착했다. 같이 가라."

호련은 현기증을 느꼈다. 이 사람, 지금 자기 집으로 가란다. 결혼 취소된 시댁으로, 내 부모 형제들을 죽이라 명령한 자들에게 가란다.

"네 남편이 구하러 와줄 거라 기대하겠지만, 유감이다. 네 남편은 오늘 나와 만날 거고, 네가 떠나는 것도 모를 거다. 회합에 결실이 있을 거라 기대하고 있을지도 모르겠지만, 없을 거다."

때 맞춰서 보낸다는 생각이 든다.

어제 보낼 수도 있고 내일 보낼 수도 있는데 딱 오늘이다. 이해 못할 바는 아니다. 어제는 너무 이르고, 내일은 너무 늦다. 회합이니 당장 내일이라도 전쟁이 벌어질 수 있다. 전쟁에 이기면 모르겠지만, 지면 호련은 태괄에게 돌아갈 수 있다. 그러니 그전에 일찌감치 여름궁전으로 보내 가둬두겠다는 것이다.

"궁금한 게 있다."

여환의 말에 호련은 더 지치는 기분이었다.

"마음에 들지 않는 답을 하더라도 때리지는 마."

그래도 여환은 호련이 반말을 하든 태도가 불량하든 크게 신경 쓰지는 않았다. 어차피 보통 사람은 아니다. 고약한 방향이라는 게 문제일 뿐. 그저 묻고 답하는 게 중요하지, 그 형식이 뭐가 문제냐는 것이다.

"그놈이 네게 무엇을 약속해 주었지?"

"그게 왜 궁금한 건데?"

"물었다. 네게 무엇을 약속해 주었는지."

"없어, 아무것도."

여환이 눈살을 찌푸렸다.

"뭐라?"

"없다고."

결혼할 때 호련이 요구한 건 하나도 없었다. 정말로, 하나도 없다.

영지에 대한 장담도, 여환의 죽음에 대한 약속도, 복수에 대한 서약도 없었다. 태괄이 조건이 없었듯 호련도 조건이 없었다.

생각하니 너무 손해 보는 결혼을 했다. 입맞춤과 애무, 애걸과 호소에 넘어가 아무 조건도 안 걸고 결혼한 것이다. 할머니 말이 맞다. 유혹하는 불한당에 넘어간 순진한 아가씨가 아닌가.

"여환, 당신이 그렇게 휘젓지만 않았어도 나는 아마 이 근처로 오지도 않았을 거야. 전쟁은 아마도 내년 봄이나 되어야 시작되었을 테고, 그동안 나는 당신을 잊고 살았을 테지."

"그런가?"

"그래."

여환은 머리를 쓸어 올렸다. 호련은 이 남자에게 땀이라는 게 나나 싶을 지경이라, 그런 동작 하나도 이유를 짐작하기 어려웠다. 이 남자한테 피가 난다면 그게 더 신기할 거라는 생각도 해본 적이 있었다.

"가라. 이제 네게 주어질 비보 중 가장 고통스러운 건 아마도 네 남편의 전사 정도일까……. 아, 그리고 이건 나중에 어머니에게 따로 전하겠다. 네 배가 불러오면 그건 내 아이이니 걱정 말라고. 그건 일단 봐야 아니까."

호련은 굴욕과 분노로 얼굴이 타올랐다.

"해둘 말이 하나 더 있다."

"또 뭐야!"

"각으로 군대를 보내둘 거다. 아니, 이미 가 있지. 거기에 좀 더 보내는 거야."

호련은 피가 싸늘하게 식었다.

뭐라고, 이 미친놈아?

"하지 마."

"해야지."

"살려준다고 했잖아!"

"그날 처형당할 자들과 앞으로 처형당할지도 모르는 자들을 살려준다는 거지, 오늘도, 내일도, 모레도 살려준다는 말은 안 했다. 생각해 보면 애초에 그게 문제였어."

"하지 마!"

"세어보았다. 우선 강 윗마을은 하루, 강 아랫마을은 반나절이면 충분하지. 초원으로 나간 각족은 천천히 죽여도 괜찮을 거다. 각의 무사들은 무기도 말도 적지. 기병 이백만 주어도 충분히 없앨 수 있을 거다."

"설마, 오늘?"

"오늘은 태괄이 나를 찾아올 테니 아니다. 내일이나 모레, 아마도. 네가 언제 여기로 돌아올지는 모르지만, 언제 가든 그곳에는 그 무엇도 남아 있지 않을 거다. 대지에 소금을 뿌리고 갈아엎을 거다. 그곳에는 아마도 영원히 건기만 오는 황무지가 남아 있겠지."

"고작…… 고작 나한테 화가 나서 이러는 거야? 겨우 그 이유로 사람들을 죽이겠다는 거야!"

"애초에 그곳이 문제였다. 그곳을 차지하기 위해 나는 네 가족을 죽이고 그 풀밭에서 지겨운 나날을 보내야 했지. 그곳에 묶여 용병처럼 지냈고, 결국 우이도 잃었다. 그 땅이 모든 것을 다 망친 거다!"

호련의 턱이 다시 떨렸다.

"시작은 당신이 했잖아."

"그건 전쟁이었다. 네 아버지가 패한 거지."

"당신들이 맹약을 어겼어!"

"전쟁터에 와봐라. 약속이니 뭐니 수다를 떨어봤자 얻는 건 아무것도 없다. 칼과 창과 화살로 도륙을 내고, 원하는 게 있으면 얻어내고, 바라는 게 있으면 복종시키는 게 전쟁이다."

칼이 있으면 좋겠다. 쑤셔 버리게. 도끼가 있으면 좋겠다. 찍어

버리게. 그러나 턱에 여환의 손이 얹혔다. 그 손에 가만히 힘이 들어갔다.

"이제 남은 것 없이 살아라. 그것만 알아둬."

손이 내려갔다. 금방 스쳤을 뿐인데도 욱신거렸다.

"갈호는 각으로 보냈다."

호련은 비명을 참으려고 입술을 물었다.

"설마 그도 죽일 거야?"

"죽을지 살지는 놈의 운이지. 항상 그랬듯…… 그리고 이건 다 너 때문인 거다."

지겹다, 이제. 이 남자를 납득해 보려는 건 애초에 그만뒀다. 그저 지긋지긋할 뿐이다.

여환이 나가고 문이 닫혔다. 다시 정적이 온다.

호련은 벽에 기댔다.

여환이 한 말이 작신작신 몸을 누르는 것 같다.

다 죽인다고?

당신에게는 그렇게 아무렇지도 않게 말할 정도로 가벼운 것들이구나. 나는 목숨을 걸고서라도 와야 하는데, 그런 거라는 것을 알고 그래 놓고선, 당신은 그 모든 것을 돌덩이처럼 내버린다고 하는구나.

제발 하루가 평소보다 길었으면 좋겠다. 제발 순간이 셀 수 있을 듯 길어지길 바란다.

그러나 지나가고야 마는 것이 시간이라 손안의 모래처럼 빠져나가 버린다.

드디어 병사들이 이동하는 소리가 들렸다. 회합의 시간이 된 것이다. 그럼, 저들이 향하는 곳에 태괄이 있다. 그리 생각하자 당장 목소리가 들리는 것 같다. 그 뜨거운 숨소리가, 그 팔이, 그 가슴이 다 느껴진다. 바로 옆에 있는 듯이.

당장 보고 싶고 안고 싶다. 그 없이 거의 스무 해를 살아왔는데, 지금 고작 사흘 그 없이 살았다고 스며드는 서글픔을 어찌할 수 없다.

제멋대로 난입해 데리고 가 결혼해 달라고 하고, 사랑해 달라고 했다. 그리해 주었는데, 살과 피를 덜어가 놓고선 지금 옆에 없다.

그러나 누굴 탓하랴. 다 내가 한다고 해서 이런 거니 누굴 탓하랴.

그저 그가 인내하듯 나도 인내해야 하는 것을.

문이 열리고 바깥 냄새가 풍겨왔다. 지친 얼굴을 들자 처음 보는 무사들이 있었다. 가죽 갑옷으로 무장한 경기병들이다. 키는 크지만 몸은 날렵해 보인다. 여환이 말한 왕실친위대인가 보다.

"나오십시오."

그래도 왕실친위대라 태도나 말투는 정중하다.

호련은 그들 앞으로 나갔다. 그들은 호련을 데리고 밖으로 나갔으나 힘 들어간 압박은 없다. 호리호리한 여자가 뭘 할 수 있겠나 생각하나 보다. 호련이 그저 아가씨만은 아니지만, 이들 역시 그저 무사가 아니다. 호련의 처지가 어떠한지 알 테니 힘은 좀 빠져 있어도 빈틈은 없을 것이다. 그리고 여환이라면 꼼꼼하게도 명령해 두었을 것이다. 살랍 쪽에서 호련을 구하러 오면 호련부터 죽이라고. 최대한 안전하게 데리고 가되, 살랍에서 구하러 오면 시체만 가져갈 수 있도록 해라. 듣지 않아도 그가 명령하는 걸 들은 기분이다.

호련은 그들을 따라 밖으로 나갔다. 바깥바람을 마시자 그래도 좀 숨이 트였다. 무사들은 호련에게 말을 가져다주었다. 묶거나 강압적인 태도는 보이지 않던 그들도 호련이 일단 말에 타자 호련에게 고삐를 주지 않고 직접 말고삐를 잡고 말을 끌어냈다.

그때, 매 울음소리가 들려 호련은 고개를 들었다. 높이 날던 매는 크게 곡선을 그려 방향을 바꾼 뒤 고도를 낮추었다. 그리고 날개를 한 번 크게 퍼덕여 속도를 늦추어 호련의 앞을 가로지르더니 위로 휙 솟구쳐 올랐다.

"저건 누가 키우는 건가? 다리에 파란 매듭이 있네?"

앞장서 가던 무사가 혼잣말처럼 말했다.

"흉맥족 걸 겁니다. 이 성안에 여환 왕자님에게 복종하는 흉맥족들이 있다고 들었으니, 그들의 매일 겁니다."

호련의 고삐를 잡은 무사가 답했다.

"갑시다, 아가씨."

말고삐가 팽팽해지자 말이 걷기 시작했다.

구름 속으로 노을이 스며들고 있다. 먼 비탈 등성이에 능고의 깃발이 보였다. 그 저녁노을에 붉게 젖어드는 벌판 너머에서 깊고 구슬픈 늑대 울음이 들려왔다.

태괄이 회합을 신청하고, 여환은 받아들였다. 장소는 양 군 주둔지가 있는 중앙의 고지로, 태괄이 먼저 기다리고 있기로 했다.

"너는 남아라."

여환의 말에 대오는 차라리 다행이다 싶었다. 태괄에게 면목 없는 일이 많았다. 보내주지도 못했고, 지켜주지도 못했고, 오늘 그 아내가 능고의 여름궁전으로 끌려갔다는 걸 알면 정말 격노할 것 같다. 게다가 여환에게 맞아 부운 호련의 얼굴을 보았을 때 대오도 속이 쓰렸다. 남편이 그걸 안다면 여환의 턱을 먼지로 만들 것이다.

일이 이리되었으니 회합이 바른말 고운 말 주거니 받거니 하다 끝나지는 않을 거라는 정도는 양측 모두 예상하고 있었다. 대오는 여환이 그다지 화술에 능하지 못하다는 점을 알고 있기에 걱정되었다. 지난번에 만난 태괄은 적어도 여환보다는 말을 잘했다.

여환은 대오를 등지고 부하들을 끌고 갔다. 해가 저물자 회합을 앞둔 곳에서 횃불이 올라왔다. 대오는 요새 위에서 보다가 돌아왔다. 기분이 좋지 않다. 아니, 요즘 여환을 보면 항상 기분이 좋지 않다.

"오고 있습니다."

누웅이 말을 달려와 태괄에게 알렸다. 태괄은 투구를 벗어 누웅에게 던졌다. 누웅이 태괄의 얼굴을 살폈다.

"왜, 인마?"

"괜찮겠어요?"

"뭐가?"

"저라면 당장 달려가 멱살 흔든 다음 주먹을 박아 넣고 싶을 것 같거든요. 내 마누라를 넣어도 그런데, 왕자님은 더 할 것 같아서."

태괄은 허허 웃었다.

"죽지 않을 만큼 살을 발라내고 갈대밭에 던지고 싶은데, 내가 죽지 않을 만큼만 발라내는 방법을 몰라서."

누웅도 그 말에 매우 동의한다. 태괄이 여환의 살을 바른다면 옆에서 같이 바르고 싶다. 다만, 그 역시 죽지 않을 만큼만 살을 베어내는 방법을 몰라서 못하겠다.

태괄은 서서히 가까워지는 여환을 보며 고개를 들었다.

이렇게 가까이 만나는 것은 실로 처음이었다. 동부의 맹호, 별 중의 별, 온갖 별명들을 다 끌고 다니는 장수인데 적이라 얼굴 가까이 댈 날이 없기는 했다.

태괄은 여환에 대한 평판 중 냉혹하다는 말만은 부정하고 싶었다. 냉혹한 게 아니다, 저놈은. 감정이 없는 게 아니라, 특정 부분에 관한 한 보통 사람보다 몇 배로, 아니, 초월적으로 집요하고 감정적이다. 그 감정이 냉혹함으로 보이는 건, 그가 자기 감정이 강력한 만큼 다른 사람 감정에는 조금도 관심이 없고 공감도 못하기 때문이다. 그러지 않고서야 여태 여환이 해온 일이 설명되지 않는다. 객관적인 적은 태괄이지만, 미운 건 호련이니 호련더러 오라고 한다. 그게 무슨 결과를 불러올지 여환은 조금도 관심이 없다. 제정신 달린 부하들이라면 지금쯤 옆에서 뜯어 말리고 있을 테지만, 여환은 귀를 기울이지 않을 것이다.

그래서 태괄은 지금 자신이 위험한 도박을 하고 있다는 것도 알고 있었다. 손과 눈이 닿지 않는 암흑 속에 그의 여자를 놓아두고 이 일을 하려는 것이다. 그건 각오하고 생각했던 것보다 더 지독한 일이었다. 보내놓고 돌아서는 즉시 후회하기 시작했다. 그리고 지금까지 후회하는 중이다. 호련을 다시 만날 때까지 후회할 것 같다.

여환이 더 가까워진다.

어둠을 할퀴는 횃불이 그 얼굴에 깊은 명암을 드리웠고, 태괄은 그 빛과 그림자 속으로 여환의 얼굴을 보았다. 대체 뭐가 그를 신으로 불리게 하는지 궁금했다. 그러나 얼굴만으로는 모르겠다. 태괄에게 그는 그저 그의 속을 뒤집어엎는 오만방자한 적장일 뿐이었다.

닿을 듯 가까운 곳에 여환이 말을 세웠다. 그의 친위대가 양옆으로 서고 깃발을 올렸다. 태괄의 수하들도 양옆으로 섰다. 등 뒤로 양 군 부대가 하나씩 따라와 그들을 지켜보고 있었다.

태괄은 여환이 데리고 온 자들을 대충 훑어보았다. 지난번에 보았던 대오라는 자는 없다.

태괄은 여환 앞으로 말을 몰아갔다. 언제 보아도 참 큰 놈이었다. 한 발자국 앞에 서자 태괄은 말을 멈추었다.

주변이 고요해졌다. 말 울음소리가 들릴 뿐, 무기 움직이는 소리도, 발 움직이는 소리도, 숨소리도 들리지 않는다.

싸늘한 고요 속에 두 왕자는 말없이 서로를 보았다. 전쟁이 끝나면 둘 중 하나는 이 세상에 없을 것이다.

"살랍의 태괄이다."

"능고의 여환이다. 왜 온 거냐?"

"아내를 돌려보내지 않으면 만나자고 했지 않은가. 둘 다 무시할까 봐 걱정했는데, 적어도 하나는 들어주니 반쯤은 다행이군."

"아내?"

"내 아내. 호련, 각의 영주이자 살랍의 왕자비, 바로 그 아내. 당신이 할 말이 있다고 해서 보냈더니, 당신이 억류했더군. 전쟁 전에는 돌려받아야 할 것 같아서 왔어."

"내가 남의 여자 붙들어놓고 협박이나 하는 것으로 보이나? 그런 걸로 승리를 거래할 만큼 다급하지는 않다."

"네 꼴이 지금 그러신데?"

"원래 내 약혼녀였다."

"몇 달간 약혼만 한 상태였지? 그리고 그중 한 달은 혼례를 잡아놓았는데도 신랑인 네가 나타나지 않아서 보낸 시간이고. 그 정도면 네가 결혼할 생각이 없다고 봐도 무방한데."

"그건 내 마음이다. 그리고 너야말로 내 신부를 유괴해 억지로 결혼한 게 아니었나. 내게는 혼례를 미룰 권한이 있지만, 네게 그녀를 데려갈 권한은 없을 텐데?"

"애초에 그녀에게 구혼할 생각이었는데, 네가 있는 곳에서는 곤란해서 장소를 옮겨서 구혼한 거다."

"네가 뭔데?"

그러는 넌.

태괄은 울컥 치미는 것을 느끼며 여환을 보았다. 담담하고 냉혹한 눈이 태괄을 보고 있었다.

이 자식이 이거.

입술이 올라간다. 자근자근 밟고 씹어 뱉고 싶어지는 면상이다.

"나는 그녀의 아버지에게 구혼 허락을 받았다. 돌아가시긴 했다만, 장인, 장모와 처남, 처형, 처제까지 죄다 몰살한 너보다는 내게 허락이 내려질 가능성이 높긴 하겠군. 하긴, 신랑감으로 너보다 못하기도 힘들겠다."

약간의 술렁임이 여환 쪽에서 일어났다. 여환의 얼굴도 굳었다.

"몇 년 전의 일인 거냐?"

"그녀는 어렸고, 나도 좀 어렸지. 그래도 나는 그녀의 아버지에게 청혼 의사를 밝혔고, 부족장은 허락했어. 아버지에게 허락받은 만큼 나는 그녀의 구혼자가 될 자격이 있지. 아무리 너하고 약혼했다 하더라도 말이다. 게다가 너, 약혼 맹약은 없었더군. 그럼 약혼이 아니라 혼례 예정이었던 거고, 네가 나타나지 않아 그 혼례도 없는 셈이 된 거지. 그러면 누구나 구혼자가 될 수 있는 거 아닌가."

"그건……."

여환은 모르는 일이었다. 어머니가 다 하고 여환은 아무 신경도 쓰지 않았다. 했다고 말할 수도, 안 한 게 맞는 거라 할 수도 없는 노릇이었다.

"그래서 나는 그녀를 내 곁으로 데리고 와 구혼하고 결혼한 거다. 그녀의 할머니가 승낙했고, 남자 형제인 갈호도 동의했지. 내가 거친 절차는 네가 거친 절차보다 더 정당하지 않은가."

"서출 오라비가 무슨 권한이 있다고."

"유일한 남자 형제지."

"그래도 서출이다."

"하긴, 그건 나보다야 네가 더 잘 알겠군."

여환의 턱에 힘이 들어갔다. 여환은 서서히 이 조롱이 지겨워지고 있었다. 그런데 같이 조롱할 수도 없는 것이, 여환은 태괄에 대해 거의 아는 바가 없었다. 살랍에서 온 젊은 왕자, 이 외에는 텅 빈 백지였다.

"지금 나하고 장난하는 거냐?"

"나는 사실만 말했다, 여환. 나는 구혼자로서 그녀를 데리고 왔고, 그녀에게 구혼하고, 그녀는 허락하고, 우리는 결혼하고, 그녀는 내 아내가 되고 나는 그녀의 남편이 되었지. 그런데 그녀의 영지를 다스리는 문제로 그 대리인인 네가 난폭하게 굴었고, 내 아내는 그 일을 해결하기 위해 너에게 갔지. 그런데 네가 그녀를 억류하고 돌려보내 주지 않았지. 자, 이게 사실이다. 덧붙일 거 없어 보이는데?"

"나는 그 아이의 약혼자다. 그 아이를 부른 건 내 권한이다."

"결혼은 나하고 했으니 약혼자가 있든 없든 상관없어. 우리 형수님만 해도 약혼자는 세 명도 넘는데 결혼은 우리 형하고 한 번만 했지. 남편은 우리 형님 하나뿐이고. 능고에는 결혼 후에도 약혼이 유효하다는 법도 있나?"

여환의 참모 해막이 다가와 작게 속삭였다.

"그냥 본론으로 넘어가십시오. 계속 나가면 말립니다."

그리고 제발 그렇게 해달라는 듯 고개를 저은 뒤에 물러났다.

여환은 다시 짜증이 났다. 대체 뭘 어떻게 하라는 거야? 결국 했던 말을 다시 하는 수밖에 없었다.

"돌려보내 줄 수 없다."

"여환, 나는 너하고 협상하러 왔다. 그냥 돌려보내 달라는 건 아니다. 각의 영지에 대한 통치권은 너에게 넘기고, 그 안에서 무슨 짓을 하든 나는 상관하지 않겠어. 아내만 돌려보내 줘."

"입 닥쳐."

결국 윽박지르듯 내뱉고 말았다.

살랍 쪽 무사들 사이로 전의가 스치고 지나갔다. 검을 쥔 손에 힘이 들어가고 활시위가 당겨지는 소리가 들려왔다. 태괄이 손을 들어 살랍 무사들을 만류했다.

"군대를 물리지."

"뭐라?"

"군대를 물리겠다. 영지 안으로 다시 데리고 갈 테니, 아내를 돌려줘. 네 저열하고 파렴치한 짓에 대한 대가치고는 아주아주 후한 게 아닌가."

"그만큼 아내가 중요한 건가?"

"그럼. 그녀에게 구혼하고 허락받을 때 내가 얼마나 비굴하게 발발 기었는지는 내 부하들이 더 잘 알지. 형님조차 나를 가엾게 여겨 납경에 도착한 그날로 혼례를 올려주었을 지경이다. 그런 분인데, 내 어찌 모시지 않겠나. 내가 얻은 승리 중 그렇게 힘들게 얻은 승리도 없고, 내가 패배한 전쟁 중 그리 영광스러운 것도 없지."

긴장이 풀린 살랍군 사이로 웃음이 돌았다.

여환의 눈썹이 올라갔다. 그는 이 분위기를 참을 수가 없었다. 태괄은 지금 자신이 호련을 유괴해 결혼했다는 정황 자체를 엎어버렸다. 게다가 중대하고 심각한 비밀을 말했다.

몇 년 전에 일어난 족장 일가 몰살의 범인은 공식적으로는 살랍의 패잔병들이었다. 그 비밀 너머의 실체를 당사자인 여환을 두고 모두에게 말했다. 공식적인 비밀인 것과, 이렇게 만천하에 외치는 건 완전히 다른 문제다.

"네 아내는 곧 만나게 될 거다."

여환의 말에 태괄이 놀랐다.

"어, 고맙네. 정말?"

"몸은 놓고 목만 만나러 가게 해주지."

살랍군의 얼굴이 모두 굳었다. 그러나 태괄은 여전히 웃는 얼굴로 말했다.

"네가 이 동네 미친놈인 건 알고 오긴 했는데, 말이 험하군. 이봐, 여환. 전쟁의 결과는 붙어봐야 아는 것 아닌가. 거의 십 년 다 된 네 전설이 오늘도 계속된다는 말도 없는데. 작년의 패배는 어찌할 건가?"

"재작년의 패배는 잊었나?"

"그때는 나도 정신이 없어서 말이야. 여기 처음 와서 어디에 뭐가 있는 줄도 몰랐어. 네가 싸움 걸어서 얼결에 온 거였지, 싸움 준비 제대로 하고 온 건 아니었다. 그리고 어디에 뭐가 있는지 알겠더니, 이길 수 있더군."

"운이 좋았던 거다."

"이번에도 운이 좋을 수 있잖아. 아니면 여환 네가 운이 나쁠 수도 있지."

"네 마누라 되찾아갈 생각이 있기는 한 거냐?"

"줄 생각이 있다면 받아갈 거다. 줄 생각이 없다면 그것도 어쩔 수 없지."

"나를 놀리려고 여기까지 온 거냐?"

"아니, 진심이야."

"네 아내는 네가 찾아가든지, 아니면 목만 가서 재회하든지 해. 그러나 안심해라. 네 목을 손에 넣으면 그 계집애에게 반드시 가지고 가줄 테니!"

살랍 무사들에게서 살의가 뿜어져 올랐다.

그런데 태괄이 크게 웃었다.

"이봐, 내 목보다는 네 목을 더 좋아할 거야. 부모 형제를 몰살한 원수의 머리통을 싫어할 여자는 세상에 없을 테니. 벽에 걸어 놓고 네 목이 썩어가는 것을 아쉬워하며 바라볼 거다!"

이번에는 능고군 쪽에서 살의가 스치고 지나갔다. 태괄은 다시 손을 들었다.

"그러니 자, 우리 험하게 하지 말자. 아내를 돌려줘. 이런 것까지 감수할 필요는 없지 않은가. 그녀는 내 아내고, 또 너는 그녀의 원수지. 네 아내가 되지 않겠다고 또 엉뚱한 데다 몸 던질까 봐 걱정될 지경이야."

"우리 둘 사이에 남은 문제가 있다. 호련이 책임질 문제지."

"왜? 네 마누라라도 죽였다든가?"

여환은 불쾌함을 더 참을 수 없었다. 그건 태괄의 입에서 비웃음과 함께 나올 문제가 아니었다.

태괄은 여환의 얼굴을 똑바로 살피고 있었다. 오호라, 드디어 얼굴색이 마음에 들게 변하고 있군.

여환이 갈아붙이듯 말했다.

"함부로 입에 올리지 마라."

"맞아? 그럼 호련이 원수의 아내를 죽인 거군."

"닥쳐. 내 것에 손대는 건…… 나는 용납할 수 없다. 차라리 내 잔에 독을 타고 내 등에 칼을 박으라고 해. 하지만 아내는 아니었어. 아무 힘도 없는 여자였다!"

"네 것이라. 그래. 네 것이지, 그 여자는."

"알면 더 입에 올리지 마!"

"하지만 호련의 가족은 무엇인가. 그들 역시 아무 죄도 없지 않은가."

"그들 족장이 패한 거다. 그리고 나는 내가 만든 모든 시체에 애도를 표하지는 않아. 애도를 표할 건 호련이지 내가 아니다! 그리고 그걸 왜 우이가 책임져야 하는 거지?"

"네 거니까."

태괄이 다시 말했다.

"그 여자가 네 거라서 그런 거다, 여환."

"무슨 소리냐?"

"지붕에서 비가 새면 그건 비 책임이 아니라 지붕 수리 안 한 네 놈 책임이란 말이다, 여환."

"내 것을 망치는 것과 내게 원한을 지는 것이 무슨 상관이냐?"

"무력한 여자와 결혼해 그녀가 네 여자가 되었으면 지키는 건 네 몫이다. 네가 만든 시체의 수만큼, 네가 흘리게 한 피만큼, 네가 찢어놓은 가슴들만큼. 그 여자가 네 여자가 되었다면 네 인생 역시 그녀의 인생이 되는 거다, 여환. 그녀의 인생이 네 인생이 되었듯 말이다. 네가 가진 게 너 자신이니 네 것을 지키는 것이 너를 지키는 거고, 네 것을 빼앗는 것이 너를 공격하는 거지."

"뭐?"

"네 검, 네 그 대단한 악명과 위명, 그리고 네 나라, 네 부모, 그리고 네 아내까지. 네가 가진 게 다 너 자신이란 말이다. 네 것과 너를 따로 놓고 생각하라고 할 거면 여기에 네 알몸뚱이 하나 들고 왔어야지. 네 것과 네가 다르다면, 네 것을 망치는 것과 네게 분노하는 게 다르다면, 그러면 너는 이 자리에 그렇게 왔어야 하는 거다, 여환!"

"헛소리 마라."

"못 알아듣겠다면 그건 네 머리가 나빠서 그런 거고."

다시 여환의 턱에 힘이 들어갔다. 해막이 다가와 만류했다.

"이제 그만두십시오! 제발요!"

더 이상 말 섞었다가는 태괄로부터 우롱당할 뿐이다. 해막은 대오가 따라오지 않은 것을 원망해야 했다. 이런 상황을 중재하는 것은 거의 대오의 역할이었다. 해막은 여태 여환이 다른 사람들 속 긁는 것만 봤지 다른 사람이 여환의 속을 긁는 건 처음 보았다. 아니, 애초에 여환과 이렇게 대등하게 말을 섞을 사람이 능고에 없기는 했다.

성난 여환이 말했다.

"살랍은 왕자를 전쟁터에 보낼 때 혓바닥만 가르쳐서 보내나?"

"너희들이 옹알이만 가르쳐서 보내는 거겠지."

이제 해막은 여환의 뒷덜미라도 잡아끌고 가고 싶었다. 대오, 이 자식은 왜 하필 지금 없어서 이 상황을 만드는지 모르겠다고 생각하며.

"왕자님, 제발 본론만."

이건 애걸이다. 나중에 여환에게 후려 맞는 한이 있어도 더 말하게 할 수 없었다.

"돌아가라."

여환이 한숨과 함께 태괄에게 말했다.

"돌아가 꺼져! 그 계집애는 절대 보내지 않는다. 네가 뭐라 하든 간에 내가 그리 결정했다."

태괄의 표정이 굳어갔다.

그 눈빛을 보며 여환은 더 화가 치밀었다. 저놈은 여환을 볼 때 항상 저런 눈빛이었다. 자기 영역을 주장하는 자의 눈, 주인이 들개를 보는 그런 눈이다. 저런 눈에 왜 기분이 더러웠는지 알 것 같았다. 그 계집애가 네 거냐? 아니다.

"아니."

태괄이 말했다.

"너는 그럴 권리가 없어."

여환은 일순 말이 막혔다. 이놈이 지금 나한테 뭐라고 하는 건가?

"네가 뭔데?"

다시 태괄이 노려보며 외쳤다.

"네가 뭔데—!"

능고의 무사 중 하나가 검 위로 손을 얹었다.

순간, 태괄의 안장에 화살이 박혔다.

해막이 기겁하며 외쳤다.

"어떤 놈이냐!"

태괄은 급히 말을 뒤로 뺐다. 그러나 그 누구도 예상 못했던 일이 벌어졌다. 태괄은 물론이요, 대오 대신 나온 해막도, 아마도 대오가 와도 예상치 못했던 일이었을 것이다.

검이 뽑혀 나갔다. 누구의 검인지 돌아보기도 전에 대열을 뚫고 나간 것은 여환이었다.

"왕자님!"

누웅이 외쳤다.

태괄 역시 예상 못했던 일이다. 부하도 아닌, 왕자가 직접 나올 줄은 몰랐다. 아니, 애초에 이 자리에서 여환의 공격을 받을 거라고는 예상도 못했다.

태괄의 철퇴가 간신히 검을 막았다. 챙캉! 소리와 함께 검과 철퇴가 맞물렸다. 식은땀이 태괄의 등을 타고 흘러내렸다. 팔다리가 얼어붙을 정도로 급작스러운 공격이었다.

이 자식이……!

이가 맞물리며 으득, 소리를 냈다. 분노가 온몸을 구석구석 파고들었다. 태괄의 철퇴가 여환의 머리를 향해 날아갔다. 여환이 피하며 검을 찔러 넣었다. 태괄은 팔을 휘둘러 여환의 어깨를 후려쳤다. 갑옷째 철퇴에 맞으며 그 몸이 뒤로 밀려났다. 둔중한 통증에 여환이 분노로 이를 갈아붙였다.

"너, 이 자식!"

힘을 담은 검이 태괄을 향했다. 태괄은 검 아래로 피하며 여환의 허리로 파고들었다. 철퇴가 그 허리를 후려쳤다. 거의 동시에 여환의 주먹이 태괄의 목을 후려쳤다. 숨이 컥 막힌다 싶었지만, 태괄은 여환을 향해 다시 철퇴를 날렸다. 여환의 어깨로 일격이 강타하고 지나갔다. 어깨와 갈비뼈로 한 번에 통증이 치솟아올랐다. 여환의 몸이 말 아래로 휘청거렸다.

"왕자님!"

해막이 고함을 질렀다.

그러나 여환의 손이 태괄을 낚아챘다. 태괄은 여환과 같이 말

아래로 떨어졌다. 동시에 주먹이 태괄의 얼굴을 후려쳤다. 엄청난 주먹이다. 태괄은 기가 막혔다. 왕자 둘이서 동네 불한당처럼 치고받고 싸우고 있다. 그런데 태괄은 기분이 좋아졌다. 아주아주 좋다. 너 잘했다. 참 잘했다!

태괄은 여환의 몸을 걷어찼다. 발끝에 뼈가 닿자 좋아 죽을 지경이다.

"윽!"

신음과 함께 여환의 몸이 굳자 태괄은 그 틈에 주먹을 날렸다.

여태 화났던 게 다 밀치고 올라왔다. 지금까지 참아주는 것도 힘들었다. 아니, 처음 볼 때부터 이러고 싶었다. 여환이 이를 악물고 눈살을 찌푸렸다. 태괄은 일어나 그 정강이를 걷어찼다. 여환의 몸이 비틀거리자 다시 한 번 걷어차고 그 멱살을 확 낚아챘다. 억센 몸의 저항이 느껴지자 정말 짜릿해졌다.

태괄은 여환의 얼굴에 주먹을 꽂아 넣었다. 그 한 번 가지고는 되지도 않았다. 여환의 눈이 올려다보자 태괄은 다시 주먹을 날렸다. 피가 튀며 그 얼굴이 확 젖혀졌다. 여환은 허리에 힘을 주며 저항했지만, 태괄은 그 몸을 바닥으로 짓누르며 내동댕이쳤다.

"막아!"

해막이 고함을 질렀다. 살랍의 무사들도 뛰어나가려 했지만, 누웅이 팔을 들어 막았다. 태괄이 여환을 잡은 손을 놓고 여환의 머리를 후려갈겼다. 뼈 부서지는 듯 엄청난 소리와 함께 그 몸이 쓰러졌다. 통증에 숨 헐떡이는 소리가 여환의 팔 너머로 들려왔다.

태괄은 다시 그 멱살을 잡아 올리며 말했다.

"정말 하나 묻고 싶은 게 있다, 이 자식아."

손에 힘이 더 들어갔다. 목을 잡아 비틀어 버리고 싶은 걸 참는 것만도 고역이었다. 피투성이가 된 얼굴 위의 눈은 싸늘했다. 이 자식, 이거 아직 멀었네.

태괄은 멱살을 잡아 흔들었다.

"대체 왜…… 괴롭힌 거야! 왜! 네놈만 그러지 않았으면 아무 일도 없었어! 고통받을 일도, 슬퍼할 일도 없었지! 네놈만 가만히 있었으면, 하지 않아도 되는 일을 하지 않았으면 아무 일도 없었을 거야! 왜 괴롭힌 거냐!"

여환이 노려보았다.

"네가……."

태괄은 말이 나오기 전에 그 머리를 다시 갈겼다.

"생각해 보니 안 들어도 되겠다."

그리고 가슴을 걷어차고, 손을 놓고 머리를 갈겼다. 여환의 몸이 쓰러졌다. 기침이 터지며 그 입에서 피가 왈칵 터졌다.

태괄은 씨근거리며 허리를 폈다.

간신히 틈이 나자 능고군이 여환을 잡아 끌어냈다. 여환이 태괄을 노려보았다. 태괄은 두 손을 들었다. 누웅이 태괄을 잡아끌었다.

"안 다쳤습니까?"

태괄은 고개를 저었다.

"전혀."

턱만 좀 욱신거릴 뿐이다. 그리고 저쪽은 어두워 잘 보이지는 않지만 뼈 한두 개는 나갔을 것이다. 새삼 너무 살살 팼다는 생각이 든다. 허리 갈길 때 갈비뼈를 다 뭉개놓았어야 했다.

여환이 부하들에게 이끌려 말에 탔다. 그래도 허리가 욱신거리는지 허리를 짚고 눈살을 찌푸렸다. 태괄도 돌아서 말에 탔다.

그런데 바로 그때, 뿔피리 소리가 터졌다.

여환을 잡아 올리던 병사들의 얼굴이 사색이 되었다. 해막이 고함을 질렀다.

"아니다, 이 바보들아!"

멀리서 고함 소리가 터졌다.

"기습이다!"

뿔피리 소리가 연달아 들렸다. 해막이 손을 저었다.

"아니다, 기습이 아니야! 깃발 올려라! 아니, 뭐든 알려라! 오지마!"

그때, 살랍 진영에서 깃발이 올라가며 다시 뿔피리 소리가 울려퍼졌다.

고지 너머에 있던 능고의 기병들이 달려왔다. 어두운 저녁에 무슨 일이 벌어지는지 정확히 아는 것은 불가능했으니 일단 달려오고 보는 것이다.

"모두 와라! 기습이다!"

다시 외침이 들려왔다. 여환이 고함을 질렀다.

"교전이다! 모두 준비해!"

말에 탄 태괄이 돌아보았다. 푸른 달빛 아래 태괄의 얼굴이 싸늘하게 보였다. 방금 전의 분노는 씻은 듯 사라지고 없다. 여환이 외쳤다.

"와!"

그 소리를 들은 태괄이 입술을 올렸다.

그래, 더 싸우자는 거냐? 잘했다.

듣지 않아도 들린 것 같았다.

태괄이 팔을 들었다. 살랍 쪽의 기병들이 치달아 오며 둘 사이를 갈랐다. 능고의 기병들이 밖으로 밀려났다. 기병의 선두가 외쳤다.

"왕……."

어둠 속에서 화살이 쏟아졌다. 능고 병사들의 목과 가슴에 화살이 꽂히고 말의 배와 발에 우수수 꽂혔다. 능고군이 주춤하는 사이, 살랍 쪽에서 강력하게 치고 오는 공격이 왔다. 그 급습에 능고군은 단숨에 비탈 아래로 쓸려 내려갔다. 살랍군 기병이 방향을 틀어 고지로 올라왔다.

"이랍바!"

태괄이 외쳤다.

그 순간, 여환의 왼편으로 창이 날아왔다. 여환의 바로 옆에 있는 무사의 말 옆구리를 창이 꿰뚫었다. 무사의 말이 비명을 지르며 쓰러지고 연달아 다른 기병의 말까지 같이 쓰러지며 비탈 아래로 고꾸라졌다.

여환은 말 머리를 돌리다 통증에 턱에 힘을 주었다. 그가 비틀거리자 능고 병사가 그를 지키기 위해 뛰어들었다. 그러나 그 목에 화살이 날아가 박혔다. 여환은 급히 말을 뒤로 몰았다. 바로 앞으로 살랍군과 능고군이 뒤엉켰다. 다시 뿔피리가 울렸다. 능고 진영이 있는 곳이라면 다 울리고 있었다.

"이게……! 이 멍청이들 같으니!"

해막이 고함을 지르며 여환에게 검을 던졌다. 여환이 검을 쥔 것을 알아챈 태괄이 말 머리를 돌리며 외쳤다.

"우를 공격하라! 좌측, 칼라이, 그대로 치고 들어가!"

동쪽에 있던 능고군이 구원병이 되어 달려오고 있었다. 그러나 그 뒤로 살랍군이 빠르게 쫓아오는 것이 보였다. 창이 날아가 능고군의 등을 뚫었다. 몰아치듯 치고 들어오는 살랍군에 능고군이 진로를 확보하지 못하며 떠밀리고, 다시 옆으로 치고 들어온 공격에 쓰러졌다. 금세 좌가 막히며, 여환의 군사는 앞으로 가지 못하고 여환 쪽으로 밀려왔다.

너무 빠르다.

여환도 알아채고 있었다. 이건 너무 빨라. 패배에 익숙하지 못한 여환이 봐도 모를 수가 없는 속도였다. 여환의 우측이 더 두껍게 막혔다. 좌와 우가 막히자 이제 남은 건 후위뿐이었다.

살랍군 뒤로 태괄이 보였다.

여환의 머리는 군사를 뒤로 물리라 하고 있지만, 목구멍은 전진하라 외치고 싶었다.

해막이 불렀다.

"왕자님!"

여환이 고개를 돌렸다. 해막은 급히 말했다.

"왕자님, 퇴각해야 합니다! 이러다간 왕자님이 위험합니다!"

"알아!"

능고군이 더 달려오기 전에 결판이 날 것 같았다. 살랍군은 지금 대기하고 있다가 능고군이 지원하러 오면 그들을 떠밀며 몰아내고 있었다. 많아지면 많아질수록 오히려 능고군이 불리해지고 있었다. 말 다리가 엉기고 검과 창이 제대로 공격할 기회도 노리지 못하고 있다. 많으면 엉기는 부피만 커질 뿐이다.

"어서요!"

여환은 이를 갈아붙이며 외쳤다.

"퇴각한다!"

여환은 말 머리를 돌렸다. 여환의 등 뒤로 능고군이 몰려들어 왕자를 보호했다. 여환은 말 허리를 차고 비탈을 타고 내려가 능고 진영으로 달려갔다.

태괄은 여환의 등을 보았다. 여환이 돌아보았지만, 이내 허리를 감싸 쥐며 이를 악물었다. 그 눈이 태괄을 노려보고는 다시 돌아섰고, 순식간에 능고군 사이로 사라졌다.

"이제 우리도 가자."

태괄은 고개를 돌리고 언덕 너머를 보았다.

"늦기 전에."

구름 틈으로 환한 달빛이 흘러나왔다. 두툼하게 자란 덤불이 여기저기로 모습을 드러내며 은빛으로 물들었다. 달빛 덕에 시야가 보이자 무사들은 속도를 높이려고 채찍을 들었다.

호련은 덤불을 보았다. 달빛이 그 위로 고요히 흘러내리며 푸릇하게 보인다. 이대로 달려가면 아마도 오늘 해가 뜨기 전에 여름 궁전에 도착할 것이다.

호련은 품 안으로 손을 넣었다. 그녀가 무언가를 꺼내는 것을 본 무사가 그 팔을 잡았다. 호련은 손에 힘을 주며 그 손을 밀었다. 호련이 꺼낸 것은 피리였다. 무사가 손을 놓았다.

"그건 왜 꺼냅니까?"

"이제 고향을 떠나게 되었지요."

호련은 고개를 돌리며 말했다.

"이곳이 참 그리울 것 같네요."

"잠시 속도를 늦춰 드릴 수 있습니다. 둘러보고 싶으면 둘러보십시오."

"감사해요."

호련은 피리에 입술을 댔다. 짧은 피리 안에서는 아무 소리도 나지 않았다. 지켜보던 무사가 말했다.

"고장났나 보군요."

"그런가 보네요."

순간, 앞장섰던 무사가 번개처럼 달려들어 호련의 팔목을 낚아챘다. 옆에 있던 무사가 놀라서 물러났다.

"왜 그래? 고작 피리잖아."

"고작 피리가 아니야."

무사는 주변을 둘러보았다. 어둡고 고요할 뿐, 아무것도 없다. 호련은 무사를 보며 말했다.

"그러지 말아요."

그 눈빛에 무사는 엉거주춤 물러났다.

"미안합니다."

무사는 고개를 돌리고 앞을 보았다. 그러다 그는 덤불 아래로 회색 그림자가 스쳐 지나가는 것을 보았다. 그는 급히 돌아보았다. 다시 그 회색 그림자가 어둠 아래로 꿈틀거리며 지나갔다. 잔등에 돋은 털이 달빛에 확 곤두섰다가 사라졌다.

무사의 얼굴이 굳었다.

"이……!"

어둠 속에서 나지막이 으르렁거리는 소리가 들려왔다.

무사는 급히 말 머리를 틀었다.

회색 그림자들이 덤불숲에서 흘러나오고 있었다. 파랗게 빛나는 눈이 달빛 아래 번득였다. 솟은 귀와 두툼한 꼬리가 어둠 속에서 모습을 드러내고 위로 활짝 솟았다. 길 위와 덤불 앞으로 하나 둘 나타나는 회색 늑대들이 나직이 으르렁거리며 탐욕에 찬 이를 드러냈다.

무사들이 검과 활에 손을 댔다. 호련은 고삐를 쥔 무사의 손을 후려쳤다. 갑작스런 일격에 무사가 고삐를 놓았다. 호련은 고삐를 낚아채고 말 허리를 찼다. 말이 앞으로 달려나가려 하자 당황한 무사가 호련의 팔을 잡아 세게 비틀었다. 호련은 신음을 흘렸다.

"아……."

아래에서 폭발하듯 으르렁거림이 터졌다. 무사의 팔목 아래에서 거대한 이가 솟은 입이 벌어지며 그 팔을 물어뜯었다.

"으악!"

늑대가 무사를 아래로 당겼다. 무사의 몸이 바닥으로 내동댕이쳐졌다. 늑대 한 마리가 더 달려들어 무사의 목을 잡아 뜯었다. 주인 잃은 말이 달려나가다가 늑대에 목덜미가 물어 뜯겼다. 다른 무사가 검을 뽑았지만, 달려든 늑대 두 마리가 말의 엉덩이를 물었다. 말이 놀라 울부짖으며 날뛰었다. 뒤따른 늑대가 뒷다리를 물고 늘어졌다. 말이 쓰러지며 무사도 내동댕이쳐졌다. 삽시간에 늑대가 몰려들어 그 무사의 목과 다리를 물고 늘어졌다.

그것을 신호로 늑대 떼가 몰려와 말과 무사들을 공격하기 시작했다. 사방에 짖는 소리와 비명, 으르렁대는 소리로 가득 찼다.

호련은 말 머리를 돌려 달리기 시작했다.

"아가씨!"

무사가 활을 들어 호련을 겨냥했다. 호련은 멈추지 않고 달렸다. 그가 화살을 날리기도 전에 그 목을 향해 검고 거대한 몸이 날아갔다. 무사의 몸이 내동댕이쳐졌다. 늑대들보다 더 큰 덩치가 무사의 활을 쥔 팔을 물고 턱에 힘을 주었다. 뼈와 살이 으스러지며 피가 터졌다.

"아악!"

호련은 말을 몰아 달렸다. 그 뒤로 늑대의 공격을 간신히 벗어난 무사들이 뒤따라왔다. 호련은 허리를 말 머리에 붙이며 속도를 높였다. 화살이 어깨를 스치고 지나갔다. 호련은 돌아보았다. 무사들이 활에 화살을 쟀다. 그들 옆으로 송아지만 한 검은 개들이 몰려들었다. 말들이 놀라 방향을 틀었고, 화살은 중구난방으로 날아갔다.

호련은 고개를 돌리고 말 허리를 찼다. 말이 더 속도를 높이며 빠르게 달려갔다. 그때, 사냥개들을 벗어난 무사가 호련을 따라잡았다. 말과 무사가 옆에 들러붙었다. 그가 손을 뻗어 호련을 잡으려 했다. 그 뒤로 검은 사냥개가 머리를 들이밀고 말의 엉덩이를 물어뜯으며 몸을 뒤틀었다. 말이 울부짖으며 나동그라졌다. 사냥개들이 달려들어 무사의 목과 발을 물어뜯었다. 무사들이 사냥개들을 향해 활을 쏘았다. 한 마리가 화살에 맞아 쓰러지며 울부짖었다. 흥분한 사냥개들이 그 무사의 등을 덮쳤다.

"젠장! 개는 놔두고 여자나 잡아!"

무사들의 상관이 외쳤다. 그때, 호련 옆으로 화살이 날아와 맞을 뻔했다. 호련이 돌아보니 무사 하나가 땅에 떨어진 채로 활을 들고 있었다. 사냥개의 거대한 입이 무사의 목 뒤로 나타났다. 벌어진 입이 단숨에 무사의 목을 낚아채 쓰러뜨렸다.

호련은 말을 재촉했다. 왼쪽으로 무사들이 말을 몰아왔다. 뒤따라온 게 아니라 방향을 틀어 온 것이었다. 말이 따라잡히며 호련의 뒷덜미가 낚였다. 뿌리치려 했지만 팔 힘이 너무 강했다. 무사가 검을 뽑았다. 그때, 화살이 무사의 손목을 꿰뚫었다.

"으악!"

그가 고함을 질렀지만 호련을 잡은 손은 놓지 않았다. 두 번째 화살이 목을 꿰뚫으며 피가 확 튀었다. 다음 화살이 이마에 박혔다. 말이 기겁하며 머리를 돌리고 울부짖으며 무사를 떨어뜨렸다. 나동그라진 몸을 사냥개들 무리가 달려와 물어뜯었다.

호련이 외쳤다.

"이제 괜찮으니 모두 이리로 와!"

호련은 말을 달리며 외쳤다. 사냥개들은 무사를 놓고 호련의 뒤로 따라붙었다. 다른 사냥개들도 뒤따라 달려와 무리에 합류했다. 그 뒤로 늑대들 울부짖는 소리가 이어졌다.

호련은 개들을 데리고 비탈로 올라갔다. 달빛에 젖은 비탈 위로 회갈색 말이 뛰어올랐다. 기수가 호련을 보자 팔에 든 노궁을 내렸다.

"갈호!"

갈호였다. 갈호는 창백해진 얼굴로 호련을 보았다. 그리고 호련이 다친 곳이 없다는 것을 확인하자 안도했다.

"호련."

호련은 달려가 갈호의 목을 안았다. 갈호가 한숨을 내쉬며 호련의 등을 두드렸다.

"다행이다."

"고마워. 애들이 말은 잘 들었어?"

"날 잊어먹지는 않았더라."

등 뒤로 사냥개들이 헉헉대며 달려와 호련과 갈호를 향해 머리를 들이밀었다. 갈호는 말의 등자에 발을 걸고 그 개들의 머리를 쓸어주며 물었다.

"늑대들은?"

"걔들은 숲으로 돌아가야지."

그리고 호련은 피리를 들어 보였다. 갈호가 눈을 가늘게 떴다.

"아타가 도움이 되긴 했네. 자, 어서 가자."

멀리서 늑대 울부짖는 소리가 들려왔다. 호련은 뒤를 돌아보며 언덕을 올랐다. 포식을 마친 늑대들은 붉은 이를 드러내며 짖고는 돌아서 숲으로 향했다.

호련은 돌아서 말을 달렸다. 한참을 달리자 달빛이 기울기 시작했다. 벌판에 있어야 할 능고군은 하나도 없었다. 소란이 지나간 듯 어수선할 뿐이다. 덕택에 호련과 갈호는 능고군과 만날 일 없이 벌판을 가로지를 수 있었다.

지평선 끝으로 말 그림자들이 보였다. 갈호가 손을 들자 상대가 같이 손을 들었다.

호련은 그쪽으로 말을 몰았다. 지평선 너머에 나타난 태괄이 호련을 향해 말을 몰아왔다. 호련이 말을 건네기도 전에 태괄이 말에서 내렸다. 호련도 말에서 내려 달려갔다.

"호련!"

당장 이름을 부르며 태괄의 팔이 먼저 호련을 안았다. 만나면 울 거라 생각했는데, 정작 안으니 울음은 안 나오고 놀라움이 더 컸다.

정말 만났다는 환희와 함께 지금 벌어진 일이 도저히 믿어지지 않았다. 눈을 감았다가 뜨면 이 꿈에서 깨 보고 싶지 않은 광경과 마주할 것 같았다.

호련은 그 가슴에 얼굴을 묻고 숨을 마셨다.

그런데 그다. 맞다. 살아 있는 그다.

이제 숨을 쉴 수 있을 것 같다. 이제 보이고 들리고 느껴진다. 다시 시간이 흐르는 것 같다.

태괄이 호련의 몸을 더 세게 안았다. 깊은 안도의 한숨이 들려왔다.

호련은 고개를 들었다. 달빛이 환해 잘 보였다.

태괄이다. 그래, 그가 맞다. 호련은 손을 들어 그 턱을 쓸어 올리고 머리카락을 걷었다. 손끝에 그의 체온이 닿고, 피 흐르는 살과 맥박이 느껴진다.

"우리 아가씨, 왜 이러시나?"

"내 남자가 맞나 싶어서. 주변에 남자가 워낙 많아야지."

"나만큼 잘생긴 남자는 없다니까."

태괄은 호련의 오른쪽 이마에 입술을 댔다.

"사흘간 잠도 못 잤어. 기억하는 것보다 덜 잘생겼더라도 다른 남자 아니니까 걱정하지 마."

“저런, 그러지 마. 당신 부하들이 또 지옥을 본 표정을 짓고 있겠다.”

태괄이 고개를 들고 호련을 보았다.

웃던 얼굴이 일순 굳었다.

“가만.”

찢어진 입술도, 멍도 없던 듯 돌아오기에는 너무 짧은 시간이었다. 이 얼굴을 보였을 때의 거짓말을 궁리할 틈도 없었다.

호련이 말이 없자 태괄은 기가 막힌 듯 숨을 몰아쉬고 이마를 쳤다.

“이 자식이…….”

잠시 뒤, 호련이 말했다.

“누가 좀 가서 잡아요. 어서!”

부하들이 급히 달려와 태괄을 잡고 늘어진 덕에 그가 능고군 병영까지 가는 것은 간신히 막을 수 있었다.

제15장 맹호의 덫

대오는 어떻게 해야 지금 상황을 긍정적으로 볼 수 있는지 고민했지만, 애초에 불가능했다.

처음 들으며 생각한 건 해막의 멱살을 잡고 싶다는 것이고, 마지막까지 듣고 생각한 건 여환의 멱살을 잡고 싶다는 것이었다.

대오는 앞에 숨을 몰아쉬며 앉아 있는 여환을 보았다. 얼굴이 창백하게 굳어 있었다. 통증을 참고는 있었지만, 해막에게 들은 정황으로 볼 때 절대 경상일 리 없었다.

"왜 그런 짓을 한 겁니까!"

"이미 했다."

"왜 도발에 당한 거냐고요!"

"이미 했다니까!"

"그러니 닥치라고요? 그럴 수 없다는 걸 아시잖습니까!"

대오는 여환을 이십 년 동안 알아왔다. 그중 다섯 해는 친구 비슷한 호구였고, 나머지 열다섯 해는 부하 비슷한 하인이었지만, 여환의 성격은 감당이 되지 않았다. 지금 역시 그렇다.

"왕자님, 지금 왕자님이 한 가장 큰 실수가 뭔지 아십니까. 지금, 전쟁의 판도를 저쪽에 넘겨줬습니다. 지금까지 죄다 태괄이 원하는 곳에서 태괄이 원하는 방식으로 전쟁을 하고 있다고요!"

"안다."

그리고 여환이 입술을 물었다가 뗐다.

"호련은……."

"네?"

"호련은 갔나?"

"가셨겠지요."

여환은 눈을 감았다. 식은땀이 방울져 이마에서 흘러내렸다.

여환이 중얼거리듯 나지막이 말했다.

"미친놈."

대체 누굴 지칭하는 건지 모를 한마디였다. 여환은 이를 악물며 고개를 젖혔다. 대오가 뭐라 중얼대긴 했지만 여환에게는 더 들리지 않았다.

철퇴에 맞은 어깨와 허리에서 숨 막혀오는 통증이 계속된다. 실속도 없고 명분도 없는데 손해까지 보았다. 누굴 탓해야 할지 모르겠다. 계속 박박 긁어대던 그놈인지, 아니면 우이에게 손을 댄 호련인지.

통증 때문에 모든 것이 뒤죽박죽이다. 앞서 생각할 것이 뒤에 생각나고, 뒤에 생각해도 되는 문제는 앞질러 나온다.

잠시 뒤, 의사가 도착해 여환의 부상을 살피고 붕대를 감았다.

"뼈에 금이 간 것 같습니다. 말에 타기는 힘드실 겁니다."

"묶기나 해라."

여환은 고개를 들다 통증을 견디지 못하고 이를 악물었다.

아파서 짜증난다. 마음대로 되지 않는 것은 항상 견딜 수 없다.

다행이라면, 숙부가 도착해 있다는 것이다. 숙부 능초 왕제는 군대를 한꺼번에 끌고 올 수는 없어 부대를 세 개로 나누어 진군시켰다. 그중 가장 빠른 부대를 들고 온 것이다. 지금으로는 그게 다행이다.

다시, 그놈이 생각난다.

태괄.

단 한 번도 그놈에 대해 진지하게 생각해 본 적이 없다는 것을 그제야 깨달았다. 처음 왔을 때부터 살랍에서 보낸 애송이 왕자 정도로만 생각했다.

그런데 그놈이 지금 뭘 하고 있는지.

이제 보면 그놈이 모든 문제를 복잡하게 하고 있었다. 지난 전쟁에서 놈이 이기는 바람에 능고군은 퇴각했고, 우이는 어머니로부터 몇 배는 되는 압박을 받았고, 어머니는 호련에게 우이의 운명을 맡겼다.

다 그놈 탓이었다.

각이 아니었다. 그놈이다, 죄다 그놈! 그놈이 없어졌어야 했다. 처음 보았을 때 가장 먼저 없앴어야 하는 건 다름 아닌 그놈이었다.

"전략회의를 소집한다. 각 천호장과 만호장에게 전령을 보내."

"괜찮겠습니까?"

"작전을 변경한다. 놈은 속공으로 나와 지난번과 비슷하게 양익을 칠 거다. 그러니…… 숙부님의 지원 부대는 나중에 투입해야 할 거다. 그들이 속공으로 들어와 양익을 공격하면, 그때 들이쳐 포위한다. 어차피 내 병력이 숫자는 더 많다. 올 때까지 버티면 될 테니, 그리한다."

"알겠습니다. 하지만…… 왕자님, 지휘하실 수 있겠습니까?"

"모르겠다. 그러니 만일을 대비해…… 자세히 해두어야겠다. 모두 불러."

"하지만 왕자님……."

"지원 부대가 제때 도착해야 할 테지. 그건 나도 안다. 알고 있으니…… 차굴란을 불러와라. 어서!"

"오기야 금방 올 테지만, 무슨 명령을 하시게요?"

"시킬 일이 있다. 그러니 오라고 해, 당장."

"알겠습니다."

요새 안에 있던 차굴란은 금방 왔다. 여환은 그의 조용한 얼굴을 보며 말했다.

"명령할 게 있다."

"하십시오."

"지금 각으로 가라."

"네?"

"강 윗마을에 있는 백호장 각라에게 전해라. 사흘간 각족을 섬멸할 시간을 줄 테니, 모두 없애 버리라고."

차굴란은 무표정했다.

"우리는 전장에 남을 수 없습니까?"

"그래."

이런 '청소'에 쓰일 거라는 건 차굴란도 이미 짐작하고 있었다. 그는 머뭇대듯 가만히 있다가 답했다.

"알겠습니다. 그리하지요."

대오가 어이가 없어서 둘을 보았다.

"그런 명령은 왜 내리시는 겁니까?"

"이 전쟁에서 이기든 지든, 살랍은 각을 가지지 못한다. 잿더미와 시체나 가지라고 해라. 그놈에게 내가 주는 선물이다."

"반대합니다."

"하지 마라."

"안 됩니다. 자비를 베푸십시오. 그들은 이제 족장도 잃고, 그 뒤를 이을 아가씨 역시 억류된 상태입니다. 자비를 베푸십시오."

"나는 아직 자비를 베풀어 복종을 구걸할 만큼은 아니야. 그리고 차굴란, 너는 어서 가라."

차굴란은 밖을 보다가 고개를 돌렸다.

"하나 여쭙고 싶은 게 있습니다."

"하나라면 말해라."

"왜 파한을 버리셨던 겁니까?"

여환의 눈이 타올랐다.

"그 이야기는 왜 하는 거냐?"

"파한은 왕자님을 위해 모든 일을 다 했습니다. 각족의 족장과 그 가족을 죽이는 데 협조하고, 저를 속여 납경으로 보냈고, 그 죽음을 위장하는 것도 도왔습니다. 그 불쌍한 아가씨를 억류하는 것도 도왔지요. 그런데 왕자님은 그를 버렸습니다."

듣던 대오가 어이가 없어서 입을 더 벌렸다.

"왕자님이 그를 파면하다시피 하여 그는 별수 없이 살랍으로 가서 왕자님이 다시 부를 때만 기다렸지요. 그리고 제가 이 자리에 있게 된 거고요. 하지만 왕자님은 그에게 죽음을 명령하는 것이나 다를 바 없는 명령을 내렸습니다. 그러니 묻고 싶습니다……. 왜 그를 버렸습니까?"

"살수는 가까이 두는 게 아니지."

"살인을 시킨 건 왕자님이십니다."

"쓸 데 쓰는 것이다. 그리고 치워둘 때 치워두는 거고."

차굴란은 눈을 감고 턱을 쓸어 올렸다. 그리고 토해내듯 한숨과 함께 말했다.

"그리고 이제 제가 그 살인을 하는군요."

"가라."

"갑니다. 나중에 뵙겠습니다."

차굴란은 돌아서 나갔다.

대오는 이게 무슨 소리인지 묻는 눈빛을 보냈다. 여환은 통증을 참으며 말했다.

"어서 회의를 소집해라."

"지금…… 저기, 차굴란이……."

"그래, 내가 그 계집애의 부모 형제를 다 죽였다! 그 눈앞에서 다 죽였어! 어머니, 아버지, 오빠들과 언니, 그 동생들까지! 그래서 어쩔 거냐!"

대오의 눈이 커졌다.

"어서 네 할 일이나 해!"

대오가 나가고 문 닫는 소리가 들리자 여환은 정말로 이제 아무도 없다는 것을 확인한 뒤에 몸을 늘어뜨렸다.

눈을 감고 잠시 쉬려 했지만 태괄의 얼굴이 떠오른다.

그 애송이 자식, 하는 생각이 들다가 다시 끊어진다.

역시, 너무 아프다. 눈앞은 텅 비어 먼지밖에 없다. 안다. 이래 봤자 우이는 돌아오지 않는다. 그건 돌이킬 수 없는 사실이다.

여환은 젖은 이마에 손목을 얹고 힘을 주었다. 분노에 찬 손에 힘이 들어갔다. 이러니 그 계집애는 고통받아야 한다. 이 타오르는 가슴에 대한 대가다. 다 네 탓이라고.

"네 탓이다."

태괄의 목소리가 들린다.

그에 뭐라 답해야 하겠는가. 그래, 맞아. 라고?

문 두드리는 소리가 들렸다. 여환은 못 들은 척했지만 밖에서 약간 긴장한 목소리로 전령이 말했다.

"말씀드릴 게 있습니다."

"들어와라."

전령이 들어왔다. 덜덜 떠는 그의 턱이 보기 짜증났다.

"뭐냐?"

"호련 아가씨가…… 도망쳤습니다."

듣지 말아야 할 말을 들었다. 아니, 들어서는 안 되는 말이다.

"뭐라……."

"갑자기 늑대와 사냥개들의 습격을 받았다고…… 그랬다고…… 아가씨는 사라졌다고……."

통증이 다시 가슴을 할퀴고 지나갔다. 뿌리서부터 분노가 치밀어 올랐다.

"찾아와! 당장 내 앞에 끌고 와! 온 벌판을 다 뒤져서라도 찾아오라고 해!"

"네."

전령은 더욱 사색이 되어 물러갔다.

여환의 머리를 치고 지나가는 게 있었다.

"이 자식이!"

왜 그런 식으로 싸움을 걸었는지도 알겠다. 뿔피리를 처음 분 게 어느 쪽인지도. 온통 혼란하게 만들어놓은 뒤에 호련이 도망치도록 길을 내준 것이다.

애초에 처음부터 이럴 작정이었다. 어쩐지, 태괄이 순순히 호련을 보낸다 싶었다.

어이가 없어서 웃음이 나왔다.

각족을 구하려면 호련이 직접 오는 것밖에는 없었다. 호련은 백성을 위해 목숨을 걸고 왔지만, 일단 전쟁이 벌어지면 각족은 안전해질 테니 도망친 것이다. 여환이 호련을 죽이지는 않을 거라는 믿음이 있었기에 벌인 일이다. 여러모로 맞다. 아무리 여환이라도 호련은 필요하다. 억류를 하든 인질로 잡아두든 과부가 되었을 때 아내로 삼든, 살아 있는 호련은 반드시 필요했다. 그리고 여환이 절대 호련을 죽이지 않을 거란 믿음의 근거를 끝없이 제공한 건 여환 본인이었다.

이런, 젠장.

태괄은 호련을 미끼로 던진 것이다. 덥석 문 건 오히려 여환 쪽이다.

속이 부글부글 끓어오른다. 이 패전 같지도 않은 패전을 당한 상황에서, 이 가벼운 패전과 부상보다 더 속을 뒤집는 것은 지금 상황 그 자체였다.

대오의 말이 맞았다. 지금 전장을 움직이는 방향은 태괄이 가져갔다. 태괄이 계산 못한 건 여환이 그에게 덤빈 것뿐일 것이다. 수습을 해야 하는데 수습할 방도가 없다. 지금 여환은 손에 쥔 게 아무것도 없다. 전쟁까지 일직선으로 가야 한다.

들어온 대오가 놀랐다.

"괜찮으십니까?"

"괜찮다. 다들 모였나?"

대오가 맥없이 답했다.

"네."

어차피 회의는 거의 여환이 지시하고 명령하는 것으로 시작해서 그것으로 끝났다.

몇 번이나 통증 때문에 말을 삼켜야 했고, 점점 더 열기가 치밀어 오르는 것 같았지만 참으며 말했다.

회의가 끝났을 때는 새벽이었다. 여환의 상태를 보는 지휘관들의 얼굴이 점점 굳어가고 있었다. 그럼에도 괜찮으냐고 물어보는 자들은 없었고, 심지어 여환의 숙부인 능초 왕제마저도 묻지 않는다.

회의를 마치고 여환은 자신의 방으로 돌아갔다. 견뎌냈던 통증이 다시 치밀어 올랐다. 의사가 놓고 간, 진통을 위한 약과 숙면을 위한 약이 놓여 있었다. 푹 자고 나면 통증이 나으려나, 그러며 여환은 약을 마셨다. 얼마나 나을지는 모르겠지만 견뎌봐야 할 것 같았다.

정신이 가물가물해지는데, 어느새 앞에 전령이 서 있었다.

"뭐냐?"

"손님이 왔습니다. 왕자님을 꼭 뵈어야 한다는데요. 전할 것이 있다고 합니다."

짜증이 밀려 올라온다. 이 상황에서 무슨 한가하게 손님이란 말이냐.

"내일 전하라고 해라."

"꼭 전해야 한다 하시는데……."

"내일!"

여환은 몸을 눕히며 눈을 감았다. 그를 활활 태우던 분노만 도깨비불처럼 떠돌아다닐 뿐, 잠은 오지 않았다. 올 리도 없다. 아무리 잠들려 해도 잠이 밀려들지 않고, 우이는 꿈에서도 찾아오지 않는다.

여환은 결국 남은 약을 마저 들이켜고 눈을 감았다. 전령은 문을 열고 들어왔다가 그가 누워 있는 것을 보고 봉투 하나를 놓고 갔다.

달빛이 창으로 파르랗게 스며든다. 여환은 고개를 젖히고 창밖을 보았다. 구름이 찢겨 나가며 달빛이 쏟아지고 있었다.

드디어 우기가 끝난 것 같다. 아니, 며칠 전에 끝났다. 습기를 말리고 구름을 벗겨낼 시간이 필요할 뿐이다. 그리고 곧 창궁이 열리겠지. 그 징그럽게 푸른 하늘.

그러다 다시 전령이 놓고 간 편지에 눈이 갔다. 겉에 매듭이 지어져 있다.

여환은 무시하고 다시 누웠다. 수면제 덕인지 잠은 밀려들지만 통증은 지독하고 뒤죽박죽인 잠이었다. 잠이 드는 건지 마는 건지 모를 잠. 손바닥을 뒤집듯 이리저리 뒤집히는 순간들의 연속일 뿐이었다. 눈을 감았는데 자는 것은 아니요, 눈을 떠도 깨어 있는 것이 아니었다.

결국 여환은 일어나 부관이 놓고 간 편지를 펼쳐 보기로 했다. 쓸데없는 말일 테지만 쓸데없어도 보긴 봐야 하겠지. 이걸 읽고 있다 보면 적어도 화가 나든 지루하든 짜증이 나든 시간은 갈 것이다. 피와 비명과 함성 속에서 모든 것을 잊기 전까지 버틸 수는 있을 테지.

여환은 호롱불을 켰다. 그런데 문득 시선이 머문, 편지를 묶은 매듭이 그를 혼란스럽게 했다. 색 끈으로 여러 가닥을 꼬아 그 중앙에 꽃 같은 매듭을 만들어두는 방식이다.

우이가 여환에게 편지를 보낼 때마다 자신의 편지가 잘 보이도록 이 매듭을 만들어 보냈다. 온갖 서류와 서신들 속에서 여환은 그 편지만은 가장 먼저 골라내 가장 먼저 보았다. 나라가 망한다는 소식이 와도 그 편지가 먼저였다.

그리고 지금, 그 매듭이 앞에 있다.

여환은 이것이 불면증이 만든 환각인지 실제인지 구분이 가지 않았다. 그저 비슷한 것일 뿐일까? 아니, 그렇다 쳐도 이렇게 정성스럽게 가짜를 만들 리는 없는데.

그러나 다시 증오를 돌이키려 해도 매듭이 불러일으킨 추억은 환상이라도 달았다. 저게 그녀가 보낸 것이면 좋겠다. 어딘가에서 그녀가 살아 저 편지를 쓰고 저 매듭을 만들어 보냈으면, 내일 전쟁에서 져도 좋았다.

여환은 멍하니 그 매듭을 보다 손을 얹었다. 이게 정말이면, 그녀의 손이 닿은 것이면, 그녀의 숨결이 닿은 것이면, 그녀의 눈길이 닿았던 것이면 좋겠다. 속임수라 하더라도 그 기대를 품고 보는 순간만큼은 독하게 기쁘다.

여환은 매듭에 손을 얹고 가만히 숨을 쉬고, 그다음 매듭을 풀었다. 무슨 말을 적었을지, 무슨 소식을 전했을지, 무슨 생각을 하고 있을지, 궁금해하며 매듭을 풀었다.

꿈이라면 깨지 말고, 속임수라면 계속 속고 싶다. 지금, 생판 처음 느껴보는 감정들이 그를 괴롭히고 있다. 곤혹, 당혹, 거기에 열패감과 분노까지. 죄다 그에게 낯선 감정이었다. 그러니 익숙한 게 하나라도 있어야 한다.

매듭이 손가락에 감겨 흘러 내려가고 서신이 펼쳐졌다. 정성을 다해 써 내려간 단정한 글자가 눈에 들어온다. 우이의 필체는 특징이 있었다. 우이는 이민족 출신이라 초원의 글자를 처음부터 새로 배워 쓰는 바람에 그 글을 쓰는 데 좀 서툴렀다. 자연스럽지는 못하지만 대신 정성스럽게 쓴다.

바로 그 필체가 눈에 가득 들어온다.

여환은 눈을 의심했다.

대체 무슨 환각을 보는 건가.

잠들어서 지금 꿈을 꾸고 있는 건가? 그렇다면 죽을 때까지 자고 싶다고 생각했다.

여환은 편지 첫머리를 읽어 내려갔다.

여환.

우기가 저물어갑니다. 제가 당신을 떠난 것도 거의 한 해가 다 되어가는군요. 그간 잘 지냈나요? 잘 지내길 바라지만, 그러지 못하신 것 같아요…….

여환은 다시 눈을 감았다 떴다.

지금, 뭘 읽은 거지?

여환은 흐린 눈으로 읽어 내려갔다.

여환, 어디서부터 이야기해야 할지 모르겠습니다.

이 이야기를 시작하면 당신 부모님을 비난해야 하는데, 그렇게 해서 당신 가슴을 아프게 하고 싶지 않아요. 또 호련 아가씨와 찬눈 부인에 대해서도 이야기해야 하는데, 당신은 그분들 이야기만 하면 항상 언짢아하죠. 하지만 미안해요. 용서해 주세요. 지금은 그 이야기를 해야 할 것 같아요.

그리고 그전에 당신에게 당신을 슬프게 한 것을 사죄하겠습니다. 그러나 이해해 주세요. 제게는 지켜야 할 것이 있었고, 저는 그 아이와 당신 중 하나를 택해야 했지요. 그래서 저는 아이를 택했어요. 태어나게 해주고 싶었어요. 축복은 받지 못해도 사랑과 평화는 주고 싶었어요. 그래서 그렇게 했어요.

미안해요, 여환.

여환은 천천히 앉았다.

지금, 내가 뭘 본 거지? 꿈인가, 생시인가. 여환은 문을 열었다. 밖에 대기하고 있던 전령이 달려왔다. 그가 달려오자마자 여환은 편지를 내밀었다.

"뭐라 적혀 있느냐?"

"네?"

"뭐라 적혀 있는지 읽어봐!"

"아니, 저기…… 가만있자, 여환…… 우기가 저물어가는군요…… 당신을 떠난 것도 거의 한 해……."

"마지막을 봐라."

"네?"

"쓴 날을 봐!"

전령은 파랗게 질려 얼른 마지막을 보았다.

"뭐라 적혀 있지?"

"저물어가는 범의 해 여덟 달의 보름하고 사흘 지난 날에 보냅니다."

여환은 편지를 낚아채고 다시 안으로 들어갔다.

문이 닫혔다. 고요해지자 여환은 이가 떨려왔다. 전율이 밀려올라왔다. 여환은 다시 편지를 읽어 내려갔다.

아이를 가진 것을 안 것은 당신이 떠나기 직전이었습니다. 너무 기뻤고 당신에게 말하고 싶었지만, 말할 수가 없었어요. 저도 알아요. 당신의 동생이 슬프게도 세상을 떠난 뒤, 당신 어머니는 항상 제게 말씀하셨지요. 제가 당신의 미래를 얼마나 갉아먹고 있는지. 당신의 가능성을 얼마나 잠식하고 있는지.

미안해요. 저를 이해해 달라 하며 당신 어머니를 비난하고 있군요.

호련 아가씨 덕에 알게 되었습니다. 당신의 영지에 그분이 머물 때, 그분이 제가 마시는 차에 독이 있는 것을 알아냈어요. 그것이 제 몸을 약하게 하고 결실도 보지 못하게 만든다 하셨지요. 그래서 그분이 제안하셨던 겁니다. 그분의 영지로 가자고. 그곳에는 저를 보살펴줄 분도 계시고, 그분도 저를 지켜주겠다 하셨지요. 그래서 저는 그분의 영지로 갔어요.

그곳에서 저는 몸도 회복되고, 또 결실도 기대할 수 있게 되었지요. 하지만 제 목숨 하나 정도는 근근이나마 유지할 수 있지만, 둘이 되니 어쩔 수 없었습니다. 당신 부모님은 절대 허락하지 않으실 테니까요.

그래도 몇 년 만인가요, 당신과 저 사이에 드디어 아이가 생긴 것은. 기뻤지만 걱정되었습니다. 저 하나만도 그렇게 힘든데, 이 아이는 목숨은 어찌 보장받을까요? 누구에게 고백해야 할까요? 고민하고 그저 싸안고만 있던 제게 아가씨가 말씀하셨지요.

여환, 그분을 오해하지 마세요. 그분은 제게 잘해주셨고, 그 누구보다 큰 은혜를 준 분입니다. 그분의 은혜를 갚을 수 있다면 저는 목숨이라도 걸 수 있을 정도로, 고맙고도 고마운 분이에요. 제가 그분 때문에 상처받고 아팠던 건, 그분 잘못이 아닙니다. 부탁드려요. 오해하지 마세요. 그분은 오로지 저를 위해 그런 일을 하셨던 것뿐입니다.

그분이 말씀하셨지요. 제가 당신 어머니 앞에서 완전히 사라지지 않으면 저도, 제 아이도 목숨이 위험할 거라고요. 아무리 지켜주고 싶어도 언제고 빈틈은 날 거라고요.

그래서 여환, 미안해요. 저는 죽음을 택했어요. 저를 위해 저를 죽였어요. 죽는 방식이 어떠했는지는 묻지 마세요. 제 걱정을 할까 봐 자세히는 적지 않습니다. 다만, 그분이 도와준 것만을 말씀드릴게요.

지금 저는 안전하게 찬눈 부인의 친정 마을로 와 그분의 친정 어르신 댁에 몸을 의탁했습니다. 그곳의 저는 죽었으니 당신 어머니는 다시는 저를 찾지 않겠지요. 그리고 아이는, 아버지는 없지만 목숨은 건졌고요. 이곳 마을분들은 모두 친절하고 좋은 분들입니다. 아이를 좋아하시는 분들이에요. 그분들이 아이의 다른 부모가 되어주고 할머니 할아버지가 되어주셨어요.

건강한 아들이에요. 이름은…… 미안해요. 당신을 다시 볼 수 없을 거라 생각해, 제가 지었어요.

여환은 거기까지 읽고 머리가 지끈거려 오는 것을 느꼈다.

혼란이 머리를 들끓게 했다. 도저히 받아들일 수 없는 진실이 바늘처럼 솟아올라 못처럼 박혔다.

지금 내가 뭘 본 거야?

환각이다. 이거야말로 환각이다.

그는 다시 읽어 내려갔다.

아가씨와 당신이 서로 맞지 않는다는 건 알아요. 그러나 저는 그럼에도 불구하고 그분이 제게 베풀어준 은혜가 얼마나 깊은 것인지 압니다. 목숨을 다해서라도 갚아야 하는 은혜이고, 저는 무엇을 걸고서라도 그분의 무사와 안위를 빕니다.

여환, 찬눈 부인에게 들었어요. 당신이 그분에 대해 오해를 한 것 같다고요. 그러나 그분은 고상한 분이고, 저를 위해 비밀을 지켜주려다 보니 당신의 오해를 산 걸 거예요.

그래서 이리 부탁드리러 왔어요. 제 아이도 저도, 목숨을 위해 숨었지만 그분을 위해서는 나오려 합니다. 당신 어머니나 아버지에게 발각되면 목숨을 잃을지도 모르지만, 그래도 저는 그분을 위해 이렇게 왔습니다.

저를 만나고 확인해 주세요. 그분은 제게 해를 끼친 적이 없습니다. 당신과 저의 아이에게 생명과 평화를 준 분이에요. 당신에게 미안해요. 그러나…… 저는 그 마을에서 너무나 행복했습니다. 저를 돌보아주는 분이 있고, 저를 사랑해 주고 아껴주는 분이 있고, 저와 제 아이를 축복해 주시는 분들이 계셨습니다. 지위도 영지도 없지만, 저는 원래 그렇게 살았고 그것만도 충분합니다.

그러니 여환, 당신 곁을 떠난 죄는 용서받을 수 없을 테지만, 그 죄는 제가 받을 테니 그분은 풀어주세요.

저는 각족 마을에 있는, 예전에 머물던 집에 있겠습니다. 직접 찾아가지 못하는 것을 용서해 주세요. 저 혼자가 아니라 이리하기로 했습니다. 며칠이 될지 모르지만 기다리겠습니다.

여환은 더 읽지 못했다. 기쁜 건지 놀란 건지 모르겠다. 예상치도 못한 곳에서 갑작스럽게 튀어나온 이 상황을 이해하기 어려웠다.

지금, 내가 뭘 본 거지?

비틀거리며 일어나 정처 없이 서 있다가 다시 한 자, 한 자 모두 읽어 내려갔다. 우이의 필체, 우이의 목소리가 그대로 편지에서 흘러내렸다. 그런데 우이가 대체 어떻게 이걸 써보낸 거지?

순간, 경악할 만한 사실 하나를 간신히 기억해 냈다.

호련은 단 한 번도 우이가 죽었다고 말한 적이 없었다. 오로지 떠났다고만 말했지.

우이의 죽음은 어떠했더라? 죽음을 증언한 자들은 모두 호련의 뇌물을 받았다. 호련이 그들에게 뇌물을 준 것은 그 죽음이 독살이나 살해가 아님을 증언하기 위해서가 아니었다. 우이가 죽었다는 것을 확인하지 못하게 하려고 그런 것이다.

그럼 어머니에게 왜? 그건 어머니가 우이를 죽이지 못하도록 하기 위해.

온갖 선물을 바치고 신뢰를 얻어내고 마침내 호련 자신이 여환의 아내가 되기 위해 우이를 제거하려는 듯 굴었지. 어머니는 기뻐하며 물러났다.

"아……."

여환은 다시 문을 열어 전령을 불렀다. 전령은 급히 달려왔다.

"누가 이 편지를 주었느냐?"

"아, 웬 노부인이 주고 갔습니다. 그게, 그 부인의 차림이 워낙 단정해서 귀부인인 줄 알았습니다. 왕자님에게 전하는 서신이 중요한 것인 줄 알았는데……."

"어떻게 생겼지?"

"키가 크고…… 얼굴이 갸름하고…… 죄송합니다. 노부인의 얼굴은 잘 모르겠습니다. 하여간 키가 무척 큰 분이었습니다."

더 알 필요도 없다. 키가 크다고 말할 만큼 큰 노파라면, 근방에 찬눈뿐이다.

"왜 말을 안 했느냐?"

"왕자님이 하지 말라 하셔서!"

손이 날아가 전령의 머리를 후려쳤다. 다시 극심한 후회가 밀려들어 왔다. 이 멍청한 놈이 그냥 할망구 하나가 왔다고 해서 일이 이 지경이 되었다. 찬눈이라는 말만 했어도 되었을 것을.

다시 치미는 통증에 여환은 머리가 어지러웠다. 주저앉아 기어가도 할 말이 없을 정도로 현기증이 일었다.

지금, 어디에 있다고? 그녀가 있다는 곳은 각의 영지다. 각에 대해 그가 마지막으로 명령한 것은 각의 영지에 있는 사람은 누구든 몰살하라는 것이다.

젊은 여자와 아기가 어떻게 될지는 빤하다.

그런데 정말, 우이…… 살아 있는 건가.

다시 읽어보기로 했지만 통증 때문에 첫줄 읽기도 힘들었다. 아니다, 이건 속임수다. 호련, 그 계집애가 부린 속임수다. 찬눈이 주고 갔다니, 거짓말이지, 이게 사실일 리가 없잖아.

어이가 없었다. 분노가 치달아 올라왔다. 호련에게 물어봐야 하는데, 그 계집애는 하필이면 지금 이 앞에 없다.

정말 우이가 살아 있는 건가? 찬눈이 자기 손녀가 도망친 줄 아직 모르고 거짓 편지를 만들어서 온 건가? 그럴 거야. 우이가 살아 있을 리 없잖아. 그리고 하필이면 그곳에 있을 리가.

"아악!"

여환은 고함을 질렀다. 그 고함에 전령과 무사들 모두 움찔 놀랐다. 머리가 열에 들끓어올랐다. 대체 어떻게 확인한단 말인가. 우이가 그곳에 정말 있다면, 여환이 보낸 군사가 그곳을 도륙할 것이다. 짓밟고 약탈하고 죽이고 강간하고 불태울 것이다. 하지만 거짓이라면, 여환은 우이가 행여 살아 있을지도 모른다는 희망에 농락당하는 것이다.

여환은 혼돈 속에 서 있었다. 집무실에 있는 건지, 아니면 방에 있는 건지, 그냥 복도에 서 있는지도 모르겠다. 마침내 대오가 찾아와 여환을 잡아끌어 방에 넣을 때까지 그는 자신이 어디에 있는지 알 수가 없었다.

"대체 왜 이러십니까! 며칠 계속 이상하긴 하셨습니다만, 이걸 온 세상에 다 알릴 겁니까. 하필이면 태괄 왕자와의 일전을 앞두고 이러시면 어떻게 합니까."

그래, 태괄. 맞다. 호련은 태괄의 아내였지. 그러니 그 남편을 위해 거짓말을 할 수도 있다. 그러고도 남아. 그러니 이건, 이 편지는 거짓이다.

"쉬십시오. 나오지 마십시오."

"내가 피곤했나 보다."

대오는 더 말하지 않고 나갔다. 한심한 꼴을 보여 버렸다.

미쳤지, 태괄과의 일전을 앞두고 이렇게 날뛰고 있다니. 누가 봐도 겁에 질린 꼴로 보일 것이다. 그런데 겁에 질린 것이 맞다. 이 편지가 사실일까 봐, 정말 벌어진 일일까 봐 겁에 질려 있었다. 만약 거짓이라면 그냥 거짓이라고 분노하면 되지만, 만약 사실이라면.

정말 우이가 보낸 것이라면.

정말 우이가 살아 있고, 그녀의 아들이 그녀 품 안에 있다면, 그런데 그 둘이 여환이 남김없이 모두 죽이라고 명한 그곳에 있다면.

당장 학살을 하지 말라고 해야겠다. 어서 명령해야 한다. 그런데 명령하면 대체 얼마 만에 도착할까? 반나절은 차이나게 도착할 것이다. 가장 빨리 움직일 수 있는 흉맥족들을 여환은 죄다 각의 마을로 보냈다. 아무 전령이나 보낸다면 마을의 절반 넘게 도륙하도고 남을 시간이 지난 뒤에나 도착할 것이다.

왜 하필 지금 도착한 거냐!

그때, 마치 귓가에 대듯 속삭이는 소리가 들린다.

"당신은…… 철저히 죽여 버려야 하는 인간이야."

"아니, 당신을 죽이는 건 당신 자신뿐이지. 그건 나도 알아. 그래서 이렇게 말하는 거야. 당신은…… 당신이 죽일 거야. 당신은 조금도 위안을 받을 가치도, 행복할 자격도 없어."

"아니, 언젠가 알게 될 거야. 그게…… 지금 내가 정한 거라는 것. 당신 죽을 자리는 내가 정할 거야!"

이거였나?

손안에 든 편지를 쥐고 숨을 헐떡이며 생각했다.

여환은 일어났다. 문을 열자 아무도 없었다. 대오가 부관과 경비병을 모두 물린 것이다. 지금 불안정하게 날뛰는 상관의 모습을 보일 수는 없던 것이다.

여환은 방을 나서 급히 달려갔다. 어서 말을 찾아야 한다. 그의 말이라면 여기 있는 모든 말을 합친 것보다 빠르다.

서둘러 달려가면 하루 안에는 도착할 수 있다. 확인해도 늦지 않는다. 이 말이 거짓이라면 아무 일도 없다. 그대로 돌아오면 된다. 이 말이 사실일 때를 대비하는 것뿐이다. 어차피 그곳에 있는 건 아군이다.

여환이 갑자기 들이닥치자 마부가 놀랐다.

"왕자님, 무슨 일입니까?"

"내 말을 다오."

"네?"

"어서! 당장 내놓지 않으면 네 목을 자를 테니, 어서 가지고 와!"

마부는 급히 말을 끌고 왔다. 여환은 말의 안장과 재갈을 손수 채웠다. 마부에게 맡길 시간조차 아까웠다. 마구가 다 채워지자 여환은 말에 탔다.

"어디 가십니까?"

"내일……."

"네?"

"내일 해 뜨기 전까지는 오겠다. 그러니 아무에게도 말하지 마라. 어기면 네 혓바닥을 자를 테니, 그리 알아서 해!"

마부가 물러났다.

여환은 말을 몰아 요새 밖으로 달려나갔다. 경비병들이 여환이라는 것을 알고 물러났다.

여환은 벌판 위로 말을 달렸다. 구름 너머로 비껴든 달빛이 벌판과 숲, 수풀과 바위를 휩쓸고 지나갔다. 미친 달빛은 초원 위로,

산맥 등성이로, 나무와 바위로 흐르고, 굽이치는 검은 강을 은빛으로 물들였다.

갑자기 피가 화르르 끓어올랐다.

우이가 있다.

그곳에 우이가 있다.

정말로 그녀가 있다.

다시 살아나 그 앞에 있는 것이다.

편지에서 읽은 말들이 다시 오감을 적셨다. 그녀의 목소리를 다시 듣고 그녀의 체취를 다시 맡고 그녀의 숨소리를 느끼고 안을 수 있다. 그간 재가 다 되어가던 영혼이 다시 살아나는 것이다.

원인은 다 잊었다. 왜 그녀가 그곳에 있는지, 왜 그녀가 살아났는지는 이해하려 하지 않았다.

오로지 확인하고 싶을 뿐이다. 그녀를 다시 느낄 수 있는지, 안을 수 있는지, 그리고 정말 그의 아들이 존재하는지.

다 있다면, 그렇다면…… 그 후는 아무 상관 없다. 전장을 버리라면 버리고, 왕위를 버리라면 버리겠다.

벌판을 달렸다. 발굽에 땅이 파이고 어깨 위로 바람이 휩쓸러 갔다. 여환은 달리며 세상을 잊고 주변을 잊었다. 단 한 곳, 그녀가 있을지도 모른다는 그곳만을 위해 달렸다.

그때, 등 뒤로 긴 불화살이 올라갔다.

여환은 무시하고 미친 듯이 달릴 뿐이었다. 별들이 날아갔다. 달이 기울어진다. 여환은 지평선을 따라 검은 그림자들이 달리는 것을 보았다. 곰처럼 크지만 늑대처럼 빠르다.

지평선 끝에 바위산이 나타났다. 검은 강이 넓고 깊게 물결치며 바위산을 휘감아 돈다. 멀리, 각족의 마을이 보였다. 다행히 아직 불타지 않았다. 함성도 비명도 들리지 않는다. 어서 가자, 늦지 않았다. 확인만 하면, 확인만 하면 된다.

그 순간, 화살 소리가 들렸다. 핑, 하는 날카로운 소리와 함께 어깨에 불길처럼 통증이 일었다. 여환은 검을 뽑았다. 그러나 뽑아 쥐자마자 화살이 정확하게 손목을 뚫었다. 여환의 검이 바닥에 떨어졌다. 여환은 그래도 고삐를 놓지 않았다. 다음 화살이 말의 다리를 쏘아 맞췄다. 말이 고꾸라지며 바닥으로 굴렀다. 여환은 바닥에 내동댕이쳐졌다. 하늘이 쪼개지는 듯 엄청난 격통에 몸이 산산이 부서지는 것 같았다. 그러나 일어나기도 전에 묵직한 몸이 등을 덮쳐왔다. 으르렁거리고 짖는 소리와 함께 이빨 부딪히는 소리가 들렸다.

"젠장!"

여환은 단도를 뽑아 개에게 찔러 넣었다. 개는 이를 부딪치며 뒤로 물러났다. 화살이 날아가 여환의 단도를 튕겨냈다. 개들은 다시 이를 드러내며 다가왔다. 한 마리가 아니었다. 대여섯 마리가 아주 멋진 미소를 보여주며 다가온다.

"저리…… 가!"

당장 다 갈가리 찢어버리고 싶었다. 그리고 그제야 무기를 제대로 챙겨오지 않았다는 것도 깨달았다. 창도, 활도 없다. 검과 단도 하나씩만 챙겨왔다.

"저리……."

검은 개들이 어깨를 낮추자 그들 뒤로 말이 나타났다. 검은 옷을 입은 여자가 위에 타고 있었다.

"호련……!"

참았던 노성이 터졌다.

네가 감히 나를 속였다.

우이가 뭐라 했든 간에 분노는 들끓어올랐다. 순간, 화살이 다시 날아와 여환의 허벅지를 뚫었다. 통증과 함께 무릎을 꿇어야 했다. 노려보는 그를 향해 호련은 다시 화살을 겨냥했다.

"네가 죽을 데가 여기는 아닌데."

"나를 막지 마!"

"막은 적은 없어. 넘어뜨리기만 했지. 전진하는 데는 문제없을 거야. 기어가든 절룩거리며 가든 갈 수는 있어. 속도가 당신 성에 안 찰 뿐이지. 지금 당장 당신 목을 뚫고 싶긴 한데, 당신 목은 한 번밖에는 못 뚫어서 아끼는 것뿐이야, 여환."

여환은 당장 달려가 호련의 목을 졸라 버리고 싶었다. 그러나 일어나자마자 격렬한 통증과 함께 쓰러졌다. 주변의 사냥개들이 모두 짖기 시작했다. 개들이 내뿜는 숨소리와 안광에는 열기와 증오가 배어 있었다.

"나를 보내줘라."

"왜?"

"우이가 저기 있어."

"그게 어째서?"

"우이가 저기 있다고!"

"기쁜 소식은 줄게, 여환. 그녀는 살아 있어. 그건 정말이야. 내 목숨과 명예를 걸고, 오랜 시간에 걸쳐 그녀를 가졌어. 당신이 당신 잘못을 깨닫는 것만큼이나 나를 불안하게 했던 건 말이야, 여환…… 당신 어머니가 우이를 죽이는 거였어. 내가 그녀를 가지기도 전에 당신 어머니가 죽이면 내 모든 계획은 수포로 돌아가니까. 또…… 재수가 매우 없으면, 당신에게 시집갈지도 모르지."

"결국 너하고 나는 약혼했잖아!"

"당신이 나하고 결혼하는 것을 최대한 지긋지긋하게 해줄 생각은 있었어. 당신은 감정적이잖아. 미친 짓을 참 잘도 하지. 그러니 결혼 전에 잘만 하면 당신이 알아서 할 거라고 생각했어. 그리고 알아서 하긴 해주더라."

"그럼 어머니에게 왜 그랬던 거냐! 대체 왜……!"

분노 때문에, 알면서도 외쳤다.

"당신 어머니는 내가 우이를 죽여줄 줄 알았지. 그래서 수면제를 먹여 재운 것만으로도 충분했어. 당신 어머니가 보낸 시녀들, 당신 어머니가 보낸 의원, 모두 내가 자기들 일을 대신 해준 걸로 알더라. 뇌물 좀 나눠 주니 좋다고 입을 맞춰주던걸."

어처구니가 없었다.

이 멍청이들, 하는 말이 목구멍까지 치솟아올랐다.

"그래도 하나는 분명히 하자, 여환. 내가 그렇게 안 했으면 당신 아들도, 당신 아내도 다 죽었어. 내가 그녀를 구한 거야. 그리고 그렇게 가진 그녀를, 이렇게 당신을 불러내는 데 쓰는 거지. 자, 봐. 병들어 죽거나 독살되는 그녀를 보는 것보다, 저기 저 멀리…… 당신이 불러온 학살 속에 그녀가 있는 게 더 고통스럽지 않아? 당신에게는 바늘 하나라도 더 박아 넣을 수 있다면 나는 그걸 택할 거야."

그때, 멀리서 연기 냄새가 풍겨왔다. 여환은 급히 지평선을 보았다. 지평선 너머에서 불길이 피어올랐다.

"네가 어떻게……."

"당신이 나를 부를 때 할머니한테 말씀드려 놨어. 만약 당신이 나를 보내지 않으면 우이를 마을로 데리고 오라고. 당신이 각족 마을을 놔둘 리 없다고야 생각했지. 그리고…… 사실, 당신과 말이 통하면 거래를 할 생각은 있었어. 하지만 당신이 나를 아주 화나게 했지. 아주…… 그 단 한 번의 거래조차 하고 싶지 않을 만큼!"

"나를 보내줘라."

"당신 병사들에게 모든 각족을 죽이고 약탈하라 했지? 아이는 으깨어 죽이고 여자들은 겁탈하고 남자들은 죽이라고! 그 안에 당신 아내도 있을 거야."

"내…… 아내가 있어!"

"내 백성들도 있어. 내 가족들이지. 당신이 도륙한 내 가족들이 내게 남겨준 거야!"

"그럼 그들을 왜 내버려 두는 거냐! 왜! 내가 가면…… 거두어줄 수 있다."

호련은 코웃음을 쳤다.

"아니, 당신은 당신 아내가 안전해지면 각족들을 다시 도륙하라 명령할 테지. 당신 아내는 안전하고, 내 백성들은 죽지. 그래서 나는 당신 아내도 죽고 내 백성들도 내놓는 것을 택했어. 당신의 죽음과 바꾸는 것이니, 그들에게 미안해하면서도 감사해야지."

호련이 가까이 다가왔다. 여환이 당장 달려들고 싶어도 개들이 이를 드러내며 돌고 있었다. 여환이 꿈쩍이라도 하면 즉시 이를 박아 넣을 것이다. 검이 있다면 어떻게든 해볼 테지만, 지금 여환은 아무것도 없다. 검도, 창도, 활도, 그를 도와줄 군대도.

개들은 어서 저놈을 갈가리 찢게 해달라 재촉하며 이를 드러내고 있다.

"내가 잘못했다."

"뭐?"

"사과하겠다. 네 가족들의 죽음, 네게 했던 말, 다 사과할 테니…… 보내줘!"

"내가 사과할 테니 너는 입 닥치라는 말로밖에는 안 들리잖아."

여환은 기가 막혔다. 지금 답답해 미치겠는데, 이 계집애가 뭐라는 거야? 느릿느릿 말하는 입을 찢어버리고 싶었다. 저 손을 비틀어 부러뜨리고 싶었다. 저 빳빳한 목을 부러뜨리고 싶었다.

입 닥치고 보내라고. 너 따위에게 낭비할 시간이 없다.

"미안했다. 잘못했다니까! 그러니…… 보내!"

"뭘 잘못했는데?"

"하여간 다!"

호련이 다가왔다. 말에 탄 그녀의 얼굴은 별 동요가 없었다. 냉소도, 감사의 웃음도 없다. 드디어 사과를 받았는데 아무런 만족감도 없다.

"알았어. 사과 받아들여 줄게."

"그러니 이제 보내!"

"내가 왜?"

"보내라니까!"

"그러니까 내가 왜?"

"사과했다."

"당신이 사과하는 것과 당신을 보내주는 것에 무슨 상관이 있어? 그리고 말했잖아. 나는 당신 사과가 아주…… 싫다고. 도저히 받고 싶지 않은 게 있다면 그게 바로 당신 사과라고."

머리에서 불길이 치솟는다. 여환은 주먹을 잡고 힘을 주었다. 손등에 핏줄이 돋았다.

호련이 말했다.

"나는 당신이 가장 고통받는 자리에서 가장 무력하고 치욕스럽게 죽기를 바라고 있어."

"뭐……."

"여환, 나는 항상 궁금했어. 당신에게 고통을 주면 당신이 내 고통을 이해할까? 내 슬픔을 알아줄까? 하지만 항상 결론은 같았지. 당신은 영원히 남의 고통을 이해할 사람도, 슬픔을 이해할 사람도 아니란 걸. 당신이 그렇듯, 당신 아버지도, 당신 어머니도 그럴 테지."

호련은 지평선을 보았다. 그 너머에서 연기 냄새가 풍겨오고 있었다.

"그런데…… 여환, 당신이 내 가족을 참살한 뒤, 나는 천 번을 죽고 만 번을 죽었어. 내 가족과 함께 나는 같이 시체가 되고, 다시 살아나 다음날 또 시체가 되지……. 하지만 여환, 그래도 나는 그 고통을 당신에게 나누어 줄 수 없다는 걸 알아. 그래서 생각한 거야. 당신 고통은 오롯이 당신만의 몫으로 주어야 한다는 걸."

"알면 보내달란 말이다!"

여환은 호련을 향해 달려들었다. 개들이 일시에 여환을 향해 밀려들었다. 그러나 여환은 개의치 않았다. 개들이 물어뜯든 말든 내버려 두었다. 주먹으로 개의 머리를 후려치고, 또 후려쳤다. 물어뜯으려 덤비는 턱을 갈기고 걷어찼다. 물러났던 개들은 다시 이를 드러내 여환의 허벅지를 물고 팔을 물었다. 여환은 몸을 뒤틀어 개를 내팽개쳤다. 개들이 울음소리를 내며 널브러졌지만, 다시 달려들었다. 호련이 손을 들었다. 개들이 일시에 이만 드러내며 뒤로 물러났다.

여환은 자신의 다친 말을 향해 달려가 그 고삐를 낚아챘다. 몸을 갈가리 찢는 고통 속에서도 말에 타고 박차를 가했다. 다리를 다친 말은 절룩거리며 달리기 시작했다.

어느새 해가 떠오르고 하늘이 밝아온다. 그래도 여환은 말을 몰았다. 느리지만 걷는 것보다는 나았다. 말은 절룩대면서도 목적지를 향해 달렸다.

세상이 무너져도, 하늘이 사라지고 땅이 꺼져도 가야 했다.

우이가 저곳에 있다. 그러니 가야 한다.

마을이 보인다. 그 마을에 능고의 깃발이 날리고 있었다.

저 깃발을 달고 달리며 승리했었다. 그리고 이제 그 깃발이 각의 마을을 휩쓸고 있다. 마을을 뒤지고 사람들을 찾고 있었다. 그 안에 우이도 있다.

여환은 마을을 향해 들어갔다. 불타는 마을은 텅 비어 있었다. 사람들이 모두 마을을 비워놓고 도망쳤다. 여환은 마을을 버린 사람 중에 우이가 있기를 빌었다.

하지만 그럴 리 없다. 그녀는 기다린다고 했으니 기다릴 것이다. 이곳에 어떤 악귀가 와 불태우고 씹어 삼킨다 하더라도, 그녀는 여환을 기다린다고 했으면 기다릴 여자다.

불길이 이글대며 타오르는 소리와 말발굽 소리, 창과 검이 어긋나는 소리와 함께 비명이 들려온다. 여환은 온몸을 긁어 내리는 고통 속에서 헐떡이며 전진했다.

아이 울음소리가 들린다. 혹시나 해서 보았으나, 여자가 다섯 살 정도 되는 아이를 데리고 도망치고 있었다. 여자는 여환을 보고 경악하며 도망쳤다.

그 뒤로 말발굽 소리가 들린다. 불탄 울타리가 무너져 내리고 지붕이 꺼진다.

"우이—!"

여환이 고함을 질렀다.

"우이!"

다시 불타 무너지는 소리가 들린다. 말발굽 소리가 또 옆을 스쳐 지나간다. 돌아보았지만 이미 지나간 뒤라 아무것도 없다.

저 멀리서 아이 울음소리가 들린다. 그 울음과 함께 비명이 들렸다.

"놔줘요!"

벼락이 내리는 것 같았다. 하늘이 쪼개지는 것 같다. 심장이 비틀리고 몸이 가루가 되어 흩어지는 것 같다.

여환은 그쪽으로 말을 몰며 말의 안장을 더듬었다. 다행히 여분의 검이 매여 있었다. 여환은 검을 뽑았다.

주변에 이미 능고군이 흩어져 있었다. 여기저기 쓰러진 시체가 보인다. 연기와 불길 속에 그 시체가 무엇인지 확인할 틈도 없었다. 여환을 향해 여자 하나가 끌려 나왔다. 여자가 필사적으로 품 안의 아이를 끌어안았다. 아이가 운다.

순간, 능고군의 목이 여환의 손에 날아갔다.

여환은 고개를 내렸다.

제발 아니라고 말하려다가, 제발 그렇다고 말해달라고 하고 싶었다.

여자가 고개를 젖혔다. 눈물범벅인 얼굴이 보였다.

머리를 가린, 길고 부드러운 머릿수건. 우이가 고향의 풍습대로 머리를 꼼꼼히 가리고 다니던 머릿수건이다. 그 수건이 뒤로 훅 흘러내리며 풍성한 갈색 머리가 드러난다. 갸름하고 작은 얼굴과 녹색 눈이 보인다. 젖은 눈에 기쁨과 반가움이 떠올랐다.

"여환……."

우이다.

우이.

맞다, 살아 있는 우이.

저 눈은 오로지 그녀만이 가질 수 있는 눈이며, 이 미소 역시 오로지 그녀의 미소였다. 정말 살아 있었다.

"살아……."

아니, 이 헛된 말을 왜 하려는 거냐. 살아 있었으니 앞에 있는 것 아닌가. 왜 도망쳤는지, 왜 다시는 만나지 않으려 했는지, 그건 중요하지 않다. 이 앞에 그녀가 있고 살아 있다는 것만이 중요하다. 그때, 등 뒤로 능고군의 창이 날아왔다. 여환은 팔을 꺾어 창을 후려잡고 그 병사의 배에 검을 찔러 넣었다. 다른 병사가 달려왔다. 여환은 창을 던졌다. 묵직한 창이 병사의 배를 뚫었다.

여환은 말에서 몸을 던졌다. 제대로 균형 잡기도 힘들었지만,

지금은 기어서라도 가야 했다. 우이가 달려와 여환을 부축했다. 품 안의 아이는 울음을 그쳤다.

"우이……."

여환은 우이의 볼에 손을 얹었다. 만지면 사라질 환상을 잡듯이 조심스럽게, 나비의 부서질 것 같은 날개를 건드리듯. 그러나 손끝에 살의 감촉이 닿는 순간, 갑자기 세상이 훅 돌아앉았다. 격렬한 기쁨과 슬픔이 뒤섞였다. 온몸을 뚫는 고통은 잊었다.

"우이?"

"미안해요. 하지만…… 여환, 미안해요……!"

어서 여기를 떠나자고 말하려 했다. 그러나 그를 보던 우이의 눈이 그의 등 뒤를 향했다. 경악과 절망이 그 눈을 스쳤다.

그 순간, 등으로 묵직한 통증이 내리박혔다. 도저히 견딜 수 없는 통증이었다. 아무리 여환이라도 막을 수 없는 일격이었다.

여환은 돌아보며 노려보았다. 그를 공격한 무사가 말했다.

"오셨군요, 왕자님."

그리고 무사가 투구를 벗었다.

차굴란이었다. 그 옆으로 능고의 갑옷을 입은 자들이 하나둘 모여들었다. 여환은 그들 얼굴을 하나하나 알 수는 없었지만, 그들의 얼굴 윤곽으로 흉맥족이라는 것 정도는 알아볼 수 있었다.

"이게……!"

그제야 여환은 상황을 알아볼 수 있었다. 여기저기 쓰러진 시체는 마을 사람이 아니었다. 능고군이었다. 그들을 공격하는 것 역시 능고군이다. 급히 들어오느라 몰랐다. 그리고 그를 보고 있는 건 능고군이 아니다. 능고군의 갑옷만 입었다 뿐이지, 모두 흉맥족들이다.

차굴란이 말했다.

"기다리고 있었습니다. 안 오면 어쩌나 걱정도 좀 되더군요. 그래도 늦었지만 오셨네요."

"배신이냐?"

"아버지가 제게 족장 자리를 넘겨주셨습니다. 왕자님과 맺은 맹약은 아버지와 왕자님의 맹약이지요. 즉, 왕자님이나 아버지가 죽거나 자리에서 물러나면 끝나는 맹약입니다."

여환은 차굴란이 잠시 자리를 비웠던 것이 기억났다. 아버지가 아프다고 했던가.

"그래서 이제 왕자님과 흉맥의 맹약은 끝났습니다."

"그럼…… 나를 배신해도 되는 거냐?"

"배신이라뇨? 이제 저하고 왕자님은 아무 상관 없을 뿐입니다. 그리고 저는 귀환하는 길에 살랍의 진영으로 갔고, 새로운 족장의 권한으로 흉맥과 살랍의 맹약을 맺었을 뿐입니다. 그래서 이제 제 주군은 당신이 아닌 태괄 왕자입니다."

여환은 더 생각하기도 어려웠다.

그 애송이하고 뭘 했다고?

"당신과의 맹약은…… 그러니까, 그 아가씨가 당신에게 온 그날 이미 일은 끝나 있었지요. 태괄 왕자님이 명한 것은 몇 가지 없지만, 분명합니다. 우선 전장에 나서지 말 것. 그리고 다음, 그분의 아내가 어찌 되는지 지켜보다가 왕자님이 그분을 능고의 궁으로 보낼 날과 시간을 알아내 가르쳐 줄 것. 그리고…… 당신이 정말 이 자리에 오면 당신의 목숨을 거두는 것은 우리의 몫으로 주셨습니다."

"우이…… 는!"

"그 찬눈이라는 부인이 데리고 나오신 것을 우리가 중간에 가로채 왔습니다. 쉽더군요. 마을을 나오시는 것을 기다린 뒤, 직접 여기로 모시고 왔습니다. 그리고 당신이 올 때까지 기다렸습니다."

"뭐라……."

"태괄 왕자 역시 저만큼이나 당신을 증오할 텐데도, 그 처분을 저한테 맡겼습니다. 저라면 당신 목은 본인 스스로 따고 싶을 텐데 말이지요. 그래서 우리는 그 관대한 제안에 대한 대가로 선물을 드렸습니다. 아마도 내일이나 모레, 태괄 왕자가 당신의 군대를 박살 내면, 태괄 왕자는 능고에 대해 손바닥만큼이나 잘 알게 되겠지요. 선물로 알타고의 목도 드렸습니다. 그토록 찾아 헤매던 반란자의 목을 받게 되신 거지요. 좋아하시더군요. 왕자는 그 목을 형인 살랍 왕에게 보냈습니다."

머리가 어지럽다. 덫이다. 완전히 그의 몸을 옭아맨 덫. 빠져나갈 구멍이 없는 덫.

"그리고…… 저희들을 보내며 말하셨지요. 자, 잘 들어보세요."

차굴란이 다가와 고개를 숙였다. 얼어붙은 귀에 그 목소리가 들렸다.

"내 이름과 내 생에 너와 싸워 이겼다는 말조차 올리고 싶지 않다. 나는 내가 너와 싸워 이겼다는 말조차 필요 없을 만큼 네가 싫다."

"그러니 위명도, 악명도 없이 오로지 오명 속에 죽어라. 그러면 적어도 내가 살아 있는 동안만큼은 네 이름이 오명으로 썩어가겠지."

턱에 힘이 들어갔다. 분노와 수치심이 뒤섞여 끓어올랐다.

차굴란이 그런 여환 앞에 한쪽 무릎을 숙이고 얼굴을 마주하며 말했다.

"왕자님은 어제 패하시고, 오늘 도망치시고, 지금 죽는 겁니다."

그리고 차굴란은 웃었다.

"그렇게 다치고도 살아 계신 것도 참 용하긴 합니다. 중간에 죽어버릴까 봐 걱정 좀 했는데, 대단하시네요."

"네가……."

"네가 감히, 라는 말은 이제 하지 맙시다. 왕자님에게 돌멩이 취급당한 수모는 우리들이 더 오래 참아왔습니다. 제 형제의 목숨을 버리게 하고, 제 아버지의 맹약을 수치스럽게 했습니다. 제 일족의 명예를 위해 왕자님께 복종했고, 제 친구의 죽음에 침묵했습니다. 그런데 왕자님은 단 한 번도 우리에게 명예를 주지 않았습니다. 오로지 살인과 오명만이 우리의 몫이었지요. 그리고 지금, 그 덕에 왕자님은 이곳에 이렇게 계신 거지요……. 왕자님, 당신은 공포로 우리를 지배했습니다."

차굴란은 몸을 일으켰다.

"하지만 아십니까? 공포는 항상 모든 것을 이기지만…… 그래도 누군가의 증오와 분노는 그 공포를 이기기도 합니다."

증오와 분노.

아, 그래.

그것이 내 생이군.

아기 울음이 들려왔다. 우이가 신음을 흘렸다. 여환의 손에 힘이 들어갔다.

"걱정 마십시오. 적어도 저분이 수치를 당하고 죽지는 않게 해 드리겠습니다."

차굴란의 말에 여환은 경악했다.

"뭐라?"

"아주 단숨에 죽여 드릴 테니 당신은 걱정 말고 죽으시면 되는 겁니다."

무슨 생각이었던 건지 차굴란이 손을 들었다. 부하들이 우이를 놓아주었다. 풀려난 우이가 달려와 여환의 가슴을 잡았다. 우이의 눈에 눈물이 차올랐다.

"여환!"

"당신 탓이 아니야, 우이…… 내가 여기로 온 거니…… 그러니……."

우이의 품 안에는 아직 아이가 있다. 여환은 아이의 얼굴을 보았다.

"이름이……."

간신히 나온 말은 그것이다.

"이름을……."

우이가 알아들었다.

"호."

경악이 머리를 뚫는다.

지금, 뭐라고 했어?

우이가 말했다.

"아가씨와 그 형제들의 이름을 땄어요……. 이 아이의 부모는 저와 당신이지만, 살려준 것은 그분이니……. 그래서 그렇게 지었어요."

충격이 온몸의 피를 들끓게 한다. 아니, 내가 그들을 죽였어. 이 지상에서 내게 원한을 품은 원혼 중 가장 독한 독을 품은 것이 그들일 거다.

그러나 우이는 그 충격을 제대로 해석하지 못했다. 말해야 한다. 우이, 그런 게 아냐. 그 계집애는 당신을 위해 자비를 베푼 게 아니야.

"당신의 아들이에요."

하지만 더 이상 말할 수 없었다. 그게 아니라고, 절대로 아니라고 말하고 싶었지만, 목소리는 나오지 않는다.

우이의 어깨너머로 흉맥족이 보였다. 이들 손에서 우이는 도망치지 못할 것이다. 아들도 더 이상 숨을 쉬지 못할 것이다.

순간 눈앞으로 떠오른다.

혹독한 추위가 불어닥치던 그날, 그를 바라보던 남자의 눈빛을.

그 눈에 담긴 것은 자신의 가족이 어찌 될지 아는 자의 슬픔과 고통이었다.

그리고 지금, 여환이 그리되었다. 죽는 것보다 더 두려운 것은 우이와 아들을 더 이상 지킬 수 없는 것이다. 참혹하게 도륙당할 것을 알면서도 죽을 수밖에 없다.

호련의 얼굴이 보인다.

벌레라 생각했는데, 그건 그냥 벌레가 아니라 독충이었다. 그저 벌레이니 살려두고 통 안에 넣어 키우면 될 거라 생각했다. 그러나 벌레는 기어나와 여환의 살을 물고 피에 독을 흘려 넣었다. 피가 썩어들게 하고 살을 녹아내리게 했다.

그런데 그런 것을, 여환만 몰랐다.

너를 살리는 게 아니었다.

아니, 하필이면 너를 살린 것이 문제였다.

노궁을 든 팔이 보였다. 여환은 고개를 들었다. 노궁을 든 청년과 그 파랗게 빛나는 눈이 보인다. 차굴란이 손을 뻗어 우이의 눈을 가렸다.

마주하는 푸른 눈이 차갑게 빛나는 순간, 화살이 목을 뚫었다. 흐려져 가는 시야 너머로 푸른 눈만이 뚜렷하게 박힌다.

그래, 너를 살리는 게 아니었다.

우이는 남편을 보았다. 차라리 죽여달라 말하고 싶으면서도 아이 때문에 안 된다는 것도 알았다. 아이를 품에 안으며 우이는 떨었다.

차굴란이 말했다.

"부인의 남편은 죽었습니다."

"……알아요."

창백한 여자의 얼굴을 보며 차굴란은 조용히 말했다.

"이제 가십시오."

"네?"

"부인 남편은 부인이 죽을 줄 알고 죽었습니다. 뭐, 다시 살아나서 확인하지는 않을 테니 부인은 그냥 가시면 됩니다."

차굴란은 우이를 일으켜 세웠다.

"어서 가십시오. 다만…… 이것만은 알아주십시오. 모든 무사에게는 자신이 치를 피 값이 있다는 것을. 지금 여환 왕자가 치른 것 역시 그런 거라는 것을. 그러니 부인, 부인의 아들에게 말하십시오. 피를 치르지 말라고, 피를 마시지 말라고."

그리고 차굴란은 손을 놓았다.

"제 부하들이 안전하게 보내 드릴 테니 믿고 가십시오."

우이는 가슴 깊이 아이를 안으며 고개를 숙였다. 눈물이 볼을 타고 흘러내렸다. 지금 그의 죽음을 슬퍼하는 건 그녀뿐이었고, 아마도 이 하늘 아래 그녀뿐일 것이다.

"그럼…… 제 남편은 대체 뭘 구하러 온 건가요?"

"부인의 남편을 죽인 건 남편 자신입니다."

제16장 개궁(開穹)

호련이 마을에 왔을 때는 모두 끝나 있었다.

흉맥족이 일을 마치고 재빨리 퇴각해 사라지자 어젯밤 도망쳤던 마을 사람들이 돌아오고 있었다.

호련은 어제 살랍군과 함께 이곳에 도착해 바로 마을 사람들을 피신시켰다. 모두 허겁지겁 도망치느라 정말 아가씨를 본 건지 유령을 본 건지도 모르고 있었다. 능고군이 온 것은 그다음이었다.

"아가씨?"

누군가가 호련을 알아보고 마치 유령의 이름을 부르듯 호련을 불렀다.

푸릇한 아침의 어스름 속에서 호련은 두 팔을 벌렸다.

동이 트며 검은 머리와 옷깃으로 빛이 스며들었다. 그 아침 속에서 호련은 사라지지 않았다.

유령도 환각도 아닌, 진짜가 되어 그들 앞에 있었다.

"네, 나예요."

사람들이 호련을 부르며 달려왔다. 뜨거운 손이 볼을 만지고, 손을 잡았다. 환희와 반가움, 축하와 축복이 사방에 가득 찼다.

"걱정시키고 고생시켜서…… 정말 미안해요."

아버지의 사람들이고, 오라버니가 물려받았어야 할 사람들이고, 그들의 후손이 지켜야 할 사람들이다.

지키지 못해 혹독하게 고생만 하게 만들었다. 어린 시절에는 약했고, 다 커서도 약했다. 그래도 그렇게 길고 고통스러웠지만, 이제 저 흉성은 영원히 사라졌다.

호련은 여환의 얼굴을 보고 싶었지만, 보지 않기로 했다.

어떤 표정으로 죽었든 간에 부족하리라. 고통받는 자신보다 상대를 더 고통스럽게 만드는 방법 같은 건 없다. 복수는 당사자에게는 항상 모자라는 것일 수밖에 없는 법이니 호련은 그를 생각하는 것 자체를 멈추기로 했다.

이제 여환은 아무것도 할 수 없다. 그의 군대도, 그의 힘도, 그의 이름도 어둠이 아침빛에 녹듯 사라질 것이다.

호련은 지평선 너머를 보았다.

동쪽 하늘이 벌겋게 물들며 아직 하늘에 남은 구름이 붉게 젖어 든다. 서쪽 하늘은 아직 어둠에 얼어 파르랗고, 스며드는 햇살은 날카롭고 청명하다.

이 새날의 빛 속에서 그가 오기를 바란다.

증오하는 자는 사라졌으니, 그가 사라진 빈자리는 그녀의 몫이 될 것이다. 그곳에는 다시 풀이 자라고, 양과 소와 말이 자라고,

밀이 자라고, 아이들이 태어나고 자라날 것이다.

그러니 어서 여기로 와, 태괄.

여환이 있으면 살 수 없듯이.

당신이 있어야 살 수 있겠지.

호련은 찬란하게 쏟아지는 아침 햇살을 맞이했다. 구름이 흩어지고 지평선 위로는 하늘만이 있다.

이제, 온 세상을 향해 장대한 창궁이 열리고 있었다.

"왕자님이 없어지셨습니다."

대오는 기가 차는 건지 막히는 건지 모를 기분이었다.

어제 여환이 혼란스러운 것 같아 주변 병사들을 물리고 호위만 하게 했더니, 갑자기 요새를 나갔단다. 천하의 여환이 닥치고 비키라고 하는데 버틸 병사들이 어디 있나.

"그럼 왜 안 돌아오시는 거냐!"

이 빌어먹을 상황을 수습하는 방법 같은 것은 없다. 그나마 다행인 건, 어차피 그가 자신의 부상과 부재를 전제로 하고 작전 지휘를 해두었다는 것이다. 통증에 시달리긴 했어도 지시를 내릴 때는 제정신이었다. 그러나 아무리 그래도 그가 아예 사라지는 건 다른 문제다.

"어서 찾아라."

벌써 여러 번 정찰을 보냈으나 어디 있는지 모르겠다. 분위기가 서서히 이상해지고 있다는 것을 알아챈 것은 천호장들 역시 마찬가지였다. 대오는 지금만큼 차굴란이 간절한 적도 없다. 그와 그의 흉맥족이라면 단숨에 찾아낼 텐데, 가장 중요한 순간 여환은 그들을 각으로 보냈다.

"혹시 왕자님이 위독하신 겁니까?"

천호장 하나가 묻자 대오는 고개를 저었다. 위독한데 전세를 위해 잠시 그의 상태를 비밀로 하고 싶어 하는 듯 보이는 게 최선이다.

마침 여환의 숙부인 능초 왕제가 왔다. 어차피 여환은 자신이 나올 수 없는 상태이면 숙부를 총사령관으로 하라 명령해 두었다. 능초는 여환만은 못하지만 그래도 쓸 만한 지휘관이다. 다만, 평범한 장수를 상대하는 거라면 능초와 여환의 작전만으로도 충분하지만, 상대가 태괄일 경우는 어떻게 될지 모르는 게 문제였다.

그나마 믿을 건 태괄의 군세가 여환보다는 적다는 것이었다. 반나절 지나면 능초의 나머지 부대가 도착할 것이다. 여환의 생각대로 진행된다면 오늘 정오 즈음에 그들이 도착해 태괄을 포위할 수 있다.

해 뜰 무렵 정찰 나갔던 병사들이 돌아왔다. 여환은 여전히 찾지 못했고, 살랍군이 맞은편 고지로 진군했다고 알려왔다. 그러나 그들이 보고한 군세는 여환과 대오가 같이 들었던 숫자보다 훨씬 적었다.

"다행이군."

정보가 잘못되었든가, 태괄의 군사 중 일부가 예비대로 빠진 것을 의미한다. 아니면 그들도 문제가 발생해 일부를 사용할 수 없게 된 것일지도 모른다. 그렇다면 포위는 더 쉬워진다.

"들은 대로 한다."

능초가 말했다.

"단, 여환이 없다는 건 새어나가지 못하도록 해라. 천호장들에게는 여환이 돌아왔다고 해. 그리고 지휘는 내가 하지만, 그가 있으니 걱정 말라고도 하고."

"알겠습니다."

의견을 굳힌 만호장들은 자기 자리로 돌아가기 위해 막사를 나갔다. 능초는 별수 없다며 여환의 갑옷과 비슷한 갑옷을 챙겨 입었다. 천호장들이나 백호장들은 동요하지 못하도록 해야 한다. 멀리서 본다면 여환이 돌아온 것으로 보일 것이다.

"그나저나 여환이 대체 어디로 간 건지 알고는 있나? 애초에 계획된 건 아닐까 하는데."

"네? 무슨 말씀이십니까?"

"아무리 부상이 심하다 하지만, 여환 자존심에 나에게 지휘를 맡기는 게 이상하다는 거다."

"정말 심각하십니다."

능초의 눈에 의심이 떠올랐다.

"정말?"

"네, 그렇습니다. 하지만 지금 전력은 우위이고, 적어도 포위만 성공한다면 승전은 능초 왕제님의 몫입니다. 그러니 걱정 마십시오. 승리하면 왕자님은 절대 숙부의 공을 가로챌 분이 아니십니다."

지금 대오가 할 수 있는 말은 그뿐이었다. 최대한 동요를 적게 하는 것, 그리고 능초가 조금은 자기 능력 외의 것을 발휘해 아직 우위인 전세를 유지해 이기는 것이다. 대오가 태괄을 너무 과대평가했을 수도 있고, 또 오늘만큼 능초에게 승운이 있을지도 모른다. 그러나 참모 주제에 그 혹시나, 하는 것에 기대는 자신이 한심하기는 했다.

"제가 옆에 있겠습니다. 저는 왕자님을 십 년 넘게 옆에 보아왔습니다. 그분이 내린 명령이 무엇인지 누구보다 잘 알고 있습니다."

"그래."

여환의 뜻을 가장 잘 파악하고 있는 것은 누가 뭐라 하든 어쨌건 그를 이십 년 넘게 알아온 대오뿐이었다.

요새의 창 너머로 구름의 끝이 빛나는 것이 보였다. 멀리서 해가 달려오며 구름 틈의 흰 별빛이 사그라지고 있었다.

비탈을 타고 능고군이 이동하기 시작했다. 아침의 서늘하고 맑은 빛이 곳곳으로 스며들고 있었다. 바위와 풀, 덤불과 비탈 위는 이제 아침 햇살에 온통 금빛이다.

대오는 능초 옆으로 같이 말을 달리며 건너편 고지를 보았다. 고지 너머의 살랍군은 한눈에 보이지는 않았다. 비탈 등성이로 살랍의 깃발이 펄럭였다. 대오의 눈에 그 아래로 부관들과 함께 전열을 가다듬는 살랍의 태괄이 보였다. 검은 말에 탄 그가 잠시 능고군을 돌아보았다. 멀어서 어떤 표정인지는 보이지 않는다. 그러나 편안하게 내린 팔과 어깨에는 별다른 긴장감이 없었다.

호련이 도망쳤고, 잡혔다는 보고는 없으니, 지금쯤 그녀는 남편 곁에 있을 것이다.

어쩌겠는가, 덫에 걸린 건 여환이었던 것을. 저들을 원망할 수 없다는 걸 대오도 알고 있었다.

이제 아무것도 잃은 게 없는 적, 살랍의 푸른 늑대가 저기에 자신의 무리를 끌고 있다.

그런데 지금 여환이 없다. 이 자리에서 자기의 적을 보아야 할 그들의 왕자가 없다.

그때, 대오의 전령이 달려왔다. 대오는 행여 여환이 온 것인지 기대했으나, 전령이 온 이유는 그게 아니었다.

"락파족이 오지 않았습니다."

"왜?"

"여환이 전사했다고 하며, 그러면 그와의 맹약은 끝난 거니 참전할 수 없다고 했습니다."

대오는 능초를 보았다. 능초는 새하얗게 질렸다.

"정말인가?"

대오가 끼어들었다.

"아닙니다. 그럴 리 없지 않습니까. 내가 그들과 만나겠다."

"시간이 없습니다. 벌써 군대를 빼서 물러나고 있습니다."

"왜 하필 지금!"

"전쟁 전이니까요."

"확실한가?"

"그들은 확실하다고 합니다. 정확한 소식을 알려왔다고, 두 눈으로 여환 왕자님의 전사를 목격한 자가 알려왔다고 했습니다."

"대체 누구냐, 그게!"

"정보통이라고 하는데…… 그들은 밝히지 않았습니다!"

머리가 뻐근해졌다.

여환 왕자가 전사했다니, 그건 무슨 소리인지 전령의 목을 붙들고 흔들고 싶었다.

대오는 능초를 보았다. 왕제는 고개를 저었다.

"지금 상황으로는 보내는 수밖에 없네."

"압니다! 다만 그리되면 우익이 약해집니다."

"가지고 있을 수도 없잖아. 곧 지원대가 도착할 테니, 그들 없이 버텨야지. 우익으로 내 수하인 압찰의 부대를 보내겠네. 경험 많은 자니 알아서 할 거네."

"알겠습니다."

"어서 가세."

"네."

능초는 가면서 전령을 보냈다. 전령이 군사 속으로 사라지고 얼마 지나지 않아 기병 중 일부가 우익으로 재빨리 자리를 옮겼다.

대오는 지평선을 보았다. 저쪽은 서서히 전열을 다듬으며 정렬하고 있을 것이다. 서로 고지 너머에 있어 각자의 군세는 볼 수 없는 것이 다행이었다. 아직 해가 뜨지 않았고, 제대로 해가 뜨기 전까지는 저들도 한 번에 전세를 파악할 수는 없다.

"전투 준비!"

대오가 외쳤다.

마지막 남은 먹구름마저 이제 초원을 훑고 흰 바위산 위로 긴 그림자를 흘리며 지나갈 뿐이다.

아침노을을 걷어낸 하늘이 점점 푸르게 익어가고 있다.

구호와 함께 중앙 중기병들의 투구가 정비되고 그들이 든 창이 제대로 자리를 잡았다. 양익의 궁수와 기병들이 준비를 시작했다.

대오는 초조해졌다.

대체 여환은 어디로 간 건가. 정말 암살이라도 당한 건가?

그럴 리 없다. 소년 시절부터 여환을 알아온 대오는 그가 사라진다는 것은 상상조차 해본 적이 없었다. 왕은 자신의 아들이 창궁의 단 하나뿐인 왕이 될 거라 믿었고, 그건 대오도 마찬가지였다. 검은 밤하늘 위에서 빛나는 가장 찬란한 별, 무패의 장수이자 적을 경악시키고 아군을 경도하던 용장, 그것이 바로 여환이었다. 가장 찬란하게 빛날 운명이었으며, 대국과 연위는 물론이요, 저 서역까지 온 세상이 같이 전율해야 하는 자였다.

그러니 그런 그가 죽을 리 없다. 절대로 죽어서는 안 된다. 그건 신을 죽이는 것이나 다를 바 없다.

함성이 터졌다. 북소리와 나팔 소리가 벌판을 울렸다.

저 멀리서 살랍의 푸른 깃발이 올라갔다. 그들이 먼저 돌진하는 것이다. 양익의 군대가 달리기 시작했다. 깃발이 올라갔다.

능초가 외쳤다.

"돌격하라!"

거의 차이가 없는 시작이었다. 양쪽에서 쏴 밀려든 양 군의 기병들이 고지 아래에서 부딪혔다. 푸른 깃발과 붉은 깃발은 앞뒤 가릴 것 없이 엉겼다. 선발 부대가 부딪힌 곳을 향해 양익이 내려갔다.

능초가 중앙의 중기병에게 돌진 명령을 내렸다. 바위가 쏟아지듯 중앙의 중기병이 돌격을 시작했다. 그러나 그들의 돌진과 함께 살랍군이 양옆으로 갈라졌다. 중군은 단숨에 그 품 안으로 들어갔다. 살랍군이 방향을 바꾸어 활시위를 잿다.

"아차."

대오는 태괄의 군 구성이 바뀐 것을 그제야 알아챘다. 중앙에 중기병이 없이 궁수들을 보냈다. 궁수들이 천 조각처럼 갈라져 그들 사이에 갇힌 능고의 기병을 향해 화살을 날렸다. 중앙에 갇힌 기병이 우왕좌왕하며 화살에 맞았다.

대오는 태괄의 양익을 보았다. 양익이 없었다. 상당수 줄어들었던 태괄의 군세는 양익을 뺀 것이었다. 애초에 양익을 공격할 생각이 없던 것이다. 오히려 능고의 양익이 진열이 깨지며 바깥으로 밀려나고 있었다. 그 밀려난 틈으로 살랍군이 들어와 중기병의 퇴로를 차단했고, 중기병은 단숨에 포위되었다. 이미 돌진한 상태라 되돌리기는 힘들었다.

"이런!"

능초도 당황했다. 여환의 생각과는 다르다. 그리고 여환이 있다면 자기 생각과 다르게 전개되자마자 빠르게 작전을 바꿀 텐데, 능초도 대오도 그것에 대비한 적은 없었다.

"지원대에 더 빠르게 오라고 해야겠네!"

능초가 말했다. 그리고 전령들을 골라 양 군의 진로로 달려갈 것을 명령했다. 전령들은 급히 전장을 빠져나가 동과 서로 나누어 달려갔다. 능초는 중앙으로 기병들을 더 투입해야 했다. 어떻게든 중앙에서 치고 올라가야 했다. 수적으로는 우세니 충분히 가능하다. 지원대가 오기 전까지 최대한 버텨야 했다.

날이 더 밝아오고 있었다. 동쪽에서 솟구친 햇살이 깊이 파고들며 전장을 휩쓸었다. 그림자가 치솟아 지평선까지 닿았다. 단번에 어둠을 밀어낸 햇살은 서쪽까지 환하게 비춘다.

사방에 피와 쇠 냄새와 함께 고함과 함성, 비명과 고통의 신음이 차오르기 시작한다. 말이 쓰러지고 함성과 고함이 더 커졌다.

어떻게든 필사적으로 치고 올라가야 하는 능고군이 계속 밀려들었다. 살랍의 기병들이 퇴각을 시작했다. 저쪽에서도 중앙의 중기병을 투입하려는 것이다.

"왔다!"

능초가 외쳤다. 바로 옆까지 밀려든 살랍군이 능초의 친위대에게 밀려났다.

대오는 급히 동쪽 하늘을 보았다. 하얗게 빛나는 햇살 너머로 붉은 능고의 깃발이 보였다.

"드디어……."

아니다.

대오는 능초 왕자에게 말했다.

"퇴각……."

"왜?"

"퇴각…… 해야 할 것 같습니다."

"왜!"

능초가 기겁해 외쳤다. 대오가 손을 들었다. 붉은 깃발 아래 능고의 기병들이 있었다. 그들은 모두 일렬로 세워져 있었다.

"저들이 왜……."

그 순간, 그들이 등 뒤로 화살을 맞고 고꾸라졌다. 쓰러진 그들 위로 능고의 붉은 깃발이 던져졌다. 쓰러지는 기병들 뒤로 나타난 것은 살랍군이었다. 창공 같은 푸른 깃발이 펄럭였다.

대오는 서쪽을 보았다. 서쪽도 마찬가지였다. 붉은 깃발이 불타며 날아가고, 그 위로 능고군의 시체가 비탈 아래로 떠밀려 내려왔다. 그리고 그 위로 나타난 것은 역시 살랍의 기병이다.

능초가 경악했다.

"어떻게 된 거야!"

"지원대가…… 패한 겁니다!"

전멸일 가능성이 높다. 남아 퇴각할 수 있긴 하지만, 저들이 포로까지 끌고 올 정도라면 신경 쓸 필요도 없을 만큼 남았을 가능성이 더 크다.

"무슨……."

"사라진 살랍군이…… 우리 지원대를 섬멸하러 갔던 거였습니다."

"그렇게 빨리?"

태괄은 자신에게 주어진 나흘 동안 능고군 몰래 군대를 보내 능고의 지원대를 죄다 섬멸하고 여기까지 오도록 한 것이다.

불가능한 속도인데, 태괄에게는 항상 가능했던 속도다. 무시무시한 속공이 태괄의 장점이자 가장 경이로운 점이었다. 엄청난 속도로 적군이 모이기 전에 모두 격파한 뒤에 마지막 회전을 치르러 왔다. 공격 들어가는 속도도 빠르거니와, 치명타를 입히고 돌아오는 것도 빨랐다. 그러나 여환이나 대오가 안심했던 건 태괄이 여태 치러왔던 전장과는 달리 이곳이 바로 능고 땅이라는 데 있었다. 살랍과 서역에서만큼 빠르게 정보를 수집하지 못할 거라 예상했고, 실제 태괄은 평소와는 달리 군대를 한자리로 모으는 것으로 자신이 아직 정보를 다 밝히지 못했다는 것을 보여주기도 했다.

그런데 최근, 갑자기 전략을 바꾼 것이다.

"정보가 샜습니다."

그것도 깡그리, 호주머니에 물을 넣듯 다 샜다. 태괄은 지금 자기 손바닥처럼 능고군에 대해 다 알고 있다.

"대체 어떻게……."

순간, 대오의 머리를 스치고 지나가는 것이 있었다.

"차굴란……."

각으로 떠나며 그는 절대로 묻지 않을 것을 물었다. 그리고 지금, 모든 정보를 깔끔하게 넘겨줄 정도의 정보력을 갖춘 자는 오로지 차굴란뿐이다.

"아……."

대오는 언덕 위로 올라오는 푸른 깃발을 보았다. 거대하고 압도적인 새의 날개처럼 그들의 깃발이 펄럭였다. 세상을 덮을 듯, 가슴을 조일 듯 거대하다.

"중기병이다!"

누군가가 재앙을 알리듯 고함을 질렀다.

살랍의 중기병이 밀쳐 내려오고 있었다. 말발굽 소리가 땅을 울렸다. 엄청난 함성과 고함과 비명이 터지고 검과 창이 부딪히고 화살이 날아오고 있음에도, 대오는 온몸으로 그 말발굽 소리를 들었다. 천둥이자 폭풍이며, 폭풍이자 돌풍이다. 누구도 막을 수 없는, 그저 휩쓸릴 수밖에 없는 거대한 물결이다.

동과 서에서 새로이 나타난 살랍군이 밀치고 내려온다. 중앙에서 밀려났던 능고의 양익은 삽시간에 산산조각났다.

대오는 정적을 느끼며, 대지가 들끓어오르며 세상이 열고 닫히고 다시 열고 닫히는 이 순간, 정적에 갇히는 것을 느끼며 거대한 푸른 하늘을 보았다.

이제 창궁이다. 초원이 건조한 봄과 긴 우기를 버티어 바라보는, 전쟁 전에 항상 우러르는 거대하고 푸른 창궁.

그리고 창궁 아래 단 하나.

이제 차굴란이 그날 했던 말의 의미를 알 것 같았다.

별 중의 별, 가장 빛나는 별, 여환.

대오는 물론이요, 그에게 복종하고 경도되던 모든 이들이 그랬다. 여환은 공포와 함께 차갑게 빛나던 그들의 별이었다.

"……참 부질없지 않습니까?"

창과 검이 부딪히고 말과 병사들이 쓰러졌다.

풀 위로 피가 녹아들고 생명들이 사라진다. 흙과 바위가 생명을 맞이하고 하늘이 생명을 내동댕이친다. 창이 떨어지고 검이 박히고 화살이 날아가 꽂히는 전장 속에, 그럼에도 대오는 정적을 느꼈다. 아무 소리도 들리지 않는다. 이 전율의 고요.

"……수천, 수만의 별이 뜨고 지건만……."

능고군의 깃발이 바닥에 떨어지고, 발굽에 짓밟힌다.

그 위로 무자비한 햇살이, 창궁이 던지는 빛나는 창이 쏟아진다. 능초 왕제의 말이 쓰러지는 것이 보였다.

"……언제고 여명은 스러지고."

대오는 언덕 위를 보았다.

거대한 푸른 깃발 아래 그가 있다.

푸른 늑대, 살랍의 젊은 늑대.

수천, 수만의 별이 뜨고 져도 그 모든 것은 언제고 녹아 사라진다.

붉게 흐드러진 여명조차 찰나일 뿐. 하늘은 어둠과 별을 씻어낸다. 그 별빛이 찬란하든 불길하든 밝든 어둡든 간에.

그리고……

태양은 단 한 번만 뜬다.

그 잔인하고 눈 시린 빛 아래 모든 빛이 사라진다.

그것이 바로 창궁 아래 단 하나.

여환도 빛났었다. 그 등을 보면 항상 눈부셨다.

만약 여환이 그때 그곳으로 가지 않았다면, 그곳에서 우이를 보지 않았다면, 그는 계속 빛났을까? 호련을 다시 불러내지 않았다면, 태괄의 회합에 응하지 않았더라면, 아니, 애초에 아무 일도 하지 않고 있었다면, 아무 일도 없었다면, 그는 빛났을까?

아니.

대오는 격렬한 아픔과 함께 인정했다.

그래도 그는 오늘 졌을 것이다. 그는 오늘 져야 할 별이었다.

단숨에 모든 빛을 잠식하는 태양이 하늘을 집어삼키고, 높고 푸른 창궁이 열리면 그 아래 단 하나만이 남는다.

대오는 왜 이 자리에 여환이 없는지 안타까웠다. 지든 이기든, 그가 해야 할 일이 있는 전장이었다. 이긴 자의 이름만큼이나 진자의 이름도 남을 것이다. 그런데 그 이름이 가장 강렬하게 남을 이곳에 그가 없다.

멀리서 고함 소리가 들렸다.

"퇴각하라—!"

대오는 여환이 어디에 있는지 진실로 궁금했다. 이 하늘 어디에서 창궁을 보고 있는지, 과연 자신이 어떻게 될지 알고는 있는지 궁금했다. 그가 없는 지금, 대오는 여환의 이름이 어디에 어떻게 새겨질지 참으로 궁금했다.

"퇴각!"

태괄도 들었다.

전쟁의 열기가 온 벌판을 휩쓸고 있다. 지평선에서 지평선까지, 고함과 함성과 적의와 열의 속에 불타오른다. 누군가의 세상이 꺼지고 누군가의 세상이 살아남고, 누군가의 승리는 반드시 누군가의 패배이기도 하다. 전장은 모두의 전장인 동시에 각자의 전장이기도 했다. 자신의 전쟁을 이기고 모두의 전쟁을 이기기 위한, 격렬한 충돌이다.

그리고 그 고함이 터졌다.

"전진—! 격퇴하라!"

마저 쓸어버리고 승리를 쥔다.

오늘의 승리는 태괄의 것이며, 살랍의 것이다. 열기 어린 머리 위로 햇살이 쏟아진다. 창궁 아래 벌판은 세상의 끝까지 펼쳐진 듯했고, 그 위는 온통 전장이다.

태괄은 달려드는 능고군의 머리를 갈랐다. 뒤이어 덤비던 다른 능고군은 누웅이 던진 창에 맞아 쓰러졌다.

살랍군이 벌판을 뒤덮기 시작했다. 스러진 능고군들 위로 살랍군의 기병이 흩어졌다. 패자의 몸이 승자의 발에 짓밟혔다. 피와 살을 제물로 죽음과 삶이 갈라진다.

태괄은 그 위로 달려갔다. 전장을 마친 살랍의 무사들이 뒤따랐다. 능고군이 물속에 던진 모래 덩어리처럼 흩어지고 가라앉고 있다. 처음 지휘자를 잃고 다음 지휘자도 잃은 능고군은 이제 산산이 부서진다.

오늘 해가 저물기 전에 전쟁은 끝날 것이다. 그리고 이 전쟁으로 동으로 향하는 첫 번째 문이 열린 것이다.

태괄은 전장을 보았다. 땀과 열기에 온 머리가 뜨겁다.

벅차오르는 숨과 심장 소리를 느끼며, 태괄은 하늘을 보았다.

이제 완전히 밝아온 초원 위로 햇살이 쏟아진다. 이 거대한 창궁 아래, 삶과 죽음이 그 위로 제를 올린다.

저 높은 창궁은 초원에 축복을 내리고 저주를 걸었다. 지독한 먼지바람을 가라앉히며 대지를 비옥하게 만드는 비를 내리고, 풀이 자라고 말을 먹인 무사를 위해 창궁을 연다. 그리고 비옥한 대지로 먹이고 살찌운 것들을 전쟁과 죽음으로 몰아넣는다.

그렇게 이 초원, 하늘이 저주하고 축복한 땅은 항상 여름에 살고 가을에 죽는다. 죽음을 바라는 이도, 영광을 바라는 이도, 삶을 바라는 이도, 비옥한 토지만을 바라던 이도, 남의 것에 욕심을 품고 남의 삶을 짓밟는 자도, 더불어 살고자 하는 자도, 다 여름에 살고 가을에 죽는다.

그렇게 투쟁하여 싸워 마침내 창궁 아래 단 하나가 남을 때까지. 하늘 아래 단 하나 가진 것을 던지고, 하늘 아래 단 하나를 위해 싸운다. 그리고 겨울이 오면 그들 모두 벌판에 잠들고, 다시 봄에 눈을 뜨고 여름을 산다.

같이 달리던 기수가 태괄에게 깃발을 던졌다. 태괄은 그 깃대를 움켜쥐고 고지를 향해 달려 올라갔다.

몰아쉬는 숨 속에 열기가 배어난다. 가슴 깊은 곳에서부터 격렬한 감정이, 불길이 일 듯 치솟는다. 붉은 깃발들이 밟히고 스러지고 저 지평선까지 푸른 깃발이 헤치고 나간다. 항복의 고함과 저항의 비명이 들린다.

가장 거대한 푸른 깃발이 고지로 올라가자 불이 번지듯 승리의 함성이 터졌다. 고지로 솟구친 승자의 깃발을 본 전사들이 하늘을 본다.

태괄은 깃발을 꽂았다. 거대한 깃발이 묵직하게 바닥으로 파고 들었다. 검은 대지의 살을 파고, 하늘을 향해 펼쳐진다.

이제 이곳, 피를 적셔 빼앗긴 이곳을 다시 피로 씻어내 되찾았으니, 눈물과 피를 씻어낸 이곳에 다시 싹이 트고 꽃이 피고 결실이 맺히고 그 결실이 이 대지의 주인을 위해 열매를 떨굴 것이다.

그녀의 두 손에 이제 생명에 찬 흙과 물이 얹힐 것이다. 그 흙이 쏟아지는 곳에 다시 그 주인의 축복과 기쁨이 차오르고, 다시는 그 위로 눈물을 떨구지 않으리라.

다시는.

전해지는 것 없이 하루가 지나간다. 전쟁이 벌어지고 있는 벌판 너머에서 무슨 일이 벌어지고 있을지 모르겠다.

호련은 강가에 앉아 소식을 기다리고 있었다. 지평선 너머에서 무슨 소식이 보이든 가장 먼저 전해질 곳이다.

각족 마을은 이미 수습했다. 불을 끄고 능고군의 시체도 치워 마을 밖에 모았다. 초원으로 나간 능고군도 살랍군이 다 몰아냈다. 그렇게 도망친 능고군이 이 지역이 살랍에 넘어갔다는 것을 알리는 데 얼마나 걸릴지 모르겠다. 그들이 돌아갈 곳이 검개 바위 벌판에 없다면, 그들은 멀리 능고의 여름궁전까지 가야 할 것이다.

마을 사람들은 지금 마을에 있는 살랍군을 보고 기겁하는 중이다. 능고군이 사라지니 이번에는 살랍군인가. 그러나 그 살랍군은 호련에게 아주 정중하고 그녀의 명령도 들어주니 다들 어리둥절하기만 할 뿐이다.

호련은 그들에게 아주 긴 이야기를 해야 할 거란 생각이 들었다. 태괄은 호련을 데려간 후로 내내 각족들 사이에서 씹혀 나가고 있었을 것이다. 그들에게 태괄은 아직 족장 딸을 유괴한 때려죽일 놈일 테니. 뭐라 이야기해야 할까? 복잡하다. 태무가 지어낸 이야기를 해주는 편이 나을지도.

훙맥족이 데려다 주기로 한 우이는 만나지 않기로 했다. 여환의 죽음에 인간적으로 슬퍼할 수 있는 유일한 사람이 우이다. 그녀만은 그를 위해 울어줄 것이다. 여환이 가질 수 있는 슬픔은 그것뿐. 그러나 우이는 여환을 위해 슬퍼하며 남편이 죽인 사람들의 몫도 같이 슬퍼해야 한다. 그녀가 견뎌야 할 슬픔이 너무 많다. 그래도 그녀는 착한 사람이라, 호련은 우이에게 또 슬픔의 무게를 더해주고 싶지는 않았다. 아무리 여환의 아내라 하지만, 그리고 여환이 저지른 일이라 하지만, 우이는 그래도 가족을 잃고 거의 죽어가던 호련을 살려내 준 사람이다.

어쨌든 여환은 죽었다. 그리고 그의 죽음은 목적이 아니라 수단이다.

호련이 과거와 미래를 모두 되찾기 위해 치러야 하는 대가이고, 반드시 건너야 하는 거대한 협곡이기도 했다.

그리고 이겼다.

과거는 미래와 이어졌고, 깊은 협곡을 건너니 이제 벌판이다. 저 너머에 무엇이 있을지는 모르지만, 적어도 여환이라는 존재 하나는 과거가 되었다. 여환은 태괄의 이름 옆에도 붙지 않을 것이며, 호련의 이름 옆에도 없을 것이다. 태괄의 승리는 여환에 대한 승리가 아닌, 능고에 대한 승리이며 오롯이 그의 것이 될 것이다.

옆에서 끄응, 소리가 들린다. 잠꼬대다. 호련은 무릎에 머리를 얹고 자는 늙은 개의 머리를 쓸어주었다. 개가 너무도 편안하게 자고 있어서 발을 치우기 미안해진다. 녀석의 부드러운 몸이 들러붙자 기분도 좋다.

호련은 검은 개의 머리에 손을 얹고 지평선을 보았다. 지평선 너머의 바위, 풀, 나무 위로 빛이 비춘다. 깊고 진한 그림자들이 그 아래에 고여 있다. 길었던 건기만큼 우기의 비는 깊고 진했고, 드디어 열린 하늘은 넓고 높다.

비탈 너머로 그림자들이 나타났다. 새가 날아오르는 듯 빠르고, 저 하늘처럼 푸르다.

호련은 아침 해를 보듯 눈부시게 그 그림자들을 보았다. 그림자 너머로 푸른 깃발이 펄럭인다.

승리자의 깃발이다.

안도인지 믿음의 결실인지 모르겠다. 다행이다, 라는 생각과 이길 줄 알았어, 라는 장담이 든다. 선두의 말이 달려 내려왔다. 검은 개가 귀를 올리고 꼬리를 쳤다.

"달려나갈 필요 없어. 그가 올 거야."

선두의 말이 약속이라도 했다는 듯 검은 강가로 달려왔다. 바람결에 거친 전장의 냄새가 풍겨온다. 아직 가시지 않은 피비린내다. 말발굽 소리와 함께 말과 기수의 거친 숨소리가 뒤섞인다. 말이 점점 속도를 늦추더니 호련 앞에서 멈추었다.

태괄이 투구를 벗어 던졌다.

호련은 앉은 채 그의 얼굴을 보았다. 전장의 먼지에 얼룩진 얼굴이 호련을 마주 본다. 햇살 아래 녹갈색 눈은 더없이 상냥하다. 처음 보았을 때부터 저 눈 색이 마음에 들었었다. 갈색이 되었다가 푸르게도 되고, 다시 녹색으로 보이다 검게도 보인다.

"어서 와."

호련이 웃었다. 무릎 위에 머리를 얹은 개가 고개를 들고 꼬리를 크게 흔들었다.

태괄은 개를 보고 놀라 허리를 숙였다. 개는 눈을 반짝이며 혀를 내밀었다.

"어? 이 녀석, 살아 있었어?"

"당신이 왔을 때도 있었어. 워낙 늙어서 일은 안 하고 영주관서 먹고 놀고만 있었지. 혼례 때문에 마을에 놔두고 왔는데, 내가 사라진 뒤로 내내 밥도 안 먹고 울기만 했대. 이렇게 마른 것도 다 그 탓이야. 당신이 사과해야겠어."

장이는 꼬리를 치며 힘겹게 몸을 일으켰다. 태괄은 말에서 훌쩍 뛰어내려 머리를 들이미는 장이를 쓸어주었다. 개는 좋아 죽겠다는 듯 눈을 가늘게 뜨더니 태괄의 발에 온몸을 던졌다.

"이놈, 원래 이런 버릇이 있었나?"

"나이 들더니 생기더라."

태괄은 발을 움직이지도 못하고 가만히 서 있어야 했다. 그래도 호련은 일어날 수 있었다.

어떻게 되었는지 얼굴만 봐도 알 수 있었다.

"기고만장한 걸 보니 이겼네. 자랑하고 싶어 하는 얼굴이잖아."

"좀 빼기게 놔둘 수 없어?"

"응, 빼겨봐. 당신이 내 남편이라고 이렇게 자랑하고 싶은 건 처음이니, 당신이 자기 자랑해도 즐겁게 봐줄게."

"그럼 그전에는 대체 뭐였던 거야?"

"크고 잘생긴 내 강아지."

태괄이 웃었다. 전장의 피로가 얼굴에 그늘을 드리우고 있다. 호련은 그의 턱에 손을 대보았다. 손끝에 거친 턱이 느껴진다.

나도 이렇게 보일까? 어제부터 조금 전까지 마을을 수습하고 죽거나 다친 사람들을 돌보느라 바빴다. 머리는 엉망이고 얼굴은 그을음투성이. 당신이 힘든 동안 난 편하게 있었지, 하고 자랑하고 싶었는데, 이 꼴로는 그런 거짓말을 할 수가 없다. 미안, 나도 힘들어서 당신을 팔팔하게 맞이하지 못했네.

"여환이 죽었어."

"……알아."

"그리고…… 태괄, 이게 이렇게 그 이름을 부르는 마지막이 될 거야. 그에 대해 이야기를 하려면 그 이름을 불러야 하지만, 그때 내가 부르는 그의 이름은 여태까지의 그가 아닌…… 능고의 왕자 이름이 여환이라 그리 부르는 걸 테지."

이제 그는 없다. 바위처럼 이 땅을 누르던 그가 사라진 지금, 무엇이든 자라날 수 있는 광활한 대지가 있다.

이 안에 무엇을 채울 수 있을지 감도 잡히지 않는다. 그가 차지하던 어둠이 너무 깊고 거대했고, 그가 사라지니 세상이 이렇게 넓은 줄, 하늘이 이렇게 푸른 줄, 대지가 이렇게 싱그러울 줄이야. 고통은 다섯 해를 열 배쯤 길게 만든 것 같다.

빛이 너무 눈부시다. 서늘한 바람은 맑고 신선하다. 이제 얼마든지 앞으로 할 일을 생각하고 펼쳐질 날들을 사랑하며 살 수 있을 것이다.

호련은 태괄의 가슴에 이마를 얹었다. 심장 소리가 들린다. 둔중하고 깊은 심장 소리다.

충만감과 기쁨이 몰려 올라온다. 드디어 태괄만이 남았다. 그리고 모든 것이 남은 것이다.

이제 아버지에게 말할 수 있을 것 같다. 아버지의 이름은 내가 축복한 핏줄이 이어갈 거라고, 어머니의 피는 내가 사랑하는 아이들에게 흘러갈 거라고, 그 아이들이 오라버니들과 언니, 동생들이 잃어버린 시간을 이어가고 사랑하며 지킬 거라고.

이제 살아남은 것이 슬픔이 아닌, 축복이다. 내가 살아 있어 이어나갈 수 있고 내일을 볼 수 있다. 내년을 만들 수 있다. 그리고 살아 있어 이 앞에서 이 심장 소리를 들을 수 있다.

"태괄, 할 말이 있어."

"좋은 거야, 나쁜 거야?"

태괄의 녹갈색 눈이 기대를 보냈다. 그런데 이걸 말하면 들려올 잔소리가 벌써 귀에 훤하다. 아니, 그걸 알면서도 그랬던 거야? 안 들어도 들린다. 아니, 더 심할지도 모르겠다.

그래도 그의 얼굴을 보며 그만 보이는 이 세상 속에서 속삭이고 싶다.

그래, 당신이야말로 창궁 아래 단 하나.

호련은 그의 팔을 잡고 더 커지는 자신의 심장 소리를 들으며 말했다.

"좋은 거, 아주 좋은 거야."

종장(終章)

어차피 그해가 아니라면 그다음 해에 벌어질 일이었다.

능고와 살랍, 두 나라 다 이길 수 있는 만큼 질 수도 있었다.

놀라운 점은 능고군이 검개 벌판에서 거의 전멸해 버렸다는 데 있다. 버틸 만큼 버티고 지기라도 했으면 능고가 그렇게 죽도록 얻어터지는 상황까지는 가지 않았을 것이다. 그런데 전멸해 버려서 그해 정말 죽도록 박살났다.

능고의 패배는 그냥 패배가 아니었다. 처참하고 비참한 패배였다. 여환이 전사하고 능초 왕제는 아예 포로가 되었다. 여환의 군대는 일찌감치 전사한 장수를 뒤따라 거의 전멸했다. 그리고 살랍군은 가는 길이 훤히 뚫리다시피 한 능고로 진격했다.

능고 왕은 자국의 패배에 대해 여환의 시신을 앞에 두고 들어야 했다. 왕은 패배에 대해서는 별다른 생각이 들지 않았다. 아니, 여환이 살아 있어도 지는 것보다 죽어서 진 것이 더 합당해 보인다.

아들의 시신은 그 앞에 깨끗하게 놓였다. 오기 전에 얼마나 참혹한 모습이었는지는 모른다. 여환의 수하들은 살랍에게 돌려받은 시신을 왕에게 보이기 전에 깨끗하게 손을 봐두었고, 지금 아들은 잠든 듯 보였다.

왕은 아들의 시신 곁으로 다가갔다. 다가가도 아들은 눈을 뜨지도, 일어나지도, 움직이지도 않는다.

언제였다고 기억할 필요도 없었다. 아침의 해를 보고 밤의 달을 보듯 기억하고 있었다. 아들이 처음 말에 탈 때, 처음 검을 들었을 때, 처음 활을 쏠 때, 왕은 이것이야말로 아들이 이루어낼 장대한 역사의 첫머리일 거라 생각하면서 그 하나하나를 기억했다.

후궁은 많다. 그들이 낳은 자식들도 많다. 그러나 그중에 금비만이 비가 되고, 그 동생들이 왕자가 된 건 모두 여환 덕이다. 장자는 어머니가 바야 가문이라 그리 버티는 것뿐, 장자를 왕으로 생각한 적은 단 한 번도 없었다.

여환은 신의 선물처럼 빼어나고 아름다운 왕자였고, 신이 강림한 듯 용맹했다. 신이 축복한 듯 이기고, 신이 약속한 듯 전장을 지배했다.

그래서 지금, 왕은 여환을 앞에 두고 마치 신성이 모독당한 듯 모욕감을 느꼈다.

이건 있어서는 안 되는 일이다.

별 중의 별, 능고를 세상 그 자체로 바꾸어줄 아들이 대체 왜 저기 누워 있는 건가. 오늘도, 내일도, 모레도 아무것도 할 수 없는 몸이 되어, 그가 만들어야 할 역사와 전설을 연기로 만든 것인가.

"장례를……."

누군가가 옆에서 말했다.

"알아서 해라."

왕은 다시 왕자의 얼굴을 보았다.

뭐가 잘못인지 모르겠다.

서부로 보낸 게 잘못인 걸까? 동부에 계속 있었으면 괜찮았을까? 우이와의 결혼을 허락해 주었으면 되었을까? 아예 끝까지 외면했으면 괜찮았을까?

아니, 애초에 자기 마음대로 살게 놓아두면 되었을까? 전장에 나가고 싶을 때 나가고 결혼하고 싶은 여자와 결혼하게 했으면, 그랬으면 괜찮았을까? 창궁 아래 능고 하나만 남지는 못했을지라도, 한 번도 웃어주거나 존경하는 눈빛도 보낸 적이 없는 이 아들이라도 적어도 살아 있기는 했을까?

그래, 그랬을 거다. 그러면 적어도 이렇게 볼 일은 없었을 테지.

"너희들 알아서 해라."

신이 되라 보냈지만 아들이 되어 돌아왔다. 그리고 그 아들을 잃은 늙은 아버지는 지금 수십 년의 시간이 송두리째 잃고 서 있었다.

자식을 잃은 건 그냥 잃는 게 아니다. 그만큼의 시간과 미래가 컴컴한 구덩이로 사라지는 것이다. 과거도 없고 미래도 없다.

지금 그는 왕도, 아버지도, 그 무엇도 아니었다. 아직도 숨 쉬는 늙은 살덩어리일 뿐이다.

잘난 아들이든 뭐든 간에, 왕은 아들을 사랑했다.

태어날 때부터 살아 있는 내내, 지금도.

그리고 이제야 알 것 같다.

애초에 여환은 신도 별도 아니었다. 그냥 여환, 그의 아들인 여환이었다. 처음부터 그걸 알았어야 했다.

"알아서……."

이제 왕에게는 내일도, 나라도 필요 없었다. 그의 전부였던 것이 사라졌다. 내일 나라가 망한다 한들 무슨 상관이겠는가. 이제 아무것도 아닌 것을. 아들에게 주고 싶던 나라였는데, 이제 아들이 없다. 그럼 나라가 무슨 필요가 있겠는가.

여환을 보낸 뒤 불탄 집을 수리하고 미처 못 치운 능고군의 시체까지 마저 없애고 나서야 각족은 드디어 여환도 없고 능고군도 없다는 사실을 깨달았다.

진절머리 나고 지긋지긋하고 보기만 해도 등골이 오싹하던 여환 왕자다. 일단 그가 사라지자, 사라지긴 사라졌다는 사실을 깨닫는 데만도 시간이 걸렸다.

그날 살아남은 다섯 무사는 호련이 목숨을 걸고 돌아와 준 데 감사 또 감사하고 뒤를 이어 가족들이 감사하고 그들의 아이들도 감사하고 아마도 대대손손 감사할 것 같아 호련이 미안해졌다.

그날 비가 오지 않았다면, 대오가 그 처형을 늦추지 않았다면, 그 다섯도 죽었을 것이기 때문이다. 다행히 그들이 죽지 않아서, 호련도 때맞춰 와서 구할 수 있었다. 천만다행이었다. 이 다섯이 그 하루 차로 죽었다면 그것 역시 스스로를 용서 못할 일이었다. 그날 여환에게 간 건 위험한 짓이긴 했지만, 그래도 이들을 구할 수 있었으니 괜찮다.

능고군은 검개 평원에서 패해 요새를 넘겨주고 동쪽으로 밀려났고, 각은 이제 동쪽 초원 끝에서도 능고군을 볼 일이 없게 되었다. 그리고 호련은 초원으로 나간 각족 사람들에게 전령들을 보내, 돌아오면 능고군이 없을 거라는 말을 전하게 했다. 초원에서 정말 일이 그리된 건지 확인하러 온 사람들도 있었다.

드디어 능고군이 사라졌다는 사실을 깨닫자, 사람들은 매우 중요한 일이 벌어졌는데 미처 생각하지 못하고 있었다는 것도 깨닫게 되었다. 마을이 정리되고 영주관도 다시 제자리를 찾은 뒤, 드디어 나올 질문이 나오고 말았다.

"그럼 아가씨, 여기는 이제 어디 영토죠?"

호련은 각 집안의 가장과 그 어머니와 아내들이 모인 자리에서 그 질문을 들었다. 다들 집을 나서기 전에 그 질문을 반드시 하라 가족들에게 듣고 왔을 것이다.

"그 사람이 살랍의 왕자이니 살랍 땅이 되겠네요."

그러자 다들 불안하게 서로를 보았다.

"걱정 말아요. 남편은 좋은 사람이에요."

"그래도…… 저기, 아가씨가 강제로 결혼했다고 소문이 퍼져서요. 괜…… 찮으신지."

그리고 마을 여자들이 눈치를 살피기 시작했다.

아아, 이 문제가 있었구나.

이걸 어떻게 설명해야 하나. 태괄은 전쟁 때문에 각에 머물지 못하고 떠났고, 그중 절반은 호련에게 화내면서 보냈으니 그럴 만하다.

태괄이 화를 낼 거라고는 생각했지만, 그렇게 펄펄 뛸 줄은 몰랐다. 물론 이해한다, 이해해.

"……알면서도 그랬단 말이지?"

그러니까, 혼자서 여환에게 가려 했던 것 말이다.

태괄의 배신감은 이루 말할 수 가 없는 듯 보였다. 만약에 그때, 내가 못 잡고 그냥 보냈으면 어쩔 뻔했냐, 여환이 우이가 살아 있는 줄 알면 당신을 살려줄 줄 알았느냐, 여름궁전으로 끌려가기라도 했으면 어쩔 뻔했냐, 그런데 그때 잡아채서 말에서 떨어졌는데 괜찮으냐, 아니, 그건 아닌데 그 상태로 맞기까지 했는데 여환, 너 이 자식 부관참시해 버린다, 그렇다고 내가 이 일에 허허 웃고 넘어갈 거라 생각하면 오산이다, 푹 쉬고 몸조리 잘하고 있어라, 가만있자, 그럼 왜 그걸 이제 말해? 그전에 말해줄 수도 있었잖아, 그랬으면 그냥 납경에 남겨두고 오는 거였는데, 등등.

호련은 그냥 들었다. 마을 사람들이 본 건 대체로 그 장면이었으니, 태괄에 대한 소문은 더 이상하게 나버렸다. 호련이 태괄을 보내고 영주관으로 다시 돌아왔을 때 태괄에 대한 평판은 걷잡을 수가 없을 지경이었다.

어떻게든 수습을 해보려고 했던 호련의 노력은 오히려 역효과만 났다. 아가씨가 그놈에게 겁을 먹어서 그놈이 없어도 저렇게 두둔한다, 여환이 없으니 이제 태괄인가 보다, 불쌍한 아가씨, 우리한테는 사실대로 말해도 될 텐데 등등.

이제는 뭐든 해야 했다. 전쟁이 마무리되면 태괄은 돌아올 테고, 들어오자마자 분위기가 싸늘해지며 여기저기서 노려보는 시선을 받게 할 수는 없다.

"아…… 그게 말이죠……. 여러분, 미안합니다!"

호련은 태무가 납경에 퍼뜨린 소문을 약간만 손봐서 이야기하기로 했다. 태괄이 돌아와 들으면 노발대발할 테지만, 마을 사람들과 이야기할 일도 없을 테고 태괄이 돌아올 때 즈음에는 소문도 잦아들어 있을 테니 괜찮을 거다.

"그러니까 태괄이 말이죠, 그 전설의 저주받은 목동이었어요!"

양들의 저주를 받은 목동에 대한 이야기야 아직도 전설이다.

다들 경악했다.

호련은 온몸에 소름이 돋는 것을 느끼며 필사적으로 거짓말을 해야 했다.

그리고 그때 말이죠, 우리 둘은 결혼 약속을 했답니다. 그분은 살랍으로 떠나고 저는 남아 그분을 기다렸는데, 그만 여환이 와서 저하고 결혼하자고 한 거랍니다! 그래서 말이죠…… 어쩌고저쩌고 해서 우리 둘은 재회하여 결혼하게 된 겁니다. 여환이 행여 보복할까 봐 우리 둘이 그렇게 연기한 거예요. 뭐, 사실 그날 아무 일도 없었어요, 호호호. 결혼하는 그날까지 저는 처녀였답니다.

호련이 당시 태괄에게 집적댄 건 사실이니 아예 거짓말은 아니다. 그때, 그 인간이 눈치 없었던 게 문제다. 조금만 눈치가 있고 적극적이었더라면 이 거짓말은 거짓말이 아니었을 텐데.

말주변 없는 것을 탓하며 이야기를 마치자 여자들의 눈에 눈물이 그렁그렁 차오르고 남자들의 눈에 감탄이 일었으며, 아낙네들은 감동하고 남편들은 존경심을 표했다. 호련은 숨이 차오를 지경이었지만 먹히긴 먹힌 것 같다.

"어휴, 우린 그런 것도 모르고 욕했네요."

"진작 말하시지. 아니, 아니다. 말씀하실 수 없었을 거예요."

"정말 다행입니다. 우리는 모두 아가씨가 고생하고 있다고 생각해서 어찌나 걱정했던지."

"좋은 남편이라 다행이에요. 고생하신 아가씨가 이상한 남편 만난 줄 알고 슬퍼했는데."

"정말 멋진 분이시네요."

호련은 숨을 몰아쉬고 물을 마셨다.

"죄송해요, 피…… 피곤하네요. 다들 식사 마치고 집으로 무사히 돌아가세요!"

그리고 방으로 가서 그대로 실신했다. 거짓말이 이렇게 힘든 일인 줄 몰랐다. 거짓말을 밥 먹듯 하는 사람에게 존경심이 일 지경이었다. 아아, 당신들은 타고나는 걸까요, 아니면 그냥 이 고통을 참는 건가요? 그리고 태무 왕에게 존경을 표했다. 당신이 그리 강한 분이니 그런 왕비분을 모시고 사는군요, 하하하.

"아, 네. 그러셨군요? 저는 그런 것도 모르고 불한당이라 오해했어요."

할머니의 말에 호련은 이불을 뒤집어썼다.

"이제 내 남편이라고요!"

"네, 알겠습니다. 천 년쯤 지나면, 이 지역 아이들이 '이 근방에 내려오는 전설' 이라며 이 얼토당토않는 이야기를 할 것 같네요."

"몰라요, 잘 거예요."

그리고 눕자 찬눈은 혀를 차며 호련이 뒤집어쓴 이불을 빼앗고 베개를 펼친 다음 두드렸다.

"제대로 자요! 이불 덮고, 옷 갈아입고! 아무리 아가씨가 젊다지만 처음이잖아요, 처음. 그리고 한 달도 안 된 애를 데리고 무슨 일들을 벌였는지 알아요? 애가 태어나서 그 사실을 알면 이럴 겁니다. '와, 우리 엄마가 날 죽일 뻔했어!'"

"알았어요. 미안해요."

"만약 그때 아가씨가 잘못되었으면 이 할멈은 우이와 그 아들을 데리고 여환 앞에서 그 목을 잘랐을 겁니다!"

"무서운 말씀을."

"이 할멈이 그러고도 남을 할멈이란 거 몰라요? 세상에, 이 할멈이 그 불한당과 같은 말을 하게 될 줄은 정말 몰랐네요!"

태괄이 떠나기 전까지 할머니와 태괄이 같은 표정으로 호련을 보며 같은 말을 하는 건 참 색다른 광경이었다. 너무 색다른 경험이라 다시는 보고 싶지 않다. 둘이 죽이 맞기 시작하니 끝내줬다. 배의 배로 혼나는 기분이었다. 그때 여환이 했던 말을 태괄과 할머니가 안다면 여환을 무덤에서 꺼내러 갈지도 모르겠다.

"……잘래요."

"옷 갈아입으랬지요!"

호련이 혼신을 다해 거짓말을 한 덕에 주둔하는 살랍군에 대한 시선도 고와지고 일단 안심하니 다들 좋은 것만 생각하기로 했다. 내년에 태어날 아이가 사내아이면 드디어 족장이 태어나게 된다. 다들 그것만으로도 기대가 되는지, 영주관을 찾아와 이런저런 선물을 주고 가거나 아가씨가 너무 마른 것 같다, 할머니가 덜 챙겨주는 게 아니냐는 말을 하여 찬눈을 분노하게 했다.

가을 낙엽이 떨어질 무렵에 갈호가 돌아왔다. 태괄이 전쟁이 좀 길어질 것 같아 갈호를 보내 각의 영지를 지키는 일을 맡긴 것이다. 태괄에게 반쯤 외간 남자 비슷한 취급을 받는 갈호지만, 그래도 갈호가 가장 믿을 만한 남자인 건 사실이었다.

갈호를 알아본 영주관의 일꾼과 하인들, 그리고 새로 임명된 집사는 갈호가 들어오자마자 죄다 몰려들어 환호했다. 태괄은 아쉬워할 테지만 갈호는 족장 가문이 남자다. 게다가 위험을 무릅쓰고 와 아들의 도리를 하기도 했다. 그러니 갈호는 언제 오든 열렬한 환영과 사랑을 받을 수 있는 존재였다. 갈호는 그들의 환호에 감사하며 호련에게 능고에 대한 소식을 전했다.

"내년에 이사 못 가는 신세가 되긴 했지."

살랍군은 보름 정도 쉰 뒤 능고의 여름궁전으로 진군했다. 여환의 장례를 치른 왕은 별다른 저항도 못하고 여름궁전과 영토를 내어주고 동쪽으로 퇴각했다. 그리고 그사이, 여환의 동생이 바야 왕비의 양자로 들어갔다. 바야 가문의 아가씨와의 약혼도 함께 이루어졌다. 태어날 때부터 절반 정도 죽어 있는 장자가 왕위를 잇더라도 후계는 그 막내 왕자가 될 것이다.

바야 가문은 여환 왕자의 사후 곧바로 능고를 장악했다. 의욕을 잃은 왕은 아무런 저항도 하지 않고 실권을 바야 가문에게 넘겨주었다. 벌써 양위에 대한 이야기가 오가며 멱살잡이를 하고 있다 하니, 살랍군이 능경 근처까지 진군해도 자기들끼리 싸울 것 같다.

갈호는 병영으로 돌아가지 않고 예전에 살던 방을 쓰며 아침마다 나가기로 했다. 장남인 가투와 같이 쓰던 방이다. 쌍둥이 형제처럼 붙어다니던 가투와 갈호지만, 하나는 스물도 되기 전에 죽고, 하나만 남았다.

호련이 새로 만든 옷을 가져다주려고 들어갔을 때, 갈호는 창턱에 앉아 말없이 뜰을 보고 있었다.

돌아오면 항상 기다려 줄 거라 생각했던 형제의 죽음을 갈호도 이제야 실감하고 있었다.

갈호가 말했다.

"힘들게 버텼구나, 너."

"응?"

"나는 오늘 하루 녀석이 없는 집에 있는데도 기분이 이런데, 너는 몇 해를 그렇게 보냈잖아."

호련은 갈호의 어깨를 당기고 문을 닫았다.

"이제는 괜찮아. 갈호도 돌아오고, 곧 그도 돌아올 테니까. 잃은 것을 되새기면서만 살 수는 없잖아."

"뭐, 새 얼굴도 태어날 테고."

그리고 갈호는 호련의 몸을 보고는 빙그레 웃었다.

"너 닮았으면 좋겠다. 가투 같은 놈이 태어나면 끔찍할 것 같아."

"큰오라버니처럼 잘생기고 작은오라버니처럼 영리하고 언니처럼 사랑스럽고 어머니처럼 착하고 아버지처럼 훌륭하면 좋지."

"너무 많이 바란다, 너. 그냥 그만큼 낳아서 하나씩 닮으면 되겠네."

"태괄도 닮아야 하는데."

"절반씩은 그놈 닮을 테니 걱정 마."

첫눈이 내린 뒤 갈호가 소식을 받아왔다.

전쟁을 마친 살랍이 드디어 군대를 거두어 영지로 돌아온다. 사방이 얼어붙기 전에 얼른 영지로 돌아가 겨울을 보내기 위함이었다. 언제 돌아오는지 갈호에게 몇 번이나 물었지만, 갈호는 자기도 정확히는 모르겠다며 고개를 저었다.

그러던 겨울날, 갈호가 말을 타고 나가 저녁 무렵 돌아와서 전령이 전한 소식을 호련에게 주었다. 호련은 영주관의 사람들을 모아 남편의 귀환 예정일을 전하고, 하인들을 골라 편지를 나누어 주었다.

그날 아침, 호련은 누가 깨우지 않아도 일어났다. 양털로 짠 모포와 담요를 펼치고, 새로 짠 천에 수를 놓아 만든 옷을 걸어두었다. 빈틈없이 만든 모자와 장갑, 신발을 방구석에 놓아두고 준비를 마무리하자 일어나 밖으로 나갔다.

호련이 두툼한 융단을 깐 바닥을 지나가자 자고 있던 장이가 엎드린 채로 꼬리를 흔들었다.

"밖은 춥단다. 그 사람은 내가 데리고 올 테니 걱정 말고."

알아들은 장이가 짖었다.

호련은 문을 열었다. 새벽에 내린 눈이 마을과 벌판에 얇게 쌓여 있었다. 입김이 부옇게 얼어붙고 바람도 차가웠지만, 혹한은 아니다.

멀리 하얗게 동이 터 오른다. 구름은 말끔히 걷혀 하늘은 푸르고 맑다.

호련은 발걸음을 뗐다. 신발과 치마로 흰 눈이 흩어진다. 한 걸음, 한 걸음 걷자 발자국이 이어진다. 주인이 나온 것을 알아챈 개들이 짖기 시작했다.

"쉿."

호련은 작게 말했다. 개들이 끙끙대며 목소리를 낮추었다. 호련은 문 앞으로 천천히 나아갔다. 그리고 대문을 나서 초원을 훤히 바라보는 길을 걸었다.

멀리서 말발굽 소리가 들려온다. 급히 달려오는 듯 발굽이 거세고 빠르다. 발굽 소리는 많았으나 앞장서는 발굽 소리는 하나고, 점점 더 빨라진다. 호련은 눈을 헤치며 달려갔다. 가라앉았던 흰 눈이 흩어진다.

말이 보인다. 검고 큰 말이다.

말 위의 태괄이 호련을 발견했다.

"안에 있지. 추울 텐데."

태괄은 말에서 내려 다가왔다. 입김이 부옇게 흩어진다. 그가 발갛게 익은 호련의 볼을 어루만졌다. 겨울바람을 헤치고 왔을 텐데, 손은 뜨겁다.

너무 오랜만에 보는 것 같다. 고작 몇 달 만인데.

"어서 와."

해가 떠오르며 발그레하게 설원을 밝히고 눈 덮인 나뭇가지를 비추었다. 푸른 그림자가 솟구쳐 올라 저 지상 끝까지 이어졌다. 밝은 금빛을 머금은 햇살이 태괄의 얼굴을 물들였다.

호련은 태괄을 잡아끌었다.

"자, 다들 기다리고 있어."

"누가?"

"내 사람들. 어제부터 준비하고 있었어."

호련은 태괄을 데리고 영주관으로 들어갔다. 장이가 엄청나게 짖어대는 바람에 온 식구가 다 깨어났다. 장이만 짖는 게 아니라 장이의 아들도 짖어대고, 장이의 손자도 짖어댔다.

태괄은 영주관을 올려다보며 긴장했다. 전쟁하며 멋대로 살던 때와는 다른 난제다. 납경은 태괄의 고향이고 관습도 예법도 훤하지만, 이곳에 대해서 태괄이 아는 바가 없었다.

"그런데 할멈…… 아니, 당신 할머니처럼 무서운 사람은 없지?"

"할머니가 제일 무서워."

"그럼 되었어. 제일 무서운 분은 이미 뵈었으니…… 어, 안녕하십니까?"

태괄은 막 나온 찬눈에게 얼른 인사를 했다. 찬눈은 무시하며 지나갔다. 나라 하나를 이기고 돌아온 장수라도 찬눈에게는 아직도 못마땅한 사위였다.

"어이, 갈호야! 네 상관 왔다! 네가 책임져!"

안에서 목소리가 들렸다.

"나갑니다, 할머니. 어서 오세요, 왕자님!"

갈호가 급히 달려 내려왔다. 옷을 꿰어 입다 말고 달려나온 갈호를 본 태괄의 표정이 애매해졌다.

"너, 그동안 여기서 지낸 거냐?"

"어, 그런 얼굴로 보지 마세요. 여긴 제 집이기도 하단 말입니다."

갈호는 옷의 단추를 채우고 바지 끈을 묶다가 여전히 애매한 표정의 태괄을 보고 고개를 저었다.

"왕자님, 왕자님 동네와는 달리, 여기는 근친혼을 매우 꺼려하는 동네거든요. 그러니 그런 징그러운 생각은 집어치우시고. 자, 이리 와요."

그리고 태괄의 목을 두 손으로 잡아당기더니 양 볼에 입을 맞추었다.

기겁하는 태괄에게, 갈호는 태괄의 볼을 잡으며 말했다.

"이 가문의 남자가 사위를 맞이합니다."

그리고 방긋 웃었다. 태괄은 입을 벌렸다.

"너 지금 나한테 무슨 짓을 한 거야!"

"이거, 여기 인사예요. 첫손님으로 온 새 가족에게 집안 남자가 하는 인사랍니다."

"모두 다…… 설마 다 이렇게 인사하는 거야?"

"네. 특히 남자들이나 결혼한 부인들하고는 다 이래야 해요. 호련이 무시무시한 연회를 준비했으니 뺨 단련하고 있어요. 남아나지 않을걸요?"

태괄은 호련을 보았다.

"이거 정말이야?"

"살랍에는 그런 거 없어?"

"내 연회에서 당신 뺨에 입 맞추는 놈이 있었으면 다 끝장났을 거야."

안으로 사람들이 들어왔다. 영주관의 일꾼들이었다. 새로 임명된 집사가 뛰어 들어와 급히 말했다.

"새, 새 주인님을 뵙습니다!"

호련이 새로 임명한 집사였다. 문제는 태괄도 그 얼굴을 안다는 거였다. 집사도 태괄을 알아보았다.

예전에 태괄이 여기서 일할 때 그를 손수 가르쳐 주고 손도 봐주고 너는 양들의 저주를 받았다는 선언도 내려주었던 큰 목동이었다.

집사의 얼굴이 당장 해쓱해졌다. 그에게 뒤통수 맞던 소년이 지금 이제 이 집의 주인이다. 그냥 주인이 아니라, 저기 저 벌판 너머에 있는 대군의 사령관이고, 자그마치 살랍의 왕자다.

태괄은 너그러이 웃었다.

"오랜만이군."

"저, 저기…… 그러니까……."

"자네가 내가 왕자인 줄 알고 그랬던 건 아니잖아. 알아도 그렇게 일을 못하면 나라도 때리고 싶었을 거니 걱정 말고 아내를 도와주게나."

"감사합니다!"

태괄은 호련을 보았다.

호련은 흐뭇하게 보고 있었다.

"일부러 이런…… 건…… 가?"

"이봐, 이 사람이 여기서 가장 서열이 높고 일도 잘하는 사람이거든? 아버지는 그런 사람에게 당신을 맡겼던 거라고. 게다가 자그마치 왕자에게 양치는 일을 가르친 사람이잖아. 충분히 권위가 서지 않겠어?"

"가르치려고 시도는 했는데, 실패한 거지. 그런데 걱정한 것치고는 분위기가 좋네? 나는 여기로 오면 일단 다들 나를 아가씨 납치해 간 죽일 놈으로 볼 줄 알았는데."

호련의 얼굴이 굳었다. 다들 너도나도 뭐라 말하려 했지만, 호련이 등 뒤로 손을 세차게 젓는 것을 보고 입을 다물었다.

왜 저러시지?

몰라.

서로 바라보며 고개를 젓고 눈치를 주며 입을 다물었다.

호련은 어색하게 웃으며 태괄을 밀었다.

"얼른 씻고 나와. 목욕물 덥혀놓으라고 할 테니 씻고 나오면 옷 줄게. 그거 내가 아주 열심히 만든 거니 정중하게 입기다."

"알았어."

태괄을 보낸 뒤 호련은 영주관 사람들에게 명령했다.

"절대로, 절대로 그 이야기는 하지 말하지 말아요. 저이가 부끄러움이 많아서. 그리고 내일 저녁 연회에서 아무도 그 이야기 못하게 해요. 알겠죠? 너무 부끄러워할 거예요."

모두 고개를 끄덕였다. 옆으로 찬눈이 지나가며 말했다.

"내가 이미 못하게 했습니다."

"정말요? 고마워요!"

"워낙 기가 차서 말이지요. 들을 때마다 어찌나 가증스럽던지! 그 누구도 내 앞에서 그 말은 못할 겁니다!"

"……."

태괄은 호련이 시킨 모든 일을 했다.

호련의 하녀들은 모두 태괄에게 상냥했고, 하인과 무사들은 태괄의 수하인 듯 정중하고 효율적으로 제 할 일을 했다.

태괄은 호련이 그들에게 아주 훌륭한 여주인임을 알게 되었다.

모두 제 일처럼 태괄을 챙기며 살폈고, 그들 눈에는 자신들이 경애하고 아끼는 여주인의 남편을 향한 존경과 애정이 넘쳤다. 그리고 뭔가 하고 싶은 말이 많은 눈치를 보이긴 하는데, 무슨 말을 숨기는지는 모르겠다.

몇 달을 전장에서 보낸 태괄에게 각의 영주관은 사치스럽거나 호화롭지는 않아도 아늑하고 깨끗하고 편안했다. 태괄은 호련을 자신의 영지로 데리고 갈 때를 생각하니 두려워졌다.

이 정도는 아닌데, 아니, 이보다 훨씬 못한데. 물론 크기야 컸지만, 이 반의반도 살 만하지 못하다.

아냐. 그 문제는 천천히 생각하지, 뭐. 시간은 많으니까.

태괄은 아예 여기로 옮겨 버릴까 하는 생각도 들었고, 이내 진지하게 고려하기로 했다. 병영이 좀 멀어지긴 하지만 검개 요새로 병영을 옮기면 괜찮다. 동부로 진출했으니 병영을 두 개로 늘리는 것 역시 고려해 볼 만한 일이다. 그리고 영지를 합쳐서 관리하면 나름 편할 테고, 등등.

태괄은 머리가 아파왔다. 영지 관리는 태괄의 분야가 아니었다. 너무 섬세하다, 너무 섬세해. 여태 집사에게 맡기고 밥만 먹으러 들어갔었는데, 이제는 그렇게 할 수 없지 않은가. 아예 여기로 옮기겠다고 형에게 진지하게 말해야겠다. 형도 장가보낸 동생이 자기 살림 자기가 좋은 곳에 차리겠다는데 뭐라 하지 않을 테고.

이걸로 그만두기로 하고, 태괄은 내일 호련이 불렀다는 사람들을 만날 일이나 걱정하기로 했다. 각의 족장과 맹약을 맺은 족장들과 각 집안의 가장들을 만나는 자리가 될 것이다. 다들 태괄이 어떠한지 눈을 부라리며 지켜볼 테고, 거기서 잘 보여야 하고……

뺨에 무수한 입맞춤을 받겠지.

"미치네."

전쟁 마치고 오니 또 전쟁이다. 그리고 이건 익숙하지 못한 전쟁이라 더 무섭다.

몰라, 몰라. 태괄은 고개를 저으며 몸을 닦았다.

목욕을 마치자 하인이 대기하고 있다가 방으로 안내했다. 제법 큰 방이었다. 가죽과 모포를 깐 침대, 수놓아 짠 벽피, 그리고 커다란 창 앞에는 넓은 의자가 놓여 있고, 그 위에 두툼한 양털 모피가 깔려 있었다. 모피 위에 호련이 쓰다 만 장부가 널려 있었다. 옆문이 열리며 호련이 들어왔다.

"다 씻었어?"

"어."

호련은 옷장 위에 놓아둔 옷을 건네주었다. 가죽에 털을 덧댄 옷과 외투였다. 호련은 섬세한 수를 놓은 모자에 신발까지 건네주었다.

"잘 맞네."

언제나 입고 있던 옷인 듯 편하다. 호련이 그의 옷깃을 매만져 주며 말했다.

"나만큼 당신 몸에 대해 잘 아는 사람이 있으려고."

"뭐?"

"만져 보고 안아보고 거기다 벗겨서 자주자주 봤잖아."

"이 아가씨가 정말."

태괄은 어처구니없어 하며 호련의 볼을 가볍게 두드렸다. 그래도 호련의 입에 감도는 가벼운 미소를 보니, 태괄은 드디어 집에 돌아온 기분이 들었다.

자신이 누구와 결혼한 건지도, 그리고 항상 이곳으로 돌아올 수 있다는 것도 깨달았다. 전장에서 피와 먼지를 뒤집어쓰고 다녀도, 이곳으로 돌아올 수 있는 것이다.

태괄은 호련의 허리를 끌어안아 의자에 앉혔다. 품 안으로 호련의 몸이 푹 묻혔다. 태괄은 드디어 돌아왔다는 것을 실감했다. 이렇게 편하게 안는 게 몇 달 만인가 싶다.

"나 없이도 잘 지냈나? 나 없이 그러면 안 되는데."

"베개를 매일매일 눈물로 적시며 지내야 하나?"

"그럴 것까지는 없는데, 한숨 한 번 정도는 쉬어주면 좋지."

"전장에서 힘들었지?"

"그건 돌아오는 것으로 다 끝난 거지."

태괄은 호련을 더 강하게 안으며 숨을 들이마셨다. 체취가 한껏 풍겨왔다. 향긋하고 달콤한 체취다. 전장에서 가장 그리워하던 것이다. 품에 안긴 호련의 손이 태괄의 어깨와 몸을 만졌다. 태괄은 그 손길을 느끼며 속삭였다.

"뭐 하는 건가? 벌써 덮치려고?"

"몰래 다친 데 있나 확인하는 거지."

"몰래 다치고 나왔어. 설마 내가 그걸 다 짊어지고 올까. 보자마자 당신이 울어버릴 텐데."

"이제 당신 다치면 내가 치료해 줄게."

"믿어도 되나?"

"그럼. 다친 개나 말을 치료해 본 적 많아."

"이봐요."

태괄은 호련의 허리로 손을 내렸다. 옷 아래로 몸이 느껴진다. 그리고 저 아래에 다른 생명이 있다고 생각하니 긴장이 되며 두근거렸다.

매우 중요한 것을 만들어냈다.

호련이 그날 몰래 가려 했던 건 지금 생각해도 등골이 서늘하지만, 그래도 지금은 엄청난 중압감과 함께 기대가 된다. 호련은 아직 모르지만, 이 아이가 태어나면 태괄 이후로 처음으로 살랍 왕실에 아이가 태어나는 거다. 형을 가장 시름 깊게 하던 문제에 첫 번째 햇살이 비추는 것이다. 그러나 아직은 형에게 알리지는 못했다. 알리면 당장 형이 여길 지키겠다며 군대라도 보낼까 봐 무서워서. 그러고도 남는다.

태괄이 조용하자 호련이 몸을 젖혔다. 태괄은 자신이 너무 조용했다는 것을 깨닫고 물었다.

"이 녀석, 얼마나 되었대?"

"내년 봄에 태어날 거라던데."

"음, 그래."

그럼 당분간 전쟁이 없었으면 좋겠다. 적어도 한 해나 두 해 정도는 평화로웠으면.

일단 휩쓸어두긴 했는데 능고가 계속 조용해 줄지는 모르겠다. 조용히 있어라. 지금 너희들보다 더 중요한 게 여기 있단 말이지.

"흠, 뭘까?"

"뭐가 좋아?"

"내가 원하는 거야…… 그냥 제대로 채우고 나오는 거지."

그리고 목덜미와 볼에 입 맞추고는 호련의 배를 쓸어내렸다. 따스하고 부드러운 느낌이 손바닥에 가득 닿았다.

"얼른 채우고 그 자리 동생한테 물려주고 나오라고 해."

"벌써 그 생각이야?"

"항상 생각해야지."

호련의 얼굴 위로 비쳐든 햇살이 흐른다.

태괄은 처음 그녀를 보았을 때를 떠올렸다. 봄 햇살, 지나치게 조숙하고 엄숙한 얼굴, 호기심으로 반짝이던 눈동자.

그 위로 흐르는 시간과 바람만큼 태괄은 마치 예언처럼 무언가를 보는 기분이었다.

지평선 끝까지 펼쳐진 영지, 지금은 흰 눈에 덮여 있지만 곧 봄 햇살에 녹을 벌판, 그리고 다시 찾아올 우기와 새로운 창궁.

새로운 창궁이 열릴 때마다 달라지는 것들, 더해지는 것들, 익어가는 것들과 자라나는 것들을 보았다.

해가 다시 뜨고 날이 부드러워지면 그녀의 손을 잡고 나갈 것이다. 싹이 돋는 것을 보며 젖은 대지를 밟으며.

항상 모두가 말한다. 창궁 아래 단 하나. 그것은 왕도, 지배자도, 영웅도 아닐 것이다. 평화와 삶, 생명과 미래, 그것만큼 중요한 게 어디 있겠는가.

그 단 하나를 지키기 위해 사는 것 외에 무엇이 더 필요하겠는가. 때론 지키고, 때론 싸우고, 때론 보듬고, 때론 받아들이고, 때론 사랑하며, 그렇게 살기를 바란다.

지켜낸 이 대지로 둘이 걸어갈 것이다. 그리고 그렇게 걷다 보면 어느새 둘은 셋이 되고, 셋은 넷이 되고, 넷은 다섯이, 다섯은 여섯이.

그렇게.

누군가는 무언가가 되고, 누군가는 물려받을 것이다. 누군가는 이룩해 낼 것이며 누군가는 상상도 못할 모험과 영광을 얻을지도 모르고, 누군가는 아름다운 것들을 만들어낼지도 모르겠다.

그 모든 것의 근원. 생이 시작되고 삶이 이어지게 하는 것이 있다면, 그녀의 눈과 손, 따스한 가슴과 속삭임.

예언인지 암시인지 소망인지 희망인지는 모르겠다.

그저, 보인다.

세상이 온통 밝고 충만하다. 그 충만한 너머로 보인다.

"사랑해."

그 충만함 속에서 태괄이 말했다.

사랑한다, 이 삶을. 그리고 당신과 함께할 모든 것을 사랑한다.

마지막 편린

산사람들은 아이가 태어나면 반쯤은 떠난다고 믿는다.

용병이나 자객으로 팔려가듯 나가는 흉맥의 산악족들도 그렇지만, 가잔의 산악족 역시 여기저기 상단이나 일꾼들로 나가 배회하다 돌아온다.

절반이 남기라도 하면 그해는 그래도 나름 성과가 있는 것이다. 흉년이 들면 거의 모든 젊은이들이 떠나기도 한다. 그래서 산에 사는 사람들은 그들의 산에 맹세를 한다. 고향을 잊지 않을 것이며, 고향이 위험해지면 반드시 돌아올 것이며, 고향의 족장에게 복종한다.

그것이 그들을 똘똘 뭉치게도 하지만, 다른 이를 받아들이지 못하게도 했다.

거의 백 살이 다되어가는 하차람은 외지로 나갔다가 돌아온 여자였다.

하녀로 타족의 족장 집에서 일했고, 여자로 족장에게 봉사했다. 타족 족장의 아들들이 다 죽고 절망적인 상태였던 딸만 남자 하차람의 딸은 그 본부인의 딸의 혼수품이 되어 떠나야 했다. 병들어 남자를 받아들이지도 못하고 아이를 생산할 수도 없는 그 딸을 대신해 아이를 낳아줄, 그런 비참한 혼수품이다.

그해 하차람은 딸이 족장 집으로 가기도 전에 고향으로 돌아갔다. 족장의 여자가 되어 잠시 누린 호사로 받은 선물로 양과 소를 사 고향의 땅을 일구며 살았다. 그렇게 몇 해를 지내고, 다시 몇 해를 지냈다.

몇 해를 견디다 보니 딸은 족장의 부인이 되고 아이들은 족장의 후계자가 되었다. 그렇게 오래 시간이 지나 하차람도 안심했지만, 이번에는 그 아들들과 손자 손녀들이 하나 남기고 죄다 몰살당했다.

그 후, 시간이 많이 지난 것 같다.

얼마나 지난 건지는 모르겠지만, 주변에서 하차람이 기침만 해도 아슬아슬한 눈빛을 보내는 걸 보니 많이 지나긴 했나 보다.

해가 뜰 무렵, 하차람은 까마귀들이 울어대는 것을 보았다. 누군가 온 것이다. 까마귀들이 날면 산비탈 중간에 나타난 것이다.

해가 중턱에 걸리자 마을 어귀로 짐 실은 나귀와 다리 짧은 말이 나타났다. 그 위에 다 늙은 딸이 타고 있었다. 옆에는 늙은 딸을 모시고 온 남자가 있었다. 이십대 초반이나 되었을까, 아주 어려 보인다.

청년이 말했다.

"정말 살아 계시네요."

"아직 아흔이야, 이놈아! 팔팔해!"

하차람이 버럭 고함을 지르자 찬눈은 얼른 청년의 등을 밀며 말했다.

"엄마, 내 손자. 인사해."

"예?"

"정확히는 하눈의 손자지. 갈호야."

하눈의 이름이 나오자 하차람의 눈이 살벌해졌지만, 갈호의 얼굴을 보자마자 소녀처럼 요망해졌다.

그 익숙한 변화에 갈호는 긴장했다.

"귀엽게 생긴 청년이구만."

"이리 보여도 보이는 것만큼은 젊지 않아. 나이 먹을 만큼 먹은 놈이라고. 아니, 근데, 할망구 아파 죽겠다고 난리더니 내가 오니 또 생생해?"

"나도 이제 늙었어. 할멈이라고. 아프면 위험해."

"할멈 된 지 사십 년도 넘었어."

찬눈은 집 안을 둘러보았다.

"하여튼, 나 왔어, 엄마. 배고프다."

지난번 보았을 때와 크게 달라진 점은 없지만, 아주 깨끗해지긴 했다. 마당은 쓸어두고 양들은 풀밭으로 보내 한 마리도 없다. 소는 할 일이 없는지 외양간에 멍하게 앉아 있을 뿐이다.

찬눈이 몇 번 사람을 보내 집을 고치게 한 덕에 벽은 잘 세워져 있고 지붕도 튼튼하다. 이층으로 올라가면 더 쾌적하고 조용하다.

올라간 이층 방은 먼지 하나 없이 쓸고 닦은 뒤 벽과 바닥에 융단을 깔아두었다. 활짝 열어둔 창문에는 예쁘게 수를 놓은 휘장도 달아두었다. 침구는 잘 정돈되어 있고, 그 옆에 낡은 요람이 있다. 요람 위에 고양이 한 마리가 쿨쿨 자고 있다가 찬눈이 들어오자 꼬리를 치며 아는 시늉을 했다.

"이놈은 아직도 살아 있네?"

"그런데 딸, 이제 아주 여기서 살려고 온 거니?"

"그럴 리가. 들여다보고 갈 거야. 노파 둘이 앉아 있으면 개가 죽어날 거 아냐. 양심 좀 있어. 남편 없이 애 키우고 소 치고 양 치는데 거기다 노파 둘도 봉양하라고? 미쳤군."

"애는 착하고 성실해."

"그건 할멈 같은 할망구가 하나일 때지. 할멈 둘이서 수발들라고 앉아 있으면 당장 도망갈 거다."

갈호는 두 할멈의 눈치를 살피다 슬그머니 일어났다. 하차람이 당장 갈호의 옷자락을 붙들고 늘어졌다. 갈호의 얼굴이 하얗게 변했다.

"어딜 가나?"

"저기, 저는 할머니를 모셔 드리고…… 가, 가야 할 데가 있어서! 그러니…… 저기, 저는 좀 놔주…… 세요."

하차람은 이제 아예 팔에 매달렸다.

"그러면 안 되지, 총각. 밥이라도 먹고 가."

"저기, 정말 괜찮습니다. 그리고 여기 사는…… 그, 그분하고 좀 불편한 사이라…… 저기, 거긴 만지지 마시고…… 그러니까, 그…… 그러지 마시고…… 제발……! 으악, 놔주세요!"

이제 하차람은 갈호의 등을 만지고 있었다.

보다 못한 찬눈이 하차람의 손을 후려쳤다. 드디어 해방된 갈호는 숨을 몰아쉬며 말했다.

"갑니다!"

그리고 벌떡 일어나 달려나갔다.

하차람이 아쉬운 듯 입맛을 다셨다.

"참 잘생겼는데 왜 저러누? 저리 숫기가 없어서야."

찬눈이 기가 막혀서 보았다.

갈호는 비틀거리며 마을을 나왔다.

찬눈이 하차람의 편지를 받은 것이 보름 전이었다. 항상 그렇듯 아파 죽겠다는 편지를 보냈는데, 이번에는 심상치 않은 말을 몇 마디 했다. 그 노인네는 나 아프다는 말이 인사말이라고 투덜대던 찬눈도 하차람이 거의 백 살이 다되어가는 노파다 보니, 걱정이 되긴 되었는지 가잔으로 온 것이다. 찬눈 역시 할멈이라 갈호가 같이 가기로 했다. 갈호는 우이가 일을 나갈 시간을 골라서 가느라 마을 밖에서 조금 지체해야 했다. 아무리 우이가 사연을 납득한다 하더라도 갈호는 그녀의 눈앞에서 남편을 죽였다.

여환을 배신한 차굴란은 지금 살랍에 있고, 태괄은 그에 대한 약속을 지켰다. 정규군으로의 편성과 차굴란의 지위에 대한 약속, 그리고 어느 정도 시간이 지나자 태괄은 그를 형에게 보내 납경에서 일하게 해주었다. 차굴란의 아버지가 원해 마지않고 여환을 통해 이루고자 했던 일을 차굴란은 태괄을 통해 이룬 것이다.

그동안 능고는 모두가 예상한 대로 내란에 휘말렸다. 살랍에다 몸값 내고 오랜만에 돌아온 능초 왕제가 왕위를 주장한 것이다.

그리고 연위국과 대국이 그를 지원하기 시작하자, 능초 역시 신났다. 너무 신이 나는 바람에 나라 절반이 날아가고 있는 것도 모르고 있다. 능고는 이제 능초와 바야 가문으로 쪼개져 남능고와 북능고로 갈라져 있다.

덕택에 태괄은 쉽게 동부를 장악했다. 평화가 오나 했지만, 서부에서 큰 전쟁을 치러야 했다. 그 전쟁은 적국의 멸망으로 끝날 때까지 꼬박 두 해가 걸렸고, 태괄은 멀리 서북까지 그 왕을 쫓아가야 했다. 전쟁 중에도 호련에게 편지는 어찌 그리 꼬박꼬박 보냈던지, 아예 그 일만 전담하는 전령이 따로 있을 지경이었다. 몰래 편지를 들추어 보았던 누웅은 고개를 저으며 말했다.

"이거야말로 국가 기밀로 분류해야겠군."

적국 손에 들어가 서로 돌려보면 끝장이라는 말과 덧붙여.

반전은 호련이었다. 편지 쓰는 데 의욕도 재능도 없는 호련은 대체 뭐라 답장을 보내야 할지 몰라 아주 딱딱한 말만 하다가, 어느 순간부터 아주 제대로 답장을 보냈다. 태괄은 웃으며 편지 두 개를 썼다. 하나는 호련에게, 다른 하나는 장남에게.

—다음부터 네 엄마가 대신 쓰라고 시켜도 하지 말거라.

그때, 갈호는 방울 소리를 들었다. 양 떼가 돌아올 시간인가, 그러며 갈호는 입구를 보고 어서 떠나지 않았던 것을 후회했다.

산 아래로 호리호리한 여자가 양 떼를 몰며 올라오고 있었다.

피하려 했지만 고개도 돌리기 전에 여자와 마주쳤다.

여자의 초록색 눈이 놀라며 갈호를 보았다. 단숨에 알아보는 눈빛에 갈호 역시 피할 수는 없었다.

“안녕하세요.”

여자가 먼저 인사를 했다.

“네, 우이 부인.”

흉맥족이 그녀를 여기로 데려다 준 건 알고 있었다. 그리고 우이는 찬눈이 그날 왜 그녀를 데리고 왔는지도 안다. 자신이 남편을 부르는 미끼가 된 것도.

우이는 뭐라 말해야 할지 모르겠다는 눈빛으로 보더니, 엉뚱한 소리를 했다.

“식사하셨나요?”

“가면서 하면 됩니다.”

“하고 가세요.”

“아니, 정말 괜찮습니다.”

이대로 가면 하차람이 덮칠 것 같았다.

그런데 우이가 다가왔다. 우이 옆의 소년이 갈호를 보다가 얼른 뒤로 숨었다. 우이가 인사하라 했지만 수줍음 많은 소년은 계속 숨어만 있었다.

“저기, 가도 된단다.”

갈호가 허락하자 소년은 얼른 도망쳐 버렸다.

“죄송해요. 애가 부끄러움이 많아서. 그래도 얼굴 트면 친절해요.”

“제가 생각하는 그 아이가 맞습니까?”

"네. 재혼은 안 했으니까."

우이에게서 이런 말이 나오다니.

"이제 농담도 하시는군요."

"당신은요?"

"저도 아직."

여자가 건드리기만 해도 소름이 돋는 체질은 어쩔 수 없었다. 그런데 예전에는 열대엿 먹은 여자애들만 들러붙었지, 이제는 어리든 늙든 죄다 들러붙으니 미칠 노릇이었다.

얼마 전엔 보다 못한 누웅이 말했다.

"내 딸들 중에 하나 골라봐라."

"너무 어리지 않나?"

"하나라도 미리 정해지는 게 좋잖아. 그리고 너, 어려 보이니 내 큰 딸하고는 실제로는 일고여덟 살밖에 차이 안 나 보일 거야. 걱정 마."

"그만둬."

"네가 안 고르면 왕자님한테 떠밀어볼까? 아들밖에 없잖아. 하나 정도는 내 사위 삼아줄 수 있는데. 난 둘째가 좋더라. 걔가 영지 물려받을 가능성이 크잖아. 역시 남자는 집과 재산이 중요해."

"……그만둬."

살랍에서 유일하게 갈호와 말을 섞어도 정신이 이상해지지 않는 누웅이지만, 그와 이야기하다 보면 오히려 갈호가 정신이 산란해지고 있었다.

요즘의 갈호에겐 호련과 태괄의 장남이 가장 편한 상대다. 둘이 있으면 말이 없이 한참을 있어도 되니 좋다.

각으로 돌아와 머물던 태괄은 다음해 봄에 다시 출정해야 했다. 여환 왕자의 막내 동생이 들고일어나 준 것이다. 자기도 제대로 된 남자라는 걸 보이고 싶었던 듯하지만, 여환과는 달리 별 재능도 재주도 인맥도 없던 놈이라 태괄은 봄에 출정해 풀 밟듯 밟아 준 뒤에 바로 돌아왔다. 그런데 돌아오는 길에 태괄은 아이가 태어날지도 모르겠다는 전갈을 받았다.

태괄은 부하들 몇을 호위 삼아 데리고 급히 영지로 왔다.

그런데 돌아온 영주관은 조용했다. 마을도 조용하고 영주관은 더 조용했다. 불은 다 꺼져 있고, 사람들은 하나도 없었다. 태괄이 오는 중에 끔찍한 일이 벌어졌을지도 모른다고 생각하기에 충분한 상황이었다.

급하게 들어갔을 때, 호련이 그를 맞이했다.

"내일 도착한다더니."

태괄은 호련의 얼굴을 살피다 슬그머니 시선을 내렸다. 긴 옷을 입고 있긴 했지만, 도로 날씬해졌다. 호련은 그제야 그가 왜 그러는지 알고 웃으며 옆방을 가리켰다.

"당신 아들은 옆방에 있어. 할머니가 데리고 있어."

"에? 곧 태어난다며?"

"아, 사실 닷새 전에 태어났거든. 당신이 너무 서두를까 봐 그냥 태어날 것도 같다는 말만 전하려고 했는데…… 전달이 좀 일찍 되었나 봐. 미안, 사실 나도 애가 그렇게 일찍 나올 줄은 몰랐어. 내 생각보다 더 일찍 들어와 있었나 봐."

"누웅이 그게 얼마나 무서운 일인지 으름장을 놓아서. 괜찮아?"

주변에 젊은 남자들뿐이라 애가 둘하고도 반인 누웅밖에는 상담할 데가 없었다.

"태괄, 내가 이제 스무 살이라서 크게 힘들진 않을 거라고 할머니가 그러셨어. 그래도 허망할 정도로 빨리 낳긴 했다더라. 뭐, 나중에 당신이 옆에 있을 때는 정말 힘들어해 줄게."

"그러지는 말고."

그리고 호련에게 가려다가 그제야 여기 왜 왔는지 깨달았다. 태괄은 당장 옆방으로 뛰어 들어갔고, 그가 본 것은 심란한 표정의 찬눈이었다. 태괄이 들어오자 찬눈은 아기 얼굴을 보고 태괄을 보고, 태괄을 보고 다시 아기를 보며 더욱 심란해했다. 왜 그렇게 심란해하는지 궁금해질 지경에 이르자, 찬눈이 말했다.

"우리 아가씨 얼굴은 대체 어디 있는 거야?"

찬눈은 아기를 들고 태괄 옆에 놓았다.

"자네만 빼 박았군. 이게 뭐야?"

"저 생긴 게 그리 이상합니까?"

"이 할멈도 취향이란 게 있어."

물론 찬눈의 주장과는 달리 꼭 태괄만 닮은 것은 아니었다. 얼굴은 태괄과 닮았지만 표정은 호련의 어린 시절과 닮았고, 성격은 호련의 아버지를 닮아 조용했다.

어찌나 말이 없는지, 납경에 갈 때마다 왕과 왕비에게 인사만 꾸벅 하고 끝이었다. 귀여운 재롱을 기대했던 왕은 우울해했지만 그런 걸 소름 끼쳐 하는 왕비와는 아주 잘 지냈다. 왕비는 아이와 아무 말도 안 하고 놀 수 있어서 너무 좋아했다.

그 모습을 본 왕은 우울하게 말했다.

"당신이 이러니 소문이 그런 거야."

"뭐라고?"

"내가 남색이고, 당신은 여장한 남자래."

왕비의 얼굴이 굳자 왕은 덧붙여 말했다.

"걱정 마. 잘생긴 남자라고는 하니까."

그리고 그러는 당신은 남장한 여자냐, 그러게 애초에 당신이 그렇게 내시처럼 입고 다니니 이런 거다, 내 가슴이 좀 작은 건 인정하지만 당신이 그래서는 안 된다, 라는 고함이 터지고 둘이 싸움에 몰입하자 끝이 나지 않았다.

아들 자랑하러 왔다가 부부싸움만 붙인 태괄은 그 틈에 영지로 도망가 버렸다.

얼마 뒤, 왕비가 혼자 영지로 놀러 왔다. 호련은 정말 좋아했지만, 태괄은 불편했다. 갈호도 불편했다. 누웅은 갑자기 집에 일이 생겼다며 금아성의 누님 집으로 도망가 버렸다. 태괄이 불편해 죽어갈 무렵, 수도에서 전령이 와서 왕비를 데리고 갔다. 호련은 자매와 헤어지듯 너무 아쉬워했고, 태괄은 행여나 호련이 형수더러 나중에 다시 오라는 말을 할까 봐 내내 긴장해야 했다. 그리고 막 그 말을 할 무렵, 호련의 입을 틀어막으며 외쳤다.

"안녕히 가십시오!"

"저기, 이만 가보겠습니다."

갈호가 말했다.

"아, 저기."

우이가 급히 말했다. 갈호는 속으로 한숨을 내쉬며 정중하게 말했다.

"네, 말씀하십시오."

"아가씨는 잘 지내나요?"

"네. 덕택에."

"저기, 저는 당신을 원망한 적은 없어요. 그 자리에서 저와 제 아들을 다 죽일 수도 있었어요. 그러니 저는 제가 은혜를 입은 걸 알아요. 그러지 말아요."

"저 아이가 언제고 아버지에 대해 물어볼 겁니다. 그때 뭐라 하실 겁니까?"

"그냥…… 흉맥족 남자였다고 할 생각이에요. 이름 없는 전사였다고. 이름 남길 수 없는 전사였다고. 저 아이는 싸움도 못해요. 저 닮은 건지 수줍음 많고 말도 잘 안 하지요. 그 사람과 닮은 점은……."

"원래 그런 사람이었을지도 모르죠."

"네?"

"자유롭게 컸으면 그랬을지도 모른다고요. 말 없고, 사람 만나는 것을 두려워하고. 그렇게……. 하지만 그는 그리 자랐고, 그런 사람이 된 거고, 그리고……."

"죄송해요."

"부인이 죄송할 일은 아니지요. 부인은 아무 잘못이 없습니다. 부인이 질 책임은 없고, 부인이 나눌 의무도 없습니다. 그러니 행복하게 사십시오. 부인은 그래도 됩니다."

여환이 죽은 뒤 그에 대해 생각했던 적은 한 번도 없다. 그가 정말로 아무것도 남기지 못해서일 것이다. 여환은 가장 큰 전쟁에 나오지 못하면서 잊혀졌고, 동맹부족으로부터는 도주하고 배신했다는 오명까지 썼다. 그 이름을 제대로 기억해 줄 나라는 위태롭다. 누가 그를 돌이키겠는가.

갈호는 우이를 등지고 가다 돌아보았다. 우이는 여전히 갈호를 보고 있었다.

가끔은 궁금하다. 그 바위 같은 남자가 어쩌다 저 여자를 사랑하게 된 건지, 이유는 있는 건지. 그러나 이유 같은 건 없다는 것 역시 안다. 무력한 여자지만 여환의 여자였고, 여환의 여자라 그녀에게도 여환의 삶에 나누어 질 짐이 있던 것뿐이다. 그리고 여환이 없는 지금 그녀는 자기 몫대로 살 수 있기를 바란다. 그 아이도, 절반의 피를 잊고 나머지 절반으로 자기 가치를 찾기를 바란다.

갈호가 말했다.

"잘 지내십시오."

"또 오세요."

돌아서려다 다시 돌아보았다. 우이가 상냥하게 웃었다.

"그리고 그때는 식사하고 가세요."

양 떼 우는 소리와 함께 우이를 부르는 아이 목소리가 들렸다. 우이는 급히 그곳으로 달려갔다.

그 모습을 보다 갈호는 고개를 돌렸다. 왠지 기분이 즐거워진다.

어서 각으로 돌아가자. 돌아가 호련을 만나고, 여기서 무슨 일이 있었는지 말해야지.

목덜미를 스치는 바람이 가볍다.

올해의 봄이 오고 있다.

외전 무소(霧消)

지평선에는 오늘도 아무것도 나타나지 않는다. 끝에서 끝까지 적막할 뿐, 사슴도 들소도 야생마들도 없다.

멀리서 그를 부르는 소리가 들리는 건 알아도, 서갈은 그냥 그들이 목 놓아 부르든 말든 지평선만 보고 있었다.

"족장님!"

바로 등 뒤에서 고함이 들린다. 이제는 듣는 척은 해줘야겠다. 이것마저 안 듣는 척하고 있을 수는 없으니.

"왜?"

"몰라서 물어요?"

"그게…… 어, 모르겠는데?"

"아침에 사라져서 여태까지 사라져 계시는 중이란 거, 아십니까?"

"아."

서갈은 아침에 나왔던 것을 기억해 내는 척했다.

정처 없이 나와 서 있다가 저녁이 된 것이다. 그러니 하루 종일 여기에 있었던 거고, 마을에서 어디서 큰일이 난 게 아닌가 싶을 때가 되기는 했다.

여기 나와 있는 게 하루 이틀인 것도 아닌데 왜 저럴까?

"이제 그만하세요."

그리고 돌아와 아내가 싸늘한 얼굴로 말했을 때에야 왜 이제야 무사가 그를 잡으러 온 건지 알게 되었다. 여태까지는 그냥 다들 요즘 족장님이 혼자만의 시간을 보내고 싶어지나 보다, 라고 생각하도록 내버려 두었던 거고, 이제 슬슬 우리 족장님이 좀 이상하다, 라고 결론을 내릴 즈음 아내가 무사를 보내 잡아오도록 시킨 것이다. 그리고 아내가 이리 나선 건, 어제 거의 한밤중에 마을로 돌아와서 그런 것이다.

"이제 급한 일은 없지 않소?"

"급한 일이야 없지요. 수확도 끝나고, 또 겨울 준비도 끝났으니. 하지만 그렇다고 그렇게 대놓고 마을을 비우는 건 좋지 않아요."

"미안하오."

미안해서 미안하다는 게 아니다. 이 답을 바라는 거면 일단 이 답을 접수하고 그 이야기 그만하자는 뜻이었다.

원하는 답을 너무 일찍 듣게 된 아내는 다행히 더 말을 하지 않았다. 그러나 싸늘한 눈초리만은 어쩔 수 없었고, 마주 보는 서갈의 눈 역시 별로 다르지 않은 게 문제였다.

서갈은 아내의 저 눈을 계속 보는 것이 항상 고역이었다. 차라리 화를 내거나 짜증이라도 냈으면, 미안하다는 말에 정말 미안한 감정이라도 실렸을 것이다.

아내는 항상 돌 같은 눈으로 그를 보며 돌같이 대할 뿐이고, 서갈은 그녀와 마주할 때마다 진절머리가 났다.

아니, 아내라 불러야 하나 모르겠다.

혼례를 올릴 때 옆자리에 있던 여자를 아내라 불러야 한다면 아내가 맞지만, 동침하고 아이를 낳고 살림을 나누고 가족이 된 여자를 아내라 불러야 한다면 이 여자는 아내가 아니다.

서갈은 이 여자와 이야기를 제대로 해본 적도 없거니와, 동침한 적조차 없다. 아내는 그의 아내가 된 지 십 년이 넘었으나, 아직 처녀다.

처음 보았을 때는 참 아름답다고 생각하고, 이리 결혼하게 되었으나 잘 지내보자는 말도 해보았다. 그러나 아내가 그런 서갈에게 한 말은 알겠다는 말도, 그리하겠다는 말도 아니었다.

"오늘 저는 당신과 동침할 수 없습니다."

그게 신방 안에서 신랑 앞에서 할 소리인가 싶어 황망하게 보았다.

아내는 신부의 붉은 주렴으로 가린 얼굴을 숙이며 말했다.

"저는 몸이 약해요. 심장도 좋지 않죠. 남자와의 동침을 제 몸이 버텨낼지 모르겠습니다. 어차피 병이 있어 아이도 가지지 못하는 몸이 되었습니다. 그러니 굳이 제가 목숨 걸어 당신과 동침할 필요는 없겠지요."

"그럼 오늘 나는 여기서 그냥 잠만 자면 되는 거요?"
"그렇습니다."

미안하다는 말도, 곤란하지만 그리해 달라는 청도 아니다. 그냥 그러니 그렇고, 내가 정했으니 너는 알아서 하라는 것이다.

서갈은 어이가 없어 웃었다. 각오는 했지만 이 정도까지 열받게 될 줄은 몰랐다.

할아버지가 서갈의 혼처를 정했다. 외아들이던 서갈의 아버지는 역시나 외아들인 서갈을 남겨놓고 죽었다. 할아버지의 형제들은 일찌감치 죽어 없다. 남자가 죄 죽어나간 각족의 영주관에 남은 유일한 남자인 할아버지에게 딸 하나만 남은 타족이 혼담을 넣었다. 처음 할아버지는 거절했다. 그 딸, 타후락. 원래 이름은 나눈인 그 소녀는 할아버지가 서갈의 아내 후보에서 일찌감치 탈락시켰다. 중병에 걸렸다 회복된 것이 올해. 그 후로 아예 석녀가 되어버렸다는 건 할아버지도 알았다. 게다가 그 소녀가 가슴에 병이 있어 병약하다는 것도 알았다. 손자를 장가보내 바로 홀아비 만들 생각은 없던 할아버지는 당연히 거절했다.

그러나 타족은 다시 간곡한 혼담을 넣었다. 서출 딸 둘을 더 주겠다, 그리고 후계권은 그 서출 딸 소생들에게도 주겠다는 조건이 들어 있었다.

순 눈 가리고 아웅이다. 서출이라도 어차피 딸은 딸이니, 적출 딸과 같은 몸인 셈 쳐서 한 묶음으로 보내 시집보내는 것이다. 많지는 않아도 없는 일은 아니었다. 친정은 지참금 아낄 요량으로 그리 보내고, 시댁은 시댁대로 같은 값으로 며느리가 늘어나니 좋다. 타족은 어차피 자기 딸이 아이도 낳을 수 없고 비실비실하니 후손은 서출 딸 중 하나 골라 만들어도 눈감아줄 테니, 딸을 데리고만 가달라는 것이다.

서갈은 그 소녀를 동정했다, 그렇게라도 시집을 가야 시집갈 수 있는 몸이라는 것이. 그리고 자신도 동정했다. 이렇게 결혼을 할 수밖에 없는, 시키는 대로 납죽납죽 할 수밖에 없는 자신을.

할아버지는 혼담을 받아들였다. 영지는 늘어나고 재산도 늘어난다. 거기에 아이를 낳아줄 여자가 하나도 아니고 셋이나 들어오니(그중 하나는 없는 거나 다를 바 없지만), 아이들도 많아질 테니 나쁠 거 없다.

서갈이 할 일은 이 결혼에서 최대한 행복하거나 만족할 만한 구석을 발견하는 것뿐이었다. 친척들은 마누라가 한 번에 셋이나 되는 거니 좋은 게 아니냐 했고, 그리고 그 아이들 모두 적출이 되는 거라 했으니 이 황량한 각족의 영지에 엄청난 자손이 생길 거라 기대했다.

서갈은 조금도 좋지 않았다. 좋아하지도 않을 여자를 셋이나 데리고 있어서 뭐 하겠는가. 셋이든 열이든, 좋아하는 여자 반만도 못할 것을.

그래도 서갈은 조금이라도, 정말 조금이라도 좋은 구석을 찾아보기로 했다. 만나보면 괜찮은 소녀일지도 모르고, 또 소녀도 위로를 바라고 있을지 모른다. 아무리 자신의 처지를 납득한다 해도 같이 자라온 자매들과 같은 남자에게 시집가는 건, 그것도 자기 결함 때문에 그리되는 것은 수치스러운 일일 터이니.

서갈은 새신랑을 위해 준비된 말을 타고 어렸을 때부터 친하게 지내온 각 족 무사들을 신랑 들러리 삼아 신부의 집으로 향했다. 이미 깊은 몰락을 거듭하는 타족이었다. 이대로 딸에게 물려주지 못하면 영지가 왕에게 갈지도 모른다는 불안에 이렇게라도 결혼시킨다는 건 알고 있었다.

도착한 신방에 신부는 신부의 붉은 옷을 입고 주렴으로 얼굴을 가리고 있었다. 신부는 단 하나뿐, 덤으로 주겠다는 서출 딸들은 아직 들어올 때가 아니라 신부 하나만 앉아 신랑을 기다렸다. 소녀는 스스로 주렴을 거두고 얼굴을 드러냈다.

아름다웠다.

서갈은 소녀의 아름다움은 기대하지 않았던지라 무방비하게 굴복해야 했다. 멍청하게 바라보며 아름답다 생각했다. 그리고 말을 건네려 그 눈을 보는 순간, 서갈은 마음이 식었다. 돌 같은 눈으로, 돌같이 보고 있었다.

그제야 처지를 자각했다.

이 안에 있는 것은 신랑도, 신부도 아니다. 아니, 사람조차도 아니다. 그냥 돌 두 개다.

그 소녀가 말했다.

"오늘 저는 당신과 동침할 수 없습니다."

서갈은 마음도 식고 의지도 식었다. 소녀는 아름다웠지만, 그뿐이다. 이런 여자의 아름다움은 아무 가치도 없다.

소녀에게도 서갈은 마찬가지일 것이다.

"부탁드리고 싶은 것이 있습니다."

"말해보시오."

"둘 중 하나만 취해주십시오. 어머니가 둘이 되면 다툼이 일어날 겁니다. 그러니 하나만 취하시고 하나는 자유롭게 보내주시면 좋겠습니다.”

사실 둘이든 셋이든 취할 마음이 하나도 없었다. 침방으로 밀어 넣어주면 꾸역꾸역 일을 치른 뒤에 할아버지가 그토록 원하는 후손을 하나둘 만들어내는 작업을 하는 것뿐이다. 둘이든 셋이든 무슨 상관이련가. 하나만 가지라면 하나만 가지겠다. 애는 만들어야 하니까. 그래야 둘이서 하는 결혼을 넷이서 하는 이 웃기는 짓이 의미라도 가지겠지.

서갈은 술을 들이켰다. 그리고 하나 더, 하나 더, 계속 마셨다. 어서 취하란 말이다, 하고 스스로에게 말하며 한 잔 더 마셨다.

겨우 이따위 일을 하려고 여기까지 온 건가.

이게 무슨 혼사란 말인가. 이게 무슨 인생의 대사란 말인가. 들뜨지도, 기쁘지도 않았다. 불쾌하고 역겨웠다. 당장 자리를 뛰쳐나가 집으로 돌아가 버리고 싶었다.

다시 술을 마시며 소녀를 보았다. 소녀의 얼굴은 이제 약간 불쾌함과 분노에 차 있었다. 서갈은 그제야 소녀에게도 이 자리가 마찬가지란 것을 깨달았다. 그러나 그게 더 분노를 불러일으켰다. 당신도 불쾌하다면, 적어도 내게 그런 말을 해서는 안 되었다. 서갈은 분명 그녀를 위로해 줄 수도 있었다. 친절하게 굴 수도 있었다. 그런데 그녀가 그러지 않은 덕에 달라진 건 불쾌한 사람이 하나에서 둘이 된 것뿐이었다.

“더 할 말 없으면 나가보겠소.”

“가만.”

소녀가 말했다.

그 순간에 소녀의 눈이 흔들리는 것을 서갈도 보았다.

"뭐요?"

"자매들을 부르겠어요."

"영지에 가면 만나겠소."

더 불쾌하고 싶지 않았다. 그러나 소녀는 서갈이 허락하든 말든 말했다.

"찬눈, 하눈, 들어와."

더 구역질이 치밀었다. 그래, 이제 종마 앞에 암말들을 선보이는 건가? 한 번 보여봐라. 얼마나 대단한 암말들인지 봐야겠다. 할아버지가 사준 말이나 다를 바 없는 세 명의 신부. 이건 결혼도 뭣도 아니다. 그냥 접붙이지.

결혼 휘장이 걷히고 예쁜 소녀가 하나 들어왔다.

흰 얼굴에 반짝이는 검은 눈을 가지고 있었다. 잘록한 허리에 엉덩이가 넓고 풍성했다. 그래, 애는 잘 낳겠네. 할아버지가 좋아하겠어. 저리 예쁜 얼굴과 몸매로 제대로 시집갔으면 사랑받는 며느리가 되었겠네. 게다가 저 눈 보라지? 저리 다정하게 애정을 담아 보는데, 저리 보면 어느 신랑이든 사랑에 빠질 것이다.

불쌍하다. 왜 이따위 자리에 저렇게 서 있게 되었는지.

"하눈입니다."

소녀가 자신의 이름을 말했다. 서갈은 웃어 보였다. 그냥 웃어준 것이다. 화내는 얼굴이 예의 바른 것이었으면 화냈을 것이다.

"찬눈입니다."

그제야 서갈은 소녀가 둘이었다는 것을 깨달았다. 돌아본 서갈은 소녀의 갈색 눈과 마주쳤다. 빤히 바라보는 그 눈을 마주하며,

서갈은 고개를 돌리지도 스치지도 못했다. 그저 그렇게 바라보기만 했다. 감탄을 느낀 것도 욕정을 느낀 것도 아니다. 서늘하고 오싹한 무언가가 깊고 깊은 어딘가를 툭, 건드린 것 같았다.

소녀는 고개를 살짝 숙이고는 물러났다. 서갈은 마치 소녀가 끈이라도 당긴 듯 소녀를 보았다. 소녀가 고개를 돌리는 것도, 신부에게 인사하는 것도, 같이 들어온 하눈과 나가는 것도 지켜보았다. 나가며 한 번 더 돌아보아 주길 바랐지만, 찬눈은 그냥 그대로 나가 버렸다.

막사 문이 닫히고 휘장이 내려갔지만 서갈은 계속 같은 곳을 보고 있었다. 제발 한 번 더 들어와 주길 바랐으나 밖에서는 아무 소리도 기척도 없다. 한참이 지난 뒤에야 서갈은 앞에 앉은 소녀가 아직도 있다는 것을 깨달았다.

"어머니가 가잔족이죠."

소녀가 말했다.

"응?"

"찬눈이요. 어머니가 산사람이라고요."

"아."

"산에 살아서 약과 의술에 대해 잘 알아요. 어머니의 치료를 위해 치료법을 아는 하녀를 구한 건데, 그게 바로 찬눈의 어머니였죠. 얼마 전까지만 해도 마을에 있었는데, 저와 함께 시집간다는 걸 알고 마을을 나가 버렸어요."

"……."

"딸이 도망 나와 자기에게 오길 바란 거죠. 그리해도 달리 할 말이 없는데, 찬눈은 남아주었어요."

"그렇군."

"그러니 저 아이는 안 돼요."

그 말에 서갈은 수치심을 느꼈다. 속내를 들킨 것에, 그리고 잠시나마 마음을 품은 것을 들킨 것에, 그리고 소녀를 보며 속에 든 욕망까지 들킨 것에 깊은 수치심이 치밀었다.

그제야 이 앞의 소녀가 무례한 만큼 영민하다는 것도 깨달았다. 본능처럼 분노가 훅 올라오며 이 소녀의 감각을 피해야겠다는 생각마저 들었다.

"하눈은 나를 싫어해요. 내가 싫어서라도 당신의 아이를 낳아 그 아이가 후계자가 되면 기뻐할 거예요. 하지만 찬눈은 아니죠. 제 친동생이나 다를 바 없어요. 무슨 선택을 하든 그 아이는 나를 위해 선택할 거고, 이 세상 모든 사람이 내게 무관심해도 나를 사랑해 줄 아이죠. 그러니 그 아이는 안 돼요."

"당신 편이 아이를 낳는 게 낫지 않…… 소?"

"찬눈은 그리되면 자기 자신도 미워할 아이예요. 그러다 지치면 나도 미워하고, 당신도 미워하게 될 거예요. 하지만 하눈은 일단 나를 미워하고, 그다음 당신을 가지고 싶어 하고, 다시 나를 미워할 거예요. 차라리 그게 낫네요. 하눈은 적어도 자기 인생을 망가뜨리지는 않을 테니까."

신부는 여전히 서갈을 보지 않았다.

"그러니 저 아이는 그냥 놔두세요."

혼례는 신랑과 신부가 무슨 소리를 하든 무슨 눈빛을 서로 주고받든 상관없이 진행되었다. 혼례의 의식이 치러지고, 주례가 와서 축문을 읊고, 예물을 주고받고 교합주를 마셨다.

사람들은 이야기를 나누고, 웃고 축하하고, 먹고 마시고, 춤을 추고 흥청거렸다. 신부는 의식이 끝나자 바로 신방으로 들어갔다. 그리고 서갈은 신방으로 보내려는 친구들과 부하들의 말을 무시하고 계속 술만 마셨다. 왜 이렇게 안 취하는 건지, 술이 아니라 물을 마시고 있는 건지 모르겠다고 생각하며.

"언제 신방 들어갈 겁니까?"

옆의 부하가 묻는다.

"안 들어가."

"도련님, 왜 그러세요? 우리가 너무 놀렸나? 창피해하지 말고 들어가세요! 무슨 백만 대군하고 맞서요?"

"안 가."

그리고 서갈은 일어났다. 하눈이 지나가는 것이 보였다. 얼굴을 거의 가리지 않고 있어 금방 알아볼 수 있었다. 하눈은 마주치자 얼른 인사를 하고 돌아섰다. 서갈은 눈을 돌렸다. 그래, 저 여자도 내 아내지. 그러니 동침해야겠지. 그래, 꾸역꾸역 애를 낳아 내 다음 대 후계자들이 있다는 것을 보여줘야지.

그래야지!

서갈은 어지러운 머리를 가늠하며 고개를 저었다.

그런데 어디 있지?

왜 없는 건지. 내내 여기 앉아 있었는데 한 번도 눈에 뜨이지 않는다. 그냥 한 번 더 보고, 한 번 더 확인하고 싶었다. 그때 느낀 그 감각이 또 느껴지는지 확인하고 싶다. 그 저릿한 감각, 그 가슴 안에서 퍼지는 통증, 한없이 바라만 보고 싶어지는 깊은 눈동자.

별거 아니다. 그저 한 번만 더 보면 된다. 물론 영지로 가면 실컷 볼 테지만, 그건 그때 일이고 지금은 지금이다. 바로 지금 한 번만 더 보면, 그러면 안심할 수 있을 것 같다. 그래야 이렇게 내내 안절부절못하는 것도 그만둘 수 있지.

부하가 달려와 서갈을 부축했다.

"도련님, 취하신 것 같은데요?"

"그래, 취했나 봐."

"신방으로 들어가세요. 이러다 취해서 아무것도 못할라."

"아무것도 할 필요 없어."

내 신방은 신방이 아니지. 거기 돌덩이 하나가 있긴 해. 그런데 그게 신부 옷을 입고 있는 것뿐이야.

그때, 부하가 말했다.

"저놈, 저거. 남의 결혼식 와서 자기 신방 차릴 궁리 하네?"

"응?"

서갈이 보자 부하는 웃으며 손가락을 들었다.

"저기 저거 보세요, 저 녀석."

서갈은 그 손을 보았다. 같이 데리고 온 무사 중 하나가 누군가와 이야기를 나누고 있는 것을 보았다. 그 앞에 키 큰 소녀가 서 있었다. 소녀는 무사의 말에 고개를 젖히고 환하게 웃고는 뭐라 답했다. 무사가 마주 웃었다.

"아……."

찬눈이다. 보고 싶을 때는 보이지 않더니, 보고 싶지 않은 모습만 보고 만다. 찬눈이 긴장도 어색함도 호기심도 없는 눈으로 무사의 말에 귀를 기울이고 마주 이야기하고 웃는다.

그 아이는 안 돼요.

그래, 알겠다. 다 당신 마음이지. 할아버지 마음이었고, 당신 아버지 마음이고, 그다음은 당신 마음.

그런데 그중에 내 마음은 어디로 가야 하나. 최소한의 끌림도, 최소한의 호의도 내 몫이 아닌 건가? 내 삶에 내가 원하는 것을 한 줌은 가질 수 있는 건가?

아니, 없지.

그건 그 인생을 사는 서갈이 누구보다 잘 알았다.

이 안에, 이 넓고 넓은 세상 안에 서갈이 가질 수 있는 건 하나도 없었다. 영지는 할아버지의 것이고, 아내는 아내가 아니고, 아이들이 태어나면 그 아이들 역시 조상의 것. 그 안에 서갈의 몫은 하나도 없다.

하나도.

메마른 결혼, 그 자리에 돌멩이 두 개를 놓든가, 나무토막 두 개를 놓든가 해도 별 차이가 없는 결혼이었다.

결혼식 내내 그랬고, 결혼하여 영주관으로 왔을 때도 그랬다. 할아버지는 드디어 손자 일에 한시름 놓았다며, 가축 검사하듯 손자며느리가 데리고 온 찬눈과 하눈을 살폈다. 할아버지도 하눈 쪽이 더 마음에 든 듯했다.

아내와는 한마디도 하지 않았다. 타후락 부인이란 칭호를 받고, 거기에 영주관의 일과 영지 일도 모두 맡아서 하게 된 아내지만, 아내와는 사무적인 일 외에는 아침 인사조차 하지 않았다. 아내 역시 그에 대해 별다른 말도 하지 않았고, 할아버지도 아무 말 하지 않았다. 이제 칭호는 도련님이 아닌 족장님이 되었고, 슬슬 아내의 또 다른 몸뚱이라는 하눈이나 찬눈과 동침해야 할 날도 왔다. 석 달 넘게 이런저런 핑계를 대며 미뤄왔지만, 하긴 해야 한다는 건 알았다. 그래도 하눈은 내내 상냥했다. 방긋방긋 웃으며 식사 시중도 들고, 또 아침에 일어나면 옷을 가지고 오거나 세숫물도 가지고 왔다. 정말 아내인 듯 굴었고, 진짜 아내인 나눈은 하눈이 그리 아내 행세를 하든 말든 내버려 두었다.

찬눈은 아내의 시중을 들었다. 아내의 약을 만들고, 아내의 바느질을 하고, 아내의 차를 탄다. 하눈과 교대로 하긴 했지만, 거의 대부분은 찬눈의 일이었다.

"궁금한 게 있습니다."

아침에 찬눈이 말했다. 서갈은 그 눈을 보며 기다렸다.

"말해봐."

어서 말하길 기다렸다. 잠시 허공을 보는 눈이 다시 돌아오기를, 그 목소리가 향하는 곳이 자신이기를 바라며 기다렸다.

그 아이는 안 돼요.

다시 부인의 싸늘한 목소리가 들린다. 그리고 오늘 아침 향긋한 체취를 풍기며 다가오던 하눈도. 할아버지의 시선도, 이제 슬슬 뭔가 하긴 해야 하는 거 아니냐는 눈치들을 보내는 무사들과 일꾼들의 시선도, 다 보인다.

그러나 다시 아내가 막아선다.

그 아이는 안 돼요.

"왜 차는 항상 부인 방에서 마시는 거죠?"

"그 사람이 싫다고 하던가?"

"아뇨. 하눈이 이상하다고 해서요."

"그 아이는 차를 못 타."

"그래서 그 아이도 묻던데요. 할아버지도 맛있다고 하고, 다른 사람들도 다 괜찮다고 하는데, 족장님만 한 모금도 마시지 않으려 한다고."

"나는 차를 하루에 두 잔 이상 마시면 머리가 어지러워서."

"거기서 한 잔 마시면 되잖아요."

"필요한 건 한 잔뿐이라."

"오자마자 벌컥 들이켜고 가시잖아요."

"원래 그렇게 마셔."

찬눈은 이 수수께끼 같은 행동을 어떻게 해석해야 할지 모르는 눈치였다. 서갈은 찬눈이 더 할 말이 없는지 기다렸다. 그러나 별 말이 없는 여자인 건 안다. 살짝 눈꼬리가 올라간 선명한 눈으로, 그 갈색 눈동자를 반짝이며 상대방을 가만히 바라보고 귀를 기울이며 듣다가 대체로 한마디할 뿐이었다.

"싫어요."

대부분의 말은 그렇게 끝난다. 그러면 기대했던 남자들은 모두 실망하거나 맥없이 웃곤 한다. 거절당하는 남자들을 보는 것도 재미있었다. 다른 무사들 역시 눈치채고 있는 것이다. 족장이 취할 여자는 하눈뿐이고, 아마도 찬눈은 마을 남자에게 시집갈 거라고. 벌써들 한 놈, 두 놈씩 추파를 던지고 치근덕대고 있다.

빌어먹을 일이다.

모두가 말을 걸고, 모두가 눈길을 주고, 모두가 대답을 듣는데, 족장은 한마디도 못한다.

"그리고……."

찬눈이 말했다.

"그래."

"부인께서 하실 말씀이 있다고 하세요."

서갈은 싸한 통증을 느꼈다. 가만히 허공을 보다 눈을 감고, 한 숨을 내쉬고, 다시 고개를 저은 뒤에 말했다.

"나중에."

아주 나중에.

무슨 말인지 안다. 나중에, 아주 나중에. 내년에도 좋고 내후년에도 좋다. 한 십 년쯤 뒤에 말해도 좋다.

결국, 그 '부인이 하실 말씀'을 듣게 된 건 아내가 직접 찾아왔을 때였다. 찬눈이 말하고 간 뒤로 보름이 지난 뒤였다.

"왜 하눈을 맞이하지 않는 건가요?"

"내 마음이오."

"이러면 제가 시집온 이유가 없잖아요."

"역시, 내 마음이오. 신선하군. 하나 소박 놓는 게 아니라 셋을 한꺼번에 소박 놓고 있으니."

"그러지 말아요."

"내 마음이오. 적어도 하나 정도는 내 마음대로 해도 되겠지."

"찬눈을 내보낼 거예요."

일순 고함을 지를 뻔했다. 그러나 그는 고함지르는 법을 모른다. 크게 웃는 법을 모르듯, 그렇게 화내는 법도 모른다.

"뭐요?"

"찬눈을 내보내겠어요. 당신이 왜 그러는지 알아요. 그러니 찬눈을 내보내겠어요. 당신이 아무 일도 하지 않겠다면, 어쩔 수 없어요."

"그거 하나…… 내 마음대로 못하는 거요?"

"당신 마음대로 할 수 없는 일이 있는 거예요."

서갈은 아내의 얼굴을 보았다. 아니, 법적인 아이들의 어머니가 될 여자를 보았다.

너무나 아름다운 얼굴이다. 크고 선명한 눈과 예쁜 코, 그러나 창백한 얼굴과 볼과 눈 아래에서 가실 줄 모르는 어두운 기미. 모든 것이 그녀의 병을 말한다. 지금 어떻게든 그녀 자신이 세상을 뜨기 전에 자손이 있기를 바라고 있다는 것을 안다.

"찬눈을 줘."

"안 된다고……."

"하눈과는 아무 일도 하지 않을 거요. 그러니 찬눈을 줘!"

"안 된다고……!"

"내가 원하는 건 찬눈이야. 당신은 내 아내고, 내 명령에 따라야지. 찬눈을 줘."

"……찬눈에게 그런 삶을 줄 건가요?"

"내가 어떻게든 해보겠소."

"언제고 당신은…… 나를 죽이고 싶어질 거예요."

"그건 지금도 그렇소."

아내의 입술이 굳었다. 서갈도 아내에게 죄가 없다는 건 알았다. 하지만 더 나쁘게 만드는 게 아내란 것도 안다.

"찬눈이 결혼하고 싶다고 했어요."

"무슨 소리요, 그건?"

"저는 결혼하라고 했어요."

"부인!"

"하눈이 아들을 낳으면…… 그때 보내주겠다고 했어요. 적어도 맹약은 있으니, 그건 지켜야 한다고 했어요."

"내 허락도 없이 당신 혼자 정한 거요."

"그럼, 찬눈이 그리 말하면 당신은 뭐라 할 건가요?"

"누구요?"

"말 안 해요."

그러나 누구인지는 안다. 찬눈과 같이 있는 것을 몇 번 보았다. 그리고 그에게만은 찬눈은 싫어요, 라고 답하지 않았다.

몇 번이나 멱살을 잡아 국경으로 내보내고 싶은 것을 참았다. 그저 쓸데없는 트집을 잡아대며 괴롭히기만 했을 뿐, 아무 말도 못했다. 아마도 지금 나가면 더 괴롭힐 것 같다. 아니면 두들겨 팰지도 모르겠다. 벌써 주먹에 힘이 들어가고 있다.

"그리 원한다면 당신이 직접 해봐요. 당신이 직접 결혼하지 말라고 하고, 당신 여자가 되라고 해봐요. 원한다면 해보라고요!"

서갈은 기가 막혔다. 신, 이 빌어먹을 창궁과 대지의 신아. 왜 이런 여자를 내 아내로 줬어.

"둘."

서갈이 말했다.

"네?"

"아들 둘이야."

"……."

"그거면 되는 거야. 그 후는 없어."

아내는 노려보는 남편의 눈을 보았다. 뭐라 더 말하나 기다렸다. 그러나 아내는 조용했다. 더 보고 싶지 않아 서갈은 고개를 돌렸다.

조금 뒤, 하눈이 들어왔다. 서갈은 하눈이 방을 정리하는 것을 지켜보았다. 서갈이 아무 말 없자 하눈이 다가왔다.

"왜 그러세요?"

"처음이라."

"네?"

"여자하고는 처음이라 어떻게 하는지 모르겠어. 당신이 알아서 해줘."

하눈의 볼이 붉어졌다. 뭘 어떻게 하는지 모르는 건 처녀인 하눈도 마찬가지라는 것을 깨닫는 데는 꽤 오래 걸렸다. 가만히 있어도 하눈은 아무 일도 하지 않았고, 그래서 서갈도 계속 가만히 있었다. 간신히 깨닫고 나자 서갈은 조용히 말했다.

"미안."

화내고 싶지는 않았다. 그래, 이 소녀의 잘못은 없다. 그래도 이 소녀는 참 성실하게 그를 돌봐주지 않던가. 허공을 바라보는 것보다야 이 소녀와 함께하는 편이 나을 것이다. 이 소녀는 그래도 그를 보고, 그를 안아주지 않겠는가.

❖

벌써 십 년 전인가? 아니, 그보다는 더 지난 것 같다.

서갈은 아내의 해쓱한 얼굴을 보았다. 정말 금방 죽을 것처럼 비실대면서도 꿋꿋하게 그해를 다 버텨냈다. 셋 중 가장 먼저 죽을 줄 알았는데, 가장 먼저 죽은 건 하눈이었다.

동침과 거의 동시에 아들이 태어났고, 할아버지는 이제 볼 거 다 봤다며 세상을 떴다. 할아버지가 살아 있었다면 좀 달랐을지도 모른다는 생각을 하지 않은 건 아니다. 할아버지는 하눈을 예뻐했으니까. 그 아이도 의지할 데가 있었다면 괜찮았을지도 모르겠다.

아들 둘이라고 선언했더니, 정말 연달아 아들 둘이 태어났다. 서갈이 할 일은 단 두 해 만에 끝나 버렸다. 그리 버틴 것에 비하면 허망할 정도로 쉽게 끝났다.

"이제 시중들어 줄 필요 없어."

많은 이야기를 했다. 집, 재산, 고마움, 수고했어. 할 말은 다 했던 것 같다. 혼처를 원하면 좋은 혼처를 구해주겠다, 지참금은 두둑하게 주겠다, 그간 정말 고마웠다 등등. 그러나 여기 머물고 싶다면 역시 머물게 해주겠다. 이 집에서 살고 싶다면 살게 해주겠다. 뭐든 원하는 것을 말만 하면 된다.

지금도 뭐가 부족했는지 모르겠다. 아내 자리만 빼면 뭐든 다 줄 생각이었다. 뭐든 말만 해, 제발. 속이 텅 빈 만큼 뭐든 다 해버려야 직성이 풀릴 것 같았다.

"아이가 더 있었으면 좋겠어요."

그리고 하눈이 그리 말했을 때는 숨이 턱 막히는 기분이었다. 제발 닥치라고 말하고 싶었지만, 그래서는 안 된다.

"하눈, 이걸로 끝이야."

"저는 족장님한테 뭐죠?"

"내 아이들의 어머니. 고마운 여자……."

"그리고 끝인가요?"

"아내 자리는 줄 수 없어. 그게 안 된다는 건 알잖아."

이제야 아내가 무슨 말을 했던 건지 알 것 같다.

당신은 나를 죽여 버리고 싶게 될 거예요.

그 의미를 그때 알았다. 찬눈이 그런 눈으로 말했으면 서갈은 당장 아내를 아무도 모르게 죽일 수 있는 방법을 궁리하기 시작했을 것이다.

그걸로 끝이 될 거라 생각했다. 나머지는 아내가 알아서 하길 바랐지만, 동시에 하눈이 뭐라도 요구하길 바란 것도 사실이었다. 그녀가 요구하는 대로 다 해주면, 적어도 이 해가 끝나기 전에 찬눈이 결혼할 거란 사실은 잊을 수 있을 거라 생각했었다.

그 조마조마한 날들을 보내면서도 서갈은 하눈이 그런 일을 벌이리라 상상도 해본 적이 없었다. 너무나 어처구니없는 일이라 기가 막히고, 너무나 어리석은 방식이라 역시나 기가 막혔다.

서갈은 하눈이 자신이 직접 아내를 죽이려 할 거라고는 생각도 못했고, 찬눈에게 뒤집어씌우려고 할 거라는 것 역시 생각도 못했다.

서갈이 왔을 땐, 모든 일이 이미 다 발각된 뒤였다. 덮어줄 수도, 숨겨줄 수도 없었다.

창백한 하눈과 굳은 아내, 분노한 찬눈과 하녀 몇 명. 다행인 건 무사들을 부르지는 않았다는 것이다. 이 자리에 무사가 있었으면 그냥 끝나지 못했을 것이다.

뭘 어떻게 해야 한단 말인가.

서갈은 앉아 아무것도 하지 못한 채 침묵했다.

주인을 죽이려 한 죄는 죄 중의 죄다. 무사라면 목과 팔이 잘려 추방되고, 여자라도 목이 잘려야 한다. 초원에서 목이 잘려 죽는다는 것은 수치 중의 수치, 치욕 중의 치욕이자 저주 중의 저주이다.

재판, 참수, 효수.

그런데 하눈은 아이들의 어머니다. 아니, 적어도 이 일로 서갈은 그 아들들이 죄다 서출들이 되어야 한다는 것을 깨달았다. 부족 중 그 누구도 그 아이들을 족장으로 받아들지 않을 것이다.

그날 선택을 한 건 찬눈이었다.

찬눈은 하눈이 부인에게 건네려던 차를 하눈 앞에 놓았다. 하녀들의 눈에 불길이 일었다. 주인을 죽이려 한 죄를 그렇게 가볍게 처리하지 말라는 뜻이었다. 고작 자결로는 안 된다. 그간 하눈에게 미움을 품었던 여자들의 살벌한 눈에, 서갈은 하눈이 도망갈 곳이 없다는 것도 깨달았다.

하눈도 절망 속에 깨달았다. 이대로 이 잔을 걷어차면 재판을 받고 끔찍하게 죽을 것이다. 어미의 불명예가 아들들에게 고스란히 갈 것이다.

하눈은 잔을 들고 들이켰다.

죽을 잔이면 죽으리라, 살 잔이면 살리라. 마지막 희망을 품으며 서갈은 하눈을 보았다.

그리고 하눈의 숨은 단숨에 끊어졌다.

"족장님."

아내가 다시 부른다.

서갈은 아내 옆에 앉은 아들들을 보았다. 하눈이 죽은 뒤 그 아들들은 서출로 강등되고, 결국 얼마 전에 능고로 보냈다. 거기서 무사 생활을 하면서 배우길 바라며. 그리고 지금, 저 아이들은 찬눈이 낳은 아들들이다.

서갈은 아들들에게서 찬눈의 얼굴을 찾았다. 눈, 코, 거기에 분위기는 죄다 찬눈이다. 모두가 서갈을 닮았다고 하지만, 서갈은 항상 저 얼굴에서 찬눈의 얼굴을 보았다.

이 아이들은 찬눈과 사이가 서먹서먹하다. 찬눈은 아이들을 멀리했고, 아이들은 찬눈보다는 아내를 더 따랐다. 아내는 아는 것도 많고 배움도 깊다. 아이들을 가르치는 것은 모두 아내의 몫이다. 그 점은 믿고 맡겨도 된다는 건 안다.

"왜?"

"당신이 정리할 일이 있어서요."

"그냥 내 방에 가져다줘."

어차피 같은 방 쓰지도 않는 사이다. 서갈이 밤늦게까지 일을 하든 말든 그녀와는 상관없다. 아들의 눈이 서갈을 향했다. 서갈은 아이들은 모두 귀여워했다. 넷 다 공평하게 귀여워했고, 저 아이는 그래도 집안을 물려받을 아이라 각별히 신경 썼다. 훌륭하게 커야 했다. 누구보다 위대한 영주가 되어야 한다. 그래야 이 빌어먹은 삶을 살다 가는 보람이라도 있을 테니.

"그리고 저기……."

"그래."

무심하고, 약간은 역정 어린 대꾸에 아내는 고개를 저었다.

"아니에요."

서갈은 일어나 방으로 갔다.

이제 식사 시간이라는 것조차 버티기 괴로워지고 있다. 그다지 먹지도 마시지도 않게 된 게 벌써 반년이다. 도대체 왜 먹는지도, 왜 마시는지도 모르겠다.

찬눈이 떠나 버린 지 이제 반년이다. 갑자기 어머니가 아프다는 편지를 받았다더니, 그대로 짐을 챙겨 잠시 다녀오겠다고 나갔다.

가지 말라고 말릴 틈도, 데려다 주면 안 되느냐고 물어볼 틈도 없었다. 번개처럼 짐을 챙겨 한 달 뒤에 오겠다는 말을 하고 나갔다. 마치 새장 문이 열린 것을 본 새처럼, 그렇게 단숨에 사라졌다.

그리고 그게 여섯 달째다.

방으로 들어와 서갈은 침대에 앉았다. 옆에는 다 낡은 옷이 걸려 있었다. 몇 번이나 찢었다 이어 붙인 옷이었다. 저녁에 이 방에 들어오면 저 옷의 솔을 다 뜯어냈다. 그리고 그걸 들고 찬눈을 찾아갔다.

몇 년간 되풀이하던 짓이다.

"옷이 뜯어졌소."

그리고 항상 그 옷을 내밀었다.

"이건 걸레로 쓰고 새 옷을 만드시는 게 나을 것 같은데요."

"꿰매줘."

"굳이 그럴 필요는 없어 보이는데……."

"중요한 옷이오."

찬눈은 묵묵히 바늘을 들고 옷을 꿰매주었다. 긴 시간은 아니다.

호롱불이 흔들리고 눈이 무거워지면, 서갈은 손을 내밀었다. 찬눈이 옷을 돌려주면 침실로 돌아와 잠들고, 다음날 저녁에 방에 돌아오면 칼로 그 실을 다시 다 뜯어내고 그녀를 찾아갔다. 몇 번이나 거듭하자 찬눈은 어느 날부터인가 말없이 받아 말없이 꿰맸다. 어차피 다음날 다 다시 뜯어낼 걸 알아도 그녀는 꼼꼼하게 꿰맸다.

서갈은 찬눈이 누구 때문에 몇 년간 이곳에 머무는지 모른다고 생각했다. 아들들이 자라는 것을 보고 싶어서일까, 아니면 이곳에 미련이 있어서일까? 그것도 아니면……. 그러나 서갈은 단 한 번도 자신 때문이라고는 생각하지 못했다. 이곳을 떠나야 할 가장 큰 이유가 있다면 그게 서갈이고, 그래도 머물러야 할 이유가 있다면 아들들과 그녀의 주인이자 언니일 것이다.

그렇게 아내를 보살피는 찬눈이 자신의 시간을 가지는 것은 저녁뿐이었다.

그 시간마다 서갈은 찾아갔다. 그 짧은 시간만큼, 적어도 그 순간만큼은 나에게 허락해 줄 수 있지 않을까? 하루가 지나면 전날의 하루가 안개처럼 사라지는, 그 무소(霧消)의 나날 속에 그녀와 같이 있는 그 침묵의 시간만큼은 서갈도 눈을 뜨고 숨을 쉬고 말을 하고 귀를 기울일 수 있었다.

그리고 지금, 그 옷이 그 침대 맡에 놓여 있다. 그녀가 떠난 날 이후로는 다시 뜯어낸 적이 없다. 그게 지금 그녀가 남긴 마지막 손길이다.

서갈은 옷을 그러쥐어 이마에 댔다. 이제 남은 것은 아무것도 없다. 낡은 옷, 새로 덧댄 실, 처음에 남아 있던 체취는 모두 증발해 없고, 남은 것은 이제 쓰디쓴 기억들.

그리고 그 위로 흐르는 것은 그의 눈물뿐이다.

"왜……."

볼과 턱을 타고 눈물이 툭툭 떨어졌다.

"왜……!"

흐느낌이 복받쳐 올랐다. 아무도 없고 그를 위해 들어올 사람도 없는 이곳에서, 그는 얼굴을 묻고 울 수 있었다.

모든 것이 안개다. 쥘 것도 없는데 보이지도 않고, 끈끈하게 엉겨 붙어 시야를 가리는 안개뿐.

이 무소(霧消)!

하눈의 죽음은 서갈의 손에서 자살로 처리되었다. 소문은 이미 났지만, 서갈이 아이들의 어머니에게 그런 죄를 씌울 수 없다 무질렀다.

이 바보 같은 여자야.

서갈은 죽은 하눈에게 다시 한 번 동정을 표했다.

적어도 속내를 감추고 소문이라도 나지 않게 하든지. 그랬으면 적어도 이 지경이 되지는 않았을 것을. 그랬으면 적어도 누군가 하나는 당신을 동정했을 것을, 그러면 남은 아이들이나마 안쓰러워해 주었을 것을.

초원에서 주인을 죽이려 한 죄는 극형에 처해 마땅한 죄다. 상속의 법칙과 함께 주군에 대한 충성과 부하의 재산과 가족을 지켜주는 것은, 그것이야말로 온 초원이 지켜야 하는 맹약 중의 맹약이다.

하눈의 아이들이 서출이 되는 것도 필연이고, 다시 아내를 맞이해야 하는 것 역시 필연이었다. 다들 타족이 건네준 한 묶음의 아내에 감사했을 것이다. 그리고 찬눈 역시 하눈에게 독이 든 잔을 내밀었을 때 이미 감수하기로 했으리라.

잠을 자지 못해 창가에 기대앉아 있었다. 불은 다 꺼두어 그 창가에 서갈이 있는 줄 아는 자는 어디에도 없었으리라. 그리고 영주관 아래의 창으로 서갈은 사람이 지나가는 것을 보았다. 묵직한 몸은 자신을 감추지도 못하고 내질러 달려왔다. 잠시 뒤, 영주관 안에서 키 큰 여자가 나왔다. 남자는 막무가내로 여자를 끌고 숲으로 향했다.

그래서는 안 된다는 것을 알아도 서갈은 이미 밖으로 달리고 있었다. 그들이 사라진 방향으로 달려, 그들의 목소리가 들릴 때 멈추었다.

"도망가자."

급한 남자 목소리가 들렸다.

"도망가자고, 찬눈! 국경 쪽 초원에 친척이 있어. 그게 안 된다면 납경이나 금아, 태보로 도망가면 거기서 검을 팔아서라도 자리를 잡자."

"가면 당신은 뭐가 되는지 알아? 주인의 소유물을 훔쳐 달아난 배신자야."

"상관없어! 그렇게 살게 놔둘 수 없어. 그게 뭔지 알아? 당신은 평생 하녀야. 당신 아들이 족장이 돼도, 당신은 하녀지. 아이 어머니도 될 수 없고, 아내는 더더욱 될 수 없어. 평생 그늘 속에 살아야 하는 거야. 그러니 가자. 가난하더라도, 적어도…… 떳떳하게는 살 수 있어."

"아니, 없어. 평생 당신은 도망 다녀야 해. 주인의 것을 훔친 무사가 어떻게 되는지 당신도 알잖아!"

"그래도 괜찮아. 도망가자. 내일 이 시간에 달추나무 아래에 있을게. 준비는 다 해놨어. 가기만 하면 되는 거야. 생각도 하지 말고 와. 일단 국경을 넘고 살랍으로 가거나, 아니면 서역으로 가기만 하면 쫓아올 사람도 없어."

언제 어떻게 왔는지 모르겠다. 별다른 생각도 나지 않았다. 그저 어딘가 크게 베어나가고 거기서 피가 콸콸 쏟아지는 기분이란 것만 알았다. 몸의 피가 다 빠져나가고 텅 빈 껍질만 남아가고 있다.

어떻게 하루를 보냈는지 기억도 나지 않는다. 마치 베어나간 듯, 정신을 차리고 보니 저무는 해를 보고 있었다. 그 해가 저무는 건지 뜨는 건지 아는 데도 한참이 걸렸다. 그리고 해가 저물고 밤이 되었을 때, 아내와 만났다.

"당신을 사랑한 적 없어요."

그리고 아내가 말했다.

"나도 알아."

나 역시 그러니 우리 둘 다 얼마나 공평한가. 하나가 하나를 사랑했다면 이보다 더 비참할 수 없었을 텐데.

"처음 당신을 보았을 때 생각했어요. 절대로, 절대로 당신을 사랑하지도 원하지도 않겠다고. 한 줌의 희망도 품지 않겠다고."

"그에 희망을 품은 적도, 미련을 가진 적도 없소. 행여나 내가 당신을 좋아하기라도 할까 봐 그리 매정하게 대한 거라면, 그것 역시 아주 성공했소."

"제가 밉나요?"

"밉지는 않소."

종종 지긋지긋할 뿐이지. 그리고 그건 당신 탓만은 아니다. 그냥 내 삶이 다 그럴 뿐이다. 고작 스무 살인데, 그 권태만은 수천 년은 살아온 사람과 맞먹을 것이다.

"당신을 사랑한 적 없어요."

"안다니까."

그렇게 대해도 사랑하길 기대한다면, 그야말로 양심도 없는 것 아닌가. 그런데 왜 그런 말을 하는 건지.

아내가 말했다.

"나는 누구도 사랑하기 힘들어요."

일순 화가 치밀었다.

"그렇다고 왜 내 삶도 이리 만드나. 왜 나까지 그렇게 만들어! 적어도, 적어도 우리는 서로 친구처럼은 지낼 수 있었어! 아무것도 만들 수 없는 사이에, 증오와 미움과 권태까지 만들 필요는 없었다고! 하지만 당신이…… 당신이 새겨 넣은 건 그거야! 서로 동정할 수는 없었어? 서로 이해할 수는 없었냐고! 내가 관심이 없다면, 그렇다면 미워하게 만들 필요도 없었잖아!"

"미안해요."

놀라 덜컥했다.

"뭐라고?"

"미안…… 해요."

목에서 뜨겁게 젖은 한숨이 나왔다. 결국 이를 붙이고 고개를 저으며, 결국 뛰쳐나갔다.

해 저물기도 전에 서갈은 달추나무로 갔다. 각에서 살랍으로 가는 길목에 있는 나무다. 그 거대한 나무는 멀리서도 보이고 가까이에서는 아예 시야를 덮어 누른다. 서갈은 그곳에서 해가 저물기를 기다렸다. 해가 저물고 아예 시야가 새카맣게 물들 무렵, 말발굽 소리가 들렸다.

서갈은 고개를 들었다. 달빛이 희끄무레하게 스며들며 누군가가 오는 것이 보였다. 역시, 그 무사다. 그는 주변을 살피며 슬그머니 와 말을 세우고 기다렸다. 말의 등에 식량과 짐이 있다. 그는 두리번거리다 그제야 먼저 기다리고 있는 서갈을 발견했다.

"족장…… 님!"

어두워도 그의 얼굴이 굳는 것이 보였다. 두려움과 분노도 느껴진다.

"들었네."

"찬눈이……."

"아니, 그녀가 말한 건 아니야. 우연히 엿들었어. 도망칠 거라면서 그렇게 남들 눈에 뜨이게 돌아다니면 어떻게 하나."

그리고 서갈은 품 안에서 가죽 주머니를 꺼내 던졌다.

"받게나."

"네?"

"도시에 정착하는 건 초원에서만 살아온 자네에겐 힘든 일일 거네. 검을 파는 것은 함부로 할 짓이 아니야. 자네 명예는 물론이요, 자네 자식들도 생각해야지. 쫓지 않을 테니 친척들을 찾아가. 그곳에서 몇 해 지내게. 그걸로 양과 말을 사. 새로 막사를 만들고…… 가족을 만들어. 몇 년 지나면 모두 잊겠지. 나도 잊고."

무사의 얼굴에 경악이 떠오르는 것을 보았다.

"잘살게나."

더 보고 싶지 않았다. 서갈은 말에 타고 마을로 향했다. 무사가 무슨 생각을 할지 모르겠다. 찬눈도 그를 만나 그 이야기를 들으면 무슨 생각을 할지 모르겠다.

그 씩씩한 여자는 그곳에서도 잘 지내겠지. 상냥하지도, 친절하지도 않지만, 그 큰 키와 우아한 몸으로 무엇인들 못하랴. 내 속이 갈기갈기 찢어져도, 이제 앞으로 나날들이 더 의미가 없어져도, 그래도 어떠하랴. 이것이 그의 몫인 것을.

하눈에게 다시 미안해진다. 내가 당신에게 좀 더 친절했더라면, 좀 더 당신을 돌보아주었다면 이런 일이 벌어지지 않았을지도 모르겠다. 내 최선을 다했다고 하지만 최선이 아니었던 것 같다. 그리고 이게, 그렇게 당신을 버려둔 죗값일지도 모르겠다. 이렇게 치러야 한다면 이렇게 치를 수밖에 없겠지. 그러니…….

잊는 거다.

다시 살아야 한다.

눈이 떠지면 떠지는 대로 살 수밖에 없지 않은가.

서갈은 방문을 열었다. 그리고 타오르는 화롯불과 휘장, 닫힌

창문과 바람 한 점 들지 않는 방 안에, 그 안에 앉아 있는 여자를 보았다.

처음에는 꿈인가 싶고, 그다음에는 이게 무슨 일인가 싶고, 그 다음 당신이 왜 여기 있느냐고 말하고 싶었다. 지금 당신은 저기 저 달추나무 아래에 당신의 남자와 만나고 저 멀리 내가 보이지 않는 곳으로 갔어야 하는데, 왜 여기에 있는 거냐고.

"언제부터 여기 있었소?"

"해 저문 이후로 계속이요."

찬눈의 얼굴은 고요했다. 그녀는 항상 저리 고요하고 우아했다. 가끔 의외로 이상한 말을 하긴 해도, 그래도 한겨울에도 푸른 잎을 지닐 나무처럼 강하다. 그 무엇도 무너뜨릴 수 없는, 인내심 강한…… 그리고 그의 눈에는 항상 아침 햇살을 받는 하얀 눈처럼 눈부셨다. 볼 때마다 눈이 시리고 가슴이 시리고, 결국 눈을 감으면 온몸이 시렸다.

"왜……."

왜 떠나지 않은 거냐고 묻고 싶었다. 그러나 그녀의 눈을 보며 서갈은 짐작만 하기로 했다.

그녀의 선택이다, 이건. 이 자리에 있는 건 어쩔 수 없어서 한 것이 아닌, 그녀의 선택. 그녀가 이곳에 있기로 했기에 있는 것이다.

"잃게 한 만큼 돌려 드리는 것이 제 일이니까요."

"당신 잘못이 아니야."

"하지만 태어나면서부터 내가 받은 몫이지요."

찬눈이 조용하게 말했다.

"이대로 모든 것을 버리고 새로 출발할 수 있을까, 아니면 여태 해왔던 대로 해야 할까? 하지만 그러다 깨달았어요. 저는 제 삶에 제가 치러야 할 몫을 치르지 않았던 것 같아요. 부인을 모시고, 여기로 오고, 그리고 하눈의 생이 그리 끝나게 된 지금, 이제 제가 여기로 온 임무를 해야지요. 그것도 하지 않고 가면…… 그건 안 되는 것 같아요."

"당신 잘못이 아니야!"

"족장님 잘못 역시 아니지요. 그저 공교롭게 최악으로 모든 상황이 끝났을 뿐. 족장님도, 부인도, 그리고 저도. 오로지 좋은 몫만 챙기겠다고 도망칠 수는 없게."

당신은 가야 한다고 말하고 싶었다.

이제부터 벌어질 모든 일을 서갈은 견딜 자신이 없었다. 당신에게 명예를 주지 않고 내가 버틸 수 있을까? 당신이 슬퍼하거나 상처 받는 것을 내가 버틸 수 있을까? 그 나날 속에 내가 나를 미워하지 않고 아내를 미워하지 않고 버틸 수나 있을까?

"둘."

찬눈이 말했다.

"아들 둘이에요. 족장님이 잃어버린 만큼 채워지면, 그때는 저도 제 몫은 다한 거겠지요."

그런 말 하지 말라고 하고 싶다. 이제 서갈은 미안하다는 말조차 하고 싶지 않았다. 서갈이 하고 싶은 말은 단 하나였다.

고마워.

너무 고마워 정말 울고 싶었다.

너무 다행이라고, 너무 기쁘다고, 앞으로 펼쳐질 게 어떤 지옥이라도 하더라도 그래도 당신이 있다는 것 하나만은 기쁘다고, 그렇게 말하고 싶었다.

두 팔을 벌려 찬눈을 안으며, 그 품 안에 머리를 묻으며, 그 몸이 손에 닿는 것을 느끼며, 그러며 말하고 싶었다.

당신을 사랑해.

초원의 법도, 신도, 다 의미 없을 만큼, 양심도 책임도 다 때려치우고 싶을 만큼, 이 자리에서 당신 손을 잡고 도망쳐야 당신을 얻을 수 있다면 얼마든지 그러하고 싶을 만큼, 당신이 나를 사랑해 준다면 그 어떤 것도 의미가 없을 만큼…… 당신을 사랑한다.

그게 그의 대법칙이었다. 굴복해야만 하는 대법칙. 그 법칙은 지금도 어길 수 없고, 앞으로도 어길 수 없으며, 영원히 어길 수 없을 것이다.

희붐하게 피어오르는 동녘을 보았다.

오늘도 잠들지 못했다. 서갈은 일어나 천천히 창턱에 손을 얹었다. 그 손에는 여전히 옷이 쥐어져 있었다. 동쪽의 첫 햇살이 초원을 뚫고 지나가고, 그 손에 그림자가 맺혔다.

서갈은 옷을 내던졌다. 그리고 그대로 달려나갔다. 새벽의 찬바람과 투명한 햇살을 보며, 사람들이 뭐라 하든 말든 마구간으로 달려갔다. 준비된 말 중 아무거나 타고 달려나갔다.

오늘도 족장님이 밖에서 얼쩡대나 보다, 라고만 생각한 마부들은 아무 말도 하지 않는다.

서갈은 그대로 달렸다. 검은 강 유역을 지나 수풀을 헤치고, 그리고 달추나무가 보이자 그 옆을 쏜살같이 스쳐 지나갔다. 그리고 더 넓은 초원을 향해 달렸다.

당신을 사랑한다. 하지만 말한 적도 없고, 부탁한 적도 없었다.

여러 가닥의 끈이 하나가 되듯, 그 수많은 날들이 하나하나 모여 외로운 실 하나가 된다. 그 실 하나가 말한다.

당신을 사랑한다.

아무 의미가 없는 생에서 그것 하나만은 그의 몫으로 남아 있다.

당신을 사랑한다.

그리고 나는 아직 당신에게 물어보지 못했다. 아직 당신 없이 살 준비도 되어 있지 않다.

아니, 당신 없이 살 수 있는 날 같은 건 어차피 오지도 않을 테지만.

벼랑을 넘어, 산맥을 타고, 처음 가는 길을 달려 올라가, 그리고 마침내 목적지를 향해, 별을 찾듯 달을 향하듯 무지개를 쥐려 하듯 달렸다.

"세상에, 여긴 어떻게 온 거예요!"

마침내 그 목소리가 들릴 때에야 눈을 뜨고 앞을 볼 수 있었다.

"가는 길에 우연히 들렀소."

강도도 만나고 늑대도 만나고 벼랑에서 떨어져 죽을 뻔하기도 했지만, 어쨌건 오긴 왔다.

"정말 우연히 들른 거요."

『結』